In ihrem charmanten Serendipity Café im Londoner Stadtteil Bloomsbury beglückt Dina ihre treuen Kunden nicht nur mit unwiderstehlichen Zimtschnecken, Brownies und anderem Gebäck, sondern auch mit der ein oder anderen Prise Magie …
Ihr eigenes Liebesleben allerdings könnte dringend zauberhafte Unterstützung gebrauchen, denn auf Dina lastet ein Fluch, der jede/jeden ihrer Partner*innen in eine Unglücksserie stürzt.
Nach einem Auslandsaufenthalt tritt Scott eine Stelle als Kurator im British Museum an und kauft regelmäßig seinen Kaffee im Serendipity Café, dessen hübsche Besitzerin seinen Puls in die Höhe schnellen lässt. Als er sie zufällig auf der Hochzeit seines besten Freundes trifft, wird schnell klar, dass keiner von beiden die Anziehung zwischen ihnen ignorieren kann.
Doch aus knisternden Nächten in einem romantischen Cottage auf dem Land wird bald mehr. Schon lange hatte Dina keine solchen Gefühle mehr – und zugleich solche Angst. Wird es ihr gelingen, den Fluch zu brechen, sodass sie und Scott eine echte Chance haben?

NADIA EL-FASSI ist Halb-Marokkanerin und Halb-Australierin. Sie ist süchtig nach Iced Coffee, *Dungeons & Dragons*-Würfeln und Horrorfilmen. Mit ihrem Mann und ihrer leicht pummeligen Katze lebt sie in London und schreibt spicy Romance und Fantasy. *Cinnamon Sparks and Ginger Love* ist ihr erster Roman.

www.penguin-verlag.de

NADIA EL-FASSI

Cinnamon Sparks and Ginger Love

Roman

Aus dem Englischen von
Antonia Zauner

PENGUIN VERLAG

Die Originalausgabe erschien 2024 unter dem Titel
Best Hex Ever bei Del Rey, London.

MIX
Papier | Fördert gute Waldnutzung
FSC® C014496
FSC www.fsc.org

Penguin Random House Verlagsgruppe FSC® N001967

2. Auflage

Neumarkter Straße 28, 81673 München
produktsicherheit@penguinrandomhouse.de
(Vorstehende Angaben sind zugleich
Pflichtinformationen nach GPSR)

Redaktion: Lisa Wolf
Umschlaggestaltung: www.buerosued.de nach
einem Entwurf von Anjali Mehta
Umschlagabbildungen: Anjali Mehta und www.buerosued.de
Satz: GGP Media GmbH, Pößneck
Druck und Bindung: GGP Media GmbH, Pößneck
Printed in Germany 2025
ISBN 978-3-328-11211-2
www.penguin-verlag.de

Für Mama.
Wo auch immer ich bin, du bist bei mir.

Autorenanmerkung

Diese Geschichte behandelt einige sensible Themen, darunter die Erfahrung, betrogen zu werden (nur erwähnt), der Verlust eines Familienmitglieds (nur erwähnt) und das Aufwachsen in einem Heim. Ich habe mich bemüht, diese Themen mit der notwendigen Sensibilität zu behandeln.

Kapitel 1

Es war einer dieser kühlen Herbsttage Ende Oktober, an denen man es sich mit einem guten Buch und einer dampfenden Tasse heißer Schokolade gemütlich machen möchte. Bei jedem Schritt konnte man goldenes Laub knirschen hören, und frühmorgendlicher Frost lag auf der leuchtend violetten Markise des Café Serendipity. Für Dina war das die beste Zeit des Jahres. Die unerträgliche Hitze der letzten Septembertage war endlich vorüber, die Luft in der U-Bahn nicht länger dick und klebrig, und sie musste nicht mehr den Großteil des Tages damit verbringen, ihre Achselhöhlen mit einem Abkühlzauber zu versehen.

Immer wenn der Herbst nach London kam, lag Veränderung in der Luft. Im Café war mehr los, und jeder Gast orderte ein Croissant zu seinem Kaffee.

Croissant-Magie war schon an guten Tagen knifflig, und während des morgendlichen Kaffee-Andrangs fiel es ihr besonders schwer, sich zu konzentrieren. Dina starrte hinunter auf das Desaster aus Mehl und Butter – da war nichts zu retten. Plunderteig war noch nie Dinas Stärke gewesen. Sie band ihre Fülle von Locken zu einem Knoten und krempelte die Ärmel hoch.

Dina hatte gerade einen weiteren Behälter ihrer magischen Buttermixtur hervorgeholt und wollte von Neuem beginnen, als Robin von der Theke aus rief: »Dina, weißt du, wo die Chrysanthemen-Teemischung ist, die du letzte Woche gemacht hast?«

Die Croissants mussten warten.

Sie ging hinaus, kramte in ihrer Sammlung von Tees und stellte schließlich die gesuchte Dose mit den zarten getrockneten Blüten auf den Tresen. Weil sie nicht sofort wieder zu den feindseligen Croissants zurückwollte, machte Dina sich daran, die Gäste zu bedienen, die sich gerade an den Tischen und in den gemütlichen Sesseln ihres Cafés niederließen.

Das Café Serendipity hatte etwas ganz Besonderes an sich, es lag ein gewisser Funke in der Luft, den niemand recht beschreiben konnte. Es war ein Ort, an dem gute Dinge passierten. Man kam herein, um sich einen Cappuccino zu bestellen, stolperte dabei versehentlich über den Regenschirm der Person am Nachbartisch und lernte so die Liebe seines Lebens kennen.

Dina war stolz darauf, wie schnell die Gerüchte rund um ihr Café sich verbreitet hatten. Zum Beispiel, dass man seinen Traumjob ergattern konnte, wenn man sich auf dem Weg zum Vorstellungsgespräch hier einen

Latte macchiato und einen Keks kaufte. Auf diesen Zauber war sie besonders stolz, es war einer ihrer besten. Die geheime Zutat war eine Prise Zimt und ein winziger Schuss Gelassenheit. Wie die Umarmung eines geliebten Menschen oder das Gefühl, wenn man sich nach einem langen Tag die Schuhe auszieht.

Der Trick war, dass Dina ihre eigenen Emotionen und Erinnerungen in den Zauber einfließen ließ, und dann übernahm die Magie die Kontrolle und reproduzierte ihre Gefühle in der Person, die ihre Kreationen aß oder trank. Ein Selbstbewusstsein-Zauber, der jemandem zu einem Job verhalf, verlieh der Person kein künstliches Selbstvertrauen, er versetzte ihr nur einen kleinen magischen Schubs, der ihr half, dieses Gefühl in sich selbst zu finden.

Natürlich hielt die Wirkung ihrer Zauber nicht lange an. Magie war nichts für die Ewigkeit.

Trotzdem musste Dina darauf achten, ihre Kräfte geheim zu halten. Schließlich konnte sie nicht zulassen, dass ganz London wusste, dass sie eine Hexe war.

Wenn der Frost sich über die Stadt legte, strömten die Menschen auf der Suche nach Wärme und einer guten Tasse Tee in Scharen in ihr Café. Besonders beliebt war Dinas Spezial-Chai-Mischung mit wärmendem Ingwer, Nelken, Muskat und einer kleinen Prise davon, wie es sich anfühlt, einer Katze den warmen, flauschigen Bauch zu kraulen.

Überall in der Stadt wurden Mäntel von ganz hinten aus dem Schrank geholt, wo sie das Jahr über Staub und Mottenlöcher gesammelt hatten, Heizungen erwachten ächzend zum Leben, und die Menschen suchten instinktiv nach jemandem, an den sie sich in der kalten Jahreszeit kuscheln konnten.

Dina war viel zu beschäftigt, um auch nur an so etwas zu denken. Im vergangenen Jahr hatte sie zwei Dates gehabt, eins mit einem Mann und eins mit einer Frau, und nur das letztere war halbwegs gut gelaufen. Der Mann hatte sich als wandelnde Red Flag entpuppt, Maggie dagegen – eine unglaublich heiße Yoga-Lehrerin – war lieb, freundlich und schlau. Dina wusste, dass zwischen ihnen etwas Echtes hätte entstehen können, wenn sie dem eine Chance gegeben hätte, doch sie wollte Maggie nicht verletzen. Also hatte sie sich zurückgezogen, bevor etwas passierte.

Zum Glück sorgte die geschäftige Herbstsaison im Café dafür, dass Dina gar keine Zeit hatte, über romantische Beziehungen nachzudenken. Sie hatte ihnen ohnehin abgeschworen. Es war den Schmerz nicht wert, der für sie und die anderen zwangsläufig damit einherging. Außerdem boomte ihr Geschäft. Sie musste unbedingt noch mehr ihrer »Cosy & Calm«-Kerzen gießen, bevor sie wieder ausverkauft waren.

»Robin, könntest du die hier bitte an Tisch vier bringen?«, sagte Dina und wies auf ein Tablett mit zwei

Stücken ihres Apfel-Blaubeer-Kuchens und zwei Tassen der Serendipity-Spezialmischung. Das Paar, das dort saß, gehörte bereits seit einigen Monaten zu ihren Stammkunden und kam jeden Mittwoch ins Café, um gemeinsam zu lernen. Zumindest vermutete Dina, dass sie das taten, wenn sie beide in ihre Laptops starrten. Von Zeit zu Zeit griff der Mann nach der Hand seiner Partnerin, und dann saßen sie dort in perfekter gemeinschaftlicher Stille. *Genau das will ich auch*, dachte Dina. Doch diese Art von Happy End schien für sie nicht vorgesehen.

»Ja, Boss«, lächelte Robin, wohl wissend, wie sehr Dina es hasste, »Boss« genannt zu werden. Robin, dier sich als nicht binär identifizierte, arbeitete schon seit einigen Jahren in dem Café und schob zwischen den Spinning-Kursen, die sier in einem Studio nahe Blackfriars Station gab, Schichten ein. Eines Tages war sier einfach durch die Tür spaziert, nur Minuten nachdem Dina ein Schild mit der Aufschrift »Barista gesucht« in die Tür gehängt hatte. Als Erstes war Dina Robins grüner Irokese und der perfekte Lidstrich ins Auge gefallen, dann hatte sie beobachtet, wie sier gedankenversunken einen der Bilderrahmen an der Wand geraderückte, und sofort gewusst, dass Robin perfekt war für den Job.

Die Arbeit würde Dina heute kaum Zeit für anderes lassen, doch das machte ihr nichts aus. Das Café mit dem Brummen der Kaffeemaschine und dem Duft nach warmem Gebäck war der Ort, an dem sie am glücklichsten war. Sie hatte den Laden selbst eröffnet – mit nur ein klein wenig magischer Unterstützung –, und jedes Mal, wenn sie einen Gast nach seinem ersten Besuch wiederkommen sah, pochte ihr Herz vor Freude.

Doch an diesem Morgen musste Dina sich eingestehen, dass sie und Robin allein den Ansturm kaum bewältigen konnten.

Zauber, die die Zeit verlangsamten, waren auslaugend, weshalb sie sich diese für gewöhnlich für den Rush zur Mittagszeit aufsparte. Die Kaffeemaschine zickte mal wieder herum, und Dina hatte ihr bereits einen Stoß verpasst (und möglicherweise beinhaltete dieser Stoß noch ein klein wenig mehr), um sie wieder zum Arbeiten zu bewegen.

Sie vollendete gerade ihre Latte Art – eine Katze auf einem Besen in der einen Tasse und ein Geist in einer anderen, schließlich war bald Halloween –, als die Tür mit einem heftigen Windstoß aufgerissen wurde. Blätter wirbelten über die Schwelle, und ein Talisman gegen den bösen Blick fiel von der Wand und landete mit einem Krachen auf dem Boden, wo er in zwei Teile zerbrach.

Dina atmete heftig ein. Sie erkannte ein böses Omen, wenn sie es sah.

Die Tür knallte wieder zu, und mit etwas Verspätung bimmelte jetzt auch das Glöckchen darüber. Ein Mann stand im Eingangsbereich und pflückte sich ein verirrtes Blatt von seinem Pulli.

Das Erste, was Dina auffiel, war seine Nase. Sie wirkte etwas schief, als wäre sie einmal gebrochen gewesen und nicht wieder gerade zusammengewachsen. Und dann seine Größe. Er war nicht nur hochgewachsen, sondern auch breit genug, um die ganze Tür einzunehmen. Trotz des flauschigen Rollkragenpullis erkannte sie deutlich die Muskeln darunter, als er sich bückte, um den zerbrochenen Talisman aufzusammeln. Warum trug ein Mann mit so einem Körper ein Tweedjackett mit Ellenbogenflicken und eine Brille mit Drahtgestell? Er sah aus wie ein Professor, der nachts ein Doppelleben als Cagefighter führte.

Dina, der mit einem Mal der Mund trocken geworden war, schluckte heftig. Dunkle Locken, ein gepflegter Bart – es war, als wäre er direkt aus einem ihrer Tagträume in ihr Café spaziert. Der Talisman hatte recht. Sie war verloren.

»Tut mir leid. Das ist von der Wand gefallen«, sagte er mit einer tiefen Stimme, die so samtig wie Honig war.

Nicht mit ihm flirten, Dina, mahnte sie sich und schob sich eine verirrte Locke hinters Ohr. Als seine

Augen ihrem Blick begegneten, stellte sie fest, dass sie karamellbraun waren.

»Danke«, sagte sie und nahm ihm den Talisman aus der ausgestreckten Hand. Kurz steiften sich ihre Finger, als er die beiden Hälften in ihre Handfläche legte. Sie spürte raue, schwielige Haut und zog schnell die Hand zurück. Der Hennazauber von letzter Nacht, als sie nicht schlafen konnte, drohte zum Leben zu erwachen und kleine Herzchen ihr Handgelenk hinaufzuzeichnen.

»Das ist ein Nazar-Amulett, richtig?«, stellte er nüchtern fest. »Wie Ihr Hamsa.« Er nickte in die Richtung von Dinas Kehle, wo ein Anhänger in der Form einer Hand mit einem Auge in der Mitte ruhte. Unwillkürlich berührte sie das Schmuckstück und spürte, wie sie rot wurde. Ein fremder Mann – wenn auch ein sehr attraktiver fremder Mann – sollte nicht diese Wirkung auf sie haben.

»Ähnlich, ja. Sie schützen beide vor dem bösen Blick.«

»Sollte ich mir Sorgen machen, dass es zerbrochen ist, als ich hereinkam?« Er lächelte, und ein Funkeln blitzte in seinen Augen auf.

»Nein, ist schon in Ordnung, meine Anhänger gehen ständig kaputt«, sagte sie und spielte mit dem Hamsa-Amulett an ihrem Hals herum. »Das bedeutet, sie haben ihre Aufgabe erfüllt.«

»Also hat es Sie geschützt?«, sagte der Mann mit heiserer Stimme, während er sich mit den Ellenbogen auf den Tresen stützte. Dina konnte sein Parfum riechen – Zedern und irgendeine Art von Citrus.

»Es hat mich geschützt.« Es war seltsam. Sie befanden sich mitten in ihrem lebhaften Café, und doch hatte sie das Gefühl, als wären sie beide die einzigen Menschen im Raum. Sie war noch nie jemandem begegnet, der ernsthaft an ihren Schutzamuletten interessiert gewesen wäre, doch er sah sie mit einer so gelassenen, wissenden Neugier an, dass ihr Schauer über den Nacken liefen.

Sie blickte hinunter auf den zerbrochenen Talisman auf dem Tresen. Hatte er vor seinem Ende das Café, Dina oder diesen Mann vor Unheil bewahrt? Was auch immer es war, wenn sie ihn ansah, drohte sie, die Fassung zu verlieren. Das war ein schlechtes Zeichen. Sie durfte sich nicht von seiner offensichtlichen Attraktivität ablenken lassen.

»Nun«, räusperte sie sich und zwang die Röte aus ihren Wangen, »was darf ich Ihnen bringen?«

»Ich hätte gerne einen Earl Grey und eins Ihrer Croissants.«

»Milch oder Zitrone für den Tee?« Na also, sie konnte total professionell sein. Und sie starrte definitiv nicht die Wölbung seines Bizeps an, während er seine Börse aus der Tasche zog.

»Einfach nur schwarz, danke.«

Dina wollte sich gerade unter den Tresen beugen, um den Behälter mit dem losen Earl Grey hervorzuholen (sie hatte die Bergamotte eigenhändig während eines Trips nach Italien geerntet), als sie von einem der anderen Tische ein Krachen hörte.

»Oh, das tut mir schrecklich leid«, sagte ein Gast und blickte hinunter auf zwei Tassen Kaffee, die auf dem Boden zerschellt waren.

Dina lächelte und wollte gerade ihren Mopp aus dem Besenschrank des Ladens holen, als sie ein fürchterliches Rasseln hörte, gefolgt von einem lauten Plopp.

»Die Kaffeemaschine hat gerade den Geist aufgegeben!«, rief Robin.

Dina atmete tief ein und ballte die Hand zur Faust. Sie hob den Blick zu dem schönen Fremden, den sie wohl nie wiedersehen würde. Seine Augen waren immer noch auf sie gerichtet.

»Robin, kannst du die Kasse übernehmen? Ich kümmere mich um die Maschine und wische auf.« Sie ging, bevor der Mann noch etwas sagen konnte – irgendetwas, das sie dazu bewegen würde, sich umzudrehen und etwas überaus Dummes zu tun.

Die Kaffeemaschine brauchte eine kleine Generalüberholung – und mit »Generalüberholung« meinte Dina einen Schwung starker Magie. Kurz darauf waren die Pfütze aufgewischt und die heißen Getränke ersetzt.

Als Dina aufblickte, sah sie den Fremden an seinem Earl Grey nippend das Café verlassen. Vielleicht in einem anderen Leben.

»Oh, ich liebe Männer in Rollkragenpullis. Die sehen immer so gebildet aus«, grinste Robin neben ihr. Dina schlug mit einem Geschirrtuch nach siem, und sie machten sich beide wieder an die Arbeit.

Kapitel 2

Scott Mason fuhr sich mit der Hand durchs Haar und versuchte, sich auf seine Arbeit zu konzentrieren. Er musste die Plakate für die Ausstellung freigeben, seine Rede für die Eröffnungsgala verfassen und im Archiv recherchieren. Er musste an so ziemlich alles außer diese Barista denken, die aussah, als wäre sie aus seinem Tagtraum direkt in die Realität spaziert. Wie hatte er so dumm sein können, das Café ohne ihre Nummer wieder zu verlassen? Verdammt, er hätte anbieten sollen, auf die Knie zu gehen und den verschütteten Kaffee aufzuwischen, um weiter mit ihr reden zu können. Er wusste noch nicht einmal ihren Namen.

Scott saß in seinem Büro im British Museum und starrte auf das Display seines Laptops. Der Raum war bis zum Anschlag voll mit Büchern – von denen einige noch von dem Kurator stammten, der vor ihm hier gearbeitet hatte –, und die turmhohen Stapel stürzten bevorzugt dann auf ihn herab, wenn er es am wenigsten erwartete. In der Ecke befand sich eine Heizung, die gelegentlich ein metallisches Ächzen von sich gab, jedoch nie richtig warm zu werden schien, und eine Taubenfamilie hatte direkt vor seinem Fenster ihr Quartier aufgeschlagen. Sein Schreibtischstuhl knarrte, wann immer er sich setzte, und der Schreibtisch selbst war übersät mit den Tintenflecken eines ganzen Jahrhunderts. Doch durch die Postkarten und Drucke von seinen Reisen und anderen Ausstellungen, die er aufgehängt hatte, fühlte er sich hier schon fast zu Hause.

Jedes Mal, wenn Scott einen Schluck des herrlich süßen Earl Grey aus dem Café getrunken hatte, waren seine Gedanken zurück zur Barista gewandert. Sie hatte ihn an eine griechische Göttin erinnert, mit all den üppigen Kurven und den weichen, offenen Gesichtszügen; die mit Violett durchzogenen dunkelroten Locken und Augen so tiefbraun, dass sie beinahe schwarz erschienen. Und diese Lippen … »einladend« beschrieb es noch nicht einmal annähernd.

Seit er zurück nach London gezogen war, hatte er sich zu einigen Dates verabredet, in der Regel über die bekannten Apps. Es war auch nichts verkehrt an den Frauen, mit denen er sich getroffen hatte. Sie alle waren attraktiv, intelligent und witzig gewesen, doch irgendwie funkte es nicht zwischen ihnen. Es war nicht so, dass er noch an Alice hing, vielmehr hatte er nach einer so langen Beziehung schlicht keine Geduld mehr für die ewigen sich ständig wiederholenden Erstes-Date-Fragen. *Was arbeitest du? Was unternimmst du gern am Wochenende?* So viele Dating-Apps, und keine davon konnte einem irgendetwas darüber sagen, ob die Chemie im echten Leben stimmte.

Scott hatte sich nicht aus diesem Tief befreien können. Bis jetzt. Bis diese Barista etwas in ihm entzündet hatte, das an den ersten Sonnenstrahl erinnerte, der nach einem Sturm durch die Wolkendecke brach. Sie brachte ihn sogar dazu, in kitschigen Smileys zu denken. Zum ersten Mal seit einer Ewigkeit fühlte sein Körper – fühlten seine Sinne – sich lebendig an. Und er *begehrte* wieder.

Es war Scotts erstes Jahr als Kurator der Dauerausstellungen, und er wurde das Gefühl nicht los, dass bis auf Dr. MacDougall, die ihren Kopf hingehalten hatte, um ihn einzustellen, die meisten der anderen Kuratoren auf ihn herabblickten. Natürlich nicht alle. Es waren nur leider zufällig die mit dem größten Einfluss.

Er bemühte sich wirklich, sich an diesem Nachmittag nicht ablenken zu lassen. Dr. Jenkins und Dr. Garcia, zwei deutlich ältere und erfahrenere Kuratorinnen, waren alles andere als begeistert gewesen, als er sie in seine Pläne für die Sommer- und Herbstausstellungen eingeweiht hatte und sichtlich zusammengezuckt, als Scott es gewagt hatte, die Worte »interaktive Ausstellung« in den Mund zu nehmen. Ihrer Meinung nach war ein

Museum kein Ort, an dem Kinder etwas über das Einbalsamieren von Mumien lernen oder jemand ohne Doktortitel Zugang zum Lesesaal bekommen sollte.

Er erinnerte sich, wie schockiert einige von ihnen gewesen waren, als er ihnen erklärt hatte, dass ihre Idee für eine Ausstellung rund um das Abwassersystem Mesopotamiens vermutlich keine Menschenmassen anlocken würde.

Und wieder wanderten seine Gedanken zurück zu dem Lächeln der Barista und wie sie errötet war und die Hand an ihren Hals gehoben hatte, als ihm ihr Hamsa-Amulett aufgefallen war. Vielleicht sollte er noch mal hingehen und ihr anbieten, den Talisman zu ersetzen, den er zerbrochen hatte. Oder wäre das zu viel? Er wollte nicht aufdringlich sein.

Obwohl ihr Gespräch nur kurz gewesen war, hatte er es genossen, mit jemandem über seine Leidenschaft für historische Objekte zu sprechen, vor allem wenn es um Glücks-Talismane ging. Eric – Scotts bester Freund – hörte ihm zwar immer bereitwillig zu, teilte seine Begeisterung aber nicht. Alice hatte nie gerne mit Scott über seine Arbeit geredet, und wenn, dann nur, um ihn abfällig darauf hinzuweisen, dass er in einer anderen Branche deutlich mehr verdienen könnte. Wie oft hatte er erklärt, dass Kurator kein Beruf war, mit dem man reich werden konnte?

Als er in den ersten Tagen im neuen Büro seine Kisten ausgepackt hatte, war ihm ein Foto von Alice und ihm auf ihrem ersten Trip zu den Nordlichtern in Norwegen in die Hände gefallen. Auf dem Bild sahen sie glücklich aus, doch wenn er ihr Gesicht betrachtete, verspürte er nicht mehr diesen dumpfen Schmerz in seiner Brust.

Da war immer noch Wut, die ihn sicher noch eine Weile begleiten würde, doch sie war jetzt deutlich schwächer. Seine Gefühle für Alice waren während der Zeit im Ausland abgeklungen. Es half, dass sie mit diesem Typen, dessen Namen er vergessen hatte, in die USA gezogen war. So musste er sich wenigstens keine Sorgen machen, dass sie sich irgendwo in einem ihrer Lieblingsläden über den Weg liefen.

Ohne einen weiteren Gedanken darauf zu verschwenden, hatte er das Foto zerknüllt und in den Abfall geworfen. Auf Nimmerwiedersehen.

Scott schaute auf die Uhr, und ihm wurde bewusst, dass er länger als gedacht seinen Tagträumen nachgehangen hatte. Es war bereits Zeit, sich mit Eric zu treffen. Er warf den Laptop und ein paar Müsliriegel in seinen Rucksack – Eric neigte zu schlechter Laune, wenn er nicht genug gegessen hatte –, dazu ein Buch über die Mythologie und Tradition im prä-islamischen Nordafrika. Etwas leichte Lektüre für die Fahrt.

Er schloss gerade das Büro mit einem großen eisernen Schlüssel ab, der aussah, als gehörte er zu einem mittelalterlichen Kloster, als sein Handy piepte und eine Nachricht von Eric anzeigte: Wir sehen uns am Bootshaus. Mach dich schon mal darauf gefasst, dass ich dir mächtig in den Arsch treten werde.

Wir rudern heute im Zweier, du Idiot, antwortete Scott.

Er eilte durch das Atrium und sah aus dem Augenwinkel, dass ein paar Frauen gar nicht mal so unauffällig versuchten, ein Foto von ihm zu schießen. Möglicherweise erkannten sie ihn von der Septemberseite des »Kuratoren gegen Krebs«-Aktkalenders wieder, für den er sich im letzten Jahr hatte ablichten lassen. Zum Glück war der relativ schnell ausverkauft gewesen, sodass er nicht mehr mit schamroten Wangen am Souvenirladen vorbeilaufen musste.

Er fühlte sich etwas unbehaglich damit, doch er versuchte, es nicht an sich heranzulassen. Scott hatte Aufmerksamkeit schon immer gemieden, schon seit er ein Kind war. Natürlich hatte es damals andere Ursachen gehabt. In der Schule wurde er ständig mit »Wo kommst du ursprünglich her?«-Fragen von Lehrern und anderen Schülern konfrontiert. Es war dieses »ursprünglich«, das ihn ärgerte. Einerseits wegen des wenig subtilen Otherings, aber auch, weil er es schlicht nicht wusste.

Scott war mit zehn Jahren adoptiert worden. Davor hatte man ihn von einer Pflegefamilie zur nächsten weitergereicht, mit zwischenzeitlichen Aufenthalten im Heim. Seine Erinnerungen aus der Zeit, bevor seine wundervollen Mütter ihn aufgenommen hatten, waren ein wenig verschwommen. Nein, das war eine Lüge. Er erinnerte sich an alles, aber Vergessen war manchmal einfach leichter.

Einmal hatte Scott überlegt, einen dieser Tests zu machen, für die man eine Speichelprobe einschicken musste, doch Eric, der für ein großes IT-Unternehmen arbeitete, hatte den Kopf geschüttelt und ihn vor einem möglichen Missbrauch seiner Daten gewarnt, also hatte er es sein lassen.

Scott winkte bei seinem Weg um den östlichen Teil des Great Courts den Ticketverkäufern zu, während das Sonnenlicht des späten Nachmittags durch die Glasdecke schien und das Atrium in ein buttriges Leuchten tauchte.

»Ah, Dr. Mason, ich hatte gehofft, Ihnen über den Weg zu laufen.« Das war Dr. MacDougall, die Chefkuratorin des Museums. Eine kleine, stämmige Schwarze Frau mit kurzem grau meliertem Haar. Sie trug fast immer ein lässig modisches Kostüm, zusammen mit einer wuchtigen Halskette.

»Dr. MacDougall«, sagte Scott lächelnd.

»Sie sehen aus, als hätten Sie es eilig.«

»Ah, ja, tut mir leid. Ich bin auf dem Weg zum Bootshaus.«

»Nun, dann will ich Sie nicht aufhalten, aber ich habe gute Neuigkeiten. Ihr Vorschlag einer globalen Tour der *Schutzsymbole*-Ausstellung? Der Vorstand liebt ihn.«

Blut pochte in Scotts Ohren. Am liebsten hätte er Freudensprünge gemacht, aber er wollte auch wegrennen und sich in einem Schrank verkriechen. Das war eine große Sache – eine Sache, die sich auf seine Karriere auswirken würde.

»Ernsthaft?«

»So ernsthaft wie die Pest.« Sie lachte und tätschelte ihm den Arm. »Aber wir können in ein paar Wochen feiern, beim internen Launch.«

»Einverstanden. Ich gebe Ihnen einen Martini aus.«

»Die Getränke sind umsonst, Scott, aber ich werde Sie daran erinnern. Und ich weiß, dass das jetzt alles sehr schnell geht, aber wie Sie bereits bei Ihrem Pitch sagten: Die Mehrheit der Artefakte liegt unangetastet in unserem Archiv. Es wird Zeit, dass wir sie hervorkramen.« Sie schenkte Scott ein breites Lächeln und tätschelte ihm den Arm, bevor sie sich verabschiedete.

Er konnte es kaum glauben. Sie wollten diese Ausstellung wirklich um die Welt schicken. Als Dr. MacDougall ihn vor etwa einem Jahr eingestellt hatte, war Scott einfach nur dankbar für die Chance gewesen. Aber dann war ihm die volle Liste der Artefakte im

Archiv in die Hände gefallen. Dort hatte er auch den mittelalterlichen Trollkreuz-Anhänger aus Norwegen entdeckt, und ein paar Minuten später ein Cornicello aus reinem Bernstein aus dem 16. Jahrhundert, und da hatte er gewusst, dass er hier etwas ganz Besonderes in Händen hielt. All diese Objekte, von denen das British Museum viele im Lauf der letzten Jahrhunderte gestohlen hatte, lagen in beinahe perfektem Zustand unbeachtet in den Archiven, weil man sie als minderwertig erachtete. Sie waren nicht wertvoll oder selten, es handelte sich um Amulette und getrocknete Kräuter in Harz und Statuetten von Göttinnen und Göttern, die Menschen eigenhändig für ihre Häuser geschnitzt hatten. Doch Scott bedeuteten diese kleinen Glücksbringer alles.

Scott hatte schon immer an Magie glauben wollen. An ein Universum, in dem die Dinge den erhofften Verlauf nahmen, wenn man nur genug wünschte und allen Ritualen in der richtigen Reihenfolge und zur richtigen Zeit folgte. Als er noch im Heim gelebt hatte, war ihm in der Schulbibliothek ein Buch über alte Mythologie in die Hände gefallen. Selbst jetzt noch sah er jede Seite vor sich.

In dem Buch gab es ein ganzes Kapitel über Glücksbringer aus der ganzen Welt. Er hatte gelesen, dass manche eine Eichel in der Tasche mit sich trugen – die sie am Boden gefunden und nicht von einem Baum gepflückt hatten. Scott hatte wochenlang eine Eichel in seiner Jackentasche gehabt und mit den Fingern darüber gerieben, bis sie glänzte. Und als er erfahren hatte, dass eine Familie, die Marinis, ihn aufnehmen würden, hatte er das als Beweis genommen, dass sein Schicksal sich wirklich zum Besseren gewendet hatte. Und alles nur wegen der Eichel.

Aber die Marinis wollten ihn nicht behalten, und schon bald landete Scott wieder im Heim. Er hatte es noch einmal versucht, mit einem Ankh, Wacholderbeeren, einem Wunschknochen, einem Kleeblatt, einem Hufeisen, einem Amulett aus Jade und einem Kupferpenny. Nichts davon hatte geholfen. Niemand hatte ihn haben wollen. Erst Jahre später, als Scott den Glücksbringern bereits abgeschworen hatte, hatten seine beiden Mums ihn adoptiert. Auf dem Nachhauseweg, als sie am Park haltgemacht hatten, um ihm ein Eis zu kaufen, war Scott ein kleiner Marienkäfer auf seinem Finger aufgefallen, und kurz hatte er sich gefragt, ob Glücksbringer vielleicht doch funktionierten.

Nun hatte Scott Hunderte dieser Talismane und Amulette in den Tiefen des Archivs gefunden und wollte sie der ganzen Welt zeigen. Die *Schutzsymbole*-Ausstellung würde ihre Tour im British Museum beginnen und dann hoffentlich um den Globus reisen. Und das Geniale daran war, dass die Artefakte so in ihre Heimatländer zurückkehrten, um dort in den Museen aufbewahrt und ausgestellt zu werden. Es war der Beginn eines neuen Zeitalters für das British Museum, eines, in dem es sich bemühte, die Vergangenheit wiedergutzumachen. Und Scott würde ein Teil davon sein. Besser gesagt, seine Ausstellung. Er konnte es kaum erwarten, Eric davon zu erzählen.

Scott fiel hinter einer großen Reisegruppe zurück und brauchte länger als erwartet, um sich durchzukämpfen. Er würde zu spät kommen, und Eric würde versuchen, ihn zur Strafe in den Fluss zu stoßen.

In zügigem Tempo schlängelte Scott sich zwischen den Touristen hindurch, die im Schneckentempo von der Rolltreppe schlenderten, und schaffte es schließlich zur Waterloo Station, wo er den Schnellzug nach Barnes Bridge nahm. Als er über die kleine Brücke zum Bootshaus eilte, sah er Eric bereits mit einem Paar Ruder am Ufer stehen.

Eric blickte auf und entdeckte ihn, woraufhin er sich die Zeit nahm, die Ruder gegen eine Wand zu lehnen, bevor er ihm den Mittelfinger zeigte. Scott blickte auf seine Uhr hinunter. Fünfundzwanzig Minuten zu spät. Das war noch in Ordnung.

»Ich gebe dir nachher ein Bier aus«, begrüßte er Eric. Offenbar war er heute in Spendierlaune.

»Du schuldest mir mindestens zwei Bier und Pommes. Ich musste die Klappböcke aus dem hinteren Lager holen, dem extrem mit Spinnen verseuchten Lager, und du weißt, wie sehr ich es dort hasse.«

»Zwei Bier, Pommes, und ich werde den Rest des Monats heldenhaft die Klappböcke aus dem Lager holen.«

Eric tat so, als würde er sich den Deal durch den Kopf gehen lassen.

»Einverstanden. Geh und zieh dich um. Heute Abend stehen noch ein paar Last-minute-Hochzeitsvorbereitungen an, ich kann also nicht lange bleiben.«

»Irgendetwas, mit dem ich helfen kann?« Als Trauzeuge bei Erics bevorstehender Hochzeit wollte Scott sich so nützlich wie nur möglich machen. Es war einfacher, jetzt, da er tatsächlich im gleichen Land und der gleichen Stadt wie Eric lebte und nicht für andere Museen durch die Welt reiste.

Scott und Eric hatten sich kennengelernt, als sie während ihres Gap Years in Island im gleichen Hotel übernachteten. Jemand hatte um zwei Uhr morgens in allen Zimmern angerufen, um ihnen mitzuteilen, dass Nordlichter am Himmel zu sehen waren, aber nur Scott und Eric entschieden sich aufzustehen. Sie hatten es so eilig, dass keiner von ihnen daran dachte, sich etwas Warmes anzuziehen.

Dann standen sie draußen in der Eiseskälte, beide stumm vor Ehrfurcht im Angesicht dieser flüchtigen Schönheit und in vollkommenem Frieden, um sich anschließend an der Hotelbar mit heißem Cider aufzuwärmen, und bevor Scott wusste, wie ihm geschah, waren sie die besten Freunde, und das nun schon seit zehn Jahren.

In der letzten Zeit, nach der gescheiterten Beziehung mit Alice, hatte ihre Freundschaft gelitten, und Scott wusste, dass es seine Schuld war. Als ihm angeboten wurde, an einer Sammlung von Artefakten aus Petra in Jordanien mitzuwirken, hatte Scott die Gelegenheit zur Flucht ergriffen. Er hatte sein Leben in London zurückgelassen, hatte Eric zurückgelassen, hatte seine Mums zurückgelassen. Als wäre ihm nichts wichtiger gewesen, als so viele Kilometer wie möglich zwischen sich und seine Gefühle zu bringen.

Aber jetzt war er zurück, sein Herz mehr oder weniger geheilt, und Eric würde heiraten. Er hatte Immy erst bei seiner Rückkehr nach London vor knapp einem Jahr kennengelernt, aber er hatte sofort gewusst, dass sie perfekt für Eric war.

Sein Freund wedelte mit der Hand vor seinem Gesicht herum und riss ihn aus seinen Gedanken. »Alles in Ordnung?«

»Ich erzähle dir im Boot davon.«

Mittwochabends gehörte das Bootshaus ganz ihnen. Die anderen Sportler wohnten in der Gegend und waren mittags hier, und die Schüler, die hier trainierten, waren in der Regel gegen vier Uhr fertig.

Scott und Eric trugen ihren Zweier über ihren Köpfen hinaus zum Flussufer. Das Wasser war eiskalt – Gott sei Dank hatte Scott daran gedacht, ein besonders dickes Paar Wollsocken in seinen Gummistiefeln zu tragen.

Sie verfielen schweigend in ihre mühelose Routine: Sie legten die Skulls in die Dollen ein, und Scott hielt das Boot, während Eric seinen Platz am Heck einnahm und dann dasselbe für Scott tat, der sich am Bug niederließ.

Widerstrebend schlüpfte Scott aus den Gummistiefeln und schob sie in den kleinen Stauraum des Boots, eher er die Bootsschuhe an seinen Füßen befestigte und dabei den Biss der Kälte durch die Socken spürte.

Die tief am Himmel stehende Spätnachmittagssonne badete ihre Rücken mit Wärme, als sie sich vom Ufer abstießen und auf den Schatten der Barnes Bridge zuhielten. Ein Zug ratterte über ihnen hinweg, und Tröpfchen nasskalten Brückenwassers regneten auf sie hinab.

Scott war diese Strecke bereits Hunderte Male gerudert, und doch war es jedes Mal eine andere Erfahrung. Auf dem Wasser spürte man selbst den geringfügigsten Wetterwechsel, und die Stadt um sie herum veränderte sich stetig. Er liebte es, wie seine Muskeln in den Rhythmus jedes einzelnen Zugs fielen und wie sein Atem sich mit Erics synchronisierte, während sie die Ruder gegen die Strömung durch das Wasser federn ließen. Seinem Gehirn blieb kein Raum, sich Sorgen zu machen, nicht einmal genug, um die Gedanken wieder zu der Barista mit den schönen braunen Augen von heute Morgen wandern zu lassen.

Der Fluss dehnte sich um sie herum aus, und schon bald hatten sie die anderen Bootshäuser und all die Gebäude und schicken viktorianischen Villen, die das Ufer säumten, hinter sich gelassen. Bald waren da nur noch Bäume, die der Herbst in Schattierungen von Orange und Tiefrot getaucht hatte, und die Sonne, die sich im Wasser spiegelte.

»Du bist so still«, sagte Eric nach einer Weile.

»Tut mir leid, ich war in Gedanken.«

»Arbeit?«

»Schätze schon. Ich habe heute gute Neuigkeiten bekommen – meine Ausstellung könnte auf die Weltreise gehen, von der ich dir erzählt habe. Es ist noch eine Menge zu tun, wenn wir alles für eine Eröffnung im Winter fertig haben wollen, aber nichts, was ich nicht schaffen würde.«

»Was beschäftigt dich dann?«

»Um ehrlich zu sein«, gab Scott zu, »habe ich heute Morgen jemanden kennengelernt.«

Eric stieß einen Pfiff aus. »Ich dachte, du hättest dem Dating abgeschworen?«

»Das war auch der Plan. Aber als ich vorhin in diesem Café in der Nähe des Museums war, habe ich da diese Barista gesehen, und, na ja, jetzt bekomme ich sie nicht mehr aus dem Kopf«, sagte Scott, als sie kurz eine Pause einlegten und sich von ihrem Schwung tragen ließen.

»Hast du sie nach ihrer Nummer gefragt?«

»Nein, ich war sowieso schon zu aufdringlich, glaube ich.«

»Das kann ich mir kaum vorstellen«, gab Eric zurück. »Was hast du gemacht? Sie fünf Minuten nach dem Kennenlernen schon um ihre Hand gebeten?«

»Nichts so Schlimmes. Ich habe damit angefangen, wie cool Nazar-Amulette sind, und mich zu sehr reingesteigert. Sie scheint sich schon dafür zu interessieren, sie trug sogar eines um den Hals – aber dann bin ich gegangen, ohne sie auch nur nach ihrem Namen zu fragen.«

Eric lachte. »Wenn sie sich auch dafür interessiert, bist du in ihren Augen ja vielleicht gar kein ›verrückter Professor‹. Das ist aufregend! Geh hin und versuch es noch mal. Sei witzig und frag sie nach einer Tasse von diesem seltsamen, mit Blumen vollgestopften Tee. Ich sag dir, Frauen lieben Tees mit Blumen drin, keine Ahnung warum. Das kommt bestimmt gut bei ihr an.«

»Okay, nächste Woche, und dann erzähle ich dir, wie es gelaufen ist.« Vor ihnen lag ein langes Wochenende, und am Sonntag würde Erics und Immys Hochzeit stattfinden.

Als sie das Boot wendeten, streckte Eric die Hand aus und drückte Scotts Schulter.

»Ich bin froh, dass du endlich bereit bist, dich mit neuen Leuten zu treffen. Ich habe mir wirklich kurz Sorgen gemacht, nachdem … du weißt schon …«

»Du kannst ihren Namen ruhig aussprechen«, sagte Scott.

»Nun, nach Alice. Es ist schön zu sehen, dass du dein Mojo zurückgewinnst.«

»Ich zahle dir fünfzig Pfund, wenn du nie wieder das Wort ›Mojo‹ in den Mund nimmst.«

»Einverstanden. Sollten wir ein paar Sprints machen, um wieder warm zu werden?«

Scott stöhnte. Eric liebte es, ihn mit Sprints zu foltern.

Als Scott etwa eine Stunde später zu Hause war, rief er als Erstes seine Mums an, um ihnen zu sagen, dass er morgen Abend um sieben bei ihnen sein würde, bevor das Hochzeitswochenende losging. Es war zu lange her, seit er zu Hause gewesen war, und er konnte ihren Hund Juniper aufgeregt am anderen Ende der Leitung bellen hören, wann immer Scotts Name fiel.

Er hängte die Schlüssel an einen Haken bei der Tür

und schlüpfte aus seinen Gummistiefeln, die nach Flusswasser rochen.

Scotts Schritte hallten durch die Zwischengeschoss-Wohnung. Die Böden waren zu poliert und kahl. Die ganze Wohnung fühlte sich noch neu und fremd an. Er hatte sie voll möbliert gemietet, doch die Einrichtung war langweilig und austauschbar und vermittelte ihm das Gefühl, in einem Hotel zu übernachten.

War das nicht eigentlich der Grund, warum er zurück nach London gekommen war? Um von diesem »Hotel-Gefühl« wegzukommen? Nach der Trennung war er vollkommen durch den Wind gewesen, überwältigt vom Schmerz, betrogen worden zu sein, und sein einziger Gedanke war: *Weg hier.* Er hatte sich mit Alice ein Zuhause aufgebaut, zumindest dachte er das, und mit einem Mal war er wieder orientierungslos durchs Leben getrieben. Scott hatte in Museen auf der ganzen Welt gearbeitet, von den unglaublichsten Professoren und Kuratoren gelernt, doch jeden Abend kehrte er zurück in irgendein Hotelzimmer oder eine kurzzeitige Mietwohnung und wartete darauf, dass die Nacht vorüberging, damit er wieder zur Arbeit konnte. Jahrelang hatte er sich in Reisen und seine Studien gestürzt, aber irgendwann hatte das Heimweh ihn überwältigt. Er brauchte seine Freunde, seine Familie. Er wollte … er wollte wieder jemanden lieben.

Diese Wohnung würde es für den Moment tun, aber nach der Hochzeit wollte er sich nach etwas mit mehr Persönlichkeit umsehen. Vielleicht nicht ganz so weit entfernt von seinen Mums, damit er sie öfter besuchen konnte, jetzt, da er wieder hier war. Er hatte sie vermisst.

Wenigstens Teppiche musste er sich besorgen – alles wäre besser als diese glänzenden grauen Bodenplatten. Vielleicht auch ein paar Bilder für die Wände und ein Haustier. Ein Hund wäre nicht schlecht – er war immer mehr ein Hundemensch gewesen, und vielleicht durfte er ihn sogar mit zur Arbeit bringen.

Scott hatte die leeren Regale mit all seinen Büchern gefüllt, die das Wohnzimmer etwas lebendiger machten. Jedes davon war ein kleiner Teil von ihm selbst. Scott hatte sogar zwei seiner Kinderbücher über das alte Rom und das alte Ägypten in die Regale gestellt. Es waren zwei der ersten Bücher, die seine Mums ihm gekauft hatten – zwei der ersten Bücher, die nur ihm gehörten und die er nicht zurück in eine Bibliothek bringen musste –, und er kannte sie in- und auswendig. Jetzt, da er darüber nachdachte, waren diese beiden Bücher vermutlich teilweise verantwortlich für seine Berufswahl.

Scott warf kurz einen Blick auf den Balkon. Vor ein paar Tagen hatte er dort zwei Rotkehlchen entdeckt und ihnen etwas altes Brot hingelegt, und wie es schien, hatten sie es tatsächlich verputzt. Er füllte ein paar weitere Krumen in eine Schale und beschloss, dass er eine Futterkrippe für sie kaufen würde.

Nach einem kurzen Abendessen stand er unter der Dusche, bis seine schmerzenden Muskeln sich lockerten, und ließ sich dann ins Bett fallen. Seine Träume waren erfüllt von dem Gesicht der Barista und dem Duft nach Earl Grey.

Kapitel 3

Der zerbrochene Talisman war lediglich der Anfang. Während der Morgen in den Nachmittag übergegangen war, hatte es von allen Seiten böse Omen gehagelt.

Ein Kunde hatte seinen Schirm aufgespannt, während er noch im Laden war, und dann hatte Dina beim Abwischen eines Tischs versehentlich das Salz umgestoßen. Zusammen mit dem Talisman waren das bereits drei Omen an einem Tag. Das hatte sie zuletzt gehabt, bevor sie durch die Führerscheinprüfung gerasselt war. Obwohl das damals vermutlich mehr damit zu tun hatte, dass große Maschinen und magische Wesen sich nicht besonders gut miteinander vertrugen.

Die ganze Zeit über spukte das Gesicht des Mannes vom Morgen durch ihren Kopf. Das leicht schiefe Lächeln und seine leuchtenden Augen, als er sie auf das Hamsa-Amulett ansprach. Wahrscheinlich hatte sie wieder viel zu viel in diese Begegnung hineininterpretiert, dabei war er einfach einer dieser »heißer Professor«-Typen, die alle Frauen zum Schwärmen brachten. Aber sie schwärmte nicht, oder?

Kopfschüttelnd wurde Dina klar, dass sie diesen Mann aus ihren Gedanken verbannen und etwas gegen die seltsame magische Energie im Café tun musste. Sie schrieb eine Textnachricht an ihre Mutter Nour. Diese antwortete beinahe augenblicklich, als hätte sie bereits auf Dinas Nachricht gewartet, was vermutlich der Fall war, da ihre Hexentalente sich um Weissagungen drehten. Reinigungszauber waren ein wesentlicher Teil davon, deshalb bat Dina sie um Tipps, wenn es um derartige Sachen ging. Tatsächlich bat Dina ihre Mutter immer um Tipps in Sachen Hexerei … nun, fast immer.

Nour schlug vor, mit Salbei zu räuchern. Da Dina nicht den Feueralarm auslösen wollte, beschloss sie, etwas Salbeiöl, das sie vergangenen Herbst hergestellt hatte, in die Sprühflasche mit ihrem Reiniger zu mischen und so das ganze Café wie einen Kräutergarten riechen zu lassen.

Als die Nachmittagsgäste eintrudelten und still in ein gutes Buch vertieft an ihrer heißen Schokolade mit Marshmallows in der Form von kleinen Geisterkürbissen nippten, nutzte Dina die Gelegenheit, um hinaus an die frische Luft zu gehen und ihre Menütafel auf dem Bürgersteig um ein paar Angebote zu ergänzen.

Mit einem Stück violetter Kreide setzte Dina »Liebestrunkene Briouats« und »Rotwangige Ghriba« auf die Liste. Die Briouats – Teilchen aus Filoteig mit einer Füllung aus Honig und Mandeln, die einem auf der Zunge zergingen – waren himmlisch, selbst ohne den Zauber, der dafür sorgte, dass man sich fühlte, als wäre man gerade von einem geliebten Menschen auf die Stirn geküsst worden. Die Ghriba, verboten luftige Kekse mit Rosenwasseressenz und Zitronenschale, waren mit einem Zauber versetzt, der einem Finger und Zehen wärmte.

Etwa eine Stunde vor Ladenschluss stürmten Immy und Rosemary – Dinas beste Freundinnen und beinahe so etwas wie ihre Schwestern – ins Café, jede beladen mit mehreren Tragetaschen des Bücherladens um die Ecke.

Immy hatte erst kürzlich ihr blondes Haar zu einem kurzen Bob schneiden lassen, um sich damit demonstrativ gegen ihre zukünftige Schwiegermutter aufzulehnen, die der Meinung war, langes Haar sei ein Muss für eine Braut. Rosemary dagegen erinnerte an ein wahr gewordenes präraffaelitisches Gemälde. Zu ihrem leuchtend roten Haar, das ihr in Wellen über den Rücken fiel, trug sie heute ein grünes Kleid und eine Vintage-Brille im Cat-Eye-Design.

Obwohl sie sich im Aussehen dramatisch unterschieden, hatten Immy und Rosemary den gleichen Job – sie verfassten Horrorromane. Immy schrieb Science-

Fiction voller tentakelbewehrter Aliens und merkwürdiger Raumschiffe mit eigenem Bewusstsein, während Rosemary mehr so der Typ für Schauergeschichten in alten Spukhäusern war.

Wenn Dina ehrlich war, fürchtete sie sich immer etwas zu sehr vor Rosemarys Büchern. Zu Immys Geschichten hatte sie den nötigen Abstand. Dass sie jemals die einzige überlebende Astronautin im Kampf gegen eine außerirdische Spezies sein würde, war eher unwahrscheinlich, aber Rosemarys Horror war die Sorte, nach der sie eine Armada von Schutzzaubern um ihr Bett errichtete.

Dina, Immy und Rosemary kannten sich bereits seit ihren frühen Zwanzigern. Rosemary war im Rahmen ihres Literaturstudiums in Princeton für ein halbes Jahr in England gewesen, Immy hatte den gleichen Kurs besucht, während Dina eine Ausbildung zur Bäckerin machte.

Sie waren sich zum ersten Mal bei einer *Addams-Family*-Filmnacht im Prince Charles Cinema – Kostüme verpflichtend – begegnet, bei der alle drei beschlossen hatten, als Cousin Itt zu gehen, komplett mit Perücke, Hut und Sonnenbrille. Mit dem Kostüm ihrer Wahl war es am Ende dann jedoch schwierig, sich den Film anzuschauen, also schlichen sie sich raus und liefen quer durch Londons Innenstadt, bis sie im Ye Olde Cheshire Cheese Pub landeten und dort versackten.

Von diesem Abend an waren sie unzertrennlich. Selbst als Rosemary zurück in die Staaten musste, hielten sie ständig Kontakt und besuchten sich so oft wie möglich.

Immy und Rosemary waren die ersten Menschen, denen Dina je das Geheimnis ihrer Magie anvertraut hatte. Eines Nachts saßen die drei auf Dinas Küchenboden und aßen den Zitronen-Meringue-Kuchen, den sie gebacken hatte, als ihre Hexenintuition ihr mitteilte, dass jetzt ein guter Zeitpunkt wäre. Nachdem sie ihnen ihr Geheimnis anvertraut hatte, hatte sie Tassen mit heißer Schokolade für sie schweben lassen, nur für den Fall, dass sie dachten, sie hätte den Verstand verloren.

Es war die Nacht der Enthüllungen, denn kurz nachdem Dina ihnen gestanden hatte, eine Hexe zu sein, gab Rosemary zu, dass sie hin und wieder Geister sehen konnte. Immy hatte noch monatelang daran zu knabbern, dass sie die einzige nicht-magische Person unter ihnen war.

Nach Erics Antrag hatte Immy Dina um Erlaubnis gebeten, ihm von ihren Hexenkräften zu erzählen. Zuerst war sie unsicher gewesen; es war etwas sehr Persönliches, was ihre Freundin da einer anderen Person über sie verriet. Doch nachdem sie Erics Karten gelesen und sich heimlich seinen Teesatz angesehen hatte, wusste sie, dass sie ihm vertrauen konnte. Außerdem mochte sie ihn. Er hatte einen guten Sinn für Humor und verehrte Immy geradezu.

Dina hatte eine regelrechte Show aus der Enthüllung gemacht und ihnen einen »Glückwunsch zur Verlobung«-Kuchen gebacken, der ein kleines Feuerwerk in ihrem Wohnzimmer entzündete, als sie das erste Stück anschnitten.

Jetzt zog Immy Dina über den Tresen in eine Umarmung und hüllte sie in ihren Duft nach frischen Laken ein.

»Hab dich vermisst«, murmelte Immy in ihr Haar.

»Ich hab dich auch vermisst, obwohl wir uns gestern noch gesehen haben.«

Immy grinste. »Ich meinte das Pain au Chocolat dort, aber ja, dich hab ich auch vermisst.«

Dina wandte sich Rosemary zu, die um den Tresen gekommen war, und sie fielen sich strahlend in die Arme. Für eine so kleine Frau hatte Rosemary eine verdammt kräftige Umarmung.

»Ich wünschte, ich könnte hier einziehen«, stöhnte sie, während sie Dina drückte. »Selbst die Luft schmeckt nach Kuchen.«

Dina lächelte. »Ich hoffe, ihr habt beide großen Hunger, denn wir werden gleich Unmengen an Gebäck verdrücken.«

»Ich faste seit heute Morgen«, meinte Immy ernst. Neben ihr rollte Rosemary mit den Augen und formte mit den Lippen in Dinas Richtung: *Wir hatten vor einer Stunde Pizza.*

Immy und Rosemary machten sich auf den Weg nach hinten in die Küche, während Dina den Tresen putzte. Sie war froh, dass diese beiden lauten, wundervollen Frauen hier waren. Sie waren vermutlich die Einzigen, die sie von der Begegnung mit dem mysteriösen Mann heute Morgen ablenken konnten.

»Würde es dir etwas ausmachen, dich um die letzten Gäste zu kümmern, damit ich mit dem Backen anfangen kann?«, fragte sie Robin.

»Klar, wenn du versprichst, etwas von der Cremefüllung für mich aufzuheben«, antwortete Robin zwinkernd.

Der Andrang der Abendstunden war vorbei, und jetzt, eine Stunde vor Ladenschluss, befanden sich nur noch ein paar Stammgäste im Café. Da war ein älteres Paar, das zusammen ein Kreuzworträtsel löste und gelegentlich ein paar der lernenden Studenten am Nebentisch um Hilfe bat, wenn es einen der Hinweise nicht entschlüsseln konnte. Einige Gäste saßen am Schaufenster, nippten an ihren Getränken und blickten hinaus in das windige Herbstwetter. Wenigstens hier drin war es behaglich.

Da war auch ein Paar, das Dina schon einmal gesehen hatte, obwohl sie das letzte Mal Fremde an verschiedenen Tischen gewesen waren. Wenn Dina sich richtig erinnerte, hatten sie beide das Gleiche bestellt: einen Mokka mit extra Schokolade obendrauf, und dazu einen Donut mit Zuckerstreuseln. Ihr wurde das Herz warm bei dem Gedanken, dass die gleiche Bestellung in ihrem Café diese beiden Menschen zusammengeführt hatte.

Sonst verbrachte Dina die ruhigen Nachmittage damit, an ihren Rezepten für den nächsten Monat zu arbeiten. Sie passte ihr Gebäck gerne der Jahreszeit an, und manchmal musste sie etwas üben, bis sie es gut hinbekam. Auch eine Küchenhexe war nicht perfekt.

In Frühling und Sommer gab es zarte und luftige Plunder, versetzt mit Rosenwasser, marokkanischen Orangenkuchen und leckere Himbeer-Macarons. Wenn die Erdbeersaison im frühen Juni einsetzte, machte sie lockerleichten Fraisier, und in Herbst und Winter arbeitete sie mit schwereren Zutaten: dickflüssige, dunkle Schokolade, Zimt, Kardamom, Lebkuchengewürz und Kürbis. Wenn die Tage kürzer und kälter wurden, begannen die Menschen, sich nach Wärme und Behaglichkeit zu sehnen. Und genau das würde Dina ihnen geben, und sei es nur für kurze Zeit. Ein Spezialrezept für diese Zeit war ein Ingwer-Persimonen-Kuchen, der seine gelbe Färbung den Safranfäden verdankte, die Dina bei ihrem letzten Marokko-Trip erstanden hatte, und mit frischen Vanilleschoten versetzt war, deren süßer, kräftiger Duft jedes Mal durch das ganze Café waberte.

Es war nur eine Ergänzung zu ihrem üblichen Angebot von Gebäck und Kuchen, alles Rezepte, die ihre Mutter ihr beigebracht hatte. Der Kuchen mit dunklem Honig aus dem Atlasgebirge war ein Dauerbrenner bei ihren Gästen. Dina hatte ihn mit einem ganz speziellen Zauber versetzt, der die Gäste immer wieder zurückkommen und nach mehr verlangen ließ. Sie hatte ihn aus einer Kindheitserinnerung gewonnen: Einmal war sie während einer Autofahrt eingeschlafen, und obwohl sie bereits zu groß war, um herumgetragen zu werden, erinnerte sie sich, wie ihr Vater sie in seine Arme gehoben und ihre Mutter ganz leise die Autotür geschlossen hatte, um sie nicht aufzuwecken, bevor er sie sanft nach oben in ihr Bett trug.

Die Idee für diesen Zauber war Dina gekommen, als ihr bewusst wurde, dass jeder Mensch im Leben irgendwann erwachsen werden musste, also schuf sie diesen Honigkuchen, der das Gefühl einer behüteten Kindheit konservierte. Das Gefühl, ganz und gar umsorgt und liebevoll in die Arme genommen zu werden, war eines, das vielen im ruhelosen London fehlte.

Manchmal fragte sie sich, ob sie wirklich eine Cafébesitzerin oder nicht doch so eine Art gute Fee war. Doch das magische Gebäck ließ die Gäste eindeutig immer wieder kommen, was sie auch zu einer guten Geschäftsfrau machte.

Heute würde sie jedoch nicht ihre Winterrezepte

vorbereiten. Der Nachmittag war für Immys Hochzeitsvorbereitungen reserviert. Statt sich wie jeder normale, vernünftige Mensch für eine Torte zu entscheiden, hatte Immy beschlossen – und Eric hatte da nichts mitzureden –, dass sie entweder Apfelkuchen oder Zimtschnecken wollte. Sie war sich nur noch nicht sicher, was davon.

Also hatte Dina, die beste Trauzeugin der Welt, beschlossen, dass sie beides backen würde, damit Immy ihre endgültige Wahl treffen konnte. Dinas Freundinnen hatten sie praktisch angefleht, ihr bei der Kreation der beiden Rezepte helfen zu dürfen. Die Hochzeit war an diesem Wochenende. Dina hatte vor, die benötigten Zutaten mit zu dem alten Herrenhaus zu nehmen, in dem Immy und Eric sich das Jawort gaben.

Dina ging nach hinten in die Küche, wo Immy und Rosemary sich bereits heiße Schokolade mit Schlagsahne zubereiteten. Immy erzählte Rosemary alles über ihre geplanten Flitterwochen in Australien und die riesigen Spinnen und Schlangen, die sie hoffte, dort zu sehen. Beim Anblick der beiden, wie sie es sich in ihrer Küche gemütlich machten, ging Dina das Herz auf.

Die Küche im Hinterzimmer des Serendipity war nicht gerade geräumig, aber die Regale mit bunten Gläsern und Dosen und die alten Industrie-Backöfen verliehen ihr eine gemütliche Wärme, die Dina liebte. Es war einer ihrer liebsten Orte auf der ganzen Welt.

»Also gut«, sagte Dina und hob die Rührschüsseln auf den Marmortresen, »ihr bindet euch besser Schürzen um.« Sie nickte in Richtung der Kleiderhaken an der Wand, wo rosafarbene und grüne Schürzen hingen, dann schnippte sie mit den Fingern, und zwei davon flogen durch den Raum direkt in Rosemarys und Immys Hände.

»Endlich werde ich Zeugin von Dinas magischem Backen«, lächelte Rosemary, rollte die Ärmel hoch und entblößte dabei ihre stark tätowierten Unterarme.

»Ich hoffe, ich werde den Erwartungen gerecht«, grinste Dina. Sie sah Immy an. »Bist du dir sicher, dass du nicht doch einfach eine normale Hochzeitstorte mit Vanille-Frosting willst, Immy?«

»Auf keinen Fall. Vergiss nicht«, Immy kniff die Augen zusammen, »dass du einen Blutschwur geleistet hast, mir zu backen, was immer ich will, wenn ich dich zu meiner Trauzeugin mache.«

»Immer mit der Ruhe, Brautzilla«, sagte Rosemary.

Sie schlüpften in die Schürzen, und Dina verschwand in ihre Speisekammer, um die Zutaten zusammenzusuchen, die sie brauchen würden.

»Also, wie läuft das hier ab?«, fragte Rosemary, die mit Immy an der Arbeitsfläche bereitstand.

»Zuerst holt man alle Zutaten heraus«, rief Dina. Sie suchte ausreichend Rührschüsseln zusammen, und dazu frische ungesalzene Butter, Mehl, Zimt, Hefe,

Vanilleschoten und Zucker. Die Bramley-Äpfel hatte sie schon etwas früher am Tag entkernt, geschält und in Scheiben geschnitten, also mussten sie für den Apfelkuchen nur die Butter, braunen Zucker und Äpfel auf dem Herd kochen, während sie den Mürbeteig kneteten. »Und jetzt … darf ich euch für zwei Stunden in meiner Küche herumscheuchen.«

Sie redeten ununterbrochen während des Arbeitens, und Dina gab noch eine Prise Zimt und Sternanis in die süße Apfelmischung, die Rosemary rühren sollte.

»Wer wird dir am Wochenende hiermit helfen?«, fragte Rosemary. Ihr war offenbar aufgefallen, wie viel Dina zu tun hatte, als sie einer Clementine befohlen hatte, sich in der Luft schwebend selbst zu schälen.

»Oh, sie wird Hilfe haben«, murmelte Immy mit einem seltsamen Funkeln in den Augen.

»Was soll das heißen?«, fragte Dina. »Hast du zusätzliche Küchenhilfen angeheuert? Ernsthaft, Imms, ich brauche keine Hilfe. Es ist für mich viel einfacher, wenn ich alles allein mache, weil ich dann meine Magie voll ausleben kann.«

Die zukünftige Braut grinste nur.

»Nein, keine Küchenhilfen, mach dir keine Gedanken.«

Dina machte sich definitiv Gedanken, doch sie sah Immy an, dass sie nicht vorhatte, ihr etwas zu verraten. Sie warf Rosemary einen Blick zu, der sagte: *Weißt du etwas darüber?* Doch ihre Freundin schüttelte nur den Kopf.

Der Apfelkuchen war zuerst fertig, da der Teig für die Zimtschnecken erst noch gehen musste und Dinas Gärschrank Zicken machte. Elektrische Geräte und Magie kamen nicht besonders gut miteinander zurecht.

Schließlich versammelten die Freundinnen sich mit Gabeln bewaffnet um einen Apfelkuchen mit perfekt goldener Kruste.

»Heilige Scheiße«, sagte Rosemary nach dem ersten Bissen. »Der ist besser als der von meinem Dad. Verratet ihm nicht, dass ich das gesagt habe.«

»Er ist unglaublich gut …«, begann Immy.

»Aber? Ich spüre, da kommt ein ›aber‹.« Dina wartete.

»Aber ich glaube, er ist nicht ganz das Richtige für die Hochzeit. Außerdem hatten Eric und ich bei unserem zweiten Date Zimtschnecken.«

»Dann ist es entschieden, es gibt Zimtschnecken!« Dina klatschte in die Hände, und Mehl stob in alle Richtungen.

Dina wünschte, sie könnte jeden Tag mit ihren Freundinnen backen, es gab nichts Schöneres. Sie summte leise vor sich hin, während sie den aufgegangenen Teig für die Zimtschnecken ausrollte. Normalerweise würde Dina jetzt einen Zauber in das Gebäck weben. Für so etwas wie eine Zimtschnecke oder einen Muffin eignete sich zum Beispiel das Gefühl, sich in eine weiche, kuschelige Wolldecke einzuwickeln. Backmagie funktionierte am besten, wenn man während des Backens immer mal wieder eine Prise hineinstreute.

Heute war es anders.

»Immy, erzähl mir davon, wann du zum ersten Mal gemerkt hast, dass du Eric liebst.« Dina hatte diese Geschichte viele Male gehört, aber es war wichtig, dass Immy sie ihr jetzt erzählte, damit sie die Geschichte fließen lassen und sie in einen Zauber, eine Emotion, verwandeln konnte, die sie den Schnecken beimengen würde.

»Das war nach unserem zweiten Date. Wir hatten uns für einen Spaziergang nahe dem Eingang von Hampstead Heath verabredet, und es war verdammt kalt an dem Tag. Ich erinnere mich noch, dass ich eine Weile warten musste, weil ich viel zu früh dort war, und als er kam, sah er, dass ich zitterte. Er pustete mir auf die Hände, bis sie wieder warm waren, und lud mich zu einem Tee ein. Bei unserem nächsten Date brachte er mir ein Paar Handschuhe mit, damit meine Hände nicht mehr kalt werden konnten. Und da wusste ich, dass ich mich rettungslos in ihn verliebt hatte.«

»Argh, wenn ich das höre, fühle ich mich schrecklich single. Wann werden Männer lernen, dass Frauen keine großen Gesten brauchen, sondern lediglich jemanden, der darauf achtet, dass sie warme Hände haben«, stöhnte Rosemary.

Während Immy sprach, hatte Dina diese Erinnerung – Immys Emotionen, als Eric sie umsorgte, das Gefühl von kalten Händen, die wieder warm wurden – in einen Zauber verwandelt und ihn in den Teig geknetet. Während sie weiter an den Zimtschnecken arbeitete, ermunterte sie Immy, ihnen von anderen Dingen zu berichten, die sie an Eric liebte, weitere wertvolle Erinnerungen, die sie ebenfalls dem Teig zufügte. Wer auch immer diese Zimtschnecken aß, würde ein tiefes Gefühl der Liebe überall um sich herum spüren. Es war kein Liebeszauber, die gab es schlicht nicht – Magie konnte den falschen Eindruck von Liebe vermitteln, doch niemals das echte Gefühl. Dina hatte das auf die harte Tour lernen müssen. Nein, dieser Zauber würde die Leute einfach nur dazu bewegen, dass sie Immy und Eric ansahen und sich dachten: *Wow, diese beiden lieben sich wirklich.*

Neben ihr arbeiteten Immy und Rosemary gemeinsam an der Zimt-Zucker-Mischung für die Schnecken.

»Muss da mehr Zimt rein?«, fragte Immy und starrte stirnrunzelnd in die Schüssel.

Dina steckte den Finger hinein und ließ ihn dann in ihrem Mund verschwinden. Die süße, cremig geschlagene Butter vermischte sich mit der weichen Erdnote des Zimts.

»Nein, sie ist perfekt.«

Sobald alles im Ofen war, saßen sie bei noch mehr

heißer Schokolade zusammen und plauderten über Rosemarys Horrorroman, der demnächst verfilmt werden sollte. Schon bald erfüllte der himmlische Duft nach Gebäck und Gewürzen die Küche.

Dina hatte eine Extraportion gemacht. Keine von ihnen wartete, bis die Schnecken abgekühlt waren, ehe sie sich darüber hermachten.

Immy traten Tränen in die Augen, als sie hineinbiss.

»Dina, die … deine Magie … Wie hast du … Es ist, als hättest du Eric und mich dort drin versteckt. Ich verstehe es nicht.«

Dina kam zu ihr und schloss Immy in eine mehlige Umarmung.

»Ich bin froh, dass du sie magst.«

»Mmmschßegut«, murmelte Rosemary am anderen Ende der Arbeitsfläche, den Mund voller Zimtschnecke.

Dina probierte auch etwas davon, aber lieber sah sie zu, wie die Magie Besitz von ihren Freundinnen ergriff. Wie ihre Stirnfalten sich glätteten und sie glücklich seufzten.

»Du bist eine verdammt gute Küchenhexe, Dina. Kannst du mir jede Woche was davon in die Staaten schicken?«, bettelte Rosemary.

Sie aßen weiter, bis keine mehr einen Bissen hinunterbekam. Dina packte für beide große Tüten mit Kuchen und Gebäck, die sie mit nach Hause nehmen konnten, dann schloss sie ihre Freundinnen jeweils in eine feste Umarmung.

»Vielen Dank, dass ihr meine Back-Versuchskaninchen wart«, sagte sie lächelnd. Wenigstens würde sie die beiden bald schon wiedersehen – bis zu Immys Hochzeit waren es nur noch wenige Tage.

»Kannst du mir einen Gefallen tun?«, fragte Immy und beugte sich dicht zu ihr.

»Alles, was du willst.«

»Könntest du, äh, in den Teeblättern oder Karten oder was auch immer du sonst benutzt, lesen und mir sagen, ob bei der Hochzeit alles gut geht?«

Dina konnte sie verstehen. Hochzeitsvorbereitungen bedeuteten eine Menge Stress, und Immy wollte einfach nur etwas ruhiger schlafen können. Eine Lesung war ohnehin überfällig.

»Klar.« Sie lächelte. »Ich schreibe dir.«

»Okay, aber wenn es so ein Rote-Hochzeit-Ding wie in *Game of Thrones* wird, dann will ich es nicht wissen.«

»Zur Kenntnis genommen.«

Als Letzte das Café abzuschließen, war ihr abendliches Ritual. Es bedeutete nicht, dass sie Robin nicht vertraute, aber es war unkomplizierter – und effizienter für sie beide –, wenn sie sich in Ruhe auf die verschiedenen Putzzauber konzentrieren konnte.

Robin würde sich in den kommenden Tagen um das

Café kümmern, während Dina in Little Hathering war, einem Dorf nördlich von London, in dessen Nähe Immy ihre Hochzeit feiern würde. Dinas Eltern lebten auch dort.

Dina zog die Jacke eng um sich, während sie die Ladentür hinter sich schloss, und nahm einen tiefen Atemzug der kalten Abendluft. Während sie den Schlüssel drehte, flüsterte sie einen Schutzzauber. Manchmal tat sie das auf Englisch, dann wieder verfiel sie in Darija oder Französisch, was auch immer sich in diesem Augenblick richtig anfühlte. Und es handelte sich nicht um einen bösartigen Zauber – mit solchen gab Dina sich nicht ab. Es war einfach nur eine Aura, die mögliche Einbrecher von dem Café ablenken würde, indem sie es vollkommen uninteressant aussehen ließ und definitiv nicht wie einen Ort, an dem viel zu holen war.

Die Sonne war beinahe vollständig untergegangen, und die Blätter tanzten im Herbstwind, als Dina sich auf den Weg zur Bahn machte. Die Heimfahrt verlief glücklicherweise ereignislos, obwohl Dina einen Juckzauber einsetzte, um einen Mann dazu zu bewegen, den Sitzplatz freizugeben, der eigentlich für Fahrgäste mit besonderen Bedürfnissen reserviert war und den die hochschwangere Frau nicht selbst einfordern wollte. Bei Putney Bridge stieg Dina aus der Bahn und ging den Fluss entlang, um das letzte Sonnenlicht zu genießen.

Auf dem Fluss waren ein paar Boote unterwegs, deren Ruder kleine Kreise ins Wasser zeichneten. Dina spürte die Magie dieser Stadt nie mehr als hier am Fluss. Es war, als ob ganz London im Wogen jeder Welle steckte.

Vielleicht war es auch der Fluss selbst. Die Art, wie er sich durch die Stadt wand und schlängelte, immer in Bewegung.

Es gab ihn schon, als London nicht mehr als ein paar Lehmhütten inmitten von Marschland war, und Dina bezweifelte nicht, dass er die Stadt überdauern würde. Das waren die typischen melodramatischen Gedanken, die ihr immer in den Sinn kamen, wenn sie müde und auf dem Weg nach Hause war. Das lag am Wasser – es brachte ihre nachdenkliche, melancholische Seite zum Vorschein.

Wie immer wartete Heebie Jeebie bereits auf sie und jaulte schrecklich, sobald Dina durch die Tür trat.

»Ich hab dich vermisst, du kleiner Plagegeist«, sagte Dina und hob die rundliche Katze in ihre Arme wie ein Baby, was Heebie gegen das unausgesprochene Versprechen zukünftiger Leckerli widerstrebend über sich ergehen ließ.

Eigentlich war Dina auf der Suche nach einer schwarzen Katze gewesen, als sie vor einigen Jahren dem Tierheim einen Besuch abgestattet hatte. Sie liebte, dass sie aussahen wie winzige Flecken Mitternacht. Doch dann hörte sie ein schlecht gelauntes Jaulen aus einem kleinen Käfig zu ihren Füßen.

»Die ist gerade reingekommen, der Tierarzt meint, es ist wohl eine wilde. Kein Chip«, sagte einer der Mitarbeiter zu ihr.

Dina ging in die Hocke und entdeckte sie sofort. Die Katze war fast komplett schwarz, hatte aber einen mondförmigen goldenen Fleck an der Stirn und einen cremig weißen Bauch. Heebie, die damals noch keinen Namen hatte, stupste Dinas ausgestreckten Fingerknöchel mit dem Kopf an, und sobald sie die warme Wange der Katze spürte, wusste sie, dass sie ihren Familiar gefunden hatte.

Heebie Jeebie mochte einmal eine verwilderte Katze gewesen sein, doch jetzt war sie das genaue Gegenteil und fraß kleine Käsestücke aus Dinas Hand, während sie beide nebeneinander auf dem Küchenboden saßen. Mit einer Bewegung ihrer Finger ließ Dina alle Lampen in ihrer Wohnung aufleuchten, und ihr warmes, rosiges Licht half ihr, in die Ruhe des Abends zu finden.

Doch noch konnte sie den Tag nicht ganz abschließen. Sie hatte Immy eine Lesung versprochen. Dina beschloss, dass sie auch gleich zwei machen konnte – eine für Immys und Erics Hochzeit und eine für sich selbst. Trotz des magischen Nachmittags mit ihren Freundinnen drückten die Omen des heutigen Tages ihr immer noch aufs Gemüt wie ein zu enger Gürtel.

Dafür gab es nur eine Lösung: Wahrsagerei. Es mochte das magische Talent ihrer Mutter sein, doch auch Dina versuchte sich ab und zu darin. Sie schaltete den Wasserkocher ein und sah den Dampfwolken zu. Dann schlüpfte sie in ihren Schlafanzug und brühte sich zwei Tassen mit süßem, tröstlichem Zitronenverbenentee. Ihr liebster Kräutertee überhaupt. Auf Darija nannte man ihn Louiza, und ihre Mutter schwor darauf, dass er half, ängstliche Gedanken zu besänftigen. Heute Abend würde er einem anderen Zweck dienen.

Dina musste die Blätter lesen, sie musste die Bedeutung der Omen verstehen, die sie heute gesehen hatte. Sie ließ sich auf ihrem grünen Samtsofa nieder, und Heebie machte es sich auf einem Kissen neben ihr gemütlich.

Mit einer erneuten Geste löschte Dina die meisten Lampen und entzündete eine weiße Stumpenkerze auf dem Tisch vor ihr. Hexerei betrieb man am besten bei Kerzenschein.

Für Immys Blick in die Zukunft trank Dina ein paar Schlucke von dem Tee, während sie an ihre beste Freundin und ihren Verlobten dachte und sich die bevorstehende Hochzeit vorstellte. Als sie sich die Blätter ansah, schien alles so zu sein wie erwartet. Zwei starke Linien, die aufeinander zustrebten, und ein kleiner Kreis darunter. Die Hochzeit würde glattlaufen. Das Band zwischen Immy und Eric war stark. Sie schrieb Immy eine Textnachricht und teilte ihr das Ergebnis mit.

Dann machte sie sich an ihre eigene Lesung und atmete einige Male tief ein, um ihren Geist zu leeren.

Als Dina den Tee trank, konzentrierte sie sich auf den vergangenen Tag. Der Sturz des Talismans, das Salz, der Schirm, das alles spielte sich noch einmal in ihrem Kopf ab, doch ihre Gedanken wanderten immer wieder zurück zu dem Mann im Café. Seine Unterarme, als er sich auf den Tresen lehnte, der kleine Knick in seinem Nasenrücken, der nie richtig geheilt war. Das tiefgoldene Braun seiner Augen. Hitze flackerte durch ihren Körper, als sie sich an seine rauen Hände an ihren erinnerte. Er hatte ein Feuer in ihr entfacht, mit dem sie sich gar nicht näher befassen wollte.

Sie trank den letzten Schluck Tee und stellte die Tasse zurück auf den Tisch. Tasseografie, die Kunst aus Teeblättern zu lesen, war eines von Dinas stärksten magischen Talenten – oft musste sie sich zwingen, nicht die Zukunft ihrer Gäste zu lesen, wenn sie das Café verließen.

Jede Hexe hatte andere magische Stärken. Dinas waren schon immer Backen und Brauen gewesen – alles, bei dem es um das Vermischen von Gewürzen und Kräutern in einer Küche ging. Wenn ihre Magie ein Duft wäre, dann würde sie nach frisch gebackenen Brownies riechen.

Ihre Mutter war mehr eine Seherin, sie las in Teeblättern, und manchmal konnte sie selbst die Sterne am Nachthimmel deuten. Sie hatte ein unheimliches Talent dafür, die Lottozahlen vorherzusehen, hatte es jedoch nie für nötig befunden, das für sich zu nutzen.

Dina rutschte nach vorne, bis sie von oben direkt in die Tasse blicken konnte. Das war ein wichtiger Teil jeder Lesung. Man musste es von oben tun, weil das Zentrum der Tasse das »Jetzt« repräsentierte, während die Ränder darum herum für die »nahe Zukunft« und die »ferne Zukunft« standen. Wenn man aus einem schiefen Winkel in die Tasse blickte, konnte das die ganze Lesung verzerren.

Einmal hatte Dina die Umrisse eines Zauberstabs in Rosemarys Teeblättern gesehen, bevor sie zu einem Date ging. Der Stab bedeutete, dass ein aufregender Neuanfang bevorstand, und Rosemary war mit der Überzeugung, dass alles gut gehen würde, losgezogen. Eine Stunde später war sie völlig verheult mit triefender Nase und verlaufener Mascara zurückgekommen und hatte erzählt, dass ihr Date sie im Café gesehen und sofort eine Kehrtwende gemacht hätte. Der Zauberstab in ihrer Tasse war eigentlich ein Dolch gewesen. Doch ein Abend voller Eiscreme und alter Hollywood-Musicals konnte sie wieder aufmuntern.

Jetzt reckte Dina den Hals, um die Blätter zu lesen, die am Boden ihrer Tasse klebten.

Drei Blätter in der Mitte, und die Wurzel ihres gemeinsamen Stängels wand sich nach links wie ein Flügel. Zwei weitere Blätter neigten sich einander zu und bildeten etwas, das der untere Teil von einem Herz oder ein V sein konnte. Und ganz oben hatte sich ein vereinzeltes Blatt zu einer nahezu perfekten Spirale gerollt.

Dina gefiel nicht, was sie sah. Sie wusste instinktiv, was die Blätter ihr sagten, doch sie wollte es nicht wahrhaben. Sie ging zu einem der vielen Bücherregale an den Wänden ihrer kleinen Wohnung. Dinas Herz raste ein wenig zu schnell, als sie durch die Seiten ihres abgegriffenen Tasseografie-Lexikons blätterte und nach weiteren Möglichkeiten suchte, alternativen Deutungen, die auf eine andere Zukunft hinweisen könnten.

»Dramatischer ging es nicht?«, murmelte Dina, als sie die Definition des Vorzeichens in ihrem Lexikon las: *Eine Romanze kündigt sich an. Sie wird in einer Katastrophe enden.* Es war, als wären diese Lexika für römische Kaiser gedacht, die jeden Moment mit einem Dolch im Rücken rechnen mussten, und nicht für Cafébesitzerinnen.

Dina knallte das Buch zu und schob es wieder ins Regal. Dann ließ sie sich zurück aufs Sofa fallen und schob die Tasse weit weg, um sie nicht länger in ihrem Blickfeld zu haben. Heebie, die ihre Stimmung spürte, kletterte in Dinas Schoß und blickte mit besorgten Augen zu ihr auf.

»Eine Romanze kündigt sich an …«, murmelte Dina laut, während sie Heebie hinter den Ohren kraulte. »Vielleicht lerne ich ja bei der Hochzeit jemanden kennen …«

Noch während sie es aussprach, wanderten ihre Gedanken zurück zu dem Mann im Café. Nein, vergiss ihn. Er war einfach nur irgendein Typ, den sie vermutlich nie wieder sehen würde. Außerdem war sie gar nicht offen für eine ernsthafte Beziehung. Und selbst wenn sie es gewesen wäre, dann würde sie eher nach einer Frau als nach einem Mann Ausschau halten.

Der zweite Teil der Lesung war leider unmissverständlich.

Ob man es nun einen sechsten Sinn nannte oder Hellseherei oder nur ein unbestimmtes Gefühl, das man tief in seinen Knochen spürte – Dina wusste bereits, dass die bösen Omen des heutigen Tages alle in eine Richtung deuteten: auf den Fluch.

Der sich heimlich wieder zurück in ihr Leben schlich und nichts als Kummer und Elend mit sich brachte.

Kapitel 4

Der Fluch ging auf den schlimmsten Fehler in Dinas Leben zurück. Es begann, als sie dreizehn war und die ersten zaghaften romantischen Gefühle entwickelte. Und etwas anderes, das nicht ganz so romantisch war, sie jedoch erröten ließ und ein kribbeliges Gefühl an seltsamen neuen Stellen auslöste.

In jenem Sommer war ihr Körper zum ersten Mal erwacht, und ihre Sinne waren begierig auf neue Erfahrungen gewesen. Auch ihre Magie hatte sich gezeigt. Natürlich hatte sie auch vorher schon gezaubert. Kleinigkeiten, wie das Licht an- und auszuschalten und eine Feder oder einen Stift schweben zu lassen. Doch diese Magie war stärker, wilder.

Sie kam mit ihrer ersten Periode und erfasste sie wie das offene Meer einen verlorenen Schwimmer, der von der Strömung mitgerissen wird. Ihre Mutter hatte sie unterstützt und ihr andere Arten der Hexenkunst gezeigt, damit Dina bestimmen konnte, welche ihr am besten lagen. Sie brachte ihr bei, wie ihre Magie sich ihrem Zyklus folgend jeden Monat wandelte und dass sie wenige Tage vor ihrer Blutung am mächtigsten war. Irgendetwas an dem Schmerz prämenstrueller Krämpfe stärkte die Magie einer Hexe.

Dina war plötzlich in der Lage gewesen, Magie auf eine Weise einzusetzen, die sie zunächst verblüffte. Am Tag vor den jährlichen Abschlussprüfungen hatte sie einen Glücksgeist herbeibeschworen, einfach nur, weil sie es konnte. Sie war ein waghalsiger Teenager, und ihre Verliebtheit in Luke Montgomery hatte alles nur noch schlimmer gemacht. Luke war der Junge, für den alle Mädchen schwärmten.

Dina war keines dieser Mädchen gewesen, zumindest zu Beginn nicht. Sie hatte die Coole gespielt, im Matheunterricht auf seinen Hinterkopf gestarrt und beim Sport seine gebräunten Unterarme bewundert. Doch dann fragte er sie, ob sie ihm einen Füller leihen könne, und sie hatte alle Selbstbeherrschung verloren und war zu einer stotternden, brabbelnden Katastrophe mutiert.

In der folgenden Nacht tat Dina etwas, das sie besser hätte lassen sollen. Sie wartete, bis ihre Eltern schliefen, und schlich sich dann ins Wohnzimmer, wo ihre Mutter ihre Zauberbücher aufbewahrte. Sie wusste, dass es keine Liebeszauber gab – alle Bücher über Hexerei, die sie bislang gelesen hatte, hatten das unmissverständlich klargemacht. Aber was wäre mit einem Schicksalszauber? Ein Zauber, der sie und Luke zusammenführen würde, bis ihnen irgendwann nichts anderes übrig blieb, als sich zu verlieben. Teenager-Dina war fürchterlich naiv.

Für den Zauber musste sie einiges besorgen. Ein rotes Rosenblatt, das bei Vollmond geerntet werden sollte, eine weiße Kerze, die den ganzen Tag draußen stand, um das Sonnenlicht aufzusaugen, ein Stück Papier mit Lukes Namen darauf und schließlich einen Löffel Honig, den sie in die Kerze gießen musste, um ihn an sich zu binden. Die Vorbereitungen würden etwas Zeit in Anspruch nehmen, doch zum Glück standen die Sommerferien vor der Tür.

Dina verbrachte den Großteil ihrer freien Zeit damit, im Geheimen den Zauber vorzubereiten. Und als die erste Woche des neuen Schuljahrs heranrückte, war sie bereit. Doch als sie Luke wiedersah, hatte er rötlichen Flaum über der Lippe und hörte gar nicht mehr auf, über seine »Kills« in irgendeinem Videospiel zu reden. Ihre Vernarrtheit löste sich umgehend in Luft auf.

Dina wusste noch, wie sie die Kerze und das Blütenblatt in ihrer Kommode versteckt und sie dann vergessen hatte, bis sie Rory begegnete.

Luke war ihr erster Schwarm gewesen, doch Rory war die erste wirkliche Liebe ihres Lebens und hatte ihr bewusst gemacht, dass sie sich auch zu Frauen hingezogen fühlte.

Dina lernte Rory kennen, als sie beide neunzehn waren, kurz nach dem Abschluss und auf dem Weg in die Ausbildung zur Bäckerin. Dina wusste längst, dass sie ein Café eröffnen wollte, und obwohl sie schon sehr gut backen konnte, auch ohne die Hilfe von Magie, wollte sie noch eine Menge lernen. Rory wollte Konditorin werden und träumte von Paris. Sie trug einen kurzen schwarzen Bob, der sich an den Enden etwas einrollte, und hatte Augen, die so grün waren, dass sie an Moos nach dem ersten Frühlingsregen erinnerten. Dina vermutete, dass es irgendwo in Rorys Stammbaum eine Hexe gab, denn hin und wieder blitzte ein Funke Magie um sie herum auf, ehe er sich wieder in nichts auflöste.

Dina erinnerte sich an den Anblick von Rorys gebräunten Unterarmen, wenn sie neben ihr in der Schulküche den Teig knetete, erinnerte sich, wie Verlangen in ihr aufwallte. Sie hatten etwas miteinander angefangen, und innerhalb von zwei Wochen war Dina Hals über Kopf in Rory verliebt. Sie war jung und ging ohne Vorbehalte oder Erwartungen an die Sache heran. Sie wusste nur, dass sie Rory liebte und mit ihr zusammen sein wollte. Sie war ein wenig naiv.

Wie es bei Beziehungen zwischen zwei Frauen oft passiert, wurde es ziemlich schnell ernst zwischen ihnen. Dina verbrachte mehrere Nächte pro Woche in Rorys Wohnung, wo sie gemeinsam neue Rezepte ausprobierten und Sex hatten, bis die Sonne aufging.

Rory war der erste Mensch, abgesehen von ihrer Familie und engsten Freunden, dem Dina von ihrer Magie erzählte. Eines Abends waren sie allein in der Bibliothek und lasen etwas zur Kolonialgeschichte von Schokolade, als Dina mithilfe von Magie ihre Pappbecher mit kaltem Tee aufwärmte. Je mehr sie Rory von ihrer Magie zeigte, desto mehr missinterpretierte sie den Gesichtsausdruck ihrer Freundin als bewundernde Faszination – obwohl Rory in Wirklichkeit schockiert war.

Als sie eine gute Bewertung für ihr Tarte-Tatin-Rezept erhielt, meinte Rory abfällig, dass sie sicherlich mit Magie geschummelt hätte. In den folgenden Wochen machte Rory Dina für jede ihrer schlechten Noten verantwortlich, für alles, was bei einem Rezept schiefging.

Sie hätte erkennen müssen, was passierte. Ihre Hexeninstinkte hatten sie immer wieder gewarnt, dass es keine gute Idee wäre, Rory von ihrer Magie zu erzählen, doch sie hatte sie entschlossen ignoriert. Sie hätte einfach mit einem angeschlagenen Herzen weiterziehen sollen, statt es vollends brechen zu lassen.

Sie einigten sich, über Weihnachten eine Pause einzulegen, um zu sehen, ob sie im neuen Jahr ihre Beziehung retten konnten. Dina machte sich Hoffnungen – sie redeten immer noch jeden Tag miteinander. Dina fuhr nach Hause zu ihren Eltern, Rory zu ihrer Familie nach Dorset.

Sie erzählte sogar ihren Eltern davon, dass sie mit einer Person zusammen war, die Rory hieß.

»Oh, ich wusste es! Du strahlst förmlich, schau dich nur an«, sagte ihre Mutter und kniff Dina in die Wange. »Es ist gut, dass du jetzt einen Mann in deinem Leben hast, Habiba. Ich mag es, wie er klingt, Rory. Ein guter Name.«

Dina wollte gerade damit herausplatzen, dass sie in Wirklichkeit mit einer Frau zusammen war, als ihre Mutter sagte: »Vielleicht werde ich ja bald schon Großmutter.« Die Hoffnung in ihrem Blick wollte Dina keinesfalls zerstören, indem sie sich jetzt outete. Also schwieg sie. Ihre Mutter war nicht unbedingt konservativ, immerhin war sie eine Hexe, aber sie war im Marokko der Sechziger aufgewachsen, wo die queere Community nicht gerade boomte. Vereinzelten Kommentaren entnahm Dina, dass sie sich sehr für *andere* queere Menschen freute, Menschen, die nicht ihre Tochter waren.

Im Lauf der nächsten Tage wurde aus dem Strom von Textnachrichten, die Rory ihr sandte, eher ein Tröpfeln, bis Dina eines Abends aufwachte und eine Nachricht vorfand, in der stand: Ich bin mir nicht sicher, ob ich weitermachen will.

Dina konnte es nicht ertragen. Sie brauchte Rory. Eine alte Erinnerung drängte an die Oberfläche, und sie wühlte in den Schubladen ihrer Kindheit danach.

Das Rosenblatt, das mittlerweile zwischen den Seiten eines Buches gepresst war, die vom Sonnenlicht aufgeladene Kerze. Der Papierfetzen.

Dina setzte sich auf den Boden ihres Schlafzimmers und kritzelte Rorys Namen auf den Fetzen, entzündete die Kerze und begann zu zaubern. Zunächst passierte gar nichts, obwohl Dina durchaus eine Wirkung spürte. Es war, als wäre sie plötzlich in der Lage, Rory an den Rändern ihres Bewusstseins zu spüren, als würde eine unsichtbare Schnur sie verbinden. Der Schicksalszauber hatte funktioniert. Sie sah eine Nachricht von Rory auf ihrem Handy: Ich bin unterwegs, Schatz. Hab dich vermisst. Werde ein paar Stunden für die Fahrt brauchen.

Eine Stunde später spürte Dina etwas Seltsames am anderen Ende der Verbindung, und das Herz sprang ihr in die Kehle, als befände sie sich plötzlich in einem abstürzenden Aufzug.

Einen Moment später erhielt sie einen Anruf von Rorys Nummer.

»Ist da Dina?«, sagte die Stimme eines Mannes am anderen Ende.

»Ja, ist alles okay? Wo ist Rory?«

»Rory geht es gut, aber sie hatte einen kleinen Unfall. Wir bringen sie jetzt ins Krankenhaus.«

»O Gott. Fuck. Kann ich mit ihr sprechen?«

»Es tut mir leid, sie ist gerade nicht bei Bewusstsein.« Der Sanitäter nannte Dina das Krankenhaus, in das sie Rory bringen würden, und sie rannte sofort zum Auto. Sie erinnerte sich später kaum mehr an die Fahrt oder ihre Ankunft im Krankenhaus – es war alles ein nervenaufreibendes Rauschen. Sie konnte nur daran denken, dass sie die Verbindung zwischen sich und Rory nicht mehr spürte – wie groß war die Gefahr, in der Rory schwebte?

In den frühen Morgenstunden durfte Dina Rory endlich sehen. Sie wirkte so klein in dem Bett, und das Licht ließ sie noch blasser aussehen als sonst. Eine Seite ihres Gesichts war mit Blutergüssen übersät, ihre Lippe aufgerissen. Die Ärzte hatten ihr erklärt, dass Rory zu schnell gefahren und auf der spiegelglatten Fahrbahn ins Schlittern geraten war. *Sie ist zu schnell gefahren, weil sie zu mir wollte.* Dina konnte an nichts anderes mehr denken, und Schuldgefühle erfassten sie. Was hatte sie nur angerichtet?

Dina saß an Rorys Seite und schickte ihr einen kleinen Heilzauber. Es war das Einzige, was sie jetzt tun konnte. Als Rory aufwachte, lächelte sie nicht. Sie starrte sie mit bitterer Anklage im Blick an.

»Du hast etwas mit mir gemacht, oder?«, sagte sie. »Mit deiner Magie.«

Dina wollte es abstreiten. »Es war nur ein kleiner Zauber. Um … uns wieder zusammenzubringen.«

»Wie kannst du es verdammt noch mal wagen?

Himmel, Dina. Es war, als wäre ich eine Marionette. Ich musste mir selbst dabei zusehen, wie ich dir eine Nachricht schreibe und dich ›Schatz‹ nenne und dann ins Auto springe. Ich wollte das nicht tun. Ich habe versucht, es aufzuhalten, aber ich hatte keine Kontrolle über meinen Körper, *du* hattest sie.«

»Es tut mir so leid«, schluchzte Dina. »So war es nicht gedacht.«

»Oh? Und wie war es dann gedacht? Ich hätte sterben können. Alles nur, weil du nicht loslassen kannst. Es ist vorbei. Was immer das zwischen uns war«, Rory gestikulierte zwischen ihnen hin und her, »es war schon vor Monaten vorbei, du wolltest es nur nicht wahrhaben. Ich habe versucht, es dir sanft beizubringen.«

»Ich wollte dir nie wehtun. Ich liebe dich nur so sehr.«

»Menschen dazu zu zwingen, das zu tun, was du willst, ist keine Liebe«, fuhr Rory sie an. Etwas in ihr hatte sich gelockert, Dina konnte es spüren; eine tiefe Vibration, die anschwoll. Welche Magie auch immer in Rory geschlummert haben mochte, sie regte sich jetzt. Und sie war wütend.

»Weißt du was, Dina? Ich hoffe, dass dir das eines Tages passiert, damit du verstehst, was du mir angetan hast. Jeder, der dich liebt, wird verletzt werden, hörst du mich? Jeder, der dich liebt, wird verletzt, genau wie du mich verletzt hast.«

Dina spürte in diesem Moment, wie der Fluch sich auf ihre Schultern legte wie ein eisiges Tuch. Es war nicht Rorys Absicht gewesen, doch ihre wilde, untrainierte Magie und ihre Wut hatten sich zu einer unaufhaltsamen Macht vereint. Der Fluch hatte sich an Dinas Seele geheftet und war dort geblieben.

Als sie am nächsten Morgen nach Hause kam, wollte ihre Mutter von ihr wissen, was passiert war. Dina murmelte etwas von einer Trennung und bat ihre Eltern, sie in Ruhe zu lassen. Dabei hätte sie es so gerne ihrer Mutter erzählt. Ihr gesagt: *Bring es wieder in Ordnung, Mama. Bring wieder in Ordnung, was ich angerichtet habe.* Aber jedes Mal, wenn sie beinahe so weit war, erinnerte sie sich, dass sie ihr nicht nur einen Teil der Wahrheit erzählen konnte. Nour würde alles über die Beziehung wissen wollen, einschließlich der Tatsache, dass Rory kein Mann war. Dina hatte gerade erst Rory verloren. Sie konnte nicht auch noch ihre Mutter verlieren.

Viele Jahre später klebte der ölige Schatten des Fluchs immer noch an Dina und machte keine Anstalten, schwächer zu werden. Jedes Mal, wenn sie das Gefühl hatte, dass eine Beziehung gut lief, fand der Fluch einen Weg, sie zu ruinieren und den Menschen um sie herum wehzutun.

Einmal war Dina mehrere Monate mit einem Mann zusammen gewesen – er war der Küchenchef eines

Restaurants in London. An dem Abend, als er ihr mitteilte, dass er sie seinen Eltern vorstellen wollte, hatte sein Ofenhandschuh – den Dina ihm gekauft hatte – Feuer gefangen und ihm die Hand verbrannt.

Ein anderes Mal war Dina mit einer Frau namens Eliza ausgegangen. Sie war einer dieser wundersamen Menschen, die über unendliche Energie zu verfügen schienen, und hatte Dina jedes Wochenende mit zu einer Wandertour geschleift. Sie waren gerade auf dem Weg zum Gipfel des Box Hill, als Eliza Dina gestand, dass sie sich möglicherweise in sie verliebte. Eine Sekunde später war Eliza gestolpert und war mit dem Kopf auf einen im Gras verborgenen Stein geknallt.

Der perverse Trick des Fluchs war, dass er sich, je mehr Dina jemanden mochte, umso mehr ins Zeug legte, um diese Person zu verletzen. Sie hatte alles versucht. Reinigungsrituale, Zauber, um die Bindung zu lösen. Ganz egal, was sie tat, alle ihre romantischen Beziehungen waren zum Scheitern verurteilt.

Sie hatte praktisch aufgehört, Beziehungen zu führen, und erlaubte sich nur noch einen One-Night-Stand hier und da, damit sie nicht komplett zur Nonne mutierte. Sie durfte es sich nicht gestatten, sich je wieder zu verlieben, es war zu gefährlich.

Aber hier waren die Teeblätter, und die Botschaft war unmissverständlich: *Eine Romanze kündigt sich an.*

Nun, vielleicht war eine Romanze gar nicht so schlimm. Eine Romanze musste ja nicht gleich Liebe bedeuten, oder? Und wie dramatisch konnte es schon werden. Immerhin war sie vorsichtig genug, niemandem wirklich nahzukommen.

Dina stellte sich diese Frage ziemlich oft in den letzten Tagen. Manchmal schaute sie in den Spiegel und sah, wie ihr das junge Mädchen, das sich in Rory verliebt hatte, entgegenblickte, mit dem störrischen Haar und dem molligen Körper, der immer aus ihren Kleidern zu quellen drohte. An manchen Tagen brauchte sie lange, um Wege zu finden, sich selbst wieder zu lieben.

Sie schlief an diesem Abend unter Grübeleien über die Teeblätter ein und verbrachte den darauffolgenden Tag zu Hause, um sich vorzubereiten und für das Wochenende zu packen, wobei sie einfach alle möglichen Outfits in ihre Reisetasche warf, damit sie tragen konnte, wonach immer ihr war.

Sie wühlte in ihrem Kleiderschrank nach dem Brautjungfernkleid, das Immy ihr vor ein paar Monaten gekauft hatte. Ein Samtkleid in einem dunklen Waldgrün, das sich an Dinas Kurven schmiegte – was immer ihr um die Brust fehlte, machte sie am Hintern wieder wett. Dina Whitlock reiste nie mit leichtem Gepäck.

Sie musste sich beeilen, um die Bahn zu erwischen. Dina griff nach ihrem Gepäck und schob eine weiche

Decke in Heebies Transportbox, zusammen mit dem Spielzeugkürbis voller Katzenminze, der dazu gedacht war, die Katze während der Reise zu beruhigen.

Sie belegte ihre Pflanzen mit einem Zauber, der dafür sorgen würde, dass sie gegossen blieben, während sie weg war. Dina hatte eine Menge Pflanzen, deshalb brauchte der Zauber etwas, bis er sich auf die Blätter gelegt und sie mit einem glänzenden Tau überzogen hatte, der bleiben würde, bis sie wieder zurück war.

Dina warf ein paar Zauberkerzen und Kräutersäckchen in ihre Tasche, obwohl ihre Mutter sicherlich genug für sie beide hatte, aber sie fühlte sich einfach sicherer, wenn sie diese Dinge mit sich trug. Heebie hatte sich bereits in der Transportbox eingeringelt, knetete den Kürbis und würde bald eingeschlafen sein. Dina braute sich noch eine schnelle heiße Schokolade in einer Reise-Thermoskanne und versah sie mit einem Funken beruhigender Magie, dann schloss sie ihre Wohnung ab.

Kapitel 5

In King's Cross St. Pancras war es nach dem Feierabend-Rush himmlisch ruhig. Halloween-Deko und verfrühte weihnachtliche Lichterketten leuchteten Dina den Weg durch den Bahnhof, während sie in der Musik schwelgte, die ein Teenager auf dem öffentlichen Klavier dort spielte. Die Art, wie seine Finger über die Tasten tanzten und wie das Lied um sie herum widerhallte, war eine ganz besondere Form von Magie.

In der Bahn setzte Dina sich in ein Viererabteil, stellte Heebies Box neben sich und versuchte, zur Ruhe zu kommen. Sie würde nur etwas weniger als eine Stunde bis Little Hathering brauchen.

Nach und nach füllte sich die Bahn, und Dina ließ die Geräusche der Mitreisenden über sich hinwegspülen. Sie wollte gerade ihren Horrorroman aufschlagen – eine Empfehlung von Immy –, als sie ein Klicken hörte. Ein sehr vertrautes Klicken, gefolgt von Trappeln. Heebie hatte mithilfe irgendeiner überweltlichen

Macht, die nur Katzen besaßen, ihre Box geöffnet und flitzte jetzt den Waggon hinunter.

»Fuck.« Dina stöhnte und quälte sich aus dem Sitz, um der Katze hinterherzujagen. Das sah Heebie so gar nicht ähnlich, sie hatte noch nie versucht, sich aus der Transportbox zu befreien. Es war überraschend, dass sie überhaupt wusste, wie … nun, ganz so überraschend war es auch nicht. Immerhin war Heebie ein Familiar.

»Verzeihung, tut mir leid, Verzeihung«, stammelte Dina, während sie sich zwischen den Reisenden hindurchschlängelte, die auf der Suche nach einem freien Sitzplatz waren. Alle paar Sekunden erhaschte sie einen Blick auf Heebies schwarzen Schwanz zwischen den Hacken eines Fahrgasts.

Und dann konnte sie sie gar nicht mehr sehen. Dina raste das Herz panisch in der Brust. Sie könnte Heebie mit ihrer Magie zu sich locken, aber wenn Heebie weggelaufen war, dann war es möglich, dass sie nicht darauf reagierte. Und sie wollte auch nicht in der Öffentlichkeit dabei gesehen werden, wie sie zauberte. Außerdem war da noch das klitzekleine Problem, dass Dinas Magie, wenn es um Tiere ging, nie so wirkte, wie sie sollte.

Als sie das letzte Mal versucht hatte, Magie an Heebie anzuwenden, hatte die Katze plötzlich angefangen, in einer hohen Babystimme zu sprechen und dauernd Leckerli, Thunfisch oder Spielzeug verlangt.

Zum Glück war der Zauber nach wenigen Nächten abgeklungen.

Dann hörte Dina das Miauen ihres Familiars, und sie drängte sich an einer vierköpfigen Familie vorbei, nur um Heebie in den Armen eines dunkelhaarigen Mannes vorzufinden, wo sie glücklich ihre Pfoten leckte und sich unter dem Kinn kraulen ließ.

»Heebie, was machst du …«, setzte sie an, verstummte aber, als der Fremde aufblickte. Es war der Mann aus dem Café, mit der ausgeprägten Nase und dem schiefen Lächeln. Der Mann, mit dem sie so mühelos eine Unterhaltung hatte beginnen können. Der Mann, der ihr den Atem geraubt hatte.

Seine Augen wurden groß, als er sie erkannte.

»So sieht man sich wieder«, sagte er mit einer Stimme sanft wie Honig. »Gehört diese Katze Ihnen?« Heebies Schnurren war auf der Maximalstufe, sie mochte ihn eindeutig. Und das wollte etwas heißen, sonst war sie nämlich nicht gerade begeistert von Männern.

»Das tut sie. Ich weiß nicht einmal, wie … Heebie, komm her«, sagte Dina, die halb atemlos und halb stumm vor Schock war. Von all den Zügen in ganz London hatte er sich ausgerechnet diesen hier ausgesucht, und Heebie war direkt auf ihn zugesteuert. Das war nicht direkt ein böses Omen, aber es war trotzdem verdammt verwirrend.

Dina streckte die Hände aus, um ihm Heebie abzunehmen, doch die Katze fauchte und bohrte die Krallen in seinen sehr schicken Pullover.

»Hmm. Sie haben wohl Eindruck hinterlassen«, sagte Dina.

Er zuckte die Achseln. »Ich kann eigentlich besser mit Hunden, aber sie hier mag ich. Sie ist so schön rund.«

»Wollen Sie damit sagen, meine Katze sei fett?« Dina hob eine Augenbraue.

»Das würde mir nicht im Traum einfallen. Soll ich sie einfach zu Ihrem Sitzplatz zurücktragen?«

Dina musste ihm zustimmen, dass das am sinnvollsten erschien, doch das wissende Funkeln in Heebies Augen, als der Mann sie zurück zu ihrem Platz begleitete, ließ sie nicht ganz los. Als ob dies Teil ihres großen Plans wäre.

Sie konnte auch nicht anders, als den Mann zu bewundern, als er mit Heebie in einem Arm und seiner Reisetasche in der anderen Hand den Gang hinunterging. Seine Brust war so breit, dass er ihn komplett ausfüllte, und er musste sich etwas ducken, als er sich setzte, damit er nicht mit dem Kopf gegen das Gepäckfach stieß.

Dina nahm das natürlich alles völlig nüchtern und neutral auf, und keinesfalls verursachte es ihr Schmetterlinge im Bauch.

Erst als er sich Dina gegenübergesetzt hatte, ließ Heebie sich dazu herab, wieder in ihre Box zu steigen, wo sie beinahe augenblicklich einschlief.

»Sie sind also eher so der Hundetyp, ja?«, fragte Dina und kniff leicht die Augen zusammen. »Sehr verdächtig. Jeder weiß, dass Katzenmenschen die besten Menschen sind.«

»Wenn Sie meinen.« Er grinste. Dinas Puls begann zu rasen.

Jetzt, da er ihr gegenübersaß, hatte sie einen besseren Blick auf sein Gesicht, und sie bemühte sich wirklich sehr, zu ignorieren, wie verdammt heiß er aussah. Eine markante Stirn, Augen, mit denen sie nicht lange Blickkontakt halten konnte, eine perfekt krumme Nase, ein schiefes Lächeln und eine Kieferpartie, mit der man Glas schneiden könnte, dazu ein gepflegter Bart.

Auf seiner Stirn entdeckte sie ein paar Falten, die verrieten, dass er wohl etwas Zeit in der Sonne verbracht hatte. Sie schätzte ihn auf Anfang dreißig. Heute trug er seine Brille nicht, aber Dina fand, dass die ihm auch gut stand.

»Ich habe Sie im Café nicht nach Ihrem Namen gefragt«, sagte er. Sorgfältig faltete sie die Hände unter dem Tisch, nur für den Fall, dass die Henna wieder Faxen machte.

»Dina«, sagte sie, und ihr Mund war plötzlich trocken. »Und Sie?«

»Scott. Scott Mason.« Er streckte die Hand über den Tisch, und sie griff danach. Als sie sich die Hände schüttelten, stellte sie fest, dass seine die ihre komplett umschloss, und das sorgte für ein wundervolles Schauern in ihrem Körper. Wer hätte gedacht, dass ein Händedruck so etwas bewirken konnte?

Es war nett, mit einem Fremden zu flirten. Natürlich war alles nur ein Spiel, nichts Ernstes, versicherte sie sich. Dann erinnerte sie sich an die Prophezeiung der Teeblätter. *Eine Romanze kündigt sich an.* Sie schob den Gedanken beiseite.

Draußen rauschten die Vororte Londons vorbei. Aus den Wohnblocks wurden Häuser und aus den Häusern Cottages inmitten von grünem Rasen, und dann entfaltete sich das flache Land um sie herum und füllte die Fenster mit einem Ausblick auf Felder voller Heidekraut, Wälder und schlummernde Schafe.

»Also, wie bist du darauf gekommen, ein Café zu eröffnen, Dina?«, fragte Scott.

»Wie kommst du darauf, dass es meines ist?«, gab sie zurück.

»Ich habe es einfach angenommen, schätze ich. Der ganze Laden – er … er sieht nach dir aus. Wenn du verstehst, was ich meine.«

Und das tat sie.

»Ich habe es eröffnet, um die Menschen glücklich zu machen. Ich wollte einen Rückzugsort in der Stadt schaffen – du weißt schon, wo man Kraft tanken kann, wenn man einen langen Tag vor sich hat, wo man sich kurz hinsetzen, tief durchatmen und mit einer guten Tasse Tee abschalten kann. Und du arbeitest im Museum, oder, Scott?« Dina konnte sich nicht helfen. Sie liebte, wie sein Name aus ihrem Mund klang.

»Womit habe ich mich verraten? Waren es die Ellenbogenflicken?« Er lachte ein tiefes, grollendes Lachen.

»Leider ja, untrügliches Zeichen.«

»Ah nun, das ist die einzige Uniform, die sie uns Kuratoren tragen lassen, also wirst du dich daran gewöhnen müssen.« Er blickte sie unter diesen dunklen Wimpern hervor an, und Hitze leckte an ihrer Wirbelsäule. *Du wirst dich daran gewöhnen müssen.*

»Ist das also dein Beruf?«

»Ich bin Kurator, ja. Ich bin noch nicht lange dort. Gerade versuche ich, ein wenig von der modernen Welt in das altehrwürdige Museum zu bringen.«

»Inwiefern?«

»Ein interaktives Tablet hier, eine Ausstellung mit alter islamischer Kunst dort. Aber vor allem will ich etwas daran ändern, wie das British Museum mit den Artefakten umgeht, die es während des Zweiten Weltkriegs gar nicht mal so unauffällig aus dem Mittleren Osten gestohlen hat. Ich will dringend alles zurückgeben, was wir zuordnen können. Oder wenigstens eine

Wanderausstellung anstoßen, die dauerhaft durch Museen in Nordafrika und dem Mittleren Osten tourt.«

»Das ist wirklich bewundernswert«, sagte Dina, und er lächelte schüchtern. »Du macht also einen umgekehrten Indiana Jones.«

»Das werde ich meiner Chefin sagen, wenn sie das nächste Mal behauptet, ich würde mich mit meinem Verhalten lächerlich machen.«

Scott verlagerte sein Gewicht, und kurz streifte sein Bein unter dem Tisch ihr Knie. Hitze wallte von der Berührung auf. Sie durfte nicht zulassen, dass dieser Mann – dieser Fremde – sie so aus der Fassung brachte. *Rede einfach weiter, Dina, und hör auf, ihm in die Augen zu schauen.*

»Was hast du gemacht, bevor du Kurator wurdest?«, fragte sie und schaute ihm dabei definitiv nicht in die Augen.

»Ich bin gereist und habe für Museen in der ganzen Welt gearbeitet. Ich …« Er fuhr sich durch das dunkle Haar. »Ich war für eine ganze Weile nicht in England.«

»Aber jetzt, wo du wieder hier bist, willst du bleiben?«

Er lächelte. »Ich denke, das werde ich.«

Die Bahn hielt an einer Station tief auf dem Land, und Dina wurde klar, dass sie sich seit bereits fast einer halben Stunde unterhielten. Ihr blieb nicht mehr viel Zeit, ihre heiße Schokolade zu trinken, also konnte sie den Kakao und den Ingwer-Persimonen-Kuchen, den sie mitgebracht hatte, auch gleich mit ihm teilen.

Sie nahm die Tasse, die auf der Kanne saß, und schraubte den Deckel auf. Heißer Schokoladendampf erhob sich in die Luft.

»Das riecht himmlisch«, murmelte Scott und schloss leicht die Augen. Heiße Schokolade löste bei ihr oft das gleiche Gefühl aus. Als wäre sie in eine gemütliche Decke eingewickelt, die nach Schokolade duftete. Aber jetzt brauchte sie ganz dringend die beruhigende Magie, mit der das Gebräu versetzt war, denn jeder Blick aus Scotts Augen sandte ein Vibrieren durch ihren ganzen Körper.

»Hättest du gerne etwas davon?«

»Wenn du noch eine Tasse hast, dann sage ich nicht Nein.«

Dina hatte keine, aber dafür gab es Magie. Sie steckte die Hand in ihre Tasche, die nicht direkt die von Mary Poppins war, aber dennoch dazu neigte, genau das auszuspucken, was sie brauchte, wenn sie nur intensiv genug daran dachte. Ihr Finger hakte sich in den Henkel einer Tasse. Sie beförderte sie auf den Tisch und stellte mit Entsetzen fest, dass auf dem Gefäß die Aufschrift »Beste Katzenmama der Welt« prangte, einschließlich einiger Pfotenabdrücke.

»Ganz schön eingebildet«, scherzte Scott.

Dina ignorierte ihn, weil er definitiv nicht witzig

und gut aussehend war, und verteilte die heiße Schokolade auf die beiden Tassen. Sie schäumte ein wenig, genau wie sie es mochte. Aber keine heiße Schokolade war komplett ohne Marshmallows. Sie steckte die Hand zurück in die Tasche und holte eine ordentliche Handvoll pinker und weißer Mini-Marshmallows hervor.

Als sie Scott seine Tasse reichte, berührten sich ihre Finger. Die Henna an ihrem Handgelenk erwachte erneut zum Leben, und Dina zog hastig die Hand weg. *Notiz an mich selbst: Keine Henna mehr in Scotts Gegenwart.*

Scott, der nichts von ihrem inneren Aufruhr ahnte, lehnte sich zurück und nippte an seiner heißen Schokolade.

»Hast du die gemacht?«, fragte er mit sanfter Stimme.

»Mmm. Es ist ein Geheimrezept, das ich mit ins Grab nehmen werde.« Sie schlürfte an ihrer Tasse und fing Scotts Blick auf, der sie aufmerksam beobachtete, als sie sich etwas geschmolzenes Marshmallow von der Oberlippe leckte.

»Du hast da eine Stelle übersehen«, sagte er. »Darf ich?«

Dina nickte.

Er streckte die Hand aus und wischte mit dem Daumen über ihre Oberlippe, ohne den Blickkontakt abzubrechen. Sie hielt definitiv nicht den Atem an, als seine Hand sanft ihr Gesicht berührte. Sie atmete nicht seinen Duft nach Bergamotte und Zedern ein. Und als Scott die Hand zurückzog und sich das Marshmallow vom Daumen leckte, lief Dina definitiv nicht von oben bis unten rot an. Es war einfach nur besonders warm in der Bahn.

Leider verkündete der Schaffner genau in diesem Moment, dass sie bald Little Hathering erreichen würden. Sie wollte nicht, dass diese Fahrt zu Ende ging.

Dina packte die leeren Tassen ein und begann, alles für den Ausstieg bereitzumachen. Scott tat dasselbe. Er stand auf und wickelte sich einen Schal um den Hals. Wie es schien, konnte Dina auf einen Schal eifersüchtig sein.

»Musst du auch hier raus?«, fragte sie.

»Ja, ich besuche meine Mütter.«

»Würde es dir etwas ausmachen?«, fragte sie und wies auf ihre Tasche im Gepäckfach über ihnen. Mit Heebie, die jetzt wegen all dem Gerüttel in ihrer Box jaulte, hatte sie alle Hände voll zu tun.

Als er die Arme nach oben streckte, hob sich sein Hemd ein Stückchen, und sie erhaschte einen Blick auf einen senkrechten Streifen dunklen Haars und eine ausgeprägte Muskelpartie.

Schnell sah sie weg und wurde rot. Er könnte sie sicher mit Leichtigkeit hochheben.

Zusammen stiegen sie aus und standen dann dort auf dem zugigen Bahnsteig. Es war kälter geworden, und Dinas Atem kondensierte zu kleinen Wölkchen. Sie war zu Hause.

»Nachdem wir beide über das Wochenende hier sind, vielleicht …« Aber Scott brachte den Satz nicht zu Ende, denn eine ältere Frau auf dem Parkplatz begann, seinen Namen zu rufen.

Er lächelte.

»Das ist meine Mum.«

Dina blickte zu Scott auf – es war schwer, es nicht zu tun, da er über ihr aufragte und beinahe ihr ganzes Sichtfeld einnahm. Vielleicht sollte sie ihm ihre Nummer geben? Aber dann musste sie wieder an die bösen Omen im Café denken. Den Sturz des Hamsa, als er hereingekommen war. Die Teeblätter. Es würde in einer Katastrophe enden – so sagte es die Prophezeiung.

Dina sah regelrecht vor sich, wie es laufen würde: Dating, dann Sex – der phänomenal wäre, daran hatte sie keinen Zweifel –, doch dann würde sie sich rettungslos verlieben, und der Fluch würde Scott Schaden zufügen, wie schon den anderen zuvor.

Sie blickte an sich herunter, sah die Spitzen ihres buschigen Haars, das in alle Richtungen abstand, die schlecht sitzende Jeans, den Pulli mit dem Kaffeefleck am Saum. Auf keinen Fall hatte er mit ihr geflirtet, sie musste seine Signale missverstanden haben. Nicht, wenn sie so aussah.

Wenn sie ihm jetzt ihre Nummer gab, dann würde das nur peinlich für sie enden. Und dafür war sie nicht bereit, genauso wenig wie für ein gebrochenes Herz.

»Es war schön, dich kennenzulernen. Bye.« Sie sprach die Worte so kühl aus wie nur möglich und ging mit der jaulenden Heebie in ihrer Box davon. Dann eilte sie aus dem Bahnhof und den Hügel hinunter ins Dorfzentrum, ohne sich noch einmal umzublicken.

Kapitel 6

Der Preis für den größten Idioten der Welt geht zum zweiten Mal innerhalb von vierundzwanzig Stunden an Scott Mason. Wie? Wie in aller Welt hatte er es *schon wieder* vermasseln können? Scott stand am Bahnsteig, sah zu, wie Dina buchstäblich vor ihm davonrannte, und fragte sich, was er falsch gemacht hatte.

Er hatte den Eindruck gehabt, dass sie sich wirklich gut verstanden. Dina war unglaublich witzig und hatte sich mehr geöffnet, nachdem er ihrer Katze ein Kompliment gemacht hatte. Nun, Heebie war ein pelziger kleiner Engel. Und ihm war nicht verborgen geblieben, wie sie ihn unter diesen langen, dunklen Wimpern hervor angesehen hatte. Sein Geist wanderte blitzartig zurück zu dem Moment, als sie sich etwas Marshmallow von der Lippe geleckt hatte. Allein bei der Erinnerung daran, wie ihre Lippen sich öffneten und ihre Zunge hervorschnellte und energisch darüberfuhr, und wie ihr Mund sich unter seinem Daumen anfühlte, wurde er steif. Vielleicht war er zu forsch gewesen.

Oder vielleicht steht sie einfach nicht auf dich, flüsterte sein verräterisches Gehirn. Schließlich kannte er sich mit dem ganzen Dating-Kram nicht mehr aus. Aber zumindest im Moment blieb ihm keine Möglichkeit, es herauszufinden. Dina war schon lange weg, obwohl er hätte schwören können, dass der Duft ihres Parfums – Orange und Gewürze – noch immer in der Luft um ihn herumschwebte.

Scott hatte sie fragen wollten, ob sie Lust auf einen Drink hatte, nachdem sie sich beide dieses Wochenende in Little Hathering aufhalten würden. Was für ein unglaublicher Zufall, dass sie sich zweimal innerhalb von vierundzwanzig Stunden getroffen hatten. Ein jüngerer, naiver Scott hätte an eine glückliche Fügung geglaubt.

Dina musste gespürt haben, dass er sie um ein Date bitten wollte, deshalb hatte sie sich aus dem Staub gemacht, bevor er seine Frage auch nur zu Ende hatte stellen können.

Was soll's. An diesem Wochenende ging es ohnehin nicht um ihn, sondern um Erics und Immys Hochzeit, den Besuch bei seinen Mums und Spaziergänge, während deren man mehr sah als das Haus auf der gegenüberliegenden Straßenseite. Scott hatte keine Zeit mehr, über Dina nachzugrübeln, seine Mum wartete bereits auf dem Bahnhofsparkplatz auf ihn.

»Scott! Liebling!«, rief Helene, die sich kunstvoll ein

Tuch um das rotblonde Haar gewickelt hatte und ihm über die kleine Menschenmenge, die in Little Hathering ausgestiegen war, zuwinkte.

Scott lachte und beugte sich hinunter, um seine Mum in eine Umarmung zu schließen. Er erinnerte sich noch an eine Zeit, als er so klein gewesen war, dass er ihr nur bis zur Hüfte reichte, wenn er sie umarmte. Mittlerweile versank sie förmlich in jeder seiner Umarmungen. Aber heute kam sie ihm irgendwie noch kleiner vor als sonst, zerbrechlicher.

»Es ist schön, dass du zu Hause bist«, flüsterte sie und strich ihm übers Haar. »Wirst du mir jetzt erzählen, wer diese entzückende Frau war, mit der du da gerade auf dem Bahnsteig gesprochen hast?« Sie grinste und tätschelte seinen Arm, während sie ihn mit sich zum Auto zog.

»Niemand. Wir haben nur in der Bahn nebeneinandergesessen.« Er war noch nie gut darin gewesen, seine Mum anzulügen, obwohl er in diesem Fall nur die Wahrheit etwas verdrehte.

»Mmm-hmm, klar.« Sie zwinkerte, ehe sie ihn auf den neuesten Stand brachte. Das Wundervolle an seiner Mum Helene war, dass sie eine Unterhaltung ganz allein für sie beide bestreiten konnte, wenn Scott nicht nach Reden war.

»Alex hat das Gartenhäuschen gestrichen. In einer Farbe, die Majorelle-Blau heißt. Ganz schön knallig.

Und der Nachbar hat sich schon wieder über unsere Sonnenaufgangsmeditation beschwert, aber ganz ehrlich, wenn er meine weibliche Anatomie nicht sehen will, dann soll er eben nicht um fünf Uhr morgens hinter der Vorhangritze stehen.«

Scott hörte dem Geplauder seiner Mum zu, während sie durch das Dorf kurvte und ihm von all den Verbesserungen erzählte, die sie am Haus vornahmen und welche Vögel sie in ihrem Futterhäuschen entdeckt hatten. Der Ruhestand tat ihr offensichtlich gut.

Seine Mums waren beide Bestatterinnen gewesen, was kaum jemand glauben konnte, der sie zum ersten Mal traf. Sie waren beide fröhlich und aufgekratzt und liebten es, die Leute zu unterhalten, indem sie ihnen die Geschichte ihres Kennenlernens erzählten, als ihre Skalpelle sich während der Ausbildung bei einem Y-Schnitt an der gleichen Leiche kreuzten.

Scott blickte aus dem Fenster und sah die Häuser von Little Hathering vorbeiziehen. Er konnte nachvollziehen, warum seine Mums gerne hier lebten. Es war entzückend idyllisch, und jeder Laden auf der Hauptstraße hatte gewölbte Schaufenster und eine hängende Laterne. Da Halloween vor der Tür stand, waren die meisten davon mit grinsenden Kürbissen, Reisigbesen und in Kesseln rührenden kichernden grünen Hexen aus Pappe dekoriert.

Little Hathering war der Ort, wo das ganze Jahr

über Wimpelketten über den Straßen hingen, und genau das, was Amerikaner sich unter einem typisch englischen Dorf vorstellten. Es sah aus wie der Schauplatz einer der romantischen Komödien, die seine Mums so sehr liebten und die er sich mit ihnen ansehen musste, wenn er sie besuchte. Aber während sie durch die Straßen fuhren, konnte er nicht anders, als nach Dina oder einer möglicherweise erneut entflohenen Heebie Ausschau zu halten.

Als sie vor dem Haus seiner Mütter vorfuhren, fiel Scott sofort Erics silberner Audi auf, der dort parkte.

»Eric ist hier?«

»O ja, habe ich vergessen, das zu erwähnen? Er hat deinen Anzug vorbeigebracht.«

Der Duft nach frischem Apfelkuchen waberte Scott entgegen, als er das Haus betrat, und Juniper rannte ihm auf ihren kurzen Beinchen entgegen.

»Hallo, mein Mädchen.« Scott hob die perfekt rundliche Corgi-Dame in seine Arme und kraulte sie zwischen den Ohren, während sie ihm eifrig über das Gesicht leckte. Scott fiel auf, dass das Fell um Junipers Nase etwas heller war als das letzte Mal, als er sie besucht hatte, und Gewissensbisse nagten an ihm.

»Ich habe ihr schon den ganzen Tag erzählt, dass du nach Hause kommst. Sie war so aufgeregt«, meldete sich Alex, die Scott in eine lange Umarmung zog, sobald er den Hund abgesetzt hatte.

»Hi, Mum«, sagte Scott und vergrub das Gesicht in Alex' ergrauenden Locken.

»Du siehst hungrig aus – hast du etwas gegessen?« Sie zog ihn mit sich durch den schmalen Flur, dessen Wände mit Familienfotos gesäumt waren – zu viele davon aus Scotts Jahren als linkischer Teenager –, und in die Küche.

Eric trank Tee aus einer riesigen Tontasse und winkte Scott beim Eintreten zur Begrüßung.

Er grinste. »Ich bin nicht wegen dir hier, nur wegen des Kuchens.«

»Das habe ich auch gar nicht anders erwartet«, antwortete Scott und schnitt sich ein ordentliches Stück ab. Helenes Apfelkuchen war perfekt mit Zimt und Muskat gewürzt. Er überlegte, ob er sie nach dem Rezept fragen sollte, damit er es möglicherweise Dina geben konnte. Falls er sie je wiedersah.

»Seht euch beide nur an, wie ihr in der Küche sitzt und Kuchen esst. Ich habe es vermisst.« Helene lächelte beim Hereinkommen und drückte Alex einen Kuss auf die Stirn, ehe sie sich eine Tasse Tee eingoss.

Genau das hier hatte ihm auf seinen Reisen gefehlt. Die simple Freude, einfach nur mit seinen Mums und seinem besten Freund in ihrer warmen, gemütlichen Küche zu sitzen. Alice war nie gerne hierhergekommen. Sie sagte immer, dass die grellen Farben, in denen das Haus gestrichen war, ihr Kopfschmerzen bereiteten. Manchmal erinnerte es wirklich ein wenig an einen Farbkasten, aber er liebte es. Es war sein erstes richtiges Zuhause gewesen. Er erinnerte sich an die Erkenntnis, dass seine Mums Alice auch nicht besonders mochten, obwohl sie sich zurückhielten, weil sie glaubten, Scott sei glücklich. Mittlerweile wünschte er sich, er hätte auf sie gehört.

Scott blickte hinüber zum Kühlschrank, wo seine Postkarten mit einer wilden Ansammlung von Magneten in der Form von Früchten festgepinnt waren. Ouarzazate, Lima, Kirikiriroa, die Liste ließ sich noch endlos fortsetzen. War er wirklich so lange unterwegs gewesen? Zuerst hatte er nur daran denken können, wegzukommen aus England. Er wollte seine Mums nicht sehen, wollte nicht zugeben, dass sie von Anfang an recht gehabt hatten mit Alice. Aber er hätte niemals zulassen dürfen, dass seine Trennung auch die Beziehung zu den Menschen belastete, die ihm am wichtigsten waren. Er würde es wieder in Ordnung bringen, das hoffte er zumindest. Er würde es versuchen.

»Ich wünschte, ich könnte noch bleiben«, sagte Eric und verhinderte damit, dass Scott sich noch weiter in seinen Schuldgefühlen suhlte. »Aber Immy hat mich für die Blumenarrangements eingeteilt, bevor wir uns später auf den Weg machen. Was mich daran erinnert«, Eric versetzte Scott einen Stoß, »kommst du nachher mit ins Roebuck? Ein paar von Immys Freundinnen werden dort sein.«

»Klar. Klingt gut.«

»Und hör mal«, sagte Eric und zog ihn in den Flur, »möglicherweise ist da jemand, den ich dir gerne vorstellen möchte. Immys Freundin, ihre Trauzeugin. Sie ist … sagen wir es so: Ich glaube, ihr werdet euch gut verstehen.« Scott gefiel das Funkeln in Erics Augen nicht.

»Du versuchst aber nicht, uns zu verkuppeln«, warnte er ihn.

Eric hob die Hände. »Ehrlich, Mann, ich glaube einfach nur, dass du mal wieder eine Frau brauchst.« Er klopfte Scott auf den Rücken.

»Und du willst mich da unterstützen. Verstehe. Bis später dann«, sagte Scott und schloss Eric in eine kurze Umarmung, bevor er sich verabschiedete.

Danach verging der Abend wie im Flug. Seine Mums hatten eine Liste mit Dingen, die er für sie erledigen sollte – vor allem Regale, die aufgestellt, und Möbel, die auseinandergenommen werden mussten. Wieder hatte er das Gefühl, etwas verpasst zu haben, als er sie während seiner Zeit mit Alice nicht besucht hatte. Sie wurden nicht jünger, und jedes Essen, jeder gemeinsame Abend erschien ihm wertvoller als je zuvor. Das galt auch für Juniper. Nicht nur war das Fell um ihre Nase weißer, sie schlief auch mehr als früher.

Scott ging mit ihr in den Park. Die ersten Minuten war sie immer übertrieben enthusiastisch und schnüffelte mit der Begeisterung eines Jagdhunds in jeder Straßenecke – ihr Territorium. Sie verbrachten ein paar Minuten am Magischen Pasteten-Busch, einem kleinen Gestrüpp, in dem Juniper einmal eine ganze Pastete gefunden hatte, weshalb sie ihn jetzt jedes Mal prüfen musste, für den Fall, dass der Busch weitere Leckereien für sie bereithielt.

Danach vertrieb er die Spinnen, die Erzfeinde seiner Mütter, aus dem Gartenhäuschen und beschloss, einkaufen zu gehen, um den Kühlschrank zu füllen.

»Sicher?«, fragte Helene, als er sich die Einkaufsliste vom Kühlschrank nahm. »Wolltest du nicht ins Pub und dich mit Eric und Immys Freunden treffen?«

»Ja, ich bin nur ein wenig ausgelaugt. War ein langer Tag.«

»Nun, dann zieh dich wenigstens warm an.« Sie lächelte und kuschelte sich neben Alex auf das abgewetzte Sofa, wo sie sich ihre abendliche Seifenoper ansahen.

Während Scott durch die stillen Straßen des Dorfs ging, dachte er darüber nach, wie einfach das alles bei seinen Müttern aussah.

So war es immer schon gewesen zwischen ihnen, und anders als die Eltern seiner Freunde hatten sie sich ihre Gefühle über die Jahre bewahrt – wenn überhaupt, dann waren sie verliebter denn je. Sie kauften sich immer noch gegenseitig Blumen, und oft war es zweimal exakt der gleiche Strauß. Scott wusste nicht, wie oft er nach Hause gekommen war und sie in der Küche miteinander zur Musik im Radio tanzten.

Genau so eine Liebe wünschte er sich für sich auch.

Vielleicht hätte er doch ins Pub gehen und Immys Freundin kennenlernen sollen. Möglicherweise hatte Eric ja recht, und alles, was er brauchte, war Sex. Doch seine Gedanken wanderten immer wieder zu Dina, ihrem schallenden Lachen und der Sorge in ihren Augen, als sie dachte, Heebie in der Bahn verloren zu haben, abgelöst von Erleichterung, als sie sie in seinen Armen entdeckt hatte. Er wollte diese Erleichterung wieder sehen, diese Freude. Er wollte der Grund dafür sein.

Er wollte keine andere Frau kennenlernen, wenigstens nicht heute Nacht, wenn er nur an Dina denken konnte. Das nächste Mal würde er es nicht vermasseln. Er würde genau das Richtige sagen. Verdammt, er wünschte, er könnte sie wiedersehen …

Kapitel 7

Das Haus wusste, dass sie kam. Dinas magische Sinne ließen es in ihrem Nacken prickeln, als sie in die Cypress Street einbog, keuchend unter dem Gewicht ihrer Taschen und Heebies Box.

»Ich sollte dir weniger Käse geben«, murmelte Dina an die Katze gerichtet. Aber als sie sich der Eingangstür näherten, wurde das Gewicht ihrer Taschen zunehmend leichter – das Haus tat das gelegentlich, es reckte seine Magie bis über die Straße wie eine Vogelmutter, die ihre Jungen im Nest beschützte.

Der Messingklopfer in der Form eines Auges blinzelte sie einmal an – oder war es mehr ein Zwinkern? – und schwang dann auf.

»Hallo, Haus«, sagte Dina und tätschelte die Tür liebevoll, als sie eintrat. Die Bodendielen knarrten glücklich. Das Haus freute sich, dass einer seiner Bewohner nach Hause kam.

Von außen sah Cypress Street Nummer zwei aus wie ein normales viktorianisches Reihenhaus. Aber sobald man einen Fuß hineinsetzte – und das Haus beschlossen hatte, dass es einen gut genug kannte oder einem vertraute –, ließ es seine Tarnung fallen wie einen schäbigen Mantel.

Dina schlüpfte aus den Straßenschuhen und in ein Paar Hausschuhe. Das Haus achtete streng darauf, dass niemand seine Böden beschmutzte.

Es war nicht von der Magie ihrer Familie geschaffen worden. Dinas Mum vermutete, dass es sich um einen Geist handelte, der an die Erde hier gebunden und über die Jahre mit dem Haus verschmolzen war, bis sie nicht mehr voneinander zu trennen waren. Wenn man das Haus schlecht behandelte, konnte man sich schnell in einer äußerst unangenehmen Poltergeist-Situation wiederfinden. Aber das Haus liebte sie und ihre Magie.

»Mama! Baba! Ich bin da«, rief Dina.

»Ich komme, Habiba!«, kam die gedämpfte Stimme ihrer Mutter von oben. Dina bückte sich und öffnete die Transportbox, damit Heebie herausschlüpfen und sich strecken konnte, ehe sie losflitzte, um aus der Futterschüssel zu fressen, die das Haus sicherlich für sie bereitgestellt hatte. Das Haus verwöhnte Heebie immer mit frischem Thunfisch, egal wie oft Dina es gebeten hatte, das nicht zu tun.

Dina ließ ihre Taschen im Flur fallen, und als sie einen Blick zurückwarf, waren sie verschwunden – vermutlich befanden sie sich in diesem Moment bereits in ihrem Zimmer, alle Kleidung säuberlich gefaltet in ihrer alten Kommode.

Im Wohnzimmer war es heimelig wie in einem Cottage, mit einer warm leuchtenden Feuerstelle und abgewetzten Lehnstühlen, die sich himmlisch anfühlten, wenn man sich hineinfallen ließ. Wer die Vorhänge öffnete, würde nicht die Cypress Street vor den Fenstern sehen, sondern ein üppiges grünes Tal in Wales, wo ihr Vater aufgewachsen war, einschließlich grasender Kühe. Es war das Lieblingszimmer ihres Vaters.

Als Dina den Flur hinunterging, verwandelten die Bodendielen unter ihren Füßen sich nahtlos in blaue und weiße Fliesen. Sie befand sich im Herzen des Hauses: ein Riad mit einem gluckernden Mosaik-Springbrunnen, Kletterpflanzen, die sich die Wände hinaufrankten, Fuchsien in Terrakotta-Töpfen über ihr und Miniatur-Dattelpalmen, die sich um die Säulen wanden. Es war mehr ein Garten als ein Raum. Die Decke war offen, und über ihr funkelten Sterne am tiefschwarzen Himmel.

Es war natürlich kein echter Himmel, aber die Magie des Hauses war mächtig. Dina konnte sogar Grillen in der Ferne zirpen hören und roch den Zimtduft der Erde in Khémisset, wo ihre Mutter aufgewachsen war. Sie atmete tief ein, und ein Gefühl von Heimat sank bis tief in ihre Knochen.

Sie machte sich auf den Weg in die Küche, wo Kupfertöpfe von der Decke hingen und frisches Basilikum die Fensterbank säumte – etwas, das ihre Mutter schon immer so hielt, weil das Kraut Spinnen und Mücken fernhielt.

Auf dem Herd blubberte ein Topf Harira. Ein Holzlöffel rührte in der Suppe, gehalten von der unsichtbaren Hand des Hauses. Dina bediente sich mit einem Löffel, und es war wundervoll, das Lamm zerging ihr förmlich auf der Zunge. Es war ein Essen, das sofort die Seele berührte. Das Haus strahlte stolz, als sie sich einen weiteren Löffelvoll nahm.

Eine Schildkröte kroch auf Dina zu, und sie bückte sich und tätschelte ihr sanft den Panzer. Ihre Hand glitt direkt hindurch und strich über den Boden, weil die Schildkröte im Grunde gar nicht da war, immerhin handelte es sich bei ihr um einen Geist. Doch es war ein sehr zutraulicher Geist, und er folgte Dina gerne durch das ganze Haus, wenn sie zu Besuch war.

»Mama, wo bist du?«, rief Dina.

»Ay! Ich komme schon«, rief die körperlose Stimme ihrer Mutter aus einem der Räume im oberen Stockwerk des Innenhofs. Dina stieg die spiralförmige Treppe in einer Ecke des Riad hinauf und fand ihre Mutter im Badezimmer der Familie, wo sie sich eilig die Bleichcreme von ihrem (jetzt sehr blonden) Oberlippenbart wischte.

»Mama, was machst du da?«, rief Dina und baute sich mit den Händen in den Hüften in der Tür auf.

»Tfoo, ich dachte, du wärst unten! Erschreck mich doch nicht so, sonst bekomme ich noch was ins Auge«, tadelte sie Dina, bevor sie ihre Tochter mit der freien Hand in eine Umarmung zog.

»Du weißt, dass ich dafür einen Zauber habe. Du brauchst nicht dieses Zeug benutzen, es ist giftig.«

»Ah, stimmt, hatte ich vergessen. Als ich es das letzte Mal versucht habe, sind noch mehr Haare gewachsen, also bleibe ich einfach bei Bleiche, waha?«

Dinas Mutter wusch sich das Gesicht am Waschbecken und trocknete es mit dem Handtuch, das Dina ihr reichte.

»Okay, jetzt lass mich dich ansehen«, sagte ihre Mutter und nahm Dinas Gesicht zwischen beide Hände. »Mmm-mm. Etwas Stress, ja … aber du strahlst! Was ist passiert?«

»Mama, liest du schon wieder meine Aura?«, seufzte Dina.

»Was! Darf eine Mutter sich nicht für die Gefühle ihrer Tochter interessieren? *Besonders*, wenn besagte Tochter nicht einmal mehr anruft, um Hallo zu sagen.« Nour Whitlock – die Mutter aller Dramaqueens.

»Ich habe dich letzte Woche zweimal angerufen«, antwortete Dina.

Ihre Mutter schniefte und tat so, als wäre sie verletzt.

Sie neigte zur Dramatik, hatte einen herrlich bissigen Sinn für Humor und eine Beobachtungsgabe, die jeden MI5-Agenten vor Neid erblassen lassen würde. Sie war ein eins siebenundfünfzig großes Bündel Chaos mit kurzem, hennarotem Haar und einem durchdringenden Blick aus grauen Augen. Dina hatte ihre mahagonifarbenen Augen von ihrem Vater geerbt.

»Bleibst du bis kommende Woche? Mit der Hochzeit am Wochenende werden wir gar nicht genug Zeit haben, uns auf den aktuellen Stand zu bringen«, sagte Nour und reichte Dina ein Töpfchen mit einem selbst gemachten Make-up-Entferner aus Bienenwachs und Kamille. Abschminken und eine gemeinsame Pflegeroutine waren etwas, das Dina und ihre Mutter schon teilten, seit sie als Jugendliche Interesse an diesen Dingen entwickelt hatte. Es war eine ganz spezielle Art von Magie, ein Ritual zwischen Mutter und Tochter.

»Ich bleibe bis Dienstagmorgen, dann muss ich zurück ins Café. Das Gebäck mit dem Funken Magie kann Robin wohl schlecht aufstocken, also muss ich dort sein.«

Nour schnalzte missbilligend mit der Zunge. »Immer arbeitest du. Aber ich bin stolz auf dich, Habiba«, sagte sie und tätschelte Dinas Hand.

»Heute Abend lässt du mich etwas mit Henna machen, ja? Ich arbeite gerade an einem Hennazauber, der dir wundervolles Haar und strahlende Haut verleiht. Ich dachte, das wäre vielleicht was für die Hochzeit.«

»Ich bin immer gerne dein magisches Versuchskaninchen, Mama«, lächelte Dina und fühlte, wie sich eine Ruhe, die sie nur hier zu Hause kannte, in ihr ausbreitete und bis in ihre Knochen sickerte. Dina und ihre Mutter verbrachten die nächsten Minuten damit, sich auf den aktuellen Stand zu bringen und miteinander zu zanken, wie nur Mütter und Töchter es können, bis die Haustür sich öffnete.

»Dina, bist du zu Hause?«, rief ihr Vater.

»Ich bin hier, Baba. Sekunde!« Sie klopfte den Rest der Feuchtigkeitscreme in ihre Hände und ging nach unten, um ihren Vater zu begrüßen.

Robert Whitlock war in der Küche, wo er Flaschen mit Orangensaft auspackte, während das Haus die gebrauchten Einkaufstaschen in ein Fach unter dem Spülbecken schweben ließ.

»Da ist mein Mädchen«, sagte ihr Vater und schloss Dina in eine warme Umarmung. »Gut siehst du aus, Hayati.«

Es war immer herzerwärmend, ihren Vater Darija sprechen zu hören. Mit seinem walisischen Akzent gelang Robert die Aussprache nicht ganz, aber er versuchte es trotzdem. Als Dina noch klein gewesen war, hatte sie ihm gesagt, dass sie sein *hayati*, sein Leben, war, und seitdem nannte er sie so.

»Ich habe auf dem Weg nach Hause die zukünftige Braut getroffen. Sie sagt, ich soll dir ausrichten, dass du runter ins Roebuck kommen sollst, sobald du hier fertig bist. Sie treffen sich alle dort«, sagte er, und seine Augenwinkel kräuselten sich dabei. Er hatte mehr graue Haare als das letzte Mal, als Dina ihn gesehen hatte.

»Super. Aber ich sollte vorher vermutlich etwas essen.« Wie aufs Stichwort meldete sich eine Eieruhr in der Küche; das Haus teilte ihnen mit, dass das Essen fertig war.

Alle drei – vier, wenn man die Geisterschildkröte mitzählte – setzten sich an den Esstisch, den das Haus heute in einem dunklen Waldgrün gedeckt hatte. Dinas Vater servierte die Harira, während ihre Mutter kleine Teller mit Zaalouk, Shlada und Khobz auf den Tisch stellte. Nour hielt den Brotkorb und murmelte einen Zauber. Als Dina das Khobz brach, war es warm und dampfend und roch so gut, dass ihr das Wasser im Mund zusammenlief.

Ihre Eltern stellten ihr all die üblichen Fragen: Wie lief es mit dem Café? Hatte sie das Leben in London schon über? Und wo steckte eigentlich Heebie? Die Katze hatte sich vermutlich davongemacht und ein Bett gefunden, in das sie kriechen konnte und wo sie jetzt ziemlich wahrscheinlich tief schlummerte.

Dinas Vater hielt die Hand ihrer Mutter über dem

Tisch und lächelte seine Frau an, während diese den Hauptteil der Unterhaltung bestritt. Ihr fiel auf, dass er sich mit Fragen zu Dinas Liebesleben zurückhielt, ganz im Gegensatz zu ihrer Mutter.

»Hast du dich in letzter Zeit mit jemandem getroffen? Einem gut aussehenden jungen Mann vielleicht, den du uns vorstellen möchtest?«

Dina liebte ihre Mutter, aber manchmal dachte sie bei sich, dass man Nour am besten in kleinen Dosen genoss.

»Leider keine gut aussehenden Männer«, log sie, »aber wenn ich welche finde, erfährst du es als Erste.«

Dina war ziemlich offen mit ihren Eltern, wenn es um ihr Liebesleben ging, mit Einschränkungen. Sie erzählte ihnen von all ihren ersten Dates mit Männern, vor allem denen, die schiefgelaufen waren, aber Rory und alle anderen Frauen, mit denen sie sich möglicherweise traf, waren tabu.

Als sie beim Dessert angekommen waren – ein süßer Apfel-Pwdin-Eva mit massenweise Schlagsahne, den ihr Vater an diesem Nachmittag gebacken hatte –, stellte Dina fest, dass ihre Gedanken wieder bei Scott Mason waren. Bei seiner ausgeprägten, bärtigen Kieferpartie und seinem tiefen, grollenden Lachen. Wie er Heebie in seinen Armen gehalten hatte. Vielleicht hätten sie Nummern tauschen sollen. Vielleicht wäre es in Ordnung gewesen, einmal etwas trinken zu gehen.

Dina blickte hinunter auf ihre Hände, wo die Henna sich zu einer Dornenranke wand, die sich vor ihren Augen selbst erstickte. Der Fluch stellte sicher, dass er nicht vergessen wurde. Sie ärgerte sich über sich selbst.

Dina Whitlock würde erst einmal eine Auszeit in Sachen Dating nehmen. Zumindest bis jemand kam, der ein sicherer Kandidat für eine kurze Affäre war. Und Scott Mason war das eindeutig nicht.

Als Dina gegessen hatte, schlüpfte sie in das klassische Freitagabend-im-Pub-Outfit: Jeans und ein nettes Oberteil. Sie entdeckte Heebie in einem Stapel frisch gewaschener und getrockneter Bettwäsche, die jetzt voller Katzenhaare war, und drückte der schnurrenden Katze einen Kuss auf die kleine kalte Nase, bevor sie sich auf den Weg machte.

Kapitel 8

Es war eine perfekte Oktobernacht, kurz vor Vollmond, und es war so knackig kalt, dass man lieber ein wenig schneller lief, um warm zu bleiben. Lichterketten funkelten in den Fenstern des Pubs, als Dina sich näherte.

Das Roebuck weckte viele peinliche Jugenderinnerungen in Dina, vor allem, weil es das einzige Pub war, das Alkohol an Minderjährige ausschenkte, solange sie nichts Härteres als einen Cider oder Glühwein bestellten.

Die Einrichtung schien dem alleinigen Zweck zu dienen, das Pub so warm und gemütlich wie nur möglich zu machen. Messingleuchter an den Wänden tauchten den Raum in goldenes Licht, und ein Feuer knisterte in dem großen Kamin. Es roch nach altem Leder, Bier und Zedernholz.

Es war nicht die Art Bar, in der es ungemütliche Barhocker gab, auf denen man die ganze Nacht hin und her rutschte, um eine bequeme Position zu finden. Das Roebuck war die Art Pub, in dem man gerne länger blieb. Jede Sitzgelegenheit war ein gemütlicher, abgewetzter Sessel. Die Besitzer waren ein verheiratetes Paar um die sechzig – die Hollands, erinnerte Dina sich vage. Als sie eintrat, schenkten sie ihr ein gutmütiges Lächeln von hinter der Bar.

Sie entdeckte ihre Freunde auf den beiden Sofas am Feuer und machte sich auf den Weg zu ihnen. Immy saß auf Erics Schoß und winkte, während Rosemary, sobald sie Dina entdeckte, aus dem Sessel sprang und ein Quieken von sich gab, das laut genug war, um die Einheimischen am Nebentisch zu erschrecken.

»Bitte rette mich, sie sind so widerlich verliebt«, grinste Rosemary und überfiel Dina mit einer wundervoll aggressiven Umarmung.

»Schockierend, wenn man bedenkt, dass sie in ein paar Tagen heiraten werden.«

Rosemary sah sie ernst an. »Ich weiß, es ist fürchterlich. Los, wir betrinken uns. Kannst du glauben, dass ich noch nie Glühwein probiert habe?«

Dina schnappte mit gespieltem Entsetzen nach Luft. »Das müssen wir sofort ändern.«

An der Bar informierte Rosemary sie über den Rest von Erics und Immys Freunden, die mit ihnen am Feuer saßen. Einige davon hatte sie schon einmal getroffen, aber viele von Erics Arbeitskollegen kannte sie nicht.

»Ich habe gehört, dass Erics bester Freund, sein Trauzeuge, es wahrscheinlich nicht schafft. Er muss noch ein paar Dinge für seine Eltern erledigen.« Rosemary nippte an ihrem Glühwein, und ihre Augen rollten vor Genuss nach hinten.

»Wer muss bitte an einem Donnerstag um neun Uhr abends noch Dinge erledigen?«, sagte Dina.

»Genau«, bestätigte Immy, die sich jetzt zu ihnen stellte. Sie trug eines der Horrorklassiker-T-Shirts, für die sie bekannt war. Dieses hier zeigte die Szene mit dem händeverschlingenden Brustkorb aus *The Thing* in ziemlich schonungsloser Detailgenauigkeit.

Während der Hochzeitsplanungen hatte Immy irgendwann die Idee gehabt, aus ihrer Hochzeit eine Horror-Show zu machen. Glücklicherweise hatten Dina und Rosemary ihr das auf ausdrücklichen Wunsch von Eric ausreden können. Jetzt heirateten Immy und Eric am Tag nach Halloween in Honeywell House, vor der Kulisse eines dichten Waldes. Es war wundervoll gruselig, und Dina konnte es kaum noch erwarten.

»Du hast dein Kleid, ja? Es kam mit der Post?«

»Ja, und der Saum wurde angepasst. Wie schlagen sich deine Eltern?« Mr. und Mrs. Partridge waren äußerst konservativ und konnten sich nur schwer mit der Vorstellung anfreunden, dass ihre Tochter eine heidnische Hochzeit feiern würde.

»Du meinst, nach all den Drohungen, dass ich in der Hölle landen werde und dass Gott unserer Ehe seinen Segen vorenthalten wird? Oh, sie machen das wunderbar.« Immy verzog das Gesicht.

»Okay, aber wenn du Hilfe brauchst, musst du nur etwas sagen. Es gibt einen Besänftigungszauber, den ich während der Zeremonie anwenden kann. Sie werden entspannt und glücklich sein und – noch wichtiger – keinerlei Absicht haben, ihre Meinung kundzutun.«

»Moment, das geht?«, fragte Rosemary. Sie sah aus, als wollte sie einen Stift aus der Tasche ziehen und sich Notizen machen.

»Ja, aber ich versuche das in der Regel zu vermeiden.«

»Warum?«, wollte Rosemary wissen.

»Wenn der Zauber zu stark ist, schlafen sie einfach ein und wachen tagelang nicht wieder auf.«

»Ich gebe dir Bescheid. Aber hoffentlich brauchen wir ihn nicht«, sagte Immy.

Sie machten sich auf den Rückweg zu der Gruppe am Feuer, und Dina spürte, wie die Hitze ihre Wangen färbte. Eric grinste breit und schloss sie in eine dicke Umarmung.

»Mit dem Bart siehst du aus wie ein Holzfäller«, sagte Dina und nickte in Richtung von Erics rötlich behaartem Kinn.

»Das ist nicht meine Schuld. Sag Immy, dass sie sich

mit ihren Holzfäller-Fantasien etwas beherrschen soll.« Er lachte volltönend. Dina lächelte. Sie war so glücklich, dass ihre beste Freundin jemanden wie Eric gefunden hatte.

Sie zusammen zu erleben, die Art, wie Eric Immy ansah, wenn sie über den Plot eines neuen Horrorromans sprach, das war genug, um selbst den größten Skeptiker an wahre Liebe glauben zu lassen.

Trotzdem hatte Dina, als Immys und Erics Beziehung ernster geworden war, ihm unmissverständlich klargemacht, was ihm blühen würde, sollte er ihrer Freundin jemals wehtun. Zum Glück sah es nicht so aus, als ob es dazu kommen würde.

Die Stunden flogen dahin. Dina plauderte mit ihren Freunden, trank einen Glühwein nach dem anderen, bis die Ränder des Raums fröhlich zu verschwimmen begannen.

Von Zeit zu Zeit schwang die Tür des Pubs auf, ein Schwall kalter Luft strich über die Natursteinfliesen, und Eric blickte auf, weil er erwartete, seinen Trauzeugen zu sehen. Aber der mysteriöse Mann ließ sich nicht blicken.

Die Zeit verging wie im Flug, wie immer, wenn Dina, Rosemary und Immy zusammen waren. Als sie auf ihr Handy schaute, stellte Dina entsetzt fest, dass es bereits kurz vor Mitternacht war.

»Ich gehe jetzt besser. Meine Mum meinte, dass sie einen neuen Hennazauber an mir ausprobieren will«, raunte Dina Immy und Rosemary zu.

»Was für ein Zauber?«

»Volles Haar und reine Haut, glaube ich.«

»Oh, davon möchte ich auch was!«, rief Immy, während sie Dina zum Abschied umarmte. »Bis morgen! Sag deiner Mum, dass sie nicht verschlafen soll!« Dinas Mum hatte praktisch drei Töchter – Rosemary und Immy hatten während ihres Studiums viele Nächte im Haus ihrer Familie verbracht.

Dina winkte dem Rest der Gruppe zum Abschied, tauschte einen Fist-Bump mit Eric und taumelte aus dem Pub.

Okay, sie war also etwas betrunkener, als sie gedacht hatte. Offenbar reichten ein paar Gläser Glühwein aus, um ihr Vermögen, geradeaus zu laufen, empfindlich zu beeinträchtigen.

Dina beschloss, eine andere Route für den Nachhauseweg zu nehmen. Sie wollte an einem bestimmten Haus vorbei, das an Halloween immer besonders gruselig dekoriert war.

Jedes Jahr übertrafen die Bewohner sich selbst. Dieses Mal konnte Dina den grünen Schein am Himmel bereits aus zwei Straßen Entfernung sehen. Als sie schließlich vor dem Haus angekommen war, lehnte sie sich an eine eiskalte Straßenlampe und bewunderte einfach nur den Anblick. Wie unfassbar still es hier war. Sie hatte sich mittlerweile so an das Hintergrundrauschen Londons gewöhnt, dass es ihr nur auffiel, wenn es nicht da war.

Statt viele kleinere Gruseldekorationen aufzustellen, hatten sich die Besitzer des Hauses dieses Mal für zwei riesige, dreieinhalb Meter große Skelette entschieden, von denen Dina sich sicher war, dass sie aus Amerika importiert sein mussten. Briten legten sich für Halloween nie so ins Zeug. In der Regel beließen sie es bei ein paar geschnitzten Kürbissen mit Plastikkerzen an der Türschwelle.

Dina hatte selbst noch nie Süßigkeiten für die Kinder besorgt, zum Teil, weil sie im dritten Stock wohnte, aber auch, weil sie an Halloween mit Immy und Rosemary nackt um ein Feuer tanzte, eine Tradition, die sie vor einigen Jahren eingeführt hatten.

Die beiden Skelette waren so aufgestellt, dass sie aussahen, als würden sie gärtnern. Eines schob einen riesigen Pappmaché-Rasenmäher vor sich her, während das andere mit einer gigantischen Papp-Heckenschere einen Apfelbaum beschnitt. Sie wurden von unten mit zwei grünlichen Lichtern beleuchtet, die das ganze Haus in ein unheilvolles limettengrünes Glühen tauchten.

Eine Kirchenglocke hallte in der Ferne und riss Dina aus ihrem trunkenen Starren. Vermutlich hatte sie das Haus jetzt lange genug angeglotzt (und konnte von Glück reden, dass niemand aus der Nachbarschaft sie bei der Polizei gemeldet hatte), also machte sie auf dem Absatz kehrt, um nach Hause zu gehen.

Doch dabei verfing ihr Absatz sich unglücklich in einer Unebenheit im Pflaster und brachte sie zu Fall. Sie knallte auf den Boden, alle Luft wurde ihr aus den Lungen gepresst. Sie versuchte, sich zu bewegen, und spürte sofort, dass sie eine Prellung am Ellenbogen hatte und ihr Kinn blutete. Es tat nicht weh, aber sie vermutete, dass es das bald tun würde. Wo war bitte ihre Hexenintuition, wenn sie sie brauchte?

Sie versuchte, sich aufzurichten, doch ihr Knöchel gab unter ihr nach, und benommen streckte sie die Hand nach etwas aus, an dem sie sich festhalten konnte.

»Hier, nimm meine Hand. Bist du in Ordnung?«, fragte eine Stimme über ihr.

Dina blickte auf, doch ihre Augen schienen ihr einen Streich zu spielen, denn es sah aus, als würden zwei Scott Masons vor ihr stehen.

»Hast du einen Zwillingsbruder?«, nuschelte sie.

Als Reaktion darauf legten die beiden Scott Masons den Arm um ihre Taille und halfen ihr auf. Sie war sich vage bewusst, wie gut sie sich in seinen Armen fühlte, warm und sicher.

»Riecht nach Kiefern«, murmelte sie.

»Ich rieche nach Kiefern?« Sie hörte ihn leise lachen.

»Kiefern und Seife und Hund.«

»Ah, das liegt daran, dass Juniper, die einen extralangen Nachtspaziergang brauchte, gerade ein sehr braves Mädchen ist«, sagte Scott.

Dina senkte den Kopf und nahm verschwommen einen kleinen runden Corgi mit rotem und weißem Fell wahr, der geduldig und mit heraushängender Zunge neben ihnen wartete.

»Hallo, Juniper«, sagte Dina. Dann spürte sie Scotts warme Berührung, seine raue Handfläche in ihrem Nacken, die ihren Kopf hob, damit sie ihn ansah.

»Dina, schau mich an. Bist du verletzt? An deinem Kinn ist etwas Blut.« Er wirkte besorgt, und seine Augen bohrten sich in ihre, aber sie wollte ihm sagen, dass es ihr bis auf den Schmetterlingsschwarm in ihrem Bauch gut ging. Der verdammte Glühwein.

»Du bist tatsächlich ein Hundemensch!« war das Einzige, was sie hervorbrachte, und Scott lachte schnaubend.

»Ja, ich bin ein Hundemensch. Dina, hör mal, ich denke, ich sollte einen Krankenwagen rufen. Du hast möglicherweise eine Gehirnerschütterung.«

Die Vorstellung einer Gehirnerschütterung riss sie aus ihrer Benommenheit, obwohl ihre Glieder sich immer noch ein wenig wabbelig anfühlten.

»Das kann sein, ja.« Sie stöhnte. »Aber ich brauche

keinen Krankenwagen. Kannst du mich nach Hause bringen? Meine Mum kann sich um mich kümmern.«

Dina atmete tief ein, roch Scotts warmen Duft, und plötzlich fühlte ihr Kopf sich ganz schwer an, und sie musste sich an seine Brust lehnen.

»Du bist sehr warm. Und groß«, nuschelte sie und war sich dabei vage bewusst, dass sie etwas sagte, das sie wohl besser für sich behalten sollte.

»Ach ja?«

»Normalweise werde ich nicht von Männern im Arm gehalten. Nur von Frauen. Und das ist schon ganz schön lange her.«

Scott schwieg für einen Moment, und sein Körper verspannte sich leicht.

»Mir war nicht bewusst, dass du …«

»Ich bin bi«, fügte Dina hinzu.

Warum hatte sie das gesagt? Er hatte sie vermutlich nicht einmal danach fragen wollen. Es war ja nicht so, als ob es Scott etwas anging, von wem sie sich angezogen fühlte. Warum also wollte sie, dass er es wusste?

Gedanken wirbelten durch ihren Kopf, und die Verletzung an ihrem Kinn begann jetzt wehzutun. Alles, was sie wollte, war, den Kopf gegen Scotts Brust zu lehnen und ein Nickerchen zu machen. Nur ein kleines. Sie seufzte tief.

»Nicht einschlafen, Dina. Kannst du mir sagen, wo du wohnst?«, fragte Scott.

Sie spürte seinen Atem an ihrer Wange und in ihrem Haar. Was würde passieren, wenn sie sich reckte und ihm einen Kuss auf die Lippen drückte?

»Nicht einschlafen. Sag mir, wo ich dich hinbringen soll«, bat Scott, ehe er einen Arm unter Dinas Knie schob und sie hochhob.

Er hielt sie, als wäre sie leicht wie eine Feder. Dina konnte gerade noch die Adresse ihrer Eltern murmeln, dann dämmerte sie weg.

Kapitel 9

Sobald er Dina sicher in den Armen hielt, wickelte Scott sich Junipers Leine um sein Handgelenk und tastete Dinas Kopf nach Beulen ab. Sie schien lediglich ein wenig benommen, aber sonst in Ordnung zu sein. Ihr Atem roch ziemlich stark nach Glühwein, und Scott vermutete, dass das wahrscheinlich der Grund für die Benommenheit war, keine Gehirnerschütterung. Er war überrascht, wie sehr es ihn erleichterte, dass sie nicht schlimm verletzt war. Nur ein Kratzer am Kinn und eine Prellung am Ellenbogen, wie es schien.

Tatsächlich sah sie sogar ziemlich niedlich aus, wie sie da so in seinen Armen lag. Und sie passte perfekt hinein, als sollte sie genau dort sein. Dina hatte den Kopf an seinen Kragen geschmiegt und presste das Gesicht gegen seinen Hals. Aus diesem Winkel hatte er einen ausgezeichneten Blick in ihren Ausschnitt, aber Scott war ein Gentleman, deshalb gab er sich alle Mühe, nicht in die entsprechende Richtung zu schielen. Vermutlich würde Dina zutiefst beschämt sein, wenn sie erfuhr, dass er sie nach Hause tragen musste. Und dass sie ihm gesagt hatte, dass er nach Kiefern, Seife und Hund roch.

Juniper trottete glücklich neben ihm über das Pflaster und zermalmte trockenes Laub unter ihren kleinen Pfoten. Scott war bei seinem Spaziergang etwas früher am Tag bereits durch die Cypress Street gekommen, und zum Glück hatte Dina ihm noch gesagt, dass es sich um das letzte Haus auf der rechten Seite handelte, bevor sie eingeschlafen war.

Von außen sah Dinas Haus überraschend normal aus. *Was hast du erwartet?*, fragte er sich. Er betätigte den Hamsa-Klopfer an der Tür. Ihre Familie musste ebenfalls eine Vorliebe für schützende Talismane haben.

Er hörte, wie sich etwas regte, dann ging die Tür auf, und eine Frau mit einem Seidenschal um den Kopf stand vor ihm. Sie sah aus wie eine ältere Version von Dina, wenn auch etwas kleiner und rundlicher.

»Dina ist gestürzt. Ich glaube, sie ist okay«, sagte Scott schnell, als die Frau, die vermutlich Dinas Mutter war, erblasste. Dann sah sie zu Scott auf und hielt seinen Blick gerade lang genug, dass er begann, sich unbehaglich zu fühlen.

»Du bist es also«, murmelte sie und winkte ihm hineinzukommen. »Bringen Sie den Hund auch mit rein!«, rief sie über ihre Schulter, ehe sie Scott in ein kleines Wohnzimmer mit einem knisternden Kaminfeuer führte.

»Legen Sie sie dorthin, ich hole nur schnell mein Kit. Ich bin übrigens Nour«, sagte Dinas Mutter und wies auf ein Sofa, auf dem sich weiche Kissen stapelten. Scott legte Dina so vorsichtig wie möglich ab und achtete darauf, dass ihr Kopf auf einem der Kissen zum Liegen kam. Seine Arme fühlten sich seltsam leer an ohne sie.

In der Zwischenzeit hatte Juniper es irgendwie geschafft, sich von der Leine zu befreien, und schlummerte jetzt mit einem kleinen Hundeschnarchen in einem Hundebett in der Ecke. Seltsamerweise sah es dem, das sie zu Hause hatten, verblüffend ähnlich.

Dinas Mutter kehrte mit panischer Eile zurück und kniete sich neben ihre Tochter. Sie hatte einen kleinen Beutel bei sich, vermutlich das »Kit«, das sie hatte holen wollen. Sie nahm eine kleine Dose heraus und rieb etwas Salbe auf die Schnitte und Prellungen an Dinas Kinn und Ellenbogen. Dann entkorkte sie ein kleines Fläschchen mit einer goldgelben Flüssigkeit und kippte den Inhalt in Dinas Mund. So hatte er sich die Erste Hilfe nicht vorgestellt.

Einen Augenblick später öffnete Dina die Augen und blinzelte langsam.

»Ich fühle mich, als hätte mir jemand mit Stahlkappenschuhen gegen den Kopf getreten«, stöhnte sie.

»Das ist die Quittung, wenn man zu viel trinkt«, antwortete ihre Mutter, aber sie klang nicht böse. »Du kannst von Glück reden, dass dieser junge Mann und sein Hund dich sicher nach Hause gebracht haben«, fügte sie hinzu und strich Dina das Haar aus dem Gesicht.

Jetzt blickte Dina zu Scott auf. Ihre dunklen Augen fokussierten sich auf ihn und schienen ihn zu verschlingen.

»Scott?«, sagte sie und klang schon deutlich mehr wie sie selbst – kein Lallen mehr.

»Hi. Juniper ist im Körbchen eures Hundes eingeschlafen. Ich hoffe, das ist okay.«

»Wir haben keinen Hund«, gluckste Dinas Mutter. »Möchten Sie etwas Tee? Ihr seht beide aus, als könntet ihr ihn gebrauchen.«

»Tee wäre wunderbar«, sagte Scott und fragte sich, warum sie ein Hundebett besaßen, wenn sie doch gar keinen Hund hatten.

Und dann waren sie allein.

»Natürlich musstest du es sein. Mein Retter in strahlender Rüstung«, lächelte Dina und klopfte neben sich auf das Sofa.

Scott setzte sich. Er war ihr jetzt so nah, dass er sie mühelos auf seinen Schoß hätte ziehen können, ihre Beine an seinen Schenkeln.

»Wie fühlst du dich?«, fragte er.

»Übel. Könntest du mir bitte den Eisbeutel da geben?«, bat sie und nickte in Richtung Wohnzimmertisch. Er reichte ihn ihr und fragte sich kurz, wo zur Hölle der hergekommen war.

Dina stöhnte genüsslich auf, als sie sich den Eisbeutel an den Kopf drückte, ihre Stirn glättete sich. Scott konnte nur noch daran denken, wie dringend er sie noch einmal so stöhnen hören wollte. *Reiß dich zusammen, Mann*, schalt er sich.

»Also. Du schon wieder«, sagte sie grinsend.

»Ich schon wieder.«

»Bist du ein Stalker oder so was?«

»Eben habe ich dich noch *gerettet*, nachdem du nachts in einer dunklen Straße umgekippt warst, und jetzt bin ich schon ein Perverser?«

»Hmpf. Ich wäre schon zurechtgekommen«, antwortete sie, klang dabei aber wenig überzeugt. »Wegen vorhin im Zug, ich …«

»Der Tee ist fertig«, rief Dinas Mutter, noch bevor sie den Raum betrat, und kam dann mit einem Tablett voller Tee und einem Teller, auf dem sich alle möglichen Kekse stapelten, zu ihnen. Dina sah Scott an und rollte mit den Augen.

»Oh, du siehst schon so viel besser aus«, sagte Dinas Mutter. »Aber du solltest trotzdem etwas hiervon trinken.« Sie goss ihnen drei Tassen Tee ein – Kamille und Honig, vermutete Scott.

Er nahm sich einen Keks von dem Teller, den Dinas Mutter ihm hinhielt.

»Solche habe ich noch nie gesehen.«

»Du hast noch nie einen Keks gesehen?«, sagte Dina und grinste. »Es ist ein Gazellenhörnchen. Es besteht zum größten Teil aus Mandeln und Sesam.«

Scott biss hinein. »Das schmeckt himmlisch«, sagte er und aß das ganze Hörnchen in zwei Bissen auf.

»Es sind Dinas Lieblingskekse«, sagte ihre Mutter und musterte ihn anerkennend. »Also, wie lange kennst du meine Tochter schon, Scott?«

Dina und Scott begannen gleichzeitig zu sprechen.

»Wir haben uns im Zug kennengelernt.«

»Ich war in ihrem Café.«

»Ach ja?«, sagte Dinas Mutter und hob eine Augenbraue.

»Was Scott sagen wollte, ist, dass er die Dreistigkeit besessen hat, meinen Talisman gegen den bösen Blick von der Wand meines Cafés zu stoßen«, sagte Dina.

Nour tat so, als wäre sie außer sich.

»Und dann haben wir uns im Zug hierher wiedergetroffen«, fuhr Dina fort.

»Ach, deshalb hast du so geschmollt, als du nach Hause gekommen bist«, merkte Nour an.

»Ich habe *nicht* geschmollt«, sagte Dina eisig.

»Und dann lauft ihr euch schon wieder über den Weg. Dreimal in so kurzer Zeit, was für ein Zufall«, sagte sie, als wäre es genau das nicht. »Nun, Scott, ich war gerade auf dem Weg ins Bett, als du Dina nach Hause gebracht hast, deshalb sage ich jetzt Gute Nacht. Wir brauchen unseren Schönheitsschlaf für das Wochenende, das vor uns liegt.«

»Gute Nacht«, sagte Scott. Dinas Mum lächelte sie beide mit einem wissenden Ausdruck an und ging.

Als sie wieder allein waren, spürte Scott die Anspannung zurückkehren. Himmel, wie Dina ihn unter diesen dichten Wimpern hervor ansah, war auch nicht gerade hilfreich.

»Also, was steht dieses Wochenende an?«, sagte er, und seine Stimme klang dabei rauer und tiefer, als er es beabsichtigt hatte. Etwas daran, wie Dina dort saß, die Teetasse mit beiden Händen umschloss, die Beine übergeschlagen, weckte ein Kitzeln in seinen Fingern, sie wieder in den Armen zu halten.

»Eine Hochzeit«, flüsterte sie beinahe.

»Ach nein.« Er lachte. Was für ein Zufall.

»Warum machst du so ein Gesicht?«

»Nun, wie es der Zufall will, besuche auch ich dieses Wochenende eine Hochzeit.« Er sah, wie sie die Bedeutung des Gesagten voll erfasste und ihre Augen groß wurden.

»Nein.«

»Ja.«

»Du bist Erics Trauzeuge, oder?«

»Und ich rate mal ins Blaue, dass du Immys bist?«

Dina knallte die Teetasse auf den Tisch.

»Shit.«

»Kann man wohl sagen.«

»Wie kann es sein, dass wir uns nie zuvor gesehen haben?«, fragte sie.

»Ich war unterwegs. Verschiedene Museen, verschiedene Länder …« Er sprach nicht weiter. Er wollte nicht der Typ Mann sein, der in einen dreißigminütigen narzisstischen Vortrag über all seine Reisen verfiel, als wäre es nur ein überlanges Gap Year gewesen.

»Und du warst heute Abend eingeladen, oder? Aber du musstest noch Dinge erledigen.« Dina nickte in Richtung der schlummernden Juniper, zu der sich jetzt Heebie gesellt hatte. Normalerweise hasste Heebie Hunde, doch jetzt hatte sie sich recht zutraulich neben dem Corgi eingeringelt und leckte ihn zwischen den Ohren.

»Ich … Mir war heute einfach nicht nach Ausgehen«, gab Scott zu.

»Nachdem ich am Bahnhof vor dir weggerannt bin«, flüsterte Dina.

»Das hatte möglicherweise etwas damit zu tun.«

»Lass mich erklären, ich …«

»Du schuldest mir keine Erklärung, Dina. Wirklich nicht. Ich habe … Ich habe keine Erwartungen an dich.« Scott stellte seine leere Tasse auf das Tablett. »Ich glaube, es ist besser, ich gehe jetzt.«

»Scott, bitte …«

Er hob Juniper hoch, die im Schlaf schnüffelte wie ein pelziges Baby, und machte sich auf den Weg zur Tür.

»Bitte sag deiner Mutter vielen Dank für den Tee und die Kekse. Sie waren ganz wunderbar. Es tut mir leid, wenn ich dich in Verlegenheit gebracht habe – das war nicht meine Absicht.«

Sie würden das ganze Wochenende zusammen verbringen, also war es wohl besser, sich im Guten zu trennen. Und so wie sie vorhin vor ihm weggerannt war, war es ziemlich eindeutig, dass sie kein Interesse hatte. Oder hatte sich seitdem etwas verändert? Jetzt und hier, in einem Haus, das sich so sehr nach Dina anfühlte, wurde ihm die Brust ein wenig enger. Er musste weg.

»Scott, bitte warte einen Moment.« Dina versperrte ihm den Weg, als er sich der Tür näherte. Ihr Haar war durcheinander, ihre Wimperntusche verschmiert, und sie hatte nie so schön ausgesehen. »Ich bin weggerannt, weil ich, nun, ich bin gerade nicht auf der Suche. Und ich war schon … seit einer Weile nicht mehr in einer ernsthaften Beziehung.«

»Das hast du vorhin erwähnt.«

Dina wurde blass. »O Gott, ich hoffe ich habe nichts zu Peinliches gesagt.«

»Nur, dass ich nach Kiefern rieche. Und dass ich warm und groß bin.« Er lachte, als Dina aufstöhnte.

»Bitte, versuch, alles zu vergessen, was ich gesagt habe. Schieben wir es auf den Wein.«

Als ob er je auch nur eine Sekunde davon vergessen könnte.

»Dina, es ist schon in Ordnung«, sagte er. »Wir können einfach nur Freunde sein – Freunde für den Rest des Hochzeitswochenendes.«

Sie lächelte, und sein Herz stolperte.

»Freunde wäre schön. Gute Nacht, Scott.« Sie reckte sich auf die Zehenspitzen und küsste ihn auf die Wange. Ihre Lippen waren weich und warm, und er wollte nichts mehr, als den Kopf zu drehen und ihren Lippen mit seinen zu begegnen.

»Gute Nacht, Dina«, sagte Scott und schloss die Tür sanft hinter sich. Es würde ein langes Wochenende werden.

Kapitel 10

Dina und ihre Mutter in ein Auto zu bekommen, war eine nervenaufreibende Erfahrung für alle Beteiligten. Nour hatte als Kind ihre Schwestern bei einem Autounfall verloren und deshalb die letzten fünfundvierzig Minuten damit verbracht, einen Schutzzauber nach dem anderen auf jeden Zentimeter des Wagens zu legen. Und Dina, die Pragmatischere der beiden, war schon den ganzen Morgen damit beschäftigt, die Hennamagie ihrer Mutter rückgängig zu machen.

Sie war um sechs Uhr morgens mit einem Schrei aufgewacht, als sie entdeckt hatte, dass der Zauber ihrer Mutter ihr Haar über Nacht Meerjungfrauen-Blau gefärbt hatte. Nach dem ersten Schock gefiel ihr das leuchtend blaue Haar sogar ganz gut, aber für eine Hochzeit war es trotzdem nicht gerade passend, also hatte sie mit dem mühsamen Prozess begonnen, es zurück in seinen Ursprungszustand zu versetzen: Auberginen-Braun mit violetten Sprenkeln.

Endlich saßen sie im Wagen und waren unterwegs

nach Honeywell House, wo sie das Wochenende verbringen würden. Immy und Eric hatten eine relativ kleine Feier geplant mit um die dreihundert Gästen.

Das Anwesen gehörte dem National Trust, der sich um die Pflege und den Erhalt alter Bauwerke kümmerte, und stand tief im ländlichen gentrifizierten Hertfordshire. Erics Eltern hatten hier geheiratet, und obwohl Immy sich vehement gegen Traditionen stemmte, hatte sie sich auf den ersten Blick in das alte Haus verliebt. Die Worte »Hier spukt es definitiv« und »*The Cabin in the Woods*« waren gefallen.

Während sie der kurvenreichen Landstraße folgten, begann Dina, sich Sorgen zu machen. Die Art, wie Scott und sie letzte Nacht verblieben waren – dieser Funke Sehnsucht, der durch sie hindurchpulsierte, als sie ihn auf die Wange küsste … Sie hatte sogar Schmetterlinge im Bauch gehabt, verdammt noch mal.

Sie passierten einen Baldachin aus tief hängenden Ästen, durch die das Sonnenlicht leuchtende Splitter auf die Straße vor ihnen warf. Die Blätter färbten sich bereits blutorange, und nächsten Monat wäre nichts mehr von ihnen zu sehen.

Nour sah sich vom Beifahrersitz nach ihr um.

»Bist du aufgeregt, weil du diesen attraktiven Mann wiedersehen wirst?«

»Woher weißt du, dass Scott dort sein wird? Hast du herumgeschnüffelt, Mama?«

»Nein – und ich wusste, dass du ihn attraktiv findest!«

»Mama!«

»Ach, sei still. Ich habe nur so ein Gefühl in den Knochen, was dieses Wochenende angeht, das ist alles«, sagte Nour, und ihre Augen funkelten durchtrieben. Dinas Erfahrung nach hatten die »Gefühle« ihrer Mutter eine Tendenz dazu, sich zu bewahrheiten. *Eine Romanze kündigt sich an.*

»Wer ist der attraktive Mann, von dem ihr sprecht?«, fragte Robert Whitlock, ohne den Blick von der Straße zu lösen.

Dina seufzte. »Scott Mason. Er ist Erics Trauzeuge.«

»Ach ja?«, fragte ihr Vater und klang dabei belustigt.

»Das habe ich auch erst gestern Abend erfahren. Also, ja.«

»Nun, wenn deine Mutter ihn mag, dann mag ich ihn auch«, sagte er und schenkte Dina ein Lächeln über den Rückspiegel.

»Danke, Baba. Aber da ist nichts zwischen uns.«

»O bitte! Robert, glaube mir, die beiden sind praktisch bis über beide Ohren verliebt«, sagte Nour, was ihr einen Schlag gegen den Arm von Dina einbrachte. Sie hatte Scott eben erst kennengelernt, verdammt noch mal – sie war nicht in ihn verliebt!

»Mama, jetzt sag schon, wie deine Vorhersage für das Wochenende aussieht.«

Nour grinste. »Wo bliebe denn da der Spaß?«

Die holprige Landstraße bog abrupt nach rechts und gab den Blick auf Honeywell House frei, das zwischen von Bäumen gesäumten Hügeln und vor einem beeindruckenden Wald stand. Obwohl es ein klarer Oktobertag war, hingen Wolken tief über dem Herrenhaus und ließen lange Schatten über die Hügel wandern.

»Nun, es ist definitiv … eindrucksvoll«, sagte ihr Dad.

»Ich würde hier nicht heiraten«, murmelte Nour.

»Ihr beide seid durchgebrannt, natürlich würdet ihr nicht an so einem Ort heiraten«, antwortete Dina.

Ihre Mutter sah ihren Vater an, sie konnte förmlich die Herzchen in ihren Augen sehen.

»Und ich würde es sofort wieder tun«, sagte Nour.

Robert griff nach der Hand seiner Frau, küsste sie sanft und flüsterte: »Cariad.«

Dina wollte genau die Art Liebe, die ihre Eltern teilten: unerschütterlich, unberührt von der Zeit.

Sie fuhren die lange gekieste Auffahrt entlang, die von strengen, stoischen immergrünen Nadelhölzern gesäumt war. Honeywell House wirkte auf den ersten Blick einschüchternd, wie ein entschlossener alter Tyrann, der über die Landschaft herrschte, doch als sie sich näherten, konnte Dina verstehen, warum Immy sich in diesen Ort verliebt hatte.

Efeu klammerte sich an die Mauerzinnen aus Sandstein, und strenge gotische Fenster flankierten den mittelalterlichen Bogen der Eingangstür, komplett mit einer schmiedeeisernen Klinke. Kleine Gesichter waren in das Steingesims gemeißelt, und die niederträchtige Grimasse eines grünen Mannes grinste ihnen über dem Eingang entgegen. Es fühlte sich definitiv ein wenig wie ein Spukhaus an, und Dina fragte sich, ob sie einen Geist hinter einem der Dachbodenfenster entdecken würde.

Hinter dem Haus erstreckte sich ein dichter Wald, hohe Tannen, durch die kein Licht dringen konnte. Herrlich gruselig.

Immy und Eric mussten sie kommen gehört haben, denn die Haustür öffnete sich mit einem unheilverkündenden Quietschen, und dann standen sie dort, Lord und Lady des Hauses.

Immy kam zu Dina gerannt. »Ist es nicht einfach wundervoll?«, rief sie und blickte zu den Buntglasfenstern hinauf.

»Das ist es. Die Hochzeitsfotos werden einmalig sein«, quiekte Dina und drückte dabei Immys Hand.

»Wenn wir Glück haben, finden wir nach dem Entwickeln vielleicht einen Geist im Hintergrund der Aufnahmen. Oder Rosemary sieht ein echtes Gespenst!«, rief Immy, und Dina wusste, dass ihre Freundin das zu hundert Prozent ernst meinte.

»Daumen sind gedrückt.«

Eric winkte Dina zur Begrüßung und half dann ihren Eltern mit dem Gepäck. Immy hakte sich bei Dina unter und zog sie über die Schwelle in ein Seitenzimmer, dessen Wände voller ausgestopfter Rotwildköpfe hingen. Ihr Glasaugenstarren schien ihnen durch den ganzen Raum zu folgen, als Immy und Dina sich in einer gemütlichen Ecke niederließen.

»Wo ist Rosemary?«, fragte Dina.

»Sie macht einen kleinen Spaziergang ums Haus. Sie wollte sehen, ob all die Geistergeschichten um diesen Ort wahr sind.«

»War ja klar.«

»Egal, ich habe gehört, du hast gestern Nacht Scott getroffen«, sagte Immy und zwinkerte unheilvoll.

»Ah, du hast also von meinem kleinen Sturz gehört?«

»Das habe ich. Übrigens bin ich froh, dass dir nichts passiert ist, aber jetzt will ich alles darüber wissen. Eric hat mir erzählt, dass ihr euch davor schon getroffen habt, im Zug? Warum hast du denn nichts gesagt?«

»Erstens wusste ich da noch nicht, dass er Erics Trauzeuge ist, und zweitens ist das hier dein Hochzeitswochenende. Es ist auch absolut nichts passiert, was irgendwie interessant sein könnte.«

»Nicht interessant, hm? Da habe ich aber was anderes gehört. Du erinnerst dich, dass ich die Braut bin und du alles tun musst, was ich dir sage? Ich will jedes schmutzige Detail!«

»Es gibt keine schmutzigen Details. Er ist am Mittwochmorgen in mein Café gekommen, und dann ist das Hamsa runtergefallen …«

»Göttin im Himmel!«

»Genau das. Und dann haben wir uns noch mal im Zug getroffen, und ja, das war gar nicht so übel, und dann hat er mir nach Hause geholfen, als ich gefallen bin.« Dina zuckte die Achseln und bemühte sich, ganz cool zu wirken, versagte allerdings kläglich. Der Anblick der dünnen Haarlinie auf Scotts Bauch, als er sich im Zug gereckt hatte, um ihr Gepäck herunterzuholen, hatte sich in ihren Geist eingebrannt.

»Hmmm. Erinnerst du dich, was du mir immer über die Macht der Zahl drei in der Magie erzählt hast? Es ist schon *äußerst interessant*, dass du Scott dreimal in zwei Tagen begegnet bist, findest du nicht auch?« Immy lächelte, und ihre Augen funkelten listig – Dina war sich nicht sicher, ob ihr gefiel, in welche Richtung sich das hier entwickelte.

»Denkst du, da ist möglicherweise etwas dran?«, fragte Immy.

»Ich weiß es nicht«, antwortete Dina ehrlich. »Aber ich kann nicht mit jemandem zusammen sein, das weißt du.«

Sie hatte Immy und Rosemary von dem Fluch erzählt. Insgeheim hegte Dina den Verdacht, dass Immy nichts mehr davon hören wollte. Ihre Freundin war der festen Überzeugung, dass Dina ihrer Mutter einfach reinen Wein einschenken sollte. Sie konnte sich nicht vorstellen, dass ihre Eltern etwas gegen Dinas sexuelle Orientierung haben könnten, doch sie selbst wusste es besser. Der Fluch war die einzige Sache, bei der Immy und sie nicht einer Meinung waren. Und gerade jetzt bewies sie wieder, dass sie die damit verbundenen Gefahren als nicht gravierend genug ansah, um nicht die Kupplerin zwischen ihr und Scott spielen zu wollen.

»Du musst ja nicht mit ihm zusammen sein. Hab einfach etwas Spaß am Wochenende! Du kannst es gebrauchen. Und du weißt, was man über die Trauzeugin der Braut und den Trauzeugen des Bräutigams sagt …« Immy wackelte vielsagend mit den Augenbrauen.

Dina hatte keine Gelegenheit mehr zu kontern, denn in diesem Moment steckte Immys Dad Tony den Kopf durch die Tür, um Dina und Immy in den Lesesalon zu scheuchen, wo sich alle Hochzeitsgäste versammeln würden.

»Es war Oberst von Gatow in der Bibliothek mit dem Leuchter«, flüsterte Dina Immy verschwörerisch zu, als sie mit hallenden Schritten durch den schwarzweiß gefliesten Flur gingen.

Der Lesesalon war viel zu groß und trotzdem gemütlich. Ein Feuer knisterte in dem rußigen steinernen Kamin, und dicke waldgrüne Vorhänge rahmten die deckenhohen Fenster ein, durch die graues Nachmittagslicht strömte.

Die Wände waren bis auf den letzten Zentimeter mit Bücherregalen zugestellt. Dina hätte Stunden hier verbringen und sich ein Buch nach dem anderen aussuchen können, um dann in einem der großen Ledersessel abwechselnd zu lesen und zu dösen. Das Leben einer reichen Lady in der Regency-Ära wäre durchaus etwas für sie gewesen.

Natürlich lösten sich alle Gedanken an ein Leben als keuscher Bücherwurm sofort in Luft auf, als sie Scotts Blick begegnete, der gerade in einem der besagten Ledersessel saß und sich in einer Art über das Möbelstück drapiert hatte, die verboten sein sollte. Und – Göttin möge ihr helfen – er trug ein Hemd und hatte die Ärmel hochgerollt, was so ziemlich das Erotischste war, was ein Mann tun konnte.

Dina atmete scharf ein, und Verlangen flatterte durch sie hindurch. Scott lächelte, als würde er sich ehrlich freuen, sie zu sehen, und sie spürte, wie sie rot wurde.

Vielleicht war es das Setting oder ihre Obsession mit Jane Austen, aber das hier fühlte sich so sehr wie dieser Moment in der Verfilmung von *Stolz und Vorurteil* von 2005 an, als Darcy und Lizzie zum ersten Mal miteinander tanzten und alle anderen im Raum praktisch nicht mehr existierten. In diesem Moment waren da nur sie und Scott, der Rest des Raums rückte in den Hintergrund.

Dina blinzelte und wandte den Blick ab. Sie entdeckte ihre Mutter, die sich mit Tony unterhielt, während ihr Vater eine Reihe von Büchern bewunderte, die alte Seekarten zu enthalten schienen. In einer Ecke des Raums saßen zwei Frauen auf einem Sofa, und zwischen ihnen lag eine schlummernde Juniper. Das mussten Scotts Mums sein. Ein kompliziertes Wochenende lag vor ihnen.

Mit verlegener Benommenheit machte sie sich auf den Weg zu Erics Eltern, ein eher strenges Paar, und begrüßte sie höflich. Mr. und Mrs. Hawthorn zeigten nie eine andere Miene als milde Missbilligung. Für Dina wirkten sie wie die Verkörperung der steifen englischen Oberschicht.

»Mum, wusstest du, dass Dina ein Café in der Nähe deines Büros betreibt? Du könntest es mal besuchen«, sagte Eric, der sich jetzt zu ihnen gesellte und Dina auf den Rücken klopfte. Sie schenkte ihm einen dankbaren Blick. Niemand wusste besser als Eric, wie seine Eltern sein konnten.

»Ach tatsächlich?«, antwortete Erics Mutter Patricia und zupfte ein Staubkorn von ihrem Blazer. Sie sah aus, als wollte sie jeden Moment zur Fuchsjagd aufbrechen, fand Dina.

Es war ehrlich gesagt ein kleines Wunder, dass Eric so bodenständig war. Er hatte sich nie an Immys wenig distinguiertem Englisch oder an ihrem Beruf gestört, ganz im Gegensatz zu seinen Eltern.

Dina erinnerte sich, wie Immy sie nach dem ersten Kennenlernen mit Erics Eltern weinend angerufen und erzählt hatte, dass die beiden sie für ihre Autorenkarriere getadelt und ihr gesagt hätten, mit dem Schund, den sie da schrieb, würde sie nie einen Booker Prize gewinnen. Dina konnte sich nicht erinnern, wann sie das letzte Mal den Roman eines Booker-Preisträgers gelesen hatte, aber sie verschlang jeden einzelnen von Immy. Und nicht nur, weil sie ihre Freundin war, sondern weil es ernsthaft ein paar der gruseligsten Bücher waren, die sie je gelesen hatte. So gruselig, dass Immy ein Warnsystem für Dina entwickeln musste, damit sie im Vorhinein wusste, wie wahrscheinlich es war, dass das jeweilige Buch sie die ganze Nacht wachhielt.

Bei der Erinnerung, wie Erics Eltern ihre Freundin behandelt hatten, musste Dina ehrlich mit sich kämpfen, um sie nicht mit einem Fluch zu belegen. Nur einem winzig kleinen. Doch sie widerstand der Versuchung, schließlich war sie eine gute Hexe.

»Wie ich gehört habe, hast du meinen Trauzeugen bereits kennengelernt.« Eric stupste Dina an und führte sie weg von seinen Eltern.

»Neuigkeiten verbreiten sich schnell.« Sie waren auf dem Weg zum Kamin, wo Scott sich gerade nach unten beugte, um noch etwas Kleinholz ins Feuer zu werfen. Bei allen Heiligen im Himmel, wie hatte ihr bis jetzt nicht auffallen können, dass er tätowiert war? Die hochgerollten Ärmel gaben den Blick frei auf dunkle Linien und geometrische Formen, die sich von seinem Handgelenk bis zu seinem Ellenbogen zogen. *Mit all dem Feuerholz sieht er aus wie ein Holzfäller*, dachte sie, und ihr Gehirn erlitt einen kompletten Kurzschluss. Sie hatte nicht einmal bemerkt, dass Eric sie mit ihm alleingelassen hatte, so gefesselt war sie von ihm.

»Du siehst besser aus«, sagte Scott und warf ein letztes Scheit ins Feuer. Dina war sich nicht sicher, ob es das Feuer oder die Hitze zwischen ihren Beinen war, aber für einen Moment verschlug es ihr die Sprache.

»Viel besser, danke«, presste sie heraus.

Sie starrten sich an, und niemand sagte ein Wort. Es gab beinahe zu viel zu sagen. Der Kuss, den sie ihm auf die Wange gedrückt hatte, hing unausgesprochen zwischen ihnen. Es war nur ein Kuss, sagte sie sich. Ein Kuss zwischen Freunden.

»Hast du deine Rede für das Probeessen fertig?«, fragte Dina und zwang sich, den Blick loszureißen und ihn stattdessen auf den ausgestopften Kopf eines Rehs an der Wand zu richten. Wenn Scott sie so aus seinen honigbraunen Augen ansah, hatte sie Mühe, sich auf irgendetwas zu konzentrieren. Small Talk würde helfen. Bestimmt.

»O ja, sie ist fertig«, sagte Scott und grinste durchtrieben. »Bald werden alle wissen, wie Eric sich mit vierzehn die perfekte Frau vorgestellt hat. Ich bin in Besitz seines Tagebuchs.«

»Du machst Witze.«

»Ich wünschte, es wäre so. Keine Sorge. Eric hat mir erlaubt, daraus vorzulesen. Du wirst überrascht sein: Er beschreibt praktisch Immy.«

Dina blickte hinüber zu dem Paar. Eric küsste Immy gerade auf die Nase und flüsterte ihr dann etwas zu, bei dem sie den Kopf in den Nacken legte und laut zu lachen begann.

»Tatsächlich überrascht mich das gar nicht.« Sie lächelte. Vermutlich hätte sie stundenlang mit Scott reden können, ohne sich je zu langweilen, doch die Gelegenheit bekam sie gar nicht erst, denn ein paar der anderen Gäste verwickelten ihn in eine Unterhaltung. Dina spürte ein verlangendes Schaudern durch ihren Körper gehen, als sie sah, wie Scott die anderen Männer überragte. Offenbar hatte sie seit Neuestem eine Vorliebe für große Männer.

Kurz darauf zeigten Eric und Immy den Leuten mit der Hilfe eines sehr eifrigen Butlers namens Martin ihre Zimmer.

»Ist das nicht meine Aufgabe als Trauzeugin? Du solltest dich vor dem großen Tag entspannen«, sagte Dina zu Immy, als sie Honeywell House durch den Haupteingang verließen und sich nach rechts wandten.

»Im Grunde ist es eher ein mittelgroßer Tag, wenn man es genau bedenkt. Außerdem wollte ich, dass dein Zimmer für dieses Wochenende eine Überraschung ist.« Immy wackelte mit den Fingern wie der Bösewicht in einem Film.

»Warum habe ich das Gefühl, dass ich direkt in eine Falle laufe?«, murmelte Dina, während Immy sie zum Waldrand zog.

»Ich weiß nicht, wovon du sprichst«, antwortete Immy.

Sobald sie den Wald betraten, spürte Dina, dass sich etwas in ihrer Magie regte. Normalerweise ruhte sie tief in ihr, bis sie sie für einen Zauber benötigte. Die Bäume waren hoch und dicht, nur wenig Sonnenlicht gelangte bis auf den Waldboden, und der schmale Kiesweg, dem sie folgten, verlor sich in der Ferne.

»Hier ist irgendwas«, flüsterte sie Immy zu.

»Magie?«

»Ja. Ich weiß nicht, wie ich es erklären soll – als wäre das hier ein alter und mächtiger Ort. Als würde die Erde selbst atmen.«

»Ohhh, den Satz merke ich mir für mein nächstes Buch«, sagte Immy und zog ihr Handy aus der Tasche.

Als Immy langsamer wurde, um zu tippen, ging Dina weiter und fühlte, wie die Macht des uralten Waldes durch sie hindurchströmte. Es war, als würde sie direkt in eine große, schlafende Göttin hineinlaufen. Aber es machte ihr keine Angst, und das sollte es auch nicht. Es war nur die Natur, älter als die Geschichte, älter als Knochen.

Der Pfad schlängelte sich nach rechts, wo ein kleines Cottage im sprenkeligen Licht auftauchte, das neben den riesigen Eichen winzig wirkte. Innen brannte Licht und erleuchtete den Efeu und die Glyzinien, die sich an den Außenwänden nach oben rankten. Die Fenster waren mit dunkelgrünem Holz gerahmt, komplett mit Blumenkästen voller Astern. Dina war sich ziemlich sicher, dass besagte Astern bei so wenig Licht gar nicht hätten wachsen können, doch dieser Wald schien seine eigenen Regeln zu haben.

»Das ist die Honeywell Hunting Lodge«, sagte Immy, die mittlerweile zu Dina aufgeholt hatte.

»Sieht aus wie eine Hütte in einem Märchen«, antwortete Dina. »Ich liebe es.«

Immy strahlte. »Ich wusste, dass es dir gefallen würde. Okay, sei jetzt bitte nicht böse auf mich, aber das war nicht die letzte Überraschung.«

Misstrauisch folgte Dina Immy zu dem Haus, wo sie die altmodische Holztür mit einem beinahe mittelalterlich anmutenden Schlüssel aus Schmiedeeisen öffnete. *Ich bin in einem Märchen gelandet*, dachte Dina.

Das Innere des Cottage war genau, wie Dina es sich vorgestellt hatte: eine kleine Küche mit cremeweißen Holzschränken, einem rot gefliesten Boden und Töpfchen mit frischen Kräutern im Fenster. Minze, Rosmarin und Salbei – alle für Glück und Schutz. Kupfertöpfe und -pfannen hingen von Haken an den Wänden über einem leuchtend roten AGA-Herd, der das Häuschen sanft gegen die Kälte des Waldes wärmte.

»Wie hübsch«, sagte Dina.

»Warte ab. Komm und sieh dir das hier an.« Immy wies auf das cremeweiße Sofa vor einem kalten Kamin.

Bilderrahmen hingen darüber und zeigten eine Mäusefamilie in ihrem unterirdischen Haus – entzückende kleine Aquarelle.

Drei Türen zweigten vom Herzen des Hauses ab. Dina vermutete, dass es sich um das Schlafzimmer, ein Bad und vielleicht einen Abstellraum handeln musste. Es erschien ihr wie das perfekte Cottage für eine Person. Ideal für eine Hexe.

»Wie kommt es, dass du nicht hier übernachtest?«, fragte Dina. »Es wäre doch perfekt für euren Honeymoon?«

»Dina, bitte.« Immy rollte mit den Augen. »Das ist alles viel zu idyllisch für mich. In unserer Hochzeitssuite hängt ein gigantischer Hirschkopf über dem Bett, und es gibt eine riesige Badewanne aus Kupfer, in der ich schon zweimal Sex hatte. Auf keinen Fall gebe ich das für das hier auf.«

»Ich will mich auch gar nicht beschweren. Dieser Ort ist magisch.«

»Ich wusste, du würdest es mögen. Und hier ist dein Zimmer.«

Immy öffnete die Tür zu einem wundervoll gemütlichen kleinen Raum mit blassrosa Wänden und einem großen Doppelbett, auf dem alle möglichen Kreuzstichkissen lagen. Dina warf sich aufs Bett und quiekte, als sie in dem Kissenhaufen landete.

Sie hörte ein Geräusch von draußen und trat ans Fenster.

Ihr wurde der Mund trocken.

»Immy, warum macht Scott hinter meinem kleinen Wochenendhaus gerade Holz klein?«

»Was das betrifft …«

»Immy …«

»Bring mich nicht um, ich heirate übermorgen.«

»Was hast du angestellt?«

»Nun … genau genommen ist das nicht allein *dein* Cottage. Scott schläft auch hier.«

»Weißt du was? Ich habe es mir anders überlegt, Mord erscheint mir wie die perfekte Reaktion auf diesen *schamlosen Verkuppelungsversuch*.«

»Es ist nicht … Wir versuchen nicht … okay, na ja,

vielleicht ein bisschen. Die Wahrheit ist – und du weißt, ich hab dich lieb, also bitte sei nicht sauer auf mich –, ich dachte, dass Scott vielleicht eine nette kleine Affäre für dich wäre. Er ist genau dein Typ, und du brauchst jemanden, der dich auf andere Gedanken bringt.«

»Und was hält Scott davon?« Dina stellte fest, dass sie zitterte. Nicht vor Wut, mehr wegen der Aussicht, so eng mit Scott zusammenzuleben, und allem, was das in ihr auslöste. Sie würden sich ein Badezimmer teilen, verdammt noch mal.

»Ich glaube, das finden wir gleich heraus«, sagte Immy und nickte in Richtung Tür.

Einen Augenblick später trat Scott mit zerzaustem Haar und einem Stapel frisch gehackten Feuerholzes auf den Armen ein.

»Du«, sagte Scott, und seine Mundwinkel hoben sich. »Was machst du hier?« Sein Blick fiel auf Dinas Gepäckhaufen.

Dina starrte zu Immy, die sie beide mit wackelnden Augenbrauen angrinste. Diese Frau war sich für nichts zu schade.

»Ich schätze, das heißt, dass wir beide hier übernachten«, sagte Scott und ließ die Scheite in ein schnörkeliges Messinggestell am Kamin fallen.

»So sieht's aus«, antwortete Dina und bemühte sich, gelassen zu wirken, obwohl sie so ziemlich das Gegenteil empfand. Was, wenn er sie schnarchen hörte? Diese Wände sahen nicht sehr dick aus.

»Nun, da wir uns dieses Wochenende irgendwie miteinander arrangieren müssen, kannst du mir auch mit dem Feuer helfen«, sagte Scott.

Dina wandte sich Immy zu, doch ihre Freundin war schon auf halbem Wege hinaus.

»Ich sehe euch dann gleich beim Probeessen!« Sie winkte und zog die Tür hinter sich zu.

Eine bedeutungsvolle Stille hing zwischen ihnen. Die Art, wie Scott dort stand und sie einfach nur ansah. Als wartete er darauf, dass sie etwas sagte, den ersten Schritt machte. Und das wollte sie. Aber wenn sie das täte und es nicht funktionierte, dann würde es das ganze Wochenende ruinieren. Sie waren die Trauzeugen des Brautpaars, sie würden eine Menge Zeit in der Nähe des jeweils anderen verbringen müssen.

»Wenn wir schon dabei sind, sollten wir vielleicht ein paar Grundregeln aufstellen«, sagte sie.

»Okay. Woran dachtest du da?«

»Keiner belegt stundenlang das Badezimmer, es sei denn, jemand möchte ein Bad nehmen.«

»Ich kann mich ohnehin nicht erinnern, wann ich das letzte Mal gebadet habe«, sagte Scott.

»Was?«, empörte sich Dina. »Du badest nicht? Wie … wie?« Sie konnte es nicht fassen.

»Ich weiß auch nicht«, antwortete Scott verlegen.

»Ich weiß einfach nur nie, was ich machen soll, wenn ich drin liege.«

»Ich kann dir zeigen … ich meine, ich kann dir sagen, was du brauchst. Schaum. Bücher. Und Kerzen.« Hitze pulsierte durch Dinas Körper. Hatte Scott ihren Versprecher bemerkt?

»Ich nehme dich beim Wort, Dina.« O nein, wie sollte sie sich bitte konzentrieren, wenn er ihren Namen mit seiner sanften, tiefen Stimme aussprach? »Was ist Regel Nummer zwei?«

»Hmm. Kein Schnarchen. Die Wände sind dünn.«

»Ich schnarche nicht, aber wie kannst du so sicher sein, dass du keine Schnarcherin bist?«, grinste Scott.

»Ich bin definitiv keine Schnarcherin. Wenn du mich schnarchen hörst, kannst du in mein Zimmer kommen und mir ein Kissen an den Kopf werfen, so sicher bin ich mir.«

»Okay, Regel Nummer zwei lautet also: Scott darf nachts in Dinas Zimmer gehen und sie mit Kissen bewerfen, wenn sie schnarcht.«

»So habe ich das nicht gesagt.«

»Hast du.«

Was für ein unerträglicher Mann. Sie konnte gar nicht genug von ihm bekommen.

»Was brauchst du für das Feuer?«, fragte sie.

»Zündhölzer, falls du welche findest«, antwortete Scott mit rauer Stimme. Plötzlich wurde ihr bewusst, wie nah er ihr war, sein warmer Atem an ihrem Gesicht und ihrem Hals jagte Schauer durch all die richtigen Stellen ihres Körpers.

Dina löste sich zuerst und marschierte in die Küche, um nach Streichhölzern zu suchen. Oder wirklich nach irgendetwas, das sie daran hindern würde, quer durch den Raum zu rennen und sich in Scotts tätowierte, muskulöse Arme zu werfen.

In den Schubladen fand sie keine Streichhölzer, dafür einen Feuerstahl und ein Stück Feuerstein in der Vorratskammer. Sie hätte das Feuer auch einfach mit ihrer Magie entzünden können, aber davon durfte er natürlich nicht erfahren.

Sie ging zurück zum Kamin und nahm sich einen Moment, um das Spiel seiner Rückenmuskulatur unter dem Hemd zu bewundern, während er Kleinholz aufschichtete.

Sie kauerte sich neben ihn und atmete seinen holzigen Duft ein, den Geruch des Waldes an seinen Kleidern und seiner Haut. Ihr begann sich der Kopf zu drehen. Sie fing an, sich gefährliche Dinge zu wünschen.

»Ich habe ehrlich gesagt noch nie so Feuer gemacht«, gab sie zu und hielt ihm Feuerstein und Feuerstahl hin. Das war keine Lüge. Bei ihren Eltern erledigte das Haus selbst das Feuermachen.

Scott begegnete ihrem Blick, und sie sah etwas wie Hunger darin aufblitzen.

»Ich zeige es dir.« Seine Hände schlossen sich um ihre. »Du brauchst einfach nur etwas Druck. Genau hier.«

Während er ihre Hände in seinen hielt, schlug Scott gegen den Feuerstein und hielt beides dicht an das Anzündholz. Ein Funke löste sich, ein winziges oranges Glühen im Kamin.

»Jetzt versuch du es«, sagte er und ließ ihre Hände los. Dina konnte seinen Atem an ihrer nackten Schulter spüren, die Hitze seines Körpers an ihrem.

Sie schlug gegen den Feuerstein, einmal, zweimal, bis es ihr schließlich gelang, einen Funken zu erzeugen, der auf dem trockenen Holz landete.

»Gutes … Gut gemacht«, sagte Scott. Seine Stimme klang rau an ihrem Ohr, als er sie lobte. Sie müsste nur das Gesicht zur Seite drehen und ihre Lippen auf seine drücken … Nein, verdammt. Was war mit »nur Freunde«?

Dina erhob sich abrupt und entfernte sich einen Schritt von Scott und der Hitze des Feuers.

»Musst du ins Bad? Ich würde gerne duschen. Ich stinke nach Auto«, sagte Dina viel zu eilig.

»Es gehört ganz dir«, antwortete er und grinste leicht.

Dina rannte praktisch in ihr Zimmer und lehnte sich von innen gegen die Tür, bis sie hörte, wie Scott seine eigene Schlafzimmertür hinter sich schloss. Sie bekam mit, wie er in seinem Zimmer rumorte, obwohl das Bad zwischen ihnen lag – die Wände waren wirklich extrem dünn. Himmel, das war knapp gewesen.

Dina öffnete ihren Koffer und fluchte. Sie würde mit dem Haus schimpfen müssen, wenn sie nach Hause kamen. Es hatte eine Tendenz dazu, sich in Sachen einzumischen, die es nicht verstand – *weil es ein Haus war* –, und das hier war eindeutig einer dieser Fälle.

Als Dina in ihrer Wohnung in London ihre Outfits für das Wochenende eingepackt hatte, hatte sie definitiv *ausschließlich* ihren bequemen Schlafanzug in den Koffer gesteckt. Sie erinnerte sich, ihre Pinguin-Hose und kuschelige Socken eingepackt zu haben, und doch waren sie jetzt nirgendwo zu finden. Stattdessen fand sie einen cremeweißen knappen Seidenpyjama, den sie vor Jahren im Haus ihrer Eltern zurückgelassen hatte. Das war nichts, was sie eingepackt hätte – nicht in einer Million Jahre.

Der Rest der Tasche war voll mit ihren üblichen Reiseutensilien: leere Gläser, um Kräuter zu sammeln, eine Flasche mit Honig gegen Kater und mindestens zwei Liebesromane. Und dann noch eine unerwartete Zugabe: ein Buch mit Rumis Liebeslyrik. *Sehr subtil, Haus, wirklich sehr subtil.*

Dina nahm sich vor, an jedem einzelnen Bilderrahmen im Haus herumzuspielen, damit sie alle ein wenig schief hingen. Das Haus würde es hassen, und es würde es absolut verdient haben, nach so einem aufdringlichen Verkuppelungsversuch.

Dina schnappte sich ihren Kulturbeutel, zog sich aus, wickelte sich in ein Badetuch und prüfte, ob die Luft rein war, ehe sie sich im Bad einschloss.

Es gab eine tiefe Porzellanwanne und einen glänzenden Duschkopf aus Kupfer. Jemand hatte ein handgebundenes Sträußchen Eukalyptus und Minze in die Dusche gehängt, und der frische Duft belebte ihre Sinne, als sie einatmete.

Sie zog ihr selbst gemachtes Duschgel aus der Tasche. Es war eine Mischung aus Arganöl, Rosenwasser, Muskat-Salbei und Gelée royale, nach deren Anwendung ihre Haut sich weich und gepflegt anfühlte.

Dina ließ das Wasser auf ihren Nacken und ihren Rücken hinunterfließen, genoss die Wärme und spürte, wie ihre Muskeln sich lösten. Sie war sich der Tatsache, dass Scott sich gleich nebenan aufhielt, viel zu bewusst. Ihre Gedanken wanderten zu seinen muskulösen Unterarmen voller Tätowierungen. Sie wollte sie mit den Fingern nachzeichnen. Sein Grinsen, als er scherzte, nachts in ihr Zimmer zu kommen, sein Geruch nach Wald und Moos und Schweiß. Ihre Hand wanderte zwischen ihre Beine. Vielleicht musste sie das einfach aus ihrem System bekommen.

Dina lehnte den Kopf nach hinten gegen die kühlen

Kacheln und fragte sich, wie es wohl wäre, wenn Scott jetzt ins Badezimmer käme. Würde er den Vorhang zur Seite ziehen, sie nackt sehen? Würde er sich aus seinen Kleidern schälen und die harten, straffen Muskeln darunter enthüllen? Sie wusste instinktiv, dass er nicht rasiert wäre. Seine Brust würde mit dunkelbraunen Locken bedeckt sein, in die sie ihre Finger graben wollte.

Er würde seine Brille abnehmen und sie ganz sachte neben dem Waschbecken ablegen. Er würde in die Dusche steigen, und das Wasser würde über seine Haut strömen. Dinas Finger beschrieben Kreise um ihre Klitoris, und sie fand einen Rhythmus, bei dem ihr ganz heiß wurde. Sie unterdrückte ein Stöhnen.

Was würde Scott tun, sobald er bei ihr in der Dusche war? Sie wusste, was sie tun würde. Sie würde ihre Beine um ihn schlingen. Er würde sie öffnen, und sie wäre bereit für ihn. So bereit. Sein Schwanz wäre so hart, und er würde so dringend in ihr sein wollen. Er würde die Spitze hineingleiten lassen und sich dann tief in sie versenken.

Dinas Hand bewegte sich schneller, und sie drang mit den Fingern ein. Ihr ganzer Geist war erfüllt von ihm. In ihrer Fantasie war Scott in ihr, und sie grub die Finger in seinen Rücken. Während er in sie stieß, hinterließ er eine Spur aus Küssen an ihrem Hals, saugte an ihrer Unterlippe.

Der Orgasmus spülte über sie hinweg, süß und köstlich. Sie konnte nicht anders, ein Wimmern drang über ihre Lippen, als sie kam. Sie seufzte tief.

Dina duschte zu Ende und verbrachte dann etwas Zeit damit, sich das feuchte Haar zu kämmen und Arganöl und Haarmousse in ihre Locken zu kneten.

Make-up würde sie in ihrem Zimmer auflegen, sobald sie etwas abgekühlt war und wieder klar denken konnte. Aus irgendeinem Grund hatte sie das plötzliche Bedürfnis, heute Abend atemberaubend auszusehen. Sie wollte spüren, wie Scott sie vom anderen Ende des Raums mit Blicken auszog.

Dina glitt aus dem Bad und wäre beinahe direkt mit Scott zusammengestoßen. Oh, fuck. Er hatte nur eine Hose an. Sie hatte sich definitiv nicht geirrt, was seinen Körper betraf. Es war nicht die Brust eines Mannes, der endlose Stunden in einem Fitnessstudio verbrachte oder strikt Diät hielt. Scotts Muskeln waren schwer und dicht. Seine Schultern waren breit und abgerundet von dicken Muskelsträngen. Er sah wie so eine Art schottischer Kriegsheld oder griechischer Gott aus.

Dina starrte ihn definitiv gerade an, und es war ihr komplett egal. Auch was die Körperbehaarung betraf, hatte sie richtiggelegen – sie zog sich über seine Brust und beschrieb eine Spur hinunter bis zu seinem Bauch und dem V seiner Hüften. Er trug eine dunkelblaue Anzughose und -schuhe, war schon so gut wie fertig für das Probeessen. Wenn sie ganz ehrlich mit sich war, dann wollte sie auf die Knie gehen und ihn in den Mund nehmen. Sie hatte nie zuvor so empfunden, und schon gar nicht für einen Mann.

Es war ihr immer leichtgefallen, den Körper einer Frau zu lieben, all die Kurven und Grübchen und weichen Stellen, die wie gemacht fürs Küssen waren. Bei Männern war das immer ein wenig schwieriger. Sie fand sie nur selten sympathisch genug, um überhaupt an den Punkt zu kommen, an dem sie sie nackt sah. Aber Scott war anders, verletzlicher und aufmerksamer, außerdem hatte sie so eine Ahnung, dass er genau wissen würde, wie er mit ihrem Körper umgehen musste. Dass er sie wieder und wieder zum Höhepunkt bringen würde. Ganz eindeutig hatte der Orgasmus in der Dusche ganz und gar nicht geholfen, die Hitze zwischen ihnen abzukühlen.

»Tut mir leid, ich dachte, du wärst fertig. Ich habe mein Deo da drin gelassen, aber ich kann später wiederkommen«, sagte er, und sein Blick verdunkelte sich, als er Dina musterte, die Haut noch feucht, eingewickelt in ein Badetuch. Sie hatte während der Dusche unentwegt an ihn denken müssen, und sie zweifelte nicht daran, dass man ihr das ansah.

»Nein, nein. Ich bin fertig, du kannst rein.« Sie lächelte und lief tropfend auf ihr Zimmer zu. Sie war sich sicher, spüren zu können, wie Scotts Blick ihr folgte. Dina schloss sich in ihrem Schlafzimmer ein und ließ sich aufs Bett fallen, ohne darauf zu achten, dass die Laken feucht wurden.

War das gerade wirklich passiert?

Ein Teil von ihr, ein verdammt großer Teil, wollte die Tür aufreißen und sich hier und jetzt auf Scott stürzen. Aber sie hatte sich etwas geschworen. Keine Romanzen. Keine Beziehungen. Nicht, solange der Fluch aktiv war. Sie würde sich in Scotts Gegenwart einfach zusammenreißen müssen. Wie schwer konnte es schon sein, nicht mit jemandem zu schlafen?

Kapitel 11

Scott bemühte sich wirklich, nicht an Sex mit Dina zu denken. Und versagte kläglich. Hatte er sich absichtlich mit nacktem Oberkörper auf den Weg ins Badezimmer gemacht? Nun, darum ging es jetzt nicht. Dinas Reaktion, wie sie erstarrt war und ihn mit den Augen verschlungen hatte … Es hatte ihm eine Erektion beschert, die selbst nach einer Viertelstunde nicht ganz abklingen wollte.

Im Bad roch es noch immer nach ihrer Seife, trotz des offenen Fensters, durch das der Dampf nach draußen drang. Ein frischer und süßer, aber auch erdiger Duft. Wäre sie jetzt noch hier gewesen, hätte er sie vielleicht an sich gezogen. Er war sich sicher, wenn er sich hinunterbeugen und ihr das Haar vom Schlüsselbein streichen würde, könnte er diesen Duft auf ihrer Haut wahrnehmen.

Und warum denke ich eigentlich darüber nach, an ihrem Schlüsselbein zu schnüffeln?, dachte er. *Wer bin ich? Hannibal Lecter?*

Egal, wie sehr er es auch versuchte, er konnte den Moment vorhin am Feuer nicht vergessen. Wie klein und zierlich ihre Hand sich in seiner angefühlt hatte. Wie er sich beinahe versprochen und sie ein »gutes Mädchen« genannt hätte. Er wollte sie loben, bevorzugt mit seinem Mund zwischen ihren Schenkeln. Alles, woran Scott denken konnte, war, es auszusprechen, es in Dinas Ohr zu flüstern, während er in ihr war. Himmel, wie sollte er es durch diesen Abend schaffen?

Obwohl er es wollte, würde er sie nicht noch einmal um ein Date bitten. Sie hatten abgemacht, dieses Wochenende Freunde zu sein. Nur Freunde. Freunde, die sich mit den Zähnen die Kleider vom Leib reißen wollten.

Scott starrte sich im Spiegel an und überlegte, ob er noch einmal seinen Bart trimmen sollte, obwohl er das erst heute Morgen getan hatte. Körperbehaarung schien in seinen Genen zu liegen. Während er sich anzog, erinnerte er sich, wie Dina erstarrt war, als sie ihn mit nacktem Oberkörper gesehen hatte, wie weit ihre Pupillen geworden waren. Sein Brusthaar schien sie nicht abzustoßen wie andere Frauen, mit denen er geschlafen hatte. Er stellte sich vor, wie Dinas Finger mit den dunklen Locken spielten, und spürte, wie Hitze sich in ihm ausbreitete.

Er atmete heftig ein und wappnete sich für den bevorstehenden Abend, ehe er die Badezimmertür öffnete.

»Trägst du Parfum?«, fragte Dina. Er konnte sie nicht sehen, weil sie um die Ecke im Küchenbereich stand.

»Ist es zu viel?« Vielleicht hatte sie eine empfindliche Nase.

Dina steckte den Kopf um die Ecke. »Nein. Ich mag es.« Sie lächelte, und er konnte nicht anders, als sich vorzustellen, wie ihre rubinroten Lippen um seinen Schwanz aussehen würden. *Reiß dich zusammen, Scott, du musst den Rest des Abends mit ihr verbringen.*

»Was denkst du?«, sagte Dina und drehte sich vor dem Kamin einmal im Kreis. Reizte ihn. Trieb ihn in den Wahnsinn. Sie trug ein dunkelblaues Samtkleid, das sich an genau die richtigen Stellen schmiegte und ihre breiten Hüften und ihren Hintern betonte. Das Kleid war so gestylt, dass es ihr von den Schultern fiel, und ihre Schlüsselbeine schienen im Schein des Feuers zu schimmern.

Du siehst perfekt aus, wollte er sagen. *Niemand in der ganzen Weltgeschichte hat je so gut in einem Kleid ausgesehen.* Aber Scott sagte nichts davon.

»Du siehst schön aus, Dina«, sagte er mit heiserer Stimme. Sie erstarrte, sah ihn an und kam dann näher. Er konnte nicht anders, streckte die Hand aus und schob ihr eine verirrte Locke hinters Ohr. Für einen

Moment öffneten sich ihre Lippen, und sie hob den Kopf, als überlegte sie, ob sie ihn küssen sollte. Doch dann wich sie einen Schritt zurück, brachte Abstand zwischen sie.

»Wir sollten los, sonst kommen wir zu spät«, sagte sie leise. Scott nickte und ging zur Haustür. Enttäuschung durchflutete ihn. *Freunde küssen sich nicht*, erinnerte er sich. Die Luft um sie herum war dicht, zum Platzen gefüllt mit unausgesprochenen Worten und unterdrückten Berührungen.

Kapitel 12

Martin, Butler und offenbar auch ihr Anstandswauwau dieses Wochenendes, wies ihnen den Weg zum Grünen Salon, wo das Dinner stattfinden würde. Dina blickte zu Scott auf und stellte fest, dass er sie mit einem verhaltenen Ausdruck musterte. Gelächter aus dem Raum vor ihnen ließ sie aufschrecken und den Blick abwenden.

Der Green Room war für das Dinner aufwändig dekoriert worden, und Dina wurde einmal mehr bewusst, wie reich Eric und seine Familie waren. Der riesige Raum mit einer hohen Decke wurde vom warmen Licht Dutzender, wenn nicht Hunderter Kerzen erhellt – nicht eine einzige der elektrischen Lampen brannte.

Kerzenleuchter aus poliertem Messing zogen sich die Mitte der langen Tafel hinunter. Dicke, knochenweiße Stumpenkerzen steckten in den Kupferleuchtern an den Wänden. Ein Lüster mit funkelnden Kristallen warf Streifen aus Licht durch den ganzen Raum, die wirkten wie von einem Diamanten gebrochen.

Beinahe augenblicklich wurden Dina und Scott getrennt. Dinas Eltern wollten, dass sie ihnen die anderen vorstellte, und Scott wurde eingespannt, um Erics Großtante zu helfen, ihren Sitzplatz zu finden.

»Also, wie ist es so in der Hunting Lodge?«, fragte Immy, als sie sich zu Dina stellte. »Hat sie dich schon zum Erröten gebracht?«

»Die *Hunting Lodge* war ein perfekter Gentleman«, presste Dina durch zusammengebissene Zähne.

»Er kann kaum seinen Blick von dir losreißen, das ist schon mal sicher«, merkte Rosemary an, die mittlerweile ebenfalls zu ihnen gekommen war. Sie trug ein wunderschönes gepunktetes Kleid, das unter der Hüfte weit ausgestellt war.

Dina sah auf und begegnete Scotts Blick, der mittlerweile von einer ganzen Schar von Tanten umzingelt und mindestens einen Kopf größer als sie alle war.

»Wir sind nur Freunde«, sagte sie.

»Ich wünschte, ich hätte einen Freund, der mich ansieht, als wollte er mir die Kleider vom Leib reißen«, grinste Rosemary.

Dina spürte, wie sie eine Welle des Verlangens durchflutete, und sie sehnte sich danach, die Arme um Scotts breite Schultern zu werfen. Seine Stimme vorhin beim Feuer hatte sie beinahe schwach werden lassen. Sie wollte ihn. So sehr. Allein bei dem Gedanken daran wurde sie feucht, aber sie bemühte sich, wenigstens heute Abend an etwas anderes zu denken.

»Wegen morgen Abend …«, begann Rosemary und beugte sich ihnen verschwörerisch entgegen. »Wann wollen wir anfangen?«

Seit Rosemary in die Staaten zurückgekehrt war, hatte sie keines ihrer Halloween-Rituale mehr mitgemacht, und Dina hatte über die Jahre ein paar magische Komponenten hinzugefügt.

»Wir schleichen uns kurz vor Mitternacht davon, damit wir sicher sein können, dass der Mond noch voll ist. Immy, du sagtest, meine Mum hätte alles mit Honeywell House arrangiert. Werden sie ein Lagerfeuer für uns vorbereiten?«

»Ja, auf der Wiese im Norden. Ich habe Martin gesagt, dass wir dort nackt tanzen wollen, und er wirkte sichtlich verstört«, kicherte Immy.

Sie drehten eine Runde durch den Raum und lächelten den Gästen zu wie die Protagonistinnen eines Jane-Austen-Romans. Später am Nachmittag waren noch weitere von Immys und Erics Freunden gekommen, und die Stimmung im Raum war lebhaft. Ein paar von Immys und Rosemarys Autorenfreunden winkten sie zu sich.

»Wir brauchen eure Meinung zu etwas«, sagte Ash und nippte an einem Cocktail. »Tiefseehorror. Was ist das Gruseligste, das ihr euch vorstellen könnt?«

Dina, die an Thalassophobie litt, schauderte bei dem Gedanken.

»Der Marianengraben«, sagte Immy. »Diese steil abfallenden Klippen im Wasser, und nur Dunkelheit. So. Viel. Potenzial.«

»Sehe ich auch so«, meinte Jeremy, der Redakteur bei einem Filmmagazin war.

»Ich habe gelesen, dass es in Südtirol eine verlassene Kirche gibt, die über die Jahre fast vollkommen im Wasser versunken ist und jetzt am Grund eines Sees steht«, erzählte Dina der Gruppe.

»Nie davon gehört. Bist du dir sicher, dass es die wirklich gibt?«, sagte Rosemary und holte ihr Handy heraus. »O mein Gott, Dina hat recht. Fast das ganze verdammte Ding steht unter Wasser. Okay, Dina gewinnt, das ist echt der Stoff, aus dem Albträume gemacht sind.«

»Was ist der Stoff, aus dem Albträume gemacht sind?«, fragte Eric, schlang die Arme um Immy und drückte ihr einen Kuss auf den Scheitel.

»Dina erfreut uns mit Geschichten über gruselige Unterwasserkirchen«, antwortete Immy und schmiegte sich in Erics Umarmung.

»Etwas anderes hätte ich auch nicht von ihr erwartet«, grinste Eric. »Aber Martin, der übrigens sehr gestresst wirkt, hat mir gerade gesagt, dass wir alle unsere Plätze für das Essen einnehmen sollen.«

Dina blickte hinunter auf die Platzkarten auf den Tischen. Immy hatte Dina neben sich und Rosemary gesetzt, und direkt gegenüber von Scott. Keine Überraschung. Eric saß neben Scott und gegenüber seiner zukünftigen Frau.

Dina wollte gerade Platz nehmen, als eine dunkle tiefe Stimme neben ihr sagte: »Bitte, lass mich.«

Scott stand hinter ihr, nahe genug, dass sie seinen Duft nach Moos und Meersalz riechen und seinen Atem im Nacken spüren konnte.

»Der perfekte Gentleman«, scherzte sie. »Ritterlichkeit ist wohl doch noch nicht ausgestorben.« Sie hätte schwören können, dass seine Pupillen sich weiteten, als sie sich umdrehte und zu ihm aufblickte. So nah bei ihm konnte sie seine Hitze spüren.

Scott zog den Stuhl hervor, und als Dina sich setzte, schob er sie dichter an den Tisch. Dabei beugte er sich an ihr Ohr.

»Das Kleid steht dir wirklich«, sagte er leise genug, damit nur sie es hören konnte. Aus seinem Mund klang das Kompliment geradezu anrüchig.

Scott nahm seinen Platz ein, und sie spürte seinen hungrigen Blick auf sich. Sein Haar, das sich an den Spitzen lockte, fiel ihm auf die schmeichelhafteste Art ins Gesicht. Dina wollte ihre Finger darin vergraben. Während der gesamten ersten zwei Gänge ließ sie ihn nicht aus den Augen.

»Was arbeiten Sie, Scott?«, begann Dinas Mutter mit der Subtilität einer Atomrakete die Unterhaltung.

Natürlich fragte sie nach seinem Job, nur um sicherzugehen, dass er ein guter Fang war. Dinas Vater sah sie über den Kopf ihrer Mutter hinweg an und lächelte entschuldigend.

»Ich bin Kurator im British Museum.«

»Und was kuratieren Sie da so?«, hakte Nour nach. Zum Glück schlug Scott sich großartig.

»Nun, im Moment arbeite ich an einer Ausstellung über Schutzsymbole aus der ganzen Welt – Symbole, die von alten Mystikern verwendet wurden. Wussten Sie, dass der Mistelzweig von den Kelten zum Schutz ihres Viehs eingesetzt wurde? Es ist faszinierend.«

»Auch sehr nützlich, wenn man ein Schaf knutschen will«, lachte Eric.

»Oh, Nour weiß alles über Schutzsymbole«, sagte Dinas Vater, und ihre Mutter nickte ernsthaft.

»Das ist mir aufgefallen. Sie hatten eine Hand der Fatima an der Haustür.«

Nour strahlte. »Nun, Vorsicht ist besser als Nachsicht. Dina hat viele davon in ihrem sehr erfolgreichen Café, wie Sie bereits wissen«, lenkte sie die Konversation auf ihre Tochter. Wenn es darum ging, potenziellen Ehemännern zu versichern, wie erfolgreich sie war, war auf ihre Mutter Verlass.

War das also, was Scott für sie war – ein potenzieller Ehemann? Verdammt, diese Teeblätter und ihre akkuraten Vorhersagen.

»Ich hoffe, die Frage ist in Ordnung, aber wie haben Sie beide sich kennengelernt?«, fragte Scott Dinas Eltern. Er ging mit der Verkuppelungssituation um wie ein Profi, und irgendwie mochte sie ihn dafür umso mehr.

»Wir haben an der Uni im gleichen Wohnheim gelebt, aber ich war zu schüchtern, um sie anzusprechen.« Dinas Vater sah seine Frau an. »Ich habe sie hier und da gesehen und ihr immer zugelächelt, wenn ich meinen Mut zusammennehmen konnte. Wir haben allerdings nie ein Wort gewechselt. Und eines Tages war ich in der Bibliothek auf der Suche nach einem Buch. Es war das letzte Exemplar eines Texts über impressionistische Kunst, und als ich das Regal endlich gefunden hatte, war das Buch nicht dort. Also habe ich mich umgesehen und sie entdeckt.« Robert nahm Nours Hand und drückte einen Kuss darauf »Sie saß in einer der Nischen und hatte – ihr ahnt es – das Buch in der Hand.«

»Haben Sie sie dann angesprochen?«, fragte Scott.

»Ich musste. Sie war so viel hübscher aus der Nähe, und ich muss wie ein Volltrottel gewirkt haben, der kaum ein Wort herausbrachte.«

»Es war sehr niedlich«, sagte Nour lächelnd und tätschelte ihrem Mann die Hand.

»Wir sind ins Gespräch gekommen und haben dann Stunden dort verbracht.«

»Der Bibliothekar musste uns rauswerfen, damit er schließen konnte«, fügte Nour hinzu.

»Und dann haben wir draußen auf einer Bank gesessen, obwohl es November war und eiskalt. Und sie hat zu mir gesagt, ich solle ihr meine Hände reichen.«

»Das ist so romantisch, Nour«, seufzte Immy.

Dina spürte, wie ihr Blick automatisch zu Scott wanderte, der auf die Tischplatte starrte und krampfhaft den Augenkontakt zu vermeiden versuchte. Als würde er mit sich selbst debattieren.

Die perfekte Liebesgeschichte ihrer Eltern zu hören, machte Dina den Zustand ihres eigenen jämmerlichen Liebeslebens schmerzlich bewusst. Plötzlich hatte sie Mühe, zu atmen. Die Luft im Raum war ihr zu nah, sie floss durch ihre Lungen wie Klebstoff, und die Wärme der Kerzen und der Menschen um sie herum erdrückte sie.

»Entschuldigt mich«, murmelte Dina und stieß ihren Stuhl zurück. Rosemary fasste Dinas Hand, als sie sich erhob.

»Alles okay?«, flüsterte sie.

»Alles gut. Ich brauche nur einen Moment.«

Sobald sie den Green Room verlassen hatte, jagte die Kälte des zugigen Flurs Gänsehaut über ihre Arme. Aber das reichte ihr nicht. Sie musste den Himmel über sich sehen. Sie brauchte dringend frische Luft.

Dina marschierte den Flur hinunter und schob sich

durch die schweren Eingangstüren von Honeywell House. Die Auffahrt und die weiten Felder dehnten sich vor ihr aus, und sie atmete tief durch.

Das Mondlicht sickerte in ihre Haut, erfüllte sie mit neuer Frische. Der Mond wirkte voll, obwohl er es noch nicht ganz war. Den meisten Menschen würde der Unterschied kaum auffallen – mit bloßem Auge war es schwer zu erkennen. Aber Dina spürte es tief in ihren Knochen. Als ob ihre Magie ein Vibrieren wäre und der Mond die Stimmgabel. Die richtige Tonlage war noch nicht ganz da, aber sie würde es morgen Abend sein. An Samhain. Für das Vollmondritual. Sie sehnte sich nach dem Gefühl, wenn seine Macht sie durchströmte.

Ungebetene Erinnerungen an den Fluch kamen ihr in den Sinn. Rory im Krankenhaus, Eliza im Krankenhaus. All diese Menschen, die ihr wichtig gewesen waren. Aber wenn sie vorsichtig war, dann würde Scott nichts passieren. Selbst wenn sie ihn küsste, bedeutete das gar nichts. Sie konnte jemanden küssen, ohne Gefühle für ihn zu entwickeln, richtig? Er könnte ein harmloser Flirt sein.

Aber Scott sah nicht aus, als wäre er der Typ für Flirts oder One-Night-Stands. Er war die Art Mann, die eine Bindung suchte. Es steckte in den Ellenbogenflicken an seinen Jacketts und Pullis, in seinem schiefen Lächeln und in der Art, wie er dafür gesorgt hatte, dass sie sicher nach Hause kam, als sie sich den Kopf gestoßen hatte. Sie konnte nicht aufhören, daran zu denken, wie es wäre, sich in seine Arme zu schmiegen.

Es war eine Weile her, seit sie mit einem Mann geschlafen hatte. Dinas Erfahrung nach waren Frauen besser darin, sie zum Höhepunkt zu bringen, und nicht halb so gierig oder ehrgeizig.

Aber vielleicht hatte sie sich in der Vergangenheit einfach auf die falschen Männer eingelassen? Einmal mehr sah sie Scott vor sich, die Tätowierungen, die sich seine Arme hinauf bis auf seine Brust zogen. Der frische Duft seines Parfums. Sie sehnte sich danach, ihn in sich zu spüren, tief, rhythmisch, pulsierend. Die frische Luft machte ihr den Kopf nicht annähernd so frei, wie sie gehofft hatte.

»Benti, wo bist du hin?« Ihre Mum kam durch die Haustür und stellte sich zu ihr in die Dunkelheit. »Sie tragen gerade das Dessert ab.« Sie schwieg einen Moment. »Ich habe mir Sorgen um dich gemacht.«

»Mir geht's gut, Mama.«

Nour schnaubte.

»Ich habe dich geboren, du kannst mich nicht anlügen.« Ihre Mutter war immer auf unheimliche Weise in der Lage, Dinas Gedanken zu lesen. »Was ist los?«

»Hast du dich je gefragt, wie unser Leben aussehen würde, wenn wir keine Hexen wären? Vielleicht wäre es einfacher. Vielleicht würden wir nicht so viele Menschen verletzen.«

Ihre Mutter fixierte sie mit einem forschenden Blick und ging um sie herum, bis sie hinter Dina zum Stehen kam.

»Darf ich?«, fragte sie. Dina nickte. Ihre Mutter schlang die Arme um Dina und legte die Handflächen über ihre Augen, sodass sich die Spitzen ihrer Mittelfinger auf der Stirn trafen. Dina schloss die Augen und spürte die plötzliche Veränderung, als der Zauber ihrer Mutter um sie herum zum Leben erwachte.

Sie fühlte die Hitze der Sonne auf der Haut. Ihre Füße sanken in weiche Erde, von der sie instinktiv wusste, dass sie eine tieforange Färbung haben würde. Die leichte Brise trug die fernen Laute von Nutztieren an ihr Ohr, und ganz in der Nähe summte der Wind zwischen den Ackerbohnen.

Dina wusste, wo sie sich befand. Auf dem Bauernhof der Familie ihrer Mutter im ländlichen Khémisset in Marokko. Dort war ihre Mutter aufgewachsen, dort befanden sich ihre Wurzeln. Und Dinas ebenfalls.

»Wir haben unsere Magie schon so lange, wie wir unser Land haben«, sagte ihre Mutter. »Sie ist mehr als nur Zauber und Talismane und Beschwörungsrituale. Sie ist eine Erweiterung unserer Seele. Wir können uns nicht vorstellen, ohne sie zu sein, denn ohne sie wären wir nicht wir selbst.«

Der Zauber löste sich auf, ihre Mutter nahm die Hände von ihren Augen, und Dina atmete einmal mehr das grasige Aroma der englischen Landluft.

»Ich habe auch mal so gedacht wie du«, sagte Nour und strich über das Gesicht ihrer Tochter. »Wäre es nicht besser für alle Beteiligten, wenn mir nicht jedes Mal ein Fluch rausrutschen würde, sobald ich wütend bin? Oder wenn Männer nicht die Flucht ergreifen würden, wenn ihnen klar wird, was ich tue? Wir sind starke Frauen, Benti, und wir sind Hexen. Das macht einigen Menschen Angst, aber die wichtigen, diejenigen, die uns am meisten am Herzen liegen, werden alle Facetten von uns lieben – die Magie wird sie nicht vertreiben.«

In diesem Moment wünschte Dina sich nichts mehr, als ihrer Mutter von dem Fluch zu erzählen. Sie spürte, wie ihr Mund sich öffnete, die Worte lagen ihr bereits auf der Zunge, doch dann schwang die Haustür auf. Es war Martin.

»Man hat mich gebeten, Sie beide wissen zu lassen, dass die Gesellschaft sich jetzt in den Westsalon zurückziehen wird«, sagte er knapp und verschwand wieder hinein.

»Fühlst du dich gut genug, um dich wieder unter die Leute zu mischen?«, fragte ihre Mutter.

»Ja, alles in Ordnung.«

»Ich weiß, dass es überwältigend ist, so jemanden

kennenzulernen … es macht einem Angst. Als würden alle Schutzwälle, die man aufgebaut hat, eingerissen.«

»Mama, es geht nicht um Scott«, antwortete Dina. Sie war sich beinahe sicher, dass sie die Wahrheit sagte.

»Natürlich nicht.« Nour zwinkerte Dina über ihre Schulter zu und schlenderte dann wieder hinein.

Dina blieb noch einen Moment unter dem Mondlicht, bis ihr Herz wieder gleichmäßig und ruhig schlug. Sie blickte hinauf zum Mond. »An diesem Wochenende geht es nicht um mich oder um meine Probleme. Es geht um Immy und Eric.«

Dina wusste, dass die Sorge in ihrem Bauch sich verflüchtigen würde, sobald sie mit ihren besten Freundinnen redete, also kehrte sie zurück in die Wärme des Hauses.

Sie folgte dem Lachen und Gläserklirren zu einem Raum, bei dem es sich um den Westsalon handeln musste. Die Hochzeitsgesellschaft hatte sich merklich ausgedünnt. Erics Eltern und Scotts Mums schienen sich – zusammen mit Juniper, die das ganze dreigängige Menü hindurch geschlafen hatte – für den Abend zurückgezogen zu haben.

Immys Autorenfreunde hatten es sich neben einem großen Bücherregal aus Mahagoni gemütlich gemacht, und Dina hörte ein paar Fetzen ihrer Unterhaltung, aus denen die Worte »Lovecraft« und »krasser Rassist« herausstachen.

Sie lächelte Rosemary zu, entschied aber, sich ihnen nicht anzuschließen. Immy und Eric saßen nebeneinander vor dem großen Kamin. Immy war aus ihren High Heels geschlüpft und wärmte ihre Füße an der glühenden Feuerstelle.

»Dina, komm, setz dich zu uns!«, bat Immy und winkte sie zu ihnen. Scott, der auf einem anderen Sofa saß und sich gerade mit Eric unterhielt, sah in ihre Richtung. Sein Blick glitt an ihrem Körper entlang. Dina lächelte, ließ sich neben ihm auf das Sofa fallen und schlüpfte ebenfalls aus den Schuhen.

»Glühwein? Oder ist es noch zu früh?«, fragte Scott und bot ihr eine dampfende Tasse an, die nach Nelken und anderen leckeren Gewürzen roch. Er war aus seinem Jackett geschlüpft und hatte die Manschetten geöffnet, sodass man einen Blick auf die Tätowierungen darunter erhaschen konnte. Es war alarmierend sexy.

Sie lief rot an und erinnerte sich daran, wie sie in seinen Armen eingeschlafen war.

»Es gibt auch alkoholfreie Getränke und Tee«, bot Scott ihr an.

»Sie ziert sich nur. Dina liebt Glühwein«, informierte Immy ihn.

»Na gut, ich nehme einen. Aber nur, weil die Braut es so will.«

Scott lachte leise, griff nach der Kanne und goss

Dina einen extravaganten Kristallkelch voll Glühwein ein, mitsamt einem Stück Zimtstange und Sternanis.

»Wusstet ihr«, begann Dina, die plötzlich in Flirtlaune war – was rein gar nichts mit Scotts sexy Unterarmen zu tun hatte –, »dass Sternanis ein Aphrodisiakum ist?«

Eric warf den Kopf in den Nacken und lachte schallend. »Scott sollte das nicht brauchen. Wie war der Spitzname, den die Ladys dir im Ruderclub gegeben haben? Der Achter?«

»Was bedeutet das?«, fragte Immy. Scott rollte so heftig mit den Augen, dass Dina schon dachte, dass sie gleich nach hinten in seinen Kopf fallen würden.

»Im Rudersport ist der Achter das größte Boot«, erklärte Eric. »Und du musst dabei bedenken, dass wir diese winzigen Lycra-Ganzkörperanzüge tragen, die nichts der Fantasie überlassen. Und so wurde Scott berühmt – oder sollte ich lieber sagen berüchtigt – für seine, ähm, ausgeprägte Ausstattung.«

Dina rutschte unwillkürlich auf dem Sofa hin und her, als Verlangen in ihr aufflammte.

»Der Achter, hm?«, sagte sie, überrascht, wie heiser ihre Stimme klang.

Scott neigte den Kopf in ihre Richtung, und eine neue Hitzewelle jagte über ihre Haut.

»Eric übertreibt.«

»Nein, ich schmeichle dir«, gab Eric zurück und schenkte seinem Freund einen bezeichnenden Blick.

Die Verkuppelungsversuche nehmen kein Ende, dachte Dina bei sich.

»Und trägst du auch diesen winzigen Lycra-Anzug?«, fragte Immy ihren Verlobten.

»Das tue ich.« Dina sah das Verlangen im Gesicht ihrer Freundin.

»Wisst ihr was?« Eric räusperte sich. »Ich denke, wir beide gehen heute früh schlafen. Großer Tag morgen und so.« Sie erhoben sich abrupt.

»Gibt es da nicht die Tradition, dass Braut und Bräutigam die Nacht vor der Hochzeit getrennt verbringen?«

»Vergiss die Tradition. Außerdem ist die Hochzeit ja erst übermorgen.« Immy lachte, und dann trug Eric sie förmlich aus dem Raum. Dina ging das Herz auf, als sie Immy so glücklich sah.

»Gehst du auch ins Bett?«, fragte sie Scott. Plötzlich wurde ihr bewusst, dass sie mittlerweile allein im Salon saßen. Immys Autorenfreunde mussten während ihrer Unterhaltung auch aufgebrochen sein.

Im Kamin knisterte fröhlich das Feuer, und ein Geruch nach brennenden Zedern wärmte die Luft.

»Ich gehe nicht, solange du nicht gehst«, sagte Scott förmlich, die Herausforderung in seiner Stimme nicht zu überhören.

Der Sternanis zeigte eindeutig Wirkung, denn sie stand praktisch kurz davor, sich auf Scott zu stürzen.

Sie atmete langsam aus. Wenn sie jetzt in seine Augen schaute, dann wusste sie, würde sie den Kampf verlieren.

»Lass mich deine Hand lesen«, sagte Dina mit heiserer Stimme.

Ganz langsam rückte sie näher und drehte sich so, dass sie ihn ansehen konnte. Ihr Körper war heiß und feucht und bereit, und nun stellte sie sich auch noch vor, wie Scotts Kopf zwischen ihren Beinen aussehen würde, während seine rauen, schwieligen Hände ihren Hintern packten.

Im Schein des Feuers war Scotts Haar beinahe schwarz. Er ließ den Handrücken auf ihrem Oberschenkel ruhen, und allein bei dieser Berührung raste eine weitere Welle des Verlangens durch sie hindurch. Dina spürte die Hitze seiner Hand durch den Samt des Kleides. Nur ein paar Zentimeter nach rechts und ein bisschen höher, und es wäre vorbei mit ihr. Wie würde diese Hand sich anfühlen, wenn sie ihre Klitoris streichelte oder tief in ihre mittlerweile völlig nasse Pussy stieß. Dina zwang den Gedanken aus ihrem Kopf. Wenn sie wirklich eine korrekte Lesung durchführen wollte, dann durfte ihr Verlangen ihr nicht in die Quere kommen.

Sanft presste sie ihre Fingerspitzen, die noch immer etwas kühl von der Kälte draußen waren, gegen die von Scott und öffnete seine Hand.

»Du hast kalte Finger«, sagte er. Er hob ihre Hand an seinen Mund und blies sanft darauf, um sie zu wärmen. Dina nahm einen zittrigen Atemzug. »Hier, jetzt kannst du anfangen«, sagte er. Dieser Mann würde sie noch umbringen.

»Siehst du diese Linie hier?«, fragte sie, während sie einen Finger durch die Mitte von Scotts Handfläche und dann über den empfindlichen Teil seines Handgelenks gleiten ließ. Sie spürte, wie er unmerklich erschauderte und sich eine Gänsehaut auf seinem Arm bildete. »Das ist deine Lebenslinie. Fällt dir auf, wie lang sie ist? Wie sie sich bis zu deinem Handgelenk zieht?«

Scott nickte und beugte sich tiefer. »Was bedeutet das?«

»Es ist ein gutes Zeichen. Es bedeutet, du wirst ein langes Leben haben.«

»Ich schätze, dann sollte ich nicht länger warten und mir endlich diesen Skydiving-Trip buchen«, scherzte er, und Dina rollte mit den Augen. Er legte den Kopf zur Seite und lachte. Fältchen bildeten sich in seinen Augenwinkeln und ließen ihren Magen flattern.

Dina fuhr mit dem Finger über die Linie, die horizontal über Scotts Handfläche verlief. Sie spürte seinen Puls.

»Und die?«, fragte er und neigte den Kopf noch näher zu ihr. Sie konnte nicht anders, wieder atmete sie den Duft seines Parfums ein.

»Das ist deine Herzlinie. Sie ist … sie ist tief.«

»Und was bedeutet das, wenn sie tief ist, Dina?« Er raunte ihren Namen.

»Du wirst eine große Liebe im Leben haben. Du wirst … sehr lange mit dieser Person zusammen sein«, flüsterte sie.

Dina spürte, wie ein Teil von ihr in sich zusammenfiel, während sie Scotts Hand las und sich die Frau vorstellte, die die Liebe im Leben dieses Mannes sein könnte. Sie fragte sich, ob sie in der Lage wäre, ihn so zu behandeln, wie er es verdiente, mit Güte und Leidenschaft. Gleichzeitig trauerte sie um ihr eigenes Liebesleben, weil der Fluch verhinderte, dass sie dieser Mensch für ihn sein konnte.

Doch dann legte Scott die Hand an Dinas Kinn und hob ihr Gesicht seinem eigenen entgegen. Seine Augen waren tiefbraun mit goldenen Sprenkeln darin, und ihr Blick fiel wieder auf den kleinen Knick in seiner Nase, wo er sie sich gebrochen haben musste. Ihr Atem vermischte sich.

Scotts Blick huschte zu ihrem Mund, und sie biss sich auf die Lippe. Noch ein Zentimeter, und ihre Lippen würden sich treffen. Vielleicht spielte es ja keine Rolle, dass er sie nie würde lieben können.

»Ähm.« Jemand hinter ihnen räusperte sich penetrant. Dina blickte auf und wollte der Person, die es gewagt hatte, diesen Moment zu stören, einen Fluch an den Kopf werfen. Martin, der Butler von Honeywell House, stand mit einem Tablett halb leerer Gläser in den Händen in der Tür. Immy würde mit Sicherheit ziemlich sauer auf sie sein, wenn sie ihren Butler zwei Nächte vor der Hochzeit verhexte.

»Ich wollte nur die Gläser abtragen«, sagte Martin verdrießlich. Dina schrie innerlich, als Scott sich von ihr löste.

»Ist schon in Ordnung, Martin«, sagte er, mit einem Mal wieder Herr der Lage. Dina hatte nicht das Gefühl, dass sie Herrin der Lage war. Sie hatte ihn beinahe geküsst, und was hätte ihr das bedeutet? Es wäre mehr als nur ein Kuss gewesen, das wusste sie. Sie konnte sich nichts vormachen. Aber diesen Weg durfte sie nicht wählen. Am Ende würde es sie nur verletzen.

»Wir wollten sowieso gerade zurück ins Cottage«, sagte Scott und griff nach Dinas Hand.

Sie wollte mit ihm gehen, sie wollte seine Hand halten. So sehr. Aber trotzdem wich sie zurück, stand auf und strich ihr Kleid glatt.

»Weißt du was? Ich mache einen kleinen Spaziergang, um den Kopf freizubekommen.«

Es war, als läge ein Gewicht auf ihrer Brust. Ehe Scott noch etwas sagen konnte, schob Dina sich an Martin vorbei aus dem Raum.

Sie wusste, dass die Nachtluft nicht helfen würde.

Sie musste weg von Scott und dem Gefühl in ihrer Magengrube, wenn er bei ihr war. Dinas Herz raste, als sie zwischen die Bäume floh. Das Gewicht des Waldes legte sich auf sie wie Erde über tief vergrabene, uralte Knochen.

»Bitte, ich will mich nicht in ihn verlieben«, flüsterte sie dem Wald zu – halb Zauber, halb Gebet. Doch der Wald, wenn er ihr überhaupt zuhörte, antwortete nicht.

Kapitel 13

Scott spürte Dinas Herz schlagen und das langsame Heben und Senken ihres Brustkorbs. Ihre Locken fielen über das gesamte Kissen und kitzelten ihn in der Nase – es war ihm egal. Sie hatte sich immer enger an ihn herangeschoben, bis sie praktisch auf ihm lag, ihr Oberschenkel und ihr Arm um ihn geschlungen, ihr Gesicht in seiner Schulterbeuge. Als Scotts Wecker klingelte, er aufwachte und sich allein in seinem kalten Bett wiederfand, stöhnte er. Jetzt verfolgte Dina ihn schon bis in seine Träume – wie würde er mit dieser Frau in seinem Leben je wieder Frieden finden?

Er musste an letzte Nacht denken. Was war passiert? Sie hätten sich definitiv geküsst, wenn Martin sie nicht unterbrochen hätte. Aber dann war Dina in den Wald geflohen, und er hatte erst eine gute Stunde später gehört, wie sie zurück ins Cottage gekommen war.

Was hatte sich in diesem Sekundenbruchteil geändert? So, wie sie sich zunächst verhalten und ihn angesehen hatte, mit diesem Ausdruck in ihrem Gesicht, als sie in seiner Hand las, hätte er erwartet, dass sie als Nächstes auf seinen Schoß steigen würde. Er hatte kaum seine Hände bei sich behalten können. Es wäre so einfach gewesen, sie an sich zu ziehen, die Hand unter die Falten ihres Kleides zu schieben, das Spitzenhöschen, oder was auch immer sie darunter trug, zur Seite zu ziehen. Sie würde sich unglaublich weich und warm anfühlen, da war er sich sicher. Was hatte sich also geändert?

Scott zog sich benommen an, fuhr sich mit den Fingern durch sein zerzaustes Haar, überlegte, ob er es zu einem Knoten binden sollte, und fragte sich dann, was Dina wohl von Man Buns hielt.

Er warf sich ein weißes T-Shirt über und schlüpfte in einen cremefarbenen Strickpulli, Jeans und Stiefel. Immy und Eric hatten einen Tag voller Aktivitäten für die Hochzeitsgesellschaft geplant, und der begann mit einer Schnitzeljagd im Haupthaus und irgendeiner mysteriösen Veranstaltung im Freien später am Nachmittag.

Scott betrat den Wohnbereich des Häuschens. Es roch nach Butter und Zimt und Kaffee – besonders süßem Kaffee. Der Kamin brannte nicht, und doch war es im Cottage mollig warm. Das blasse Morgenlicht drang durch die Fenster, und in den Bäumen zwitscherten die Vögel. Aus der Küche hörte er ein Klappern.

Scott bog um die Ecke und entdeckte Dina, die sich gerade murmelnd über etwas auf der Arbeitsfläche beugte, das er nicht sehen konnte. Er lehnte sich mit verschränkten Armen gegen die Wand. Er könnte sie den ganzen Tag in dieser Position ansehen. Er spürte, wie er in seiner Hose steif wurde.

»Oh, du bist wach!«, entfuhr es Dina, als sie sich umdrehte. Sie trug eine gerüschte Schürze und hatte Mehl im Gesicht. »Ich dachte, ich hätte noch fünf Minuten, bevor du aufstehst.«

»Fünf Minuten wofür?«

Das niedliche Stirnrunzeln und wie sie versuchte, irgendetwas hinter ihr zu verbergen, brachte ihn zum Lächeln. Sie war einfach so verdammt süß. Dina grinste und klopfte auf einen der Barstühle am Küchentresen, ehe sie zum Herd ging.

Er blickte hinunter. Eine Tasse dampfenden Kaffees war vor ihm aufgetaucht, und er hatte keine Ahnung, wie sie dort hingekommen war. Er musste erschöpfter sein, als er dachte.

»Das ist meine Art, mich für gestern Abend zu entschuldigen. Ich … habe mich einfach nicht wie ich selbst gefühlt. Und dann backe ich gerne. Es hilft mir, einen freien Kopf zu bekommen«, sagte Dina und stellte zwei Teller vor ihnen ab.

Bei dem Anblick lief ihm das Wasser im Mund zusammen.

»Dina, die sehen wundervoll aus. Ich habe noch nie solche Pfannkuchen gesehen.«

»Man nennt sie Baghrir. Ein Mittelding zwischen Crumpet und Crêpe. Außerdem habe ich noch Schokoladen-Roggenbrot und frische Erdbeermarmelade gemacht, weil ich mich nicht entscheiden konnte.« Das erklärte den leckeren Beerengeruch in der Luft.

»Danke«, sagte er und streckte die Hand aus, um ihr das Mehl von der Nasenspitze zu wischen. Sie erstarrte, als er sie berührte, und er ließ seine Hand weiterwandern und legte sie an ihre Wange.

»Niemand hat mir je so ein Frühstück gemacht, Dina«, sagte er.

Sein Herz pochte gefährlich in seiner Brust, so laut, dass er sicher war, sie musste es hören. Beinahe unmerklich schmiegte sie die Wange an seine Hand, ließ ihr Gesicht an seinen Fingern ruhen. Er hätte ewig so hier sitzen können.

»Du musst Butter und Honig auf den Baghrir geben, so schmeckt er am besten«, sagte Dina und unterbrach den Blickkontakt. Die Art, wie sie ihn anlächelte, jagte einen Schock direkt in sein Herz.

»Aye, aye, Captain«, zwinkerte Scott und griff nach der Butter. »Jetzt, da ich weiß, dass du so etwas zustande bringst, werde ich jeden Morgen in dein Café kommen.«

Dina setzte sich neben Scott, rollte ihren Baghrir auf

und aß ihn zu ihrem Kaffee. Scott versuchte, sich auf sein Frühstück zu konzentrieren, aber es gelang ihm nicht. Er brachte kaum etwas hinunter, obwohl jeder Bissen absolut wunderbar schmeckte.

»Iff bin 'm Himml«, murmelte er mit dem Mund voller Baghrir. »Im Ernst, das ist vielleicht das beste Frühstück, das ich je hatte.«

Er hatte vergessen, wie es war, so mit jemandem zusammen zu sein – das aufgekratzte Gefühl in der Brust. Er konnte nicht anders, als sich auszumalen, wie es sein mochte, jeden Morgen mit Dina zu verbringen. In ihrem gemeinsamen Bett aufzuwachen, zusammen in einer sonnigen Küche zu frühstücken und sie in seinen Schoß zu ziehen. Sich eine Zukunft zu erträumen, war gefährlich, doch für einen kurzen Moment gestattete Scott sich, darin zu schwelgen.

»Gehst du nachher ins Haupthaus rüber?«, fragte er.

»Irgendwann schon. Aber ich muss noch die Zimtschnecken für morgen fertig machen. Eine meiner zahlreichen Pflichten als Trauzeugin.« Sie grinste und wies auf die Bleche mit Zimtschnecken, die darauf warteten, in den Ofen geschoben zu werden.

»Willst du helfen?« Sie legte den Kopf schräg und sah ihn abschätzend an.

»Wenn ich darf.«

Die nächsten zwanzig Minuten wuselte sie durch

die Küche und erteilte Scott Befehle. Er genoss es, Dina so in ihrem Element zu sehen.

»Nein, hier, so«, sagte sie, griff nach seinen Handgelenken und zeigte ihm, wie er den Zuckerguss richtig rührte, ohne dass zu viel Luft hineingeriet. Ihre Fingerspitzen ruhten auf seinen Unterarmen, und er wünschte sich, sie würden höher wandern.

Als Dina sich hinunterbeugte, um das letzte Blech mit Zimtschnecken aus dem Ofen zu ziehen, stöhnte er beinahe laut auf. Ihr Top war nach oben gerutscht und gab den Blick auf zwei Grübchen an ihrem unteren Rücken frei. Am liebsten hätte er über die Stelle geleckt.

Als sie das Blech auf der Arbeitsplatte abstellte und ihn ansah, war er sich sicher, dass man ihm sein Begehren vom Gesicht ablesen konnte. Irgendwann in der letzten Stunde – wirklich, irgendwann seit er aufgewacht war und herausgefunden hatte, dass Dina ihm Frühstück gemacht hatte –, hatte sein Gehirn den Dienst eingestellt. Alles, was er wollte, war Dina.

Er sah ihr schweigend zu, wie sie Zuckerguss über die Zimtschnecken träufelte. Ein zuckriger, buttriger Duft waberte durch die Luft, und Scott fragte sich, ob Dina auch so schmecken würde. Nach Zucker und Gewürzen.

»Möchtest du etwas von dem Zuckerguss?«, fragte sie leise.

Scott kam zu ihr, näher als nötig. Statt einen Löffel zu nehmen, fuhr Dina mit dem Finger durch den übrigen Guss und hielt ihn ihm hin.

Scott nahm ihren Finger in den Mund und leckte mit kräftigen Zügen daran. Sie schmeckte nach süßer Zitrone und Vanille. Die ganze Zeit über hielt er ihren Blick und sah darin dasselbe Feuer, das auch er empfand.

Ganz langsam zog sie den Finger wieder aus der Wärme seines Munds.

»Du schmeckst gut«, sagte er. Er konnte nicht länger warten.

Scott fuhr mit seiner Hand durch Dinas Haar und ließ sie dann in ihrem Nacken ruhen, während er den anderen Arm um ihre Taille schlang. Dann zog er sie enger an sich. Sie standen jetzt Brust an Brust, er spürte die Hitze ihres Atems an seinem Mund.

Scott beugte sich hinunter, nur noch Zentimeter entfernt von ihren Lippen. Eine Frage.

»Ich dachte, wir sind nur Freunde«, flüsterte Dina.

Nur Freunde. Und er hatte alles ruiniert, indem er versucht hatte, sie zu küssen. Er löste sich und ließ die Arme fallen.

»Du hast recht. Tut mir leid. Nur Freunde«, sagte er und versuchte, sich seine Enttäuschung nicht anmerken zu lassen.

Dina wich nicht zurück und sah aus, als würde sie

einen inneren Kampf mit sich ausfechten. *Gib nach*, dachte er, *lass mich dich küssen.* Aber sie hatte »nur Freunde« gesagt, und Scott respektierte ihren Wunsch. Trotzdem wusste er, dass er sich noch lange an diesen Morgen erinnern würde.

Kapitel 14

»Willkommen zu unserem ersten Punkt auf der heutigen Tagesordnung!«, rief Eric fröhlich. Die ganze Hochzeitsgesellschaft stand im Kleinen Salon. Drei mit Efeu umrankte Fenster wiesen hinaus auf die Auffahrt von Honeywell House und badeten den Raum in herbstliches Sonnenlicht.

»Heute Vormittag werdet ihr alle an einer Schnitzeljagd durch das Haus teilnehmen.«

Dina konnte nicht anders. Als sie das Wort »Schnitzeljagd« hörte, musste sie grinsen. Immy grinste zurück. Sie wusste, wie ehrgeizig Dina sein konnte.

»Immy und ich haben eine Liste mit kuriosen Gegenständen hier im Haus zusammengestellt. Es sind mehr als dreißig, aber ihr müsst sie nicht alle finden. Jede Person braucht uns nur drei Gegenstände bringen, um einen Preis zu gewinnen. Kommt und holt euch eure Listen. Ihr habt eine Stunde Zeit!« Eric klatschte in die Hände und startete den Timer.

Dina sah Scott an, der sich ganz bewusst am anderen

Ende des Raums positioniert hatte. Er sah aus, als würde er sich nicht weniger auf die Jagd freuen, und irgendwie überraschte es sie nicht, dass er ähnlich ehrgeizig zu sein schien wie sie.

»Jede Frau für sich?«, lachte Rosemary neben ihr.

»Wir sehen uns dann am Ziel«, antwortete Dina, und die beiden trennten sich.

Dina nahm sich einen Augenblick, um die Liste durchzugehen, ehe sie vorschnelle Entscheidungen traf. Eigentlich sollte jeder für sich suchen, doch ihr fiel auf, dass ihre und Scotts Eltern in Paaren loszogen. Schummler.

Die Liste war ein regelrechtes Kabinett der Kuriositäten. Unter den Gegenständen befand sich ein ausgestopftes Eichhörnchen, ein kleines Stillleben mit einem Dildo aus dem 18. Jahrhundert inmitten von Blumen, ein Liebesring, ein präservierter blauer Schmetterling, ein Glas mit Aprikosenmarmelade, die seit 1904 abgelaufen war, und eine Ausgabe von *Sinn und Sinnlichkeit*, auf deren Deckblatt jemand einen Liebesbrief hinterlassen hatte.

Dina beschloss, zuerst nach der Marmelade zu suchen – mit Speisekammern kannte sie sich aus. Sie nahm die Dienstbotentreppe nach unten und schlenderte durch die offene Küche von Honeywell House, bis sie eine schmale Tür mit der Aufschrift »Speisekammer« fand. Der Geruch nach Staub und alten

Konserven stieg ihr in die Nase. Wer auch immer für die Hochzeitsgäste kochte, musste irgendwo auf dem Gelände eine modernere Küche eingerichtet haben, denn die hier wurde ganz offensichtlich nur noch selten genutzt.

Sie hatte keine Mühe, das Glas zu finden, auch ohne einen Suchzauber einzusetzen. Dina wollte keine Magie einsetzen, sondern fair gewinnen.

Sie fragte sich, nach welchen Dingen Scott wohl suchen würde. Vielleicht den Ring mit der Augenminiatur? Oder das Stillleben mit dem Dildo? Natürlich hatte sie sofort schmutzige Gedanken, wenn sie an Scott dachte. Sie musste sich wirklich zusammenreißen.

Sie hatte heute Morgen nicht richtig nachgedacht. Nicht, als sie ihm den Zuckerguss mit dem Finger angeboten hatte, und definitiv nicht, als sie beinahe ihre Lippen auf seine gepresst hätte.

An diesem Punkt fühlte es sich an, als wäre die Frage nicht, *ob* sie ihrem Verlangen nachgeben würde, sondern nur noch *wann*.

Die Jagd nach dem blauen Schmetterling war etwas kniffliger. Als Dina sich die Karte des ganzen weitläufigen Geländes ansah, beschloss sie, dass sie ihn wohl am ehesten im Blauen Zimmer finden würde. Doch sie lag falsch. Und den anderen Gästen nach zu schließen, denen sie dort begegnete, war sie nicht die Einzige auf der Suche nach dem Schmetterling. Sie musste sich etwas mehr ins Zeug legen.

Wenn sie ein Mann aus dem Landadel des 19. Jahrhunderts wäre, wo würde sie einen wertvollen Schmetterling aufbewahren? Irgendwo, wo sie ihn ansehen konnte. Zum Beispiel in … einem Arbeitszimmer. So schnell sie konnte, ging Dina den Flur hinunter und die Treppe mit dem gewundenen Eichengeländer und den düsteren Gemälden hinauf, bis sie das Arbeitszimmer des Hausherrn erreichte. Es war ein dunkler Raum, einer, der dafür gemacht war, hier Zigarren zu rauchen und im Feuerschein über sein Leben nachzusinnen.

Und da war er, das Schmuckstück des Raums, direkt über dem Kamin. Sie nahm den Rahmen von der Wand und machte sich auf den Weg in die Bibliothek, denn wo sonst sollte eine Ausgabe von *Sinn und Sinnlichkeit* stehen?

Überraschenderweise befand die Bibliothek sich im obersten Stockwerk. Wer auch immer hier gelebt hatte, wollte wohl einen Ausblick über das Gelände, während er am Fenster saß und las. Dina hätte sich keine schönere Bibliothek vorstellen können. Bücherregale aus Mahagoni, die sich vom Boden bis zur Decke erstreckten, dazu eine Leiter, die man hin und her schieben konnte, um an die oberen Fächer zu kommen. Ein abgewetzter Teppich in der Mitte des Raums dämpfte das Geräusch ihrer Schritte. Gemütliche Sessel standen unter hohen Leselampen, und es gab eine Vitrine mit gelblichen Karten von Tolkiens Auenland.

Sie streifte gerade zwischen den Regalen umher und versuchte, das Buch zu finden, als die Tür sich mit einem Quietschen öffnete. Scott stand da und sah sie überrascht an.

Sie beide, einmal mehr allein.

»Was tust du hier?«, fragte er und trat ein.

»Das Gleiche wie du, nehme ich an.«

»Hast du es schon gefunden?«

Sie kniff die Augen leicht zusammen. »Noch nicht.«

»Nun denn.« Er grinste und eilte zum nächsten Bücherregal. Herausforderung angenommen!

Dina stürmte auf das Regal direkt vor ihr zu und ließ die Finger über die Buchrücken gleiten. Keine Austen. Die Bücher waren nicht nach Alphabet sortiert, sondern offenbar … nach Genre. Scott war offenbar auf den gleichen Gedanken gekommen, denn er eilte mit ihr in den Teil der Bibliothek, wo ihr ein Liebesroman aufgefallen war.

Und dort war er – ein unscheinbarer Lederband mit zierlichen goldenen Lettern auf dem Buchrücken. *Sinn und Sinnlichkeit.* Dina war sich bewusst, dass Scott über ihr aufragte, als sie gleichzeitig die Hand nach dem Buch ausstreckten. Sie zogen daran, doch das Buch bewegte sich nicht vom Fleck.

Stattdessen hörten sie ein Surren und dann ein dumpfes Geräusch. Das ganze Regal schwang mit einem Knarren auf und gab den Blick auf eine Geheimtür frei.

»Unfassbar«, flüsterte Dina. Immy und Eric hatten eindeutig davon gewusst und das Buch genau deshalb auf die Liste gesetzt. Sie blickte zu Scott auf, der nicht weniger überrascht wirkte als sie. »Sollen wir rein?«

»Nach dir.«

Dina trat vorsichtig in den Gang und duckte sich unter ein paar der unangenehmeren Spinnweben weg. Sie spürte Scott direkt hinter sich und griff nach hinten, um seine Hand zu nehmen und ihn mit sich zu ziehen. Als ihre Finger sich berührten, durchzuckte sie etwas. Wie ein elektrischer Schlag.

»Was denkst du, wo er hinführt?«, sagte Dina. Der schmale Gang schlängelte sich vor ihnen, und das einzige Licht stammte von der Bibliothek hinter ihnen.

»Hoffentlich zu etwas mit hoher Decke«, murmelte Scott.

»Hast du Platzangst?«

»Ein wenig. Aber mit dir geht es«, antwortete er, und da war etwas Sanftes in seiner Stimme, das sie direkt ins Herz traf. Dieser Mann würde noch ihr Ende sein.

Sie gingen noch etwas weiter, und als sie um eine letzte Ecke bogen, endete der schmale Gang in einem kleinen Raum. Obwohl den Dimensionen nach das

Wort »Schrank« besser gepasst hätte. In die Wand war ein schmales Buntglasfenster eingelassen, das zwei eng umschlungene Liebende zeigte. Dina fragte sich, ob Immy von Anfang an geplant hatte, dass sie diesen Raum fanden.

»Ein Liebesnest«, stellte Scott verblüfft fest. »Räume wie dieser waren im späten 18. Jahrhundert ziemlich verbreitet, damit Liebende unbeaufsichtigt etwas Zeit miteinander verbringen konnten. Ich war allerdings noch nie in so einem.«

»Nun, er ist definitiv nicht für mehr als zwei Leute gedacht«, lachte Dina und schluckte gegen ihre Nervosität an. Einmal mehr fanden sie sich in engster körperlicher Nähe wieder. Vielleicht hatte ihre Mutter recht, und es war ein Zeichen des Universums. Vielleicht sollte sie es nicht länger leugnen.

Sie war sich überaus bewusst, dass Scott immer noch ihre Hand hielt und geistesabwesend mit dem Daumen Kreise in ihre Handfläche zeichnete.

»Wir sind nur Freunde«, flüsterte sie.

»Ja.«

Dina atmete tief ein. »Aber wenn wir mehr als Freunde wären, was würdest du dann machen?«

Scott erstarrte und kam näher, bis sie seine Brust direkt in ihrem Rücken spürte.

»Wenn wir nicht nur Freunde wären …«, sagte er langsam, »… dann würde ich das hier machen.«

Er beugte sich hinunter und drückte ihr einen Kuss in die Halsbeuge, ehe seine Lippen bis hinauf an ihre Ohrmuschel wanderten. Ein Schauer rann durch sie hindurch.

Scott legte die Hände an ihre Taille und drehte sie zu sich um.

»Wenn wir mehr als Freunde wären, dann würde ich das hier tun.« Er hob ihr Gesicht, seine Lippen fanden ihre, und der Kuss überwältigte sie. Er schmeckte nach Earl Grey und Zimt und Wärme. Dinas Lippen öffneten sich beinahe überrascht, ihr Mund verschmolz mit Scotts, und sie schlang die Arme um seinen Hals. Sie wollte ihm näher sein, viel näher.

Scotts Zunge stupste gegen ihre, seine Lippen hungrig auf ihren Mund gepresst. Sie wollte ihn, alles von ihm. Als er die Hand ihren Rücken hinuntergleiten ließ und die Rundung ihres Hinterns packte, gab sie ein Wimmern von sich, und er stöhnte an ihrem Mund.

»Himmel, Dina«, zischte Scott, seine Lippen wanderten zu ihrem Hals, er packte sie, damit sie die Beine um ihn schlingen konnte, während sie mit den Fingern durch sein Haar fuhr. Er drückte sie gegen das wundervoll kühle Glas des Fensters.

Alles war Hitze und köstlicher Hunger, und sie gab ihm nach. Scotts Lippen wanderten weiter nach unten, bis seine Zunge an der zarten Stelle zwischen ihren

Brüsten lag. Zum Glück trug sie heute unter ihrer Strickjacke nur ein dünnes Top.

Scott strich mit dem Finger über ihren Nippel, und Verlangen durchzuckte sie, während sie sich ihm entgegenwölbte.

»Bitte«, stöhnte sie.

Das musste sie nicht zweimal sagen. Die Hitze von Scotts Mund fand ihre Brust, seine Zunge schlug gegen die harte Knospe ihrer Brustwarze. Göttin, fühlte sich das gut an!

Sie drängte sich mit den Hüften an ihn, genoss sein Stöhnen, als seine Erektion gegen seine Jeans drückte. Sie bewegte sich weiter an ihm, jagte die Hitze der Reibung.

Scott küsste sie erneut, und ohne die Lippen von ihren zu lösen, sagte er: »Wenn du so weitermachst, halte ich nicht mehr lange durch.«

Mit ihrer freien Hand griff Dina nach unten und löste seinen Gürtel. Sie fuhr das V seiner Taille mit einem Finger nach. Und plötzlich waren da Stimmen. Viel zu nah.

»Ist es hier?«, fragte jemand. O verdammt! Würde man sie gleich finden?

Scott und Dina erstarrten. Ganz sachte setzte Scott sie ab und schloss mit einer Hand seine Gürtelschnalle, löste sich jedoch nicht von ihr.

»Nein, hier ist es nicht. Lass es uns im nächsten

Raum versuchen«, sagte eine andere Stimme, und dann hörten sie das Klicken der Bibliothekstür.

Sie atmeten beide auf, ehe sie zu lachen begannen.

»Das war knapp«, sagte Dina und strich sich das Haar glatt. Sie wollte nicht, dass dieser Moment vorbei war. Scott griff nach den Trägern ihres Tops und zog sie hoch, wobei seine Handfläche für einen Moment an ihrem Schlüsselbein ruhte, ehe er sie zurückzog.

»Was jetzt?«, fragte er.

»Ich schätze, wir sollten die Schnitzeljagd zu Ende bringen.«

»Ich habe schon gewonnen.« Er grinste.

»Das hättest du wohl gern.«

»Wie du meinst.«

»Ich will …«, begann Dina, »… ich will, dass wir da weitermachen, wo wir aufgehört haben. Aber ich suche gerade nach nichts Festem.« Sie musste diese Grenze setzen, mehr für sich als für Scott. Sie konnte ein Wochenende lang ihrem Verlangen nachgeben, aber danach *musste* das hier ein Ende haben. Sie konnte es nicht riskieren, dass der Fluch auf ihn aufmerksam wurde.

Für einen Moment war Scotts Miene angespannt.

»Wenn du nicht mehr als dieses Wochenende willst, dann haben wir nur dieses Wochenende«, sagte er schließlich und strich ihr eine Locke hinters Ohr. »Aber wir sollten zurück zu den anderen gehen, sonst schicken Immy und Eric noch einen Suchtrupp los.«

»Vielleicht sollten wir es den anderen auch nicht sagen, sonst …«

»Machen sie sich Hoffnungen. Ich verstehe.« Scott beugte sich hinunter zu ihr, seine Lippen quälend nah. »Keine Sorge. Es wird unser kleines Geheimnis bleiben.«

Kapitel 15

Am Ende waren es weder Scott noch Dina, die die Schnitzeljagd gewannen, stattdessen waren sie die Letzten im Kleinen Salon.

»Wo habt ihr denn gesteckt?«, fragte Rosemary und zog Dina zur Seite. »Und warum grinst du so?«

»Ich grinse gar nicht.«

»Und ob. Was ist passiert? Hat es damit zu tun, dass du mit Scott zusammen hier aufgetaucht bist?«

Dina rollte mit den Augen, konnte das Grinsen jedoch nicht unterdrücken. »Nichts ist passiert.«

Rosemary kniff die Augen zusammen. »Du bist eine schrecklich schlechte Lügnerin, Dina Whitlock. Aber ich nehme einfach mal an, dass du einen guten Grund hast, es mir nicht zu erzählen, also halte ich den Mund … fürs Erste.«

Anders als Immy, deren Lippen nur so lange verschlossen waren, bis Eric den Schlüssel zückte, war Rosemary die Art Freundin, die ihr anvertraute Geheimnisse mit ins Grab nahm.

»Weißt du, was als Nächstes auf dem Plan steht?«, fragte Dina, der auffiel, dass sich ein guter Teil der Hochzeitsgesellschaft ausgeklinkt zu haben schien. Sie sah sich nach ihren Eltern um und stellte entsetzt fest, dass sie mit Scotts Mums an einem Tisch saßen und Tee tranken. Sie warf Scott einen Blick zu. Er hatte es auch bemerkt.

Sollen wir rübergehen?, formte sie mit den Lippen. Er lächelte, schüttelte jedoch den Kopf.

»Irgendwas im Freien. Immy macht ein großes Geheimnis darum, aber schau sie nur an, sie platzt förmlich.«

Und das stimmte, die zukünftige Braut plante eindeutig etwas Großes. Am Ende kamen nur acht Personen aus der Hochzeitsgesellschaft mit nach draußen, während die meisten Eltern und Großeltern sich lieber etwas ausruhten.

Als die Gruppe, angeführt von Eric und Immy, über die Wiese im Osten des Grundstücks lief, nahm Dina sich einen Moment, um die Wärme der Nachmittagssonne zu genießen. Wegen ihrer Magie hatte sie immer eine enge Verbindung zur Erde gehabt und spürte den Wechsel der Jahreszeiten intensiver als andere. Hier draußen, außerhalb von London, umgeben von grünen Hügeln und Wäldern, war die Verbindung noch viel lebendiger.

Unterwegs zeigte sie Rosemary ein paar Kräuter und

Blumen, da sie wusste, dass ihre Freundin gerade an einem botanischen Horrorroman arbeitete und wissen wollte, wie leicht man auf dem englischen Land an Giftpflanzen kam.

Die ganze Zeit über war sich Dina extrem bewusst, dass Scott ihnen folgte und ihrer Unterhaltung über Blumen zuhörte. Ihre Gedanken wanderten zurück in das Liebesnest. Wie sein Körper sich an ihrem angefühlt hatte.

Sie erreichten ein Tor, hinter dem die Wiese in den Wald überging. Es war eines dieser typischen Tore auf dem Land, kaum mehr als zwei gekreuzte Bretter, die man benutzen konnte, um über einen Holzzaun zu steigen. Dina war perfekt in der Lage, aus eigener Kraft darüber zu klettern, aber als Scott die Hand ausstreckte, um ihr wieder auf den Boden zu helfen, griff sie danach. Seine Hand war warm und fest und gab ihr Halt. Wie konnten ihr bei diesem Mann buchstäblich die Knie weich werden? Sie entwickelte sich gerade zu einem wandelnden Klischee.

»Hast du eine Lieblingspflanze oder -blume, Dina?«, fragte er so leise, dass nur sie es hören konnte.

»Warum? Willst du mir Blumen schenken, Scott Mason?« Dina flatterte dramatisch mit den Wimpern. »Zitronenverbene. Das ist meine Lieblingspflanze. Sie ist ziemlich zäh, und man kann Kräutertee aus ihr machen. In Marokko nennen wir ihn Louiza.«

»Louiza?«

»Man gibt die Blätter in kochendes Wasser, und sie duften himmlisch süß. Nicht direkt nach Zitrone, mehr nach Honig.«

»Wie schmeckt der Tee?«, fragte er.

»Ein wenig wie Kamille vielleicht, aber mit mehr Tiefe und süßer.«

Scott nickte und sah aus, als würde er sich diese Information für später merken.

»Wie sieht es denn bei dir aus, wenn wir schon von Lieblingspflanzen sprechen?« Dina kletterte über die Wurzeln einer Eiche, die sich aus dem Boden an die Oberfläche gegraben hatten, und rutschte beinahe aus. Sie lehnte sich in die Gegenrichtung, um ihren Körper auszubalancieren, was bedeutete, dass sie schließlich gegen Scott fiel. Er packte sie mit beiden Händen um die Taille und brachte sie wieder ins Gleichgewicht.

»Das klingt sicher albern«, meinte er, »weil jeder sie mag. Es sind Rosen. Aber eine ganze bestimmte Rose. Vor ein paar Jahren habe ich das M'Goun-Tal besucht.«

»Moment mal«, sagte Dina. »Du versuchst jetzt nicht, mir eine Geschichte von deiner Reise nach Marokko zu erzählen, nur weil ich zufällig von dort komme und du mich beeindrucken willst, oder?«

Scott lachte leise und fuhr sich mit der Hand durchs

Haar. »Vielleicht wollte ich dich ein klein wenig beeindrucken. Aber es stimmt trotzdem.«

»Wenn das so ist, dann erzähl weiter.«

»Ich war dort, um Nachforschungen zu den Schutztalismanen anzustellen, die die Bauern in diesem Tal verwenden, im Speziellen diejenigen, die Blumen davor schützen sollen, von Schädlingen befallen zu werden, bevor sie bereit sind, geschnitten zu werden. Eines Morgens stand ich sehr früh auf und war mit diesem Händler, Hamid, am Fluss unterwegs. Ich schwöre, ich konnte sie riechen, bevor wir das Tal überhaupt erreicht hatten. Und dann war alles rosa, so weit das Auge reichte. Selbst die Frauen, die die Rosen pflückten, trugen rosafarbene Kleidung, sodass ihre Köpfe aussahen wie rosa Boote, die in diesem Meer auf und ab wippten. Und der Geruch war so … schwer, verstehst du, was ich meine? Anders kann ich es nicht beschreiben. Wie Honigkuchen und frische Wassermelone und Zuckersirup in einem. Ich konnte ihn in der Luft schmecken, so stark war er. Auf dieser Reise habe ich so viele Flaschen Rosenwasser gekauft, dass sie mich am Zoll für so eine Art Schmuggler gehalten haben müssen.«

»Das klingt wundervoll. Ich wollte schon immer mal das Rosenfestival besuchen, aber immer, wenn wir dort sind, stehen zu viele Familienbesuche an. Was gut und schön ist, aber für ein Land, in dem sich die Hälfte meiner Wurzeln befindet, habe ich verdammt wenig davon gesehen.« Dina zuckte die Achseln.

Sie bogen um eine Ecke, und der Wald lichtete sich zu einer losen Ansammlung von Bäumen.

»Ich würde aber gerne noch mehr über diese Schutzzauber erfahren. Warum hast du sie erforscht? Für die Ausstellung, die du erwähnt hast?« Dina wurde klar, dass es sie wirklich interessierte. Es ging ihr nicht nur darum, die Zeit zu füllen, bis sie an dem Ort angekommen waren, wo der nächste Punkt auf der Tagesordnung stattfinden sollte (über den Immy ihr immer noch nichts verraten hatte). Sie unterhielt sich wirklich gern mit Scott.

»Ja, genau dafür. Es geht um Schutztalismane aus Kulturen auf der ganzen Welt. Um Symbole – wie das Auge –, die man überall finden kann und die oft für dieselbe Sache eingesetzt werden.«

»Faszinierend.«

»Das finde ich auch. Das Museum war von der Idee zunächst nicht gerade angetan. Vor allem, weil es noch ein paar weitere Punkte gibt, auf denen ich bestehe.«

»Oh. Zum Beispiel?«

Scott sah Dina etwas verlegen an. »Das klingt vielleicht albern, aber ich habe verlangt, dass die Ausstellung, da wir uns dafür Artefakte aus anderen Ländern leihen, Familienerbstücke aus Privatsammlungen oder solche, die sich bereits im Besitz staatlicher Museen befinden, auch irgendwann ihren Weg in das jeweilige Ursprungsland finden soll. Wenn wir uns also Artefakte aus Marokko leihen, bedeutet das, die Ausstellung wird im Verlauf ihrer Tour auch in einem Museum dort, vermutlich in Rabat oder Casablanca, gezeigt.«

»Das ist doch fast selbstverständlich.«

»Nun, das ist es aber nicht. Man hätte denken können, ich hätte vorgeschlagen, eine der alten Mumien aus der Altägypten-Ausstellung zu verbrennen, so haben sie mich angesehen. Das ist anscheinend etwas, das noch nie jemandem in den Sinn gekommen ist.«

»Aber am Ende haben sie zugestimmt?«

»Das mussten sie. Die letzten Ausstellungen waren etwas schwer zugänglich.« Scott wühlte in seiner Tasche und holte eine kleine Türkisperle hervor, in die ein Skarabäus eingraviert war. »Das hier zum Beispiel. Die alten Ägypter verbanden Skarabäen mit Neuanfängen, Wiedergeburt, dem Beginn eines neuen Tages. Und sie trugen sie als Schmuck oder Talismane bei sich, um daran zu erinnern. Menschen werden die Ausstellung besuchen und diese Perlen sehen – nun, das hier ist eine Reproduktion, aber solche wie diese –, und das wird Geschichte für sie greifbar machen.« Seine Augen begannen zu leuchten, während er sprach.

»Das kann ich nachvollziehen. Man sieht einen Talisman, der Hunderte von Jahren alt ist, dabei unterscheidet er sich nicht besonders von dem Glücksstein, den man in seinem Handschuhfach aufbewahrt. Ich schätze, es erinnert uns daran, dass die Menschen damals gar nicht so viel anders waren als wir heute, sie hatten auch Sorgen und Ängste, vor denen sie sich schützen wollten. Wurde sie denn schon eröffnet, die Ausstellung?«, fragte Dina.

»Noch nicht. In ein paar Wochen. Aber ich könnte dir eine Privatführung geben, wenn es dich interessiert. Irgendwie habe ich das Gefühl, dass es genau dein Ding wäre.« Er lächelte zu ihr herunter, und Dina spürte, wie etwas sich tief in ihrem Bauch regte, das sich überraschend nach Lust und … etwas anderem anfühlte.

Nein, das bildete sie sich nur ein. Es war nur Lust. Sie fühlte sich von seinem Verstand genauso angezogen wie von seinem Körper. Aber er wollte ihr die Ausstellung in ein paar Wochen zeigen. Was bedeuten würde, dass sie dann immer noch Kontakt hatten. O nein, das kollidierte definitiv mit ihrem »Nur für ein Wochenende«-Plan.

Dina blieb keine Zeit für eine Antwort, denn Immy und Eric waren jetzt stehen geblieben und baten um die Aufmerksamkeit der Hochzeitsgesellschaft.

»Also gut, ihr Lieben, gleich werdet ihr zu Gesicht bekommen, was ich vor euch allen geheim gehalten habe …«, rief Immy unheilverkündend. Als sie um die

Ecke bogen, sah Dina es. Vor ihnen, in der Mitte einer Wiese, befand sich ein Heckenlabyrinth.

»Verdammt gruselig«, murmelte Rosemary.

Der kleine Hügel, auf dem sie im Moment standen, erlaubte einen Blick von oben, der Dina verriet, wie kompliziert es war. Es war nicht die Art von Labyrinth, an dessen Eingang man sich hinsetzen und warten konnte, bis die Kinder zur Mitte und wieder zurückgerannt waren. Das hier war ein »Niemand wird zurückgelassen und teilt euch nicht in zu kleine Grüppchen auf«-Labyrinth.

Dina sah Immy an, die vor Vergnügen quietschte. Alle schienen aufgeregt zu sein. Labyrinthe hatten etwas Besonderes an sich. Sie waren wie große Spielplätze für Erwachsene. Nur Scott blieb stumm. Dina suchte seinen Blick, doch er starrte mit zusammengebissenen Zähnen und steifem Rücken das Labyrinth an.

Eric klopfte ihm auf den Rücken und drückte seine Schulter. Dina glaubte, ihn flüstern zu hören, er solle sich keine Sorgen machen, doch sie war sich nicht sicher. Für sie sah es aus, als wollte Scott nicht in das Labyrinth. Er hatte ihr von seiner Platzangst erzählt – würde ihm das im Labyrinth auch zu schaffen machen, obwohl es im Freien stand?

Sie könnte einen kleinen Anti-Angst-Zauber sprechen. Die funktionierten in solchen Situationen immer, und er würde es nicht einmal merken.

Die Magie zuckte an ihren Fingerspitzen. Schließlich war es Samhain, und ihre Kräfte wallten in ihr auf und drängten an die Oberfläche. Die Magie an Samhain war anders als die zu Ostara oder Beltane. Sie war wilder und kam mit ihrem eigenen Schatten.

Und mit dem alten Wald im Rücken und den grünen Hügeln vor sich konnte sie die Magie förmlich einatmen. Sie sickerte aus dem Boden in ihren Körper und bahnte sich ihren Weg direkt zu ihrem Herzen wie tiefgrüne Ranken.

Rorys Gesicht tauchte vor ihrem inneren Auge auf. Das war, was passierte, wenn sie ihre Magie an anderen einsetzte. Sie sollte es nicht einmal in Erwägung ziehen, besser schlug sie sich die Idee gleich aus dem Kopf.

»Lasst uns Teams bilden!«, rief Eric der Gruppe zu.

Als Dina sich den Hecken näherte, fiel ihr auf, wie akkurat sie geschnitten waren, als hätte der Gärtner dafür ein Lineal benutzt, nicht ein Blättchen tanzte aus der Reihe.

»Das erste Team, das es in die Mitte und zurückschafft, gewinnt«, verkündete Eric.

»Ich will Dina in meinem Team!«, rief Immy.

»Immy, wir machen Braut gegen Bräutigam. Du kannst nicht alle guten Leute in deinem Team haben, und wir wissen beide, dass Dina die Sinne eines Bluthunds hat«, lachte Eric.

Immy sah Dina augenrollend an.

»Na gut, dann gehst du eben mit Eric. Aber wenn ihr gewinnt, dann bist du gefeuert als Trauzeugin.«

»Da hat jemanden der Ehrgeiz gepackt«, antwortete Dina. Der Rest von Erics Gruppe war schnell zusammengestellt und bestand aus Rosemary und einem von Immys Cousins, Tom, den die ganze Sache nicht sonderlich zu interessieren schien.

Scott war in Immys Team und starrte den Eingang zum Labyrinth an, als wäre es ein Monster, das ihn in einem Bissen verschlingen würde.

»Wir müssen nicht alle rein. Wenn jemand draußen bleiben will, ist das okay«, sagte Dina laut und hoffte, dass sie Scott damit klargemacht hatte, dass es keinen Grund gab, warum er gehen sollte, wenn er nicht wollte.

»Dina, sei nicht albern, wir müssen in Teams rein«, antwortete Immy völlig ahnungslos.

»Wer geht rechts lang und wer nach links?«, fragte Rosemary und wies auf die beiden in verschiedene Richtungen abzweigenden Pfade gleich hinter dem Eingang. Die Hecken mussten mindestens zweieinhalb Meter hoch sein.

»Wir gehen nach links und ihr nach rechts, Immy?«, schlug Eric vor.

»Was gibt es zu gewinnen?«, meldete sich Tom, der offenbar plötzlich Interesse entwickelt hatte.

»Ewigen Ruhm, natürlich«, kicherte Immy.

Dina trat neben Scott. »Alles in Ordnung?«, fragte sie leise. Er sah ein wenig blass aus. »Du wirkst nicht so, als wolltest du da rein.«

»Nein, nein. Es ist okay. Ich bin okay«, antwortete Scott und wischte sich die eindeutig klammen Hände an der Hose ab. »Das wird ein Spaß«, versuchte er vermutlich vor allem sich selbst einzureden. Sie legte die Hand auf seine Schulter und drückte sie.

»Dina, nicht schummeln! Komm hier rüber«, rief Eric. Nachdem die Teams sich über mögliche Strategien beraten hatten – nicht, dass es möglich gewesen wäre, eine exakte Strategie für den Weg durch ein unbekanntes Labyrinth zu haben –, zählte Immy von drei bis eins, und das Spiel begann.

Scott schenkte Dina ein schiefes Lächeln und folgte dann zögerlich Immy. Dina und Eric nahmen den linken Pfad, dicht gefolgt von Tom und Rosemary.

Das Labyrinth verschlang sie. Es war ein für Spätoktober verhältnismäßig warmer Tag gewesen, doch als sie in den Schatten der Hecken traten, legte sich eine feuchte Kälte über sie.

Anders als in den Wäldern spürte Dina keine Magie von dem Labyrinth ausgehen. Es war nicht sehr alt und auch nicht besonders bedrohlich. Was ein gutes Zeichen war. Das Letzte, was sie jetzt brauchen konnten, war ein Labyrinth mit einer Attitüde. Dina war in

Wien schon einmal in so einem gewesen, und sie hatte sich ihren Weg nach draußen gehext und dabei die Hecken verkokelt.

An einer Abzweigung blieben sie stehen.

»Ich sage, wir gehen rechts lang. Dina?«, fragte Eric.

»Warum sollte Dina das wissen?«, meldete sich Tom.

»Ah. Dina ist einfach gut in solchen Dingen. Instinkte wie ein Bluthund, wie ich schon sagte«, antwortete Eric mit Bedacht. Hinter Tim wackelte Rosemary mit den Fingern und tat so, als würde sie zaubern und dabei lautlos kichern – sie wirkte vollkommen verrückt, und Dina liebte sie dafür.

»Ich sage rechts«, antwortete Dina. Sie konnte nicht sicher sein, sie hatte keinerlei Vorahnung. Aber wie die meisten Hexen verfügte sie über ein gutes Bauchgefühl – obwohl manche es als sechsten Sinn bezeichnen würden. Wenn ihr Bauch ihr eine Richtung wies, dann folgte sie ihr in der Regel, ohne Fragen zu stellen.

Von Zeit zu Zeit konnten sie Immys Gruppe durch die Hecken hören und sahen im Vorbeigehen auf der anderen Seite Farben huschen. Einmal glaubte Dina, einen Hauch von Scotts Parfum zu riechen, und hatte das dringende Bedürfnis, durch die Hecke nach ihm zu greifen. Allerdings waren Arme, die plötzlich aus einer Hecke geschossen kamen, sicher nicht das Beste für jemanden, der Labyrinthe nicht besonders mochte.

»Das ist die perfekte Inspiration«, sagte Rosemary,

als sie an der nächsten Abzweigung links abbogen. Stille hing schwer im Labyrinth, und Nebel stieg um ihre Füße auf. Mittlerweile war es kalt geworden, die Sonne hatte sich im Zwielicht eines grauen Himmels verloren.

»Inwiefern?«, fragte Dina.

»Das düstere Labyrinth, die gruseligen Wälder und das Herrenhaus voller Räume mit Hirschgeweihen und ausgestopften Tieren – das ist so herrlich unheimlich. Im Haus spukt es allerdings nicht. Ich habe es überprüft.«

»Was ist mit dem Labyrinth?«, fragte Dina und sah sich um, während der Nebel sich verdichtete.

»Keine Geister. Aber im Wald gibt es welche«, informierte Rosemary sie nüchtern.

Dina lächelte. »Eines Tages werden wir eine Fernsehsendung mit dem Titel *Englands gruseligste Spukhäuser* starten, in der wir, nur du und ich allein, durch alte Anwesen laufen. Ich mache mir total in die Hose, und du sagst gelangweilt, dass es einfach nur ein ganz normales Haus ist.«

Spuk oder nicht, Dina konnte nicht von der Hand weisen, dass das Labyrinth unheimlich war. Darüber hinaus war es auch verdammt schwer zu lösen. Wieder und wieder bogen sie um Ecken und landeten diverse Male wieder dort, wo sie eben noch gewesen waren, obwohl das nicht immer so einfach zu sagen war. Jede Wand grünen Blattwerks sah gleich aus. Schließlich, als allen schon die Beine wehtaten und Tom sich mindestens viermal beklagt hatte, dass er durstig war, fanden sie das Zentrum mit einer Sonnenuhr aus oxidierter Bronze. Von Immy und ihrem Team war nichts zu sehen, aber sie konnten nicht sicher sein, dass sie nicht schon vor ihnen hier gewesen waren.

»Heißt das, wir haben gewonnen?«, fragte Tom. Er hatte immer wieder sein Handy geprüft und wirkte verstimmt, weil er keinen Empfang hatte.

»Noch nicht«, sagte Eric munter. »Wir müssen erst zurück zum Ausgang.«

Sie folgten ihrer Route zurück, so gut es ging, mit ein paar falschen Abzweigungen hier und da.

Dina spürte, wie ihre Brust sich weitete, als der Ausgang in Sicht kam, und sie stieß ein tiefes Seufzen aus.

Vielleicht lag es daran, dass sie wusste, dass Scott sich nicht wohlfühlte, aber die ganze Sache hatte nicht annähernd so viel Spaß gemacht, wie sie gedacht hatte.

»Sieht aus, als hätten wir gewonnen!«, sagte Eric und klatschte mit allen ab. »Immy wird mir niemals verzeihen«, sagte er zu Dina.

»Wahrscheinlich überlegt sie sich das mit morgen noch mal«, antwortete sie lachend.

»Das würde mich nicht überraschen.«

»Awww, ihr habt uns geschlagen! Verdammt!«, rief Immy, als ihr Team über einen anderen Pfad aus dem

Labyrinth kam. »Ich dachte wirklich, wir hätten euch.« Sie sackte in sich zusammen.

Eric hob seine Verlobte hoch und wirbelte sie herum. »Ich kann etwas von meinem ewigen Ruhm mit dir teilen, wenn du willst.«

»Mmm, na gut.« Immy küsste ihren Verlobten.

Dina wandte den Blick ab, um den beiden etwas Privatsphäre zu geben, und sah sich nach Scott um. Aber er war nirgendwo zu sehen.

»Hey, Immy, wo ist Scott?«

»Er ist gleich h…« Immy drehte sich zu ihrem Team um. »Huch? Ich hätte schwören können, dass er gleich hinter uns war. Oder etwa nicht?«

Die anderen zuckten die Achseln. Dina warf einen Blick auf das Labyrinth, das unheilvoll aus den Schatten ragte.

»O verdammt, er ist noch drin.«

Kapitel 16

»Oh, das ist nicht gut, gar nicht gut«, murmelte Eric, während er auf und ab lief. »Scott hasst enge Räume. Ich dachte, er wäre okay, aber … verdammt, ich hätte ihn nicht reingehen lassen sollen. Okay, ihr wartet hier, ich suche ihn«, sagte er und wollte los.

Doch Dina hob eine Hand. »Eric, ich übernehme das.«

»Nein, Dina, es ist meine Schuld, ich …«

»*Du* bleibst besser hier draußen und überlegst dir was, das Scott ablenkt, wenn ich ihn da rausgeholt habe. Okay? Wie du gesagt hast, habe ich einen Orientierungssinn wie ein Bluthund. Ich bin ruckzuck wieder zurück.«

»Sicher?«, fragte Eric stirnrunzelnd.

»Babe, es ist *Dina*, mit der du hier sprichst. Sie schafft das«, versicherte Immy ihm.

Dina wollte keine weitere Sekunde verschwenden. Ohne Zögern rannte sie los.

Sie dachte daran, wie lange sie beim ersten Mal gebraucht hatten. Wenn Scott da drin die Nerven verlor, dann musste sie ihn schnell finden.

Die hohen Hecken des Labyrinths drängten sich um sie und wollten nichts von ihren Geheimnissen preisgeben. Sie bog ein paarmal rechts ab und blieb stehen, als sie sicher war, dass die anderen sie nicht mehr sehen konnten. Um Scott zu finden, musste sie einen Zauber anwenden, der ein wenig mächtiger war als gewöhnlich. Deshalb zog sie jetzt den Amethyst-Anhänger um ihren Hals hervor. Er würde ihr helfen, die Magie zu kanalisieren.

Dina griff in ihre Tasche und holte ein paar Stängel Kamille heraus, die sie etwas früher am Tag geerntet hatte. Die zarten, kleinen Blüten mit ihrem süßen Honigduft eigneten sich perfekt für ihr Vorhaben.

»Tut mir leid«, flüsterte sie den Blumen zu, ehe sie sie in ihrer Handfläche zerrieb. Dina nutzte diese Art von Magie nur selten. Sie war nicht oft auf sie angewiesen und versuchte es zu vermeiden, Leben zu zerstören. Etwas Verwüstung hier, ein Quäntchen Verderben dort, das verlieh der Magie mehr Gewicht. Angesichts der Tatsache, dass heute Samhain war, hätte genug Magie in der Luft liegen müssen, um diese Art Zauber unnötig zu machen, aber irgendetwas an dem Labyrinth dämpfte sie. Vielleicht waren es all diese säuberlich getrimmten Hecken – sie hatten etwas Klinisches an sich, das sich nicht mit ihrer Magie zu vertragen schien.

Sie spürte, wie der Zauber zu wirken begann. *Scott, wo bist du?*

Dina atmete tief durch, schloss die Augen und fokussierte ihren Geist. Sie dachte nur an Scott. Und wie sehr sie ihn finden wollte. Der Anhänger zog sie vorwärts, und sie riss die Augen auf. Der Amethyst führte sie, als würde er von einem Magneten angezogen werden.

Sie ging immer weiter, folgte dem Stein, der sie mal hierhin und mal dorthin führte, ohne auf den Weg zu achten. Sollte es nötig sein, könnte sie einfach denselben Zauber benutzen, um den Ausgang zu finden.

Dina hörte Scott, bevor sie ihn sah.

Abgehackte, flache Atemzüge kamen von jenseits einer Wand, und als Dina um die Ecke bog, sah sie Scott am Boden sitzen, mit dem Rücken an der Hecke, den Kopf zwischen den Beinen.

Dina widerstand dem Drang, ihn in eine enge Umarmung zu ziehen. Wenn er so panisch war, würde zu viel Körperkontakt es nur noch schlimmer machen. Das hatte sie schon einmal erlebt.

»Scott?«, sagte sie.

Er hob ruckartig den Kopf, seine Augen waren rot und voller Tränen. Als er sie erkannte, wischte er sich schnell die Wangen ab.

»Ich bin okay«, sagte er und räusperte sich.

»Ich glaube nicht, dass du das bist«, antwortete sie und kniete sich neben ihn. »Ist es die Platzangst?«

Scott atmete heftig ein und nickte. »Ich habe die Gruppe verloren, und ich …«

»Verstehe.«

Scott fuhr sich mit den Fingern durchs Haar und sah Dina an. »Nicht so optimal, wenn man von der Frau, die man beeindrucken will, beim Heulen erwischt wird.«

»Wer sagt das?« Dina lachte. »Du willst mich also immer noch beeindrucken?«

Er erhob sich und klopfte sich Erde von der Hose.

»Funktioniert es?«

»Hmm, abwarten. Holen wir dich erst mal hier raus, okay?«

»Du bist meine Ritterin in strahlender Rüstung, Dina. Dir würde ich überallhin folgen.«

Er klang bei diesen Worten so ernsthaft, dass Dina unwillkürlich zu ihm kam und die Hände um sein Gesicht legte. Sie wischte die letzten Tränen von seinen Wangen. Seine Augen trieben sie in den Wahnsinn. Sie könnte ewig hineinsehen.

»Nur, damit das klar ist«, sagte Dina, »ich finde es okay zu weinen. Es zeigt, dass du keine Angst vor Gefühlen hast, und das ist verdammt heiß.«

»Ach ja?« Scott musste grinsen.

»Hat dir jemand mal gesagt, es wäre nicht so?«, fragte sie aus Interesse.

Scott runzelte die Stirn, als erinnerte er sich an etwas

Schmerzliches, und sie spürte eine plötzliche Distanz zwischen ihnen. Jemand hatte ihm das Gefühl gegeben, dass er nicht weinen durfte, und er wollte nicht mit ihr darüber reden.

»Ich möchte hier raus«, wechselte Scott das Thema. »Aber wenn wir uns wieder verlaufen, bekomme ich vermutlich die nächste Panikattacke.«

»Das ist okay, ich kann uns schnell hier rausbringen.«

»Ja?«

»Ich habe mir die Route eingeprägt.« Er sah sie ein wenig misstrauisch an, war aber eindeutig zu aufgewühlt, um genauer darüber nachzudenken. Der Ausdruck in seinen Augen war viel zu verletzlich. Dina konnte ihn kaum ansehen, und gleichzeitig war es unmöglich, den Blick abzuwenden. Ehe sie noch etwas Dummes tun konnte, blinzelte sie und zog einen Schal aus der Tasche.

»Möchtest du, dass ich dir die Augen verbinde?«

»Du willst mir die Augen verbinden? Ich dachte, normalerweise geht man bei einem ersten Date essen, vielleicht was trinken …«

»Gerade noch eine Panikattacke, und jetzt schon wieder am Flirten«, stellte Dina trocken fest.

»Wofür ist die Augenbinde gut?«

»Ich dachte mir, wenn du das Labyrinth nicht sehen kannst, ist es weniger wahrscheinlich, dass du noch eine

Panikattacke bekommst. Aber ich weiß auch nicht, was genau sie auslöst«, beeilte sie sich zu sagen.

Scott blickte hinunter auf den Seidenschal in Dinas Händen.

»Wir können es versuchen. Lenk mich ab, bis wir fast raus sind, und dann kannst du zusehen, wie ich zum Ausgang renne.«

»So machen wir es. Beug dich ein wenig runter.« Scott gehorchte, und Dina schlang den Seidenschal um seine Augen und band einen Knoten am Hinterkopf, wobei sie darauf achtete, nicht zu fest zuzuziehen. Sie spürte Scotts warmen Atem an ihrer Wange, und ihr Körper sehnte sich danach, den Abstand zwischen ihnen zu verringern. Es half, dass er sie nicht sehen konnte, nicht bemerkte, wie geweitet ihre Pupillen waren, wie rot ihre Wangen und Lippen. Wie leicht es wäre, ihn noch einmal zu küssen. »Fertig«, flüsterte sie und trat einen Schritt zurück.

Dina zog eine weitere Kamillenblüte aus ihrer Tasche und wiederholte den Zauber, damit er sie aus dem Labyrinth führte. Sie stellte sich den Ausgang und die Felder und Wiesen vor, die sich darum herum erstreckten, und schon einen Augenblick später zog der Anhänger sie einen Gang hinunter.

»Nimm meine Hand«, wies Dina ihn an. Sie spürte Scotts warme Finger zwischen ihren.

»Ich dachte, du wärst ein Kurator – warum hast du

dann so viele Schwielen?« Vielleicht würde die Frage ihn ablenken. Sie wandten sich mal in diese Richtung, mal in jene, doch Scott hielt sich tapfer.

»Ah, das kommt vom Rudern.«

»Das Rudern hatte ich vergessen. Wie war noch mal der Spitzname, den Eric erwähnt hat?«

»Ich hatte gehofft, das hättest du verdrängt.« Scott seufzte.

»Ah ja, das war es.« Dina unterdrückte ein Kichern. Göttin, jetzt *kicherte* sie schon. Wenn sie nicht beschlossen hätten, dass es nicht mehr als eine Affäre war, dann hätte Dina vermutet, dass sie Gefühle entwickelte.

»Ich liebe es, auf dem Fluss zu sein«, sagte Scott, der nun schon etwas entspannter klang. »Dort ist so viel Platz. Egal, wie das Wetter auch ist, zwei Dinge sind sicher: Mit dem Strom zu rudern fühlt sich an, als wäre man der stärkste Mensch der Welt, und ganz egal, was man auch macht, man bekommt immer nasse Füße.«

»Ich war noch nie auf dem Fluss«, sagte Dina. Es war nicht so, dass sie nicht wollte, aber sofern man kein Ruderer war oder sich in eine dieser Touristenfähren setzte oder genug Zeit hatte, eines der Pendlerschiffe zu nehmen, gab es dafür kaum Gelegenheit.

»Es gibt nichts Vergleichbares. Man sieht London mit ganz neuen Augen. Wenn man nach Westen rudert, an Kew vorbei, sind da in einem Moment noch

Häuser und hübsche kleine Cottages und Menschen, die Rad fahren und ihre Hunde Gassi führen, und im nächsten sind sie alle verschwunden. Der Fluss macht eine Biegung, wird schmäler, und plötzlich sind da nur noch Schilf und Büsche und Wiesen zu beiden Seiten.«

»Das würde ich zu gerne sehen«, sagte Dina ehrlich.

»Ich kann dich mal mitnehmen«, antwortete er, und alles in ihr begann übereinanderzupurzeln.

Dann bogen sie um eine Ecke, und dort vor ihnen war der Ausgang.

Dina hielt Scotts Hand, bis es nur noch wenige Schritte waren. Die Sonne war bereits auf ihrem Nachmittagsstand, und der Nebel, der sich um sie gesammelt hatte, löste sich im kalten Sonnenschein auf.

Ich will seine Hand nicht loslassen, wurde Dina klar. Scott war sich vermutlich nicht einmal bewusst, dass sie es fast geschafft hatten. Sie konnten ruhig noch eine Weile so nebeneinander laufen. Aber fair wäre das nicht.

»Wir sind fast da«, sagte Dina widerstrebend.

Scott nahm den Schal ab und kniff die Augen gegen das Licht zusammen, ehe er Dina ansah. Er seufzte erleichtert, und sein Blick fiel auf ihre Lippen.

Er lächelte. »Danke, Dina, dass du mich gerettet hast.«

»Das ist nicht der verdammte Zweite Weltkrieg,

Scott.« Sie stupste ihn gegen den Ellenbogen. Und plötzlich hatte sie keinen Boden mehr unter den Füßen und befand sich in Scotts Armen. Er hielt sie eng an sich gepresst, die Nachwirkungen seiner Panikattacke noch immer deutlich spürbar in seinen leicht zitternden Armen.

»Danke. Ehrlich.«

»Du hättest dasselbe für mich getan«, antwortete sie, und sie wusste mit einem Mal, dass es die Wahrheit war. Wenn sie in Schwierigkeiten gesteckt hätte, dann wäre Scott gekommen. Das Hexenbauchgefühl irrte sich nicht.

Sie fühlte Scotts festen Griff und wollte ihm näher sein. Vielleicht spürte er es, denn er stellte sie nicht wieder ab, sondern zog sie noch enger an sich. Dina legte die Hände an die Hitze seiner Brust. Er roch nach Wärme.

»Dina, ich …« Scotts Stimme war rau. Er sah sie an, als wollte er sie verschlingen. Und sie sehnte sich geradezu danach, dass er es tat. Dina leckte sich die Lippen und hob das Gesicht.

»Leise, ich glaube, sie haben einen Moment«, hörten sie Immy ganz in der Nähe mit hoher Stimme flüstern.

Scott setzte sie wieder auf dem Boden ab, aber seine Hände blieben an ihrer Taille. Sie entdeckte den Rest der Gruppe gleich vor dem Eingang.

»Ich sehe, du hast es in einem Stück wieder rausgeschafft«, sagte Eric und klopfte Scott auf die Schulter. »Tut mir leid, Kumpel, mir war nicht klar, dass es da drin so schlimm für dich sein würde«, sagte er.

»Schon in Ordnung. Hab's überlebt«, antwortete Scott. »Dina ist diejenige, die eine Medaille verdient.«

»Die Heldin der Stunde.« Eric lächelte Dina an und nickte dankbar.

So viel zum Thema, dass sie ihren kleinen Flirt geheim halten würden. Jetzt war all ihren Freunden unmissverständlich klar, dass da etwas zwischen ihnen lief.

Scott hatte offenbar ähnliche Gedanken, als sie gemeinsam zurück zum Haus gingen. Er beugte sich hinunter und hauchte einen zarten Kuss auf Dinas Schläfe.

Ein leiser Schauder lief über ihre Haut. Der Kuss war ein Versprechen. Dina wusste ganz genau, was sie heute Nacht nach dem Samhain-Ritual mit Scott Mason anstellen würde.

Kapitel 17

Dina stand in ihrem Schlafzimmer im Cottage und blickte hinaus in den vom Mond erleuchteten Wald. So viel passierte so schnell. Sie hatten sich geküsst, und es war noch so viel besser gewesen, als sie es sich vorgestellt hatte. Und Göttin wusste, sie hatte es sich vorgestellt.

Wie benommen hatte sie sich umgezogen und war in ein seidiges violettes Kleid mit einer Korsage geschlüpft, das ihre Brüste so üppig wie nur möglich aussehen ließ. Die ganze Zeit über musste sie an Scott denken. Möglicherweise war es Glück im Unglück gewesen, dass man sie in dem Liebesnest gestört hatte, sonst hätte sie nicht rechtzeitig aufgehört. Wann immer sie in seiner Gegenwart war, schien etwas in ihr zu erwachen, und sie sehnte sich plötzlich nach Dingen, die sie nie zuvor gewollt hatte.

Aber da war immer noch ein Teil von ihr, den sie vor ihm geheim hielt: ihre Magie. Vielleicht war es die Hochzeit und dass sie so viele von ihren Freunden und

Familienmitgliedern zusammen und verliebt sah, aber Dina hatte das zunehmende Bedürfnis, Scott ihre Hexenkräfte zu gestehen. Bei ihm fühlte sie sich mehr zu Hause als bei irgendjemandem sonst. Selbst mehr als bei Rory.

Wie würde er reagieren, wenn er von ihrer Magie erfuhr? Würde er wütend und eifersüchtig werden wie Rory? Sonst hatte sie nie das Bedürfnis gehabt, ihren romantischen Partnern ihre Magie zu zeigen, bevor sie das erste Mal miteinander geschlafen hatten, aber bei Scott hatte sie das Gefühl, als wäre es eine Hürde, die sie überwinden musste. Aus irgendeinem Grund wollte sie dringend, dass er sie voll und ganz verstehen konnte – Körper, Geist und Seele. In sein Gesicht blicken und sehen, dass er es akzeptierte.

Der Fluch machte sich mit einem Kratzen in Dinas hinteren Hirnregionen bemerkbar, doch sie beschloss, ihn nicht zu beachten. Wenn sie in Scotts Nähe war, dann schienen der Fluch und all ihre Probleme ganz weit weg zu sein. Als gehörten sie zu einer anderen Dina – nicht zu ihr, nicht jetzt.

Es klopfte an der Schlafzimmertür.

»Dina, bist du fertig?«, fragte Scott.

Es würde noch ein letztes gemeinsames Abendessen vor der Hochzeit morgen geben, und Dina wollte keine weitere Minute allein in ihrem Zimmer verschwenden, wenn sie stattdessen bei Scott sein konnte. Wenn ihr nur dieses eine Wochenende mit ihm vergönnt war, würde sie es verdammt noch mal genießen. Selbst wenn sich Gefühle in ihr regten, die ihr sagten, dass sie mehr wollte.

Das Herz schlug Dina in der Kehle, als sie Scott die Tür öffnete.

Er füllte den Türrahmen aus und wirkte elegant in seinem rotbraunen Zweiteiler, der die dunkle Färbung seines Barts betonte. Sie sah, wie er sie musterte und seine Augen sich verdunkelten, während sie über ihren Körper wanderten und ihn versengten.

»Verdammt, Dina. Du bist atemberaubend«, sagte er mit rauer Stimme. »Darf ich dich nach drüben begleiten?«

Ihr Mund war plötzlich trocken. »Begleiten? Wie ein echter Gentleman?«

»Manchmal verhalte ich mich wie ein Gentleman.«

»Ach ja?« Dina nahm den Arm, den Scott ihr anbot, sie verließen das Cottage, und Scott schloss mit dem riesigen schmiedeeisernen Schlüssel ab.

Der Wald um sie herum hielt erwartungsvoll den Atem an. Die Nacht hatte sich über sie gelegt, und Splitter aus Mondlicht stießen durch den Baldachin der riesigen Eichen und Tannen. Der Weg war in der blauschwarzen Nacht kaum zu erkennen. Dina atmete schaudernd ein. Jetzt, da der Moment gekommen war, war sie plötzlich nervös. Das Mondlicht hatte die Entscheidung für sie getroffen. Sie würde Scott ihre Magie offenbaren, jetzt und hier.

»Es gibt etwas, das ich dir, denke ich, gerne zeigen möchte«, sagte sie abrupt. Ihre Worte klangen beinahe wie eine Frage.

»Was ist es?«

»Du wirst nicht die Nerven verlieren?«

Scott legte den Kopf schräg und streifte sachte mit den Lippen ihren Mund.

»Du kannst mir alles erzählen. Ich reagiere vielleicht überrascht, aber ich renne nicht weg«, versprach er ihr.

»Ich muss verrückt geworden sein, das so früh schon zu tun«, murmelte sie. »Warte hier.«

Sie eilte zurück ins Cottage. Der Zauber war neu für sie, aber die Idee dafür war ihr einfach so in den Sinn gekommen. Dina kehrte mit einer leeren Teetasse und einem Grinsen im Gesicht zurück.

»Bist du bereit?«

Er schluckte und nickte.

Dina hob die Arme, die Handflächen nach oben gerichtet, die Teetasse hoch in der Luft. Der Wald um sie herum verdunkelte sich. Als wäre jeder Splitter Mondlicht verschwunden und ließe nur Schwärze zurück.

Aber nicht für lange, denn eine silbrige Substanz – keine Flüssigkeit, aber auch keine Luft – begann um sie herumzuschwärmen, als regnete es Mondschein. Sie hob das Gesicht zum Himmel, und ein milchiger

Schein legte sich darüber. Manchmal vergaß sie, wie viel Freude sie an Magie hatte.

Die Flüsse aus Mondlicht wanden sich in Rinnsalen um ihren Körper, bis sie sich alle als schimmernde Flüssigkeit in der Teetasse sammelten. Und für einen Moment roch es um sie herum nach frischem Kaffee und Gewürzen.

Dina blickte prüfend in Scotts Augen. Es hatte ihm die Sprache verschlagen, aber wie versprochen rannte er nicht weg.

Mit einem verzückten Lächeln versetzte Dina der Teetasse einen Schubs, sodass Mondlicht in alle Richtungen spritzte, gegen Baumstämme, auf Farne und Gestrüpp am Wegesrand – wie silberne Leuchtfarbe. Gleich nach der Landung begann es zu verblassen, bis sich – innerhalb weniger Sekunden – die Dunkelheit der Nacht wieder über alles gelegt hatte. Dina stellte die Teetasse auf die Schwelle des Häuschens.

Als wäre nichts passiert, hakte sie sich wieder bei Scott unter. Als hätte sie nicht gerade seine ganze Welt auf den Kopf gestellt. Ihr Arm lag warm in seinem, und er hielt sie so dicht bei sich, wie es angebracht war.

»War das Mondlicht?«, fragte Scott heiser. »In einer Teetasse?«

»Das war es«, flüsterte sie.

Schweigend gingen sie weiter in Richtung des Kerzenscheins von Honeywell House.

Scott spritzte sich kaltes Wasser ins Gesicht. Er befand sich in einem kleinen Badezimmer gleich vor dem Nordsalon, wo sich der harte Kern der Hochzeitsgesellschaft eingefunden hatte, um den Schönheitsschlaf einem schonungslosen Scrabble-Match zu opfern.

Was war das vorhin gewesen?

Sie hatte ausgesehen wie eine wilde und wunderschöne Kreatur, eine Göttin, etwas, das nicht zu fassen und nicht zu verstehen war. Sie war alles, was er sehen konnte, während das blasse Licht sie umschwärmte und sie seine Welt und alles, was er zu wissen glaubte, aus den Fugen riss.

Er war sich zu neunzig Prozent sicher, dass Dina eine Hexe war. Die anderen zehn Prozent … nun. Er spielte mit dem Gedanken, sie könnte so eine Art Djinn sein. Oder ein Sukkubus. Aber keines dieser Wörter fühlte sich richtig an. Und bei dem Wort »Magierin« musste er an Kaninchen in Hüten und Münzen, die aus Ohren gezogen wurden, denken. Nein, wenn es ein Wort gab, das Dina Whitlock beschrieb, dann war es »Hexe«.

Scott glaubte nicht, dass er diese Nacht je wieder vergessen würde. Und es war keine optische Illusion gewesen, das wusste er ganz sicher.

Aber wenn Dina eine Hexe war, was bedeutete das dann für ihn? Hatte sie ihn mit einem Zauber belegt? Wenn er daran dachte, wie sein Schwanz augenblicklich steif geworden war, als sie seinen Kuss in dem Liebesnest erwidert hatte, war er sich ziemlich sicher, dass er unter irgendeinem Einfluss stehen musste.

Nach dem Labyrinth hatte es ihn echte Willenskraft gekostet, sie nicht direkt ins Cottage zu tragen, auf den Küchentresen zu werfen und sie dann wieder und wieder zum Höhepunkt zu bringen. Er war sich sicher, dass ihr Gesicht wunderschön war, wenn sie kam.

Mittlerweile zweifelte er keine Sekunde mehr daran, dass sie ihn auch wollte. Wieder spritzte er sich Wasser ins Gesicht und versuchte, die Fassung zurückzugewinnen. Das kalte Wasser half. Während des Dinners war eine Menge Alkohol geflossen, doch Scott hatte es vermieden, zu viel zu trinken. Er wollte keine Sekunde der heutigen Nacht vergessen, und Betrunkensein erinnerte ihn an Alice.

Er war nicht stolz darauf, was aus ihm in den Wochen, nachdem er von ihrer Affäre erfahren hatte, geworden war. Er hatte nur alles vergessen und sich in einen komatösen Zustand trinken wollen. Wo auch immer er hinschaute, war sie. Das Sofa, das sie direkt nach dem Einzug zusammen ausgesucht hatten. Die Tassen im Schrank, die sie ihm geschenkt hatte.

Die Bilder von ihnen beiden an den Wänden verfolgten ihn. Er sah so glücklich darauf aus, so nichtsahnend. Und auch sie wirkte glücklich. Wie konnte es sein, dass sie ihn die ganze Zeit über angelogen hatte?

Wie kam es, dass er in all den Jahren nie die Wahrheit in ihren Augen gesehen hatte?

Scott spritzte sich noch mehr kaltes Wasser ins Gesicht, spülte die Erinnerungen weg.

Dieser Teil seines Lebens war jetzt vorbei, erinnerte er sich. Er hatte eine neue Wohnung und war nach langer Zeit wieder fast er selbst. Er machte London wieder zu seinem Zuhause. Er würde für seine Mums da sein, für seine Freunde und für Dina – wenn sie es zuließ.

Scott war gerade auf dem Rückweg in den Salon, als Dina lautstark rief: »Ich habe gewonnen! Her mit der Kohle, ihr Loser!« Während er gleichzeitig Rosemary schreien hörte, »Qi« sei kein Wort und: »Bei Scrabble gibt es kein Geld zu gewinnen!«

Dina begegnete Scotts Blick, als er sich zur Gruppe stellte.

»Scott, kannst du bitte den Schiedsrichter für uns spielen? Diese Idioten behaupten, ich hätte mir ›Qi‹ nur ausgedacht!« Dina rollte dramatisch mit den Augen. »Das ist die natürliche Kraft, die allen Dingen innewohnt.«

»Es tut mir leid, euch enttäuschen zu müssen, aber Dina hat recht. ›Qi‹ ist ein Scrabble-Wort. Man kann es auch ›Ki‹ oder ›Chi‹ schreiben. Lasst mich mal sehen …«

Scott beugte sich über das Brett und fing einen Hauch von Dinas Parfum ein – Vanille und Zimt.

»Q ist zehn wert, aber du hast es auf einem dreifachen Wortwert, das sind also insgesamt einunddreißig Punkte. Sie hat euch alle geschlagen!«

Immy schnaubte lautstark und sah aus, als würde sie gleich das Brett umwerfen.

»Oh, komm schon, Immy, du weißt, dass du mich im Scrabble nicht schlagen kannst. Vor allem nicht heute Nacht.« Dina schmiegte sich an ihre Freundin und legte einen Arm um sie.

»Mein Beruf dreht sich buchstäblich um Wörter, Dina. Ich bin die mit den Wörtern!«

»Ich weiß, mein Schatz.«

Sie verbrachten den Rest des Abends mit Partyspielen: Scharade, »Pinn den Schleier an die Braut« und Twister für all jene, die bereit waren, sich in alle Richtungen zu verbiegen. Scott fand es besonders schwer, sich auf dieses Spiel zu konzentrieren, als Dina den Arm über ihn hinwegstreckte, um einen roten Kreis zu berühren. Ihre Brüste, die das sündhafte Kleid herrlich nach oben drückte, streiften seinen Oberkörper, und kurz darauf musste er das Spiel abbrechen, um nicht der ganzen Hochzeitsgesellschaft seine Erektion zu zeigen.

Als sie eine Runde Pictionary spielten, war Dina so frustriert, weil ihr Team ihre Kritzelei nicht deuten konnte, dass sie sich Haarsträhnen aus der Frisur zog. Dunkelbraune Locken fielen um ihr Gesicht, und als sie Scott in die Augen blickte, wünschte er sich nichts mehr, als sich diese Haare um die Faust zu wickeln und zuzusehen, wie ihr Lippenstift seinen Schwanz rot färbte. Sie hatte irgendetwas in ihm entfesselt.

Als es auf Mitternacht zuging, stellte er fest, dass Dina, Immy und Rosemary sich zunehmend verstohlene Blicke aus schwer zu deutenden Gesichtern zuwarfen – die rätselhafte Geheimsprache, die Frauen mit ihren Freundinnen teilten. Doch etwas lag in der Luft, das konnte selbst er spüren.

Er blickte hinüber zu Dina, die gerade Darts in einer Ecke des Raums spielte und deren Haut im Schein des Feuers golden glänzte.

War es ihre Magie, die er fühlte? Sein Gehirn versuchte immer noch zu begreifen, was sie mit dem Mondlicht getan hatte. Aber vor allem verspürte er Erleichterung. Er hatte immer an Magie glauben wollen, an die Vorstellung, dass die Welt so viel größer war als das, was er um sich herum sehen konnte. Sogar seine Arbeit hatte er diesem Glauben gewidmet. Und nun war Dina die Manifestation von alldem.

Leben bedeutete, verletzlich zu sein, und sie hatte ihm ihre verletzlichste Seite gezeigt. Er wollte ihr zeigen, dass sie sich richtig entschieden hatte, wollte sich ihr Vertrauen verdienen, immer wieder neu, solange sie ihn bei sich haben wollte.

»Ich kenne diesen Blick«, sagte seine Mum Alex und

setzte sich neben ihn ans Fenster. Juniper sprang in die Lücke zwischen ihnen und trappelte auf ihren Beinchen herum, bis sie die perfekte Stelle für ein Nickerchen gefunden hatte, ehe sie den Kopf an Scotts Seite schmiegte.

»Welchen Blick?«

»Wie du sie ansiehst«, sagte Alex und nickte in Dinas Richtung. »Warum hast du uns nicht gesagt, dass du eine Freundin hast?«

»Habe ich nicht.«

»Verstehe.«

»Es ist alles noch ganz frisch.«

»Ts«, sagte seine Mutter und winkte ab. »Frisch oder nicht, das spielt keine Rolle. Wenn man es weiß, dann weiß man es. Ich habe Helene bei unserem zweiten Date gestanden, dass ich sie liebe.«

»Nicht jeder hat so ein Glück. Was, wenn ... was, wenn sie nicht will, was ich will?«

»Hat sie das gesagt?«

»Sozusagen.«

Seine Mutter ergriff seine Hand und drückte sie. »Nun, vielleicht bin ich ja voreingenommen, aber wenn ich euch zwei zusammen sehe, dann wirkt das nicht wie ein zwangloser Flirt. Ich mache mir Sorgen, dass dir wehgetan wird. Ich will ... Ich will dich nur nicht wieder verlieren, weil eine Beziehung in die Brüche gegangen ist und du die Flucht ergreifst.«

Scott sah seine Mum an. Ihr Gesicht war voller Sorge.

»Wenn nichts draus wird, bleibe ich dieses Mal trotzdem hier. Versprochen.« Er kraulte Juniper den Kopf, und sie kuschelte sich tiefer in seinen Schoß und drehte sich auf den Rücken, damit er ihr den Bauch kraulen konnte. »Ich hätte nie gehen dürfen«, gab er zu. »Ich wusste nicht, was ich tue, ich wollte einfach nur weg.«

Alex lächelte. »Ich verstehe das. Du musst dich mir gegenüber nicht rechtfertigen. Du weißt, dass wir dich beide lieben, ob du nun hier bist oder am anderen Ende der Welt.« Sie zog ihn in die Arme und drückte ihm einen Kuss auf die Schläfe.

»Ich liebe euch auch«, sagte er. Sie saßen noch einen Moment länger nebeneinander, bis Juniper zu träumen begann und im Schlaf leise bellte.

»Ich sehe mal lieber zu, dass ich die Kleine hier ins Bett bringe«, sagte sein Mum und hob Juniper hoch. »Wenn sie nicht genug geschlafen hat, ist sie morgens immer mürrisch, genau wie Helene.« Sie lächelte voller Zuneigung. »Gute Nacht«, sagte sie, »und was auch immer du heute Nacht treibst, interessiert mich nicht.« Dann zwinkerte sie und verließ den Raum.

Scott saß noch etwas am Fenster und genoss die kühle Luft und den Blick auf den Vollmond, bis sich etwas in seinem Augenwinkel regte. Draußen in den

Feldern entdeckte er Dina. Er beobachtete sie und achtete besonders auf das Wiegen ihrer Hüften, bis sie zwischen den Bäumen verschwand. Wo wollte sie so spät am Halloween-Abend hin? Kurz darauf entdeckte er Immy und Rosemary, die in die gleiche Richtung unterwegs waren.

»Ah, du hast sie also gesehen?«, sagte Eric, der zu ihm kam und ihm ein Bier reichte. Sie stießen mit den Flaschen an und setzten sich dann auf das abgewetzte Ledersofa am Feuer.

»Wo wollen sie hin?«, fragte Scott.

»Äh, hm, das ist so ein geheimes Junggesellinnenabschiedsding«, sagte Eric leicht nuschelnd.

»Verstehe. Ein Geheimnis, das du nicht mal deinem besten Freund anvertrauen kannst?« Scott lachte.

»Komm mir nicht so. Sieh mal«, Eric nahm einen kleinen Schluck aus seiner Flasche, »ich habe geschworen, dass ich niemandem von der Wiese erzählen werde.«

»Welche Wiese?«

»O verdammt. Die Wiese im Norden. Schau mal … geh einfach nicht dorthin, okay? Es ist so eine private Sache, die sie jedes Jahr machen. Etwas, ich weiß auch nicht, Magisches.«

»Hmmm. Meine Lippen sind versiegelt.«

Eric strich sich die Haare aus dem Gesicht und grinste Scott an.

»Ich heirate morgen.«

»Ich weiß.«

»Ist das nicht irre?« Erics Augen funkelten aufgeregt. »Weißt du noch, als wir in dieser Bar in Island saßen und uns geschworen haben, nur zusammen zu heiraten?«

»Ja«, lachte Scott. »Ich erinnere mich.«

»Na ja, ich glaube, ich muss den Deal leider abblasen, es sei denn, du hast mir etwas zu gestehen?«

»Keine Hochzeit in Sicht für mich«, lächelte Scott, obwohl es nicht seine Augen erreichte.

Eric beugte sich zu ihm. »Wird dir das morgen zu schaffen machen?«

»Wegen Alice? Vielleicht. Aber wahrscheinlich werde ich mich so sehr für euch freuen, dass ich gar nicht mehr an sie denke.«

Eric nickte. Er nahm einen weiteren Schluck.

»Sie hat dich nicht verdient, weißt du. Das fand ich schon immer.«

»Hinterher weiß man alles besser.«

»Was ist mit Dina?«

Scott hob eine Augenbraue. »Was soll mit ihr sein?«

»Ich weiß auch nicht, ich dachte nur, da läuft was zwischen euch.«

Er hatte nicht unrecht, aber was immer da gerade zwischen Dina und ihm war, fühlte sich zu *groß* an, um es in Worte zu fassen. Sein Herz pochte, wann immer er auch nur an sie dachte.

»Verweigere die Aussage«, sagte Scott.

Eric lachte leise. »Alles klar.«

Eine Weile saßen sie in friedlicher Stille nebeneinander. Das Feuer brannte herunter, und es wurde langsam leerer im Raum, als auch der Rest der Hochzeitsgesellschaft sich nach und nach auf den Weg ins Bett machte.

»Ich habe das hier vermisst«, sagte Eric. »Vielleicht ist es der Vollmond. Aber … ich weiß auch nicht, Mann. Es ist nur … es fällt mir nicht leicht … Ich habe dich vermisst. Ich habe meinen besten Freund vermisst.«

Vielleicht war es wirklich der Mond, denn er hatte noch nie so viele emotionale Gespräche in so kurzer Zeit geführt. Oder vielleicht lag es auch einfach an der Atmosphäre auf dieser Hochzeit – sie holte Gefühle an die Oberfläche, die sich viel zu lange versteckt hatten.

»Ich weiß nicht, ob dir das etwas hilft, aber es tut mir leid, dass ich einfach so abgehauen bin. Ich hätte mit dir reden sollen, hätte darauf vertrauen sollen, dass du für mich da sein würdest.«

»Ich weiß. Aber jetzt bist du hier, und das ist alles, was zählt.«

Sie tranken noch eine Weile in einvernehmlichem Schweigen, bis Scott bemerkte, dass Eric eingeschlafen war. Nachdem er ihn aufgeweckt und ins Bett geschickt hatte, saß Scott noch eine Weile da, bis das Feuer zu leuchtender Glut heruntergebrannt war.

Kapitel 18

Es war ein Feenmond. Schimmernd und strahlend hing er tief am Nachthimmel und versprach Freude und Schabernack. Dina stand am Rand der nördlichen Wiese, auf der bereits ein Feuer brannte. Nour hatte alles vorbereitet, als eine Art Hexen-Hochzeitsgeschenk. Sie atmete die süße und rauchige Mitternachtsluft ein. Ihre Mutter war eine Silhouette am Feuer, die gerade ihr Haar aus der Hochsteckfrisur löste, die sie am Abend getragen hatte. Dina würde heute Nacht wie ihre Mutter sein: wild und ungezähmt.

Dina sehnte sich jedes Jahr nach dieser Nacht.

Honeywell House war ein Schatten in der Ferne, die erleuchteten Fenster kaum mehr als schwebende Glühwürmchen in der Nacht.

Sonst fuhr sie hinauf nach Little Hathering, wo sie und ihre Mutter das Ritual im Garten ihres Hauses begingen. Das machten sie schon seit ihrer Kindheit so. Selbstverständlich verkleidete das Haus sich immer als eine Art üppige Waldlichtung, und sie spürte die Hitze des Feuers, obwohl es nur ein Illusionszauber war, der ihrem Vergnügen dienen sollte.

Seit Dina Immy und Rosemary kannte, hatten auch sie sich dem Ritual angeschlossen. In der Halloween-Nacht waren alle Frauen Hexen.

Wenn die Wälder zuvor schon voller Magie gewesen waren, quoll sie in dieser Nacht förmlich über. Das Pulsieren der Magie durchdrang Dina wie ein zweiter Herzschlag.

Sie streifte durch das hohe Gras und genoss das Gefühl der kalten Erde unter ihren nackten Füßen. Dies war es, worum es bei Samhain ging. Verbindung. Unendliche Möglichkeiten. Der Schleier war in dieser Nacht so dünn wie nie – alles konnte passieren. Dina hatte noch nie so sehr das Gefühl gehabt, sich zur richtigen Zeit am richtigen Ort zu befinden.

»Aywa, willst du die ganze Nacht herumstehen?«, rief ihre Mutter ihr zu, als sie näher kam. Dina hatte ihr Abendkleid gegen etwas Leichteres und Fließenderes eingetauscht, eine leuchtend blaue Gandoura. Etwas, das sie sonst nur im Hochsommer trug, wenn sie herumwerkelte und das Haus putzte. Der Stoff strich kaum spürbar über ihre Haut. Ihr hätte kalt sein müssen, doch es brannte zu viel Magie in ihr, und die Hitze des Feuers war zu intensiv.

Immy hatte sich für eine Art viktorianisches Nachthemd entschieden, während Rosemary ein weites schwarzes T-Shirt und eine Jogginghose trug.

»Heute Nacht ist es anders, spürt ihr es?«, fragte Dina.

»Mmm. Es ist dieser Ort. Er fühlt sich bedeutend an. Es würde mich nicht wundern, wenn sich hier eine heilige Stätte befände oder die vergrabenen Knochen irgendeines Heiligen«, antwortete ihre Mutter. Nour stand vor dem Feuer, das über sie beide aufragte. Dina sah, wie ihre Mutter sich eine Träne aus dem Auge wischte.

»Mama, was ist los?«

»Alles gut.« Sie schniefte. »Ich muss nur daran denken, wie ich das hier immer mit meinen Schwestern getan habe. In Nächten wie dieser sind wir auf den Bohnenacker gegangen. Auf unserem eigenen Land, alle zusammen. Ich habe mich nie so mächtig gefühlt.«

Ihre Eltern waren seither viele Male mit ihr in Marokko gewesen, und ihre Mutter wirkte immer ein wenig stiller, wenn sie dort waren. Dina konnte sich kaum vorstellen, wie es sein musste, Heimweh zu haben, aber nicht in die Heimat zurückkehren zu können, aus Furcht vor all den schmerzlichen Erinnerungen. Sie zog ihre Mum in eine Umarmung und roch das Rosenshampoo, das sie verwendete.

»Heute Nacht kann ich sie jedoch spüren. Sie sind

hier und feiern mit uns. Ich glaube, es ist dieser Ort – er ist voller Geister.«

Dina nickte.

»In den Wäldern habe ich auch etwas gespürt, aber ich konnte es nicht genauer bestimmen.«

»Hat da gerade jemand ›voller Geister‹ gesagt?«, fragte Rosemary. »Denn das stimmt absolut. Ich habe heute Nacht schon so viele gesehen. Ich weiß nicht, ob es dieser Ort oder die Halloween-Nacht ist, aber sie … leuchten mehr als sonst.«

Manchmal vergaß Dina, wie normal es für Rosemary war, die andere Seite zu sehen. So musste es für ihre Freunde sein, wenn sie zum ersten Mal von ihrer Magie erfuhren. Zum Glück war Scott nach ihrer Aktion mit dem Mondlicht nicht durchgedreht. Stattdessen war sein Blick ganz weich geworden, und er hatte langsam ausgeatmet. Beinahe, als wäre er erleichtert.

Sie war sich immer noch nicht sicher, was sie vorhin geritten hatte. Sie hatte das tiefe Pulsieren der Magie aus dem Waldboden bis zum Vollmond über ihnen aufsteigen gespürt, hatte gefühlt, wie sie sich gegen die Fasern der Realität aufbäumte, und das Bedürfnis, sie zu befreien, war so drängend gewesen wie das zu atmen. Ihre Intuition hatte ihr gesagt, dass sie Scott vertrauen konnte, und wenn sie ehrlich war, dann hätte sie sich auch nicht zurückhalten können.

Ein großer Teil von ihr wollte, dass Scott ihr wahres Ich sah, mitsamt der Magie und allem, was dazugehörte. Bei ihm wollte sie ganz sie selbst sein, kein Verstecken mehr. Der Gedanke, dass dies nur ein harmloser Flirt war, kam ihr immer unrealistischer vor. Umgeben von Magie und Mondlicht war es viel zu einfach, den Fluch zu vergessen. Es war so viel leichter, so zu tun als ob.

»Ich hoffe, wir haben nichts von dem Hexenkram verpasst.« Immy kam zu ihnen getapst, der Saum ihres Nachthemds voller Schlamm.

»Hast du das aus einem Antiquitätenladen oder so?«, fragte Dina.

Immy ließ ihr Kleid wirbeln. »Ja, ich bin mir ziemlich sicher, es ist ein Totenhemd. Jemand muss darin gestorben sein, und dann hat ein Grabräuber es ihm vom Leib geklaut. Ist das nicht cool?«

»Ich verstehe euch Kinder nicht«, seufzte Nour.

Dina lachte. »Ich hoffe, du weißt, dass du nicht ganz richtig im Kopf bist, Immy.«

»Ich hoffe, es ist okay, dass ich nichts Weites anhabe«, sagte Rosemary mit Blick auf die wallenden Kleider, die sie alle gewählt hatten.

Dina grinste. »Solange du darin tanzen kannst, spielt es keine Rolle, was du anhast. Du kannst auch gerne nackt sein.«

Nour räusperte sich und sah jeder in die Augen,

während das Gewicht ihrer Magie sich auf sie legte wie eine warme Decke.

»Der Sommer ist vorbei, bald kommt der Winter.« Nour reichte jeder eine lange, schwarze Babylon-Kerze. »Heute Nacht feiern wir das letzte Licht und erinnern uns an alle, die uns verlassen haben, aber auch an die geliebten Menschen, die immer noch bei uns sind. Heute Nacht halten wir ihnen zu Ehren ein Licht, damit sie sich unserem Tanz anschließen können.«

»Dina, hast du die Musik?«, fragte Nour.

Dina legte den tragbaren Lautsprecher und ihr Handy auf den Boden. »Alles voll aufgeladen, also müssen wir uns diesmal keine Sorgen machen, dass die Musik plötzlich stoppt.«

»Ist das schon mal passiert?«, fragte Rosemary.

»Ja, einmal.« Dina verzog das Gesicht. »Gibt es Wünsche?«

»Wie wäre es mit Whitney Houston? Meine Oma hat Whitney geliebt«, sagte Immy.

»Ich und meine Schwestern haben im Auto immer lautstark ›I Have Nothing‹ gesungen«, stimmte Nour zu.

»Also gut, dann Whitney.« Dina suchte ein paar ihrer Greatest Hits heraus.

Irgendwo in der Ferne schlug eine Kirchenglocke Mitternacht.

Nour sah ihre Tochter an und lächelte ein Hexenlächeln. »Es ist Zeit.«

Funken des Feuers wurden feierlich vom Wind durch die Luft gewirbelt. Eine nach der anderen traten sie mit ihrer Kerze an die Flammen.

Babylon-Kerzen waren keine normalen schwarzen Zauberkerzen. Man konnte sie nur einmal im Jahr verwenden – an Samhain um Mitternacht –, und sie brannten nur wenige Minuten. Rosemary war vielleicht in der Lage, die Geister von Verstorbenen zu sehen, die nicht in das Reich der Toten weitergezogen waren, doch eine Babylon-Kerze erlaubte es jedem, ein paar flüchtige Momente mit seinen Lieben auf der anderen Seite zu verbringen.

»Für Khadija«, sagte Dinas Mum, als das Feuer der Kerze etwas von seinen Flammen spendete. Der Docht flackerte in einem weiß glühenden Blau auf. Immy atmete scharf ein.

»Für Naima«, sagte Dina, als ihre Kerze brannte. Ein perlendes Lachen hallte in ihren Ohren, und einen Moment lang roch sie den honigsüßen Duft von Geißblatt in der Luft. Der Geist ihrer Tante flackerte kurz auf, bereit, mit ihnen zu tanzen.

»Für Oma«, flüsterte Immy, als sie ihre Kerze am Feuer entzündete. Ihre Großmutter war vor sechs Monaten gestorben, und Immy war immer noch traurig, dass sie nicht bei ihrer Hochzeit sein konnte.

Immy keuchte und riss die Augen auf, als die Kerze blau aufflammte. »Ich glaube … ich glaube, ich kann sie spüren.« Sie lächelte. Nour drückte ihre Hand.

»Für meine Mutter«, sagte Rosemary mit ausdrucksloser Miene. Blaues Licht flackerte auf, und sie blieb stumm, richtete lediglich den Blick auf etwas vor ihr. Nicht einmal Hexen konnten Geister sehen, die die Welten gewechselt hatten, doch Dina wäre nicht überrascht gewesen, wenn Rosemary mit ihrer Gabe ihre Mutter vor sich sah. Dina bemerkte, dass Tränen ungehindert über Rosemarys Wangen liefen, wie ihre Freundin eine Hand ausstreckte und »Hallo, Mama« in die Luft hinein flüsterte.

Sie stellten ihre Kerzen mit den wild flackernden blauen Flammen rund um das Feuer. Babylon-Kerzen waren dünn und fragil, genau wie die Geister, die zu Besuch kamen und nun mit ihrer Hilfe für kurze Zeit in der Welt der Sterblichen verankert waren.

Dina drückte auf Play, und »I Wanna Dance with Somebody« dröhnte aus den Lautsprechern. Dina schlüpfte aus ihren Kleidern, bis sie völlig nackt auf der Wiese stand. Immy wirkte etwas verlegen, tat dann aber dasselbe. Nour war bereits nackt und wippte zur Musik, während ihr offenes Haar sie umwehte, und Rosemary tat dasselbe.

Nour sang aus vollem Hals. Beim Chorus verlor Dina sich in der Musik. Ihre Füße sprangen und tanzten um das Feuer, und sie wagte sich an Bewegungen, die sie niemals im Leben irgendwo in der Öffentlichkeit gezeigt hätte.

Als sie zu Immy hinüberblickte, sah sie, dass ihre Freundin den Kopf in den Nacken geworfen hatte und lachte, und es war, als würde sie sich mit jemandem im Kreis drehen. *Sie tanzt mit ihrer Großmutter.* Dina ging das Herz auf.

Auf der anderen Seite des Feuers konnte sie gerade so Rosemary erkennen, deren rotes Haar im Schein des Feuers leuchtete, das Gesicht strahlend vor Freude.

Dina warf die Hände in die Luft und sang, und sie glaubte, die Stimme einer Frau zu hören, ein wenig rau und mit einem leichten Akzent, die gleich hinter ihr sang. Der Wind erhob sich um sie herum, und sie drehte sich und warf die Beine in die Luft. Dina stellte sich vor, wie ihre Tante jetzt tanzen würde, wenn sie sie sehen könnte – vermutlich mit ein paar fragwürdigen Dance-Moves aus den Achtzigern.

Dina sah hinüber zu ihrer Mum, die leicht über der Erde zu schweben und verschiedene Disco-Tänze zu vermischen schien. So glücklich hatte sie sie schon lange nicht mehr gesehen.

Der Song erreichte seinen Höhepunkt, und Dina legte den Kopf in den Nacken und heulte vor Freude. Heute Nacht warfen sie alle die angepassten Frauen ab, die sie in ihrem Alltag oft sein mussten.

Heute Nacht konnten sie wild sein.

Die Musik verstummte, bis sie nur noch das Knistern des Feuers und ihren heftigen Atem hören konnten. Die Babylon-Kerzen waren heruntergebrannt und nur noch Pfützen aus schwarzem Wachs im Gras. Die Geister waren verschwunden.

»Das war unglaublich«, sagte Immy und wischte sich die letzten Tränen aus dem Gesicht. »Ich konnte mich nie wirklich verabschieden. Aber … das hier fühlte sich jetzt endlich an wie ein Abschied.«

»Ich bin so froh, Habiba«, sagte Nour.

Dina zog Immy in eine Umarmung und drückte ihr einen Kuss auf die Wange. Rosemary kam zu ihnen, voller Schlamm und regelrecht strahlend.

»Danke«, sagte sie und wischte sich ebenfalls die Wangen. »Mir war bis eben nicht bewusst, wie sehr ich sie vermisst habe.« Sie zog Dina in eine heftige Umarmung.

»Ich hoffe, es hat euch nicht zu sehr aufgewühlt?«, fragte Dina sie beide.

»Nur auf eine gute Art.« Immy lächelte schläfrig. »Aber ich glaube, ich mache mich jetzt auf den Weg zurück ins Haus für meinen Schönheitsschlaf. Schließlich ist morgen ein wichtiger Tag.«

»Moment, was ist morgen? Hab ich irgendwas verpasst?«

Immy stieß Dina mit dem Ellenbogen in die Seite,

schlüpfte wieder in ihr Totenhemd und machte sich auf den Rückweg über die Wiese.

»Ich gehe auch, obwohl ich nicht sicher bin, ob ich schlafen kann.« Rosemary grinste und folgte dann Immy.

Nour saß am Feuer und streckte ihm die schlammbedeckten Füße entgegen.

»Mama, möchtest du, dass ich noch eine Weile bei dir bleibe?«, fragte Dina.

»Nein, nein. Du musst dir keine Gedanken um mich machen. Ich habe deinem Vater gesagt, dass er mich holen kommen kann, wenn ich nicht gegen eins zurück bin.«

»Baba ist noch wach?«

»An Halloween kann er nie schlafen. Er ist vielleicht keine Hexe, aber er kann definitiv etwas spüren.« Nour sah die Sorge in Dinas Blick. »Wirklich, Habiba, alles gut. Ich will nur noch ein wenig Zeit hier draußen verbringen, bevor ich zurückgehe. Außerdem habe ich das Gefühl, dass es noch jemanden gibt, den du heute Nacht sehen musst.«

Dina wurde rot. Es war zwecklos, ihre Mutter anzulügen, sie hatte einen geradezu raubtierhaften sechsten Sinn.

»Mama, es ist spät. Es war ein langer Tag. Er schläft sicher schon.«

»Hmm, irgendwie bezweifle ich das.«

Dina starrte in das knisternde Feuer.

»Was … was, wenn es eine schlechte Idee ist?«, fragte sie. *Was, wenn ich ihn zu sehr mag und er wegen mir verletzt wird?*, wollte sie sagen, tat es aber nicht.

Ihre Mutter erhob sich und strich Dina eine ihrer Locken hinters Ohr.

»Ich werde dir jetzt keinen Vortrag halten, dass alles im Leben mit Risiken verbunden ist. Das weißt du bereits. Aber ich werde dir sagen, dass dort in diesem Cottage ein Mann auf dich wartet, der sehr tiefe Gefühle für dich hat, und ich glaube, dass du ähnlich empfindest. Du wärst fürchterlich dumm, ihm keine Chance zu geben. Und ich habe keine dumme Tochter großgezogen.«

Der Fluch lag ihr auf der Zungenspitze. Dina zögerte. Sie könnte es ihr jetzt gestehen, die Wahrheit auf den Tisch legen. Ihre Mum würde ihr helfen, ihn zu brechen, würde ihr helfen, einen Weg zu finden, mit Scott zusammen zu sein, ohne dass ihm etwas passierte.

Aber was, wenn es die falsche Entscheidung war? Dina würde ihr gestehen müssen, dass sie bisexuell war, und wie würde Nour sie danach ansehen? Was, wenn sie wütend wurde? Würde das die Hochzeit ruinieren? Das Risiko war einfach zu groß.

Wenigstens heute Nacht noch konnte Dina so tun als ob. Sie konnte so tun, als würde nichts zwischen ihr und Scott stehen.

Dina küsste ihre Mutter und hob ihr Handy und den Lautsprecher auf. Sie war schon auf halbem Weg zum Wald, als ihr klar wurde, dass sie vergessen hatte, sich wieder anzuziehen.

Kapitel 19

Ganz schön gruseliger Mond. Scott zog die Tür des Cottage hinter sich zu. Rund und kristallweiß wie ein riesiges Auge, das niemals blinzelte. Oder als hätte jemand den Nachthimmel mit einem Locher bearbeitet. Wenigstens würde es so einfacher sein, sich im Wald zurechtzufinden. Er wusste noch nicht einmal so recht, was er hier draußen um diese Zeit eigentlich machte.

Er hatte sich im Bett herumgewälzt, aber nicht in den Schlaf gefunden. Wo war Dina? Was tat sie dort auf der Wiese?

Wann immer Scott die Augen schloss, war alles, was er sehen konnte, Dina. Dina im Feuerschein. Dina, die sich ihm entgegenwölbte, sein Mund an ihren Brüsten. Er erinnerte sich an den Geruch ihrer Haut an seiner: Vanille und Zimt. Scott verzehrte sich nach mehr. Er musste sie berühren, bei ihr sein. Himmel, er war schon steif, wenn er nur daran dachte.

Er war in das erste Paar Jogginghosen und Turnschuhe geschlüpft, das ihm in die Hände gefallen war, und hatte das Haus verlassen. In der Nachtluft fiel ihm das Atmen leichter.

War es normal, so für jemanden zu empfinden, den man gerade erst kennengelernt hatte? Er hatte Geschichten von Leuten gehört, die vom ersten Moment an *wussten*, dass dieser eine Mensch für sie bestimmt war. Wie seine Mum ihm in Erinnerung gerufen hatte, gehörten seine Eltern dazu. Eine Stimme tief in seinem Kopf sagte ihm, dass es nicht so einfach sein konnte, nicht nach Alice.

Scott machte sich auf den Weg und war sich dabei nur vage bewusst, dass seine Füße ihn direkt den Pfad in Richtung der nördlichen Wiese entlangtrugen.

Alice und Dina waren nicht einmal annähernd vergleichbar. Mit Dina fühlte sich alles so … mühelos an. Es war so leicht, sie zu mögen, und er vermutete, dass es noch leichter wäre, sie zu lieben. Es würde sich so natürlich anfühlen wie Atmen. Vielleicht tat es das bereits.

Scott stolperte, als ein Ast aus dem Nichts seinen Knöchel einfing, und er landete direkt in einem dornigen Busch. *Großartig*, dachte er, als er sich wieder aufrappelte. Seine Arme hatten ein paar Kratzer abbekommen, und die Jogginghose war voller Erde. Plötzlich war er froh, dass niemand ihn fallen gesehen hatte. Aber wo war dieser Ast so plötzlich hergekommen? Er war wohl so damit beschäftigt gewesen, für

Dina zu schwärmen, dass er nicht aufgepasst hatte, wo er hinlief.

Noch voller Adrenalin von dem Sturz setzte Scott seinen Weg den mit Fliegenpilzen gesäumten, gewundenen Pfad entlang fort. Er wurde Dinas Bild vor seinem inneren Auge nicht los. Sie hatte ihn verhext und dafür nicht einmal ihre Magie einsetzen müssen.

Scott versuchte, an etwas anderes zu denken, aber das war schwer, wenn sein Blut sich gerade auf die Region in seinem Schwanz konzentrierte. Er brauchte die Luft, brauchte die Bewegung. Alles war besser, als sich im Bett herumzuwälzen.

Scott hörte ein Rascheln im Wald zu seiner Linken. Im gleichen Moment stand die Luft um ihn herum still. Kein Geräusch war zu hören, nicht einmal das Säuseln des Windes im Blätterdach über ihm.

»Hallo?«, rief er. Vermutlich war es nur ein Hase. Oder ein Reh.

Der Wald erhob sich dunkel und bedrohlich zu allen Seiten, und plötzlich wurde ihm bewusst, wie weit er sich vom Cottage entfernt hatte. Es gab keine Wegweiser in diesem Wald, und selbst wenn, wären sie längst von Moos und Ranken überwuchert.

Ein weiteres Knacken in den Schatten zwischen den Bäumen. Bewegte sich dort eine dunkle Gestalt, oder war es nur seine Einbildung? Ein schrecklicher Gedanke drängte sich Scott auf. Wenn Dina magische

Kräfte hatte und es Hexen wirklich gab, was existierte dann sonst noch? Welche anderen Dinge aus Mythen und Märchen nannten diese Wälder ihr Zuhause?

Und warum hatte er das unerklärliche Gefühl, dass dieses Ding, was immer es war, ihm schaden wollte?

Scott spürte eine warme Hand am Rücken, und ein Schauer ging durch seinen Körper.

»Was machst du hier draußen?«, fragte Dina hinter ihm. Sie ließ einen Finger die Muskeln seines Arms hinunterwandern, ehe sie ihre Hand in seine schob. Wärme durchströmte ihn.

Scott blickte zurück zu den Bäumen, aber was immer er dort gesehen hatte, war bei Dinas Berührung verschwunden. Vermutlich litt er einfach unter Schlafmangel, und dieses unbändige Verlangen verwirrte ihn.

»Ich vertrete mir nur die Füße. Musste den Kopf freibekommen«, antwortete er heiser und sah ihr ins Gesicht. Er wusste instinktiv, dass es vorbei mit ihm wäre, wenn er an ihr herabblickte.

»Hattest du etwas Bestimmtes im Kopf, das du loswerden musst?«, fragte sie unschuldig.

Er hielt es nicht länger aus. Er ließ den Blick nach unten wandern, und verdammt, da war sie, splitterfasernackt. Sein Gehirn erlitt einen Kurzschluss. Es war zu viel. Mondlicht tanzte auf ihrer honigfarbenen Haut.

»Fuck, Dina. Schau dich nur an.« Scotts Stimme war

heiser. Sie starrte ihn mit glühenden Augen an. Sie war perfekt, verdammt, so perfekt. Genau, wie er es sich vorgestellt hatte – nein, besser, als er es sich vorgestellt hatte.

Der Schwung ihrer Hüften, der weiche Bauch und die Rundung ihrer Brüste, genauso wie ihre Brustwarzen, die sich verhärtet hatten. Für ihn. Sein Blick wanderte hungrig ihren Körper hinunter und landete an der Innenseite ihrer Schenkel. Wenn er sie dort küssen würde, wäre sie feucht für ihn?

Ihr Gesicht war purer Hunger, pure Lust. Er musste sie haben.

Scott zog sie an sich, fuhr mit den Fingern durch ihr Haar, die Rundung ihrer Schultern hinunter und zurück. Sie ließ sich mit einem Stöhnen gegen ihn fallen, schlang die Arme um seinen Hals, und dann war alles Hitze.

Scott legte die Hand an ihr Kinn und kam ihr entgegen. Die erste Berührung ihrer Lippen durchzuckte ihn wie ein Stromschlag. Wenn er sich nicht beherrschte, würde er über sie herfallen. Seine Hände fanden ihren Hintern, und er war so rund, so voll.

»Himmel, Dina«, flüsterte er an ihren Lippen, »du riechst nach Feuer.« Ihre Lippen öffneten sich für ihn, und sie war ganz Süße und Wärme und herrlicher Hunger. Seine Zunge schnellte gegen ihre, und sie murmelte in seinen Mund, drückte ihre Brüste gegen seinen Oberkörper, fuhr mit den Nägeln über seinen Rücken.

»Ich brauche dich«, flüsterte sie, und Scott hatte nie in seinem Leben etwas Besseres gehört.

Seine Lippen fanden ihren Hals und zeichneten eine Spur bis hinunter zu der weichen Stelle zwischen ihren Brüsten. Keine Gedanken, nur Verlangen. Sein Mund fand ihre Brust, und als Scotts Zunge gegen die verhärtete Knospe ihres Nippels schnellte, stöhnte Dina, warf den Kopf in den Nacken und wölbte sich ihm entgegen.

»Gefällt dir das?«, fragte er und weigerte sich, dabei ihre Brust aus seinem Mund zu entlassen.

»Mmmm.« Dina fuhr mit den Händen über seinen Oberkörper und grub die Finger in sein Brusthaar. Beanspruchte ihn für sich. Und fuck, er wollte ihr gehören. Die gleichen Finger fuhren das tiefe V an seinem Bauch nach, stahlen sich unter den Bund der Jogginghose. Er war so hart, dass er glaubte, gleich platzen zu müssen. Wenn sie jetzt seinen Schwanz berührte, würde er vermutlich noch hier und jetzt kommen.

»Ich muss hören, wie du es sagst, Dina. Sag es mir.«

»Ich brauche dich, bitte, *Scott.*« Die Art, wie sie seinen Namen aussprach – er war verloren. Scott hob sie hoch, und sie schlang die Beine um ihn. Er wollte seine Finger in sie gleiten lassen. Wollte vor ihr knien und diese schöne Pussy mit seinem Mund liebkosen. Wenn sie auch nur annähernd so schmeckte, wie sie roch, würde Scott den Verstand verlieren.

»Ich brauche dich, aber nicht hier.« Sie blickte zu ihm auf, ein Funkeln in den Augen. Und dann begann Dina zu rennen, zwischen den Bäumen hindurch, zurück ins Cottage.

Himmel, wie sie sich dabei bewegte. Er konnte nicht mehr. Er würde sie dazu bringen, dass sie seinen Namen wieder und wieder schrie.

Sie zwang ihn dazu, sie zu jagen, und er war mehr als bereit, das zu tun. Scott setzte sich in Bewegung, verfolgte Dina durch das Labyrinth der Bäume und auf den Pfad zu ihrem Cottage.

Dina ließ sich mit heftig hebender und senkender Brust gegen die Tür fallen.

Wortlos zog Scott sie in seine Arme, seine Lippen trafen ihre, und er trat die Haustür hinter ihnen zu. Sie gehörte ihm.

Kapitel 20

Mehr als alles andere wollte Dina Scott in sich spüren. Es war mehr als nur Verlangen. Sie brauchte ihn, seinen Körper … alles.

Von dem Moment an, als sie ihn im Wald gesehen hatte, im Mondlicht, das Schatten in die Vertiefungen seiner Rückenmuskulatur warf, die Tätowierungen, die sich seine Arme hinaufschlängelten, die geometrischen Muster und Linien, die sich über seine Brust und seinen Rücken zogen, war sie verloren gewesen.

Als er sie angesehen und entdeckt hatte, dass sie nackt war, waren seine Augen mit einem Mal nur noch Dunkelheit und Verlangen gewesen. Ihr Geschlecht hatte für ihn gepocht, sich danach gesehnt, dass er sie berührte. Und dann tat er es. Sie stöhnte auf. Es fühlte sich an, als wären sie füreinander geschaffen.

Und jetzt waren sie hier. Er versetzte der Haustür einen Tritt und sah sie an. Gier blitzte in seinem Gesicht auf, als er sie mit den Augen verschlang. Seine Erektion drückte hart gegen die Baumwolle seiner Jogginghose.

Dina hatte keine Kontrolle. Sie drängte sich in Scotts Umarmung, ihre Münder ungestüm zusammengepresst sanken sie auf das Sofa, ein Durcheinander aus verschlungenen Gliedern und Stöhnen.

Scotts Mund wanderte ihren Körper hinunter, er saugte heftig an ihren Brüsten. Seine Hände packten ihre Hüften und schoben sie weiter das Sofa hinunter, zwangen ihre Beine auseinander. Sein Mund wanderte hungrig ihren Innenschenkel hinauf, und er presste grobe, knappe Küsse auf ihre Haut, die gerade so nicht ihr Zentrum erreichten. Er neckte sie, zwang sie zu warten. Brachte sie zum Betteln. Sie brauchte mehr.

»Bitte, fass mich an.« Sie hatte nie in ihrem Leben um irgendetwas gebettelt. Nicht um Berührungen, nicht um Sex. Und definitiv niemals um Oralsex. Aber wenn Scott nicht sofort seinen verdammten sexy Mund auf ihre Klitoris presste, dann würde sie das Zeitliche segnen.

»Ich werde dich nicht nur anfassen, Süße«, sagte Scott, und als er zu ihr aufblickte, wurde seine Stimme noch tiefer. »Du wirst an meinem Mund kommen, bis ich dir sage, dass es genug ist. Nur wenn du ›rot‹ sagst, höre ich sofort auf, verstanden?«

Sie nickte. Er war besitzergreifend. Sie hatte nicht gewusst, dass sie genau das wollte, aber verdammt, jetzt wusste sie es.

Sein Bart war rau, als er sich mit dem Gesicht zwischen ihre Beine drängte, und es war unerträglich und herrlich zugleich.

Scotts Zunge schnellte gegen ihre Klitoris und jagte ein Schaudern durch sie hindurch. Bevor Dina zu Atem kommen konnte, teilte seine Zunge die feuchten Falten ihrer Pussy und stieß hinein. Seine Lippen waren überall, saugten, als wollte er sie ganz und gar schmecken. Dina hakte die Beine um seine Schultern.

»Du schmeckst so gut«, stöhnte er.

Verdammt, dieser Mann wusste genau, was er tat. Sie öffnete sich für ihn, und Scott ließ einen Finger in ihre samtige Hitze gleiten.

Sie stöhnte, kam ihm mit den Hüften entgegen. Er vögelte sie nur noch härter mit seinen Fingern, krümmte die Hand, damit sie sich an ihm wiegen konnte.

»Gutes Mädchen, genau so«, flüsterte er, und sie spürte die Hitze seines Atems.

Bei der Kombination aus dem Druck seiner Zunge und Lippen, dem leichten Kratzen seines Barts und schließlich seinen Fingern, spürte Dina die ersten Ausläufer eines Orgasmus.

»Kann ich dich dort berühren?«, fragte er und begegnete ihrem Blick über die Rundung ihres Bauchs hinweg. Sie spürte eine sanfte Berührung, etwas weiter hinten am Rand ihres Pos. Wie konnte er das wissen? Dina hatte das nie jemandem gesagt – was sie sich wünschte, wo sie berührt werden wollte. Wie konnte er das wissen?

»*Bitte*«, flehte sie. Das musste sie Scott nicht zweimal sagen. Dieses Mal stieß er drei Finger in sie, zwei vorne und einen, der sie hinten reizte. Seine Zunge leckte, umkreiste ihre Klitoris. Immer mehr und mehr.

»Du bist so perfekt … fuck, Scott, dort, ja, genau dort …«

Der Orgasmus raste durch Dina hindurch, eine ekstatische Welle, die tief in ihr begann und über ihren ganzen Körper hinwegspülte. Und genau in diesem Moment stieß Scott seine Zunge tief in sie und nahm alles in sich auf.

Ihr Körper war Wackelpudding, ihre Glieder schwer und empfindlich und wundervoll warm zugleich. Scotts Bart war ganz nass – *von ihr*. Es hätte sie nicht so erregen sollen, sich selbst überall an ihm zu sehen, aber das tat es.

Scott stöhnte und legte die Hand auf seinen Schwanz, als könnte er es keine weitere Sekunde mehr aushalten. Nein, so nicht.

»Dina«, stöhnte er, als sie vom Sofa kletterte, ihn nach hinten stieß und sich zwischen seine Beine schob, damit sie seine Erektion ganz aus der Nähe betrachten konnte. Da war einfach nur … so viel davon. Dicke, hervortretende Venen und dunkles Haar an der Basis. Allein bei dem Anblick wurde sie wieder feucht. Es war eine Weile her, seit Dina einen Schwanz im Mund gehabt hatte, aber jetzt sehnte sie sich danach.

Zuvor hatte sie dieses Bedürfnis nie gespürt, es eher getan, weil sie das Gefühl hatte, einen Gefallen erwidern zu müssen. Aber jetzt wollte sie es unbedingt. Nein, sie *brauchte* es – um Scott glücklich zu machen. Sie wollte für ihn knien. Sie wollte ihm geben, was er ihr gegeben hatte.

»Dina, *fuck*«, stöhnte Scott, als sie ihn in den Mund nahm. Sie blickte zu ihm auf, als sie seine Spitze neckte, salzig und heiß und pulsierend. Ihr gefiel, dass er sie dabei beobachtete. Dina presste die Zunge gegen den flachen Teil seines Schafts und pumpte unten mit der Hand auf und ab. Zwischendurch wanderte sie nach unten und saugte an seinen Hoden, worauf Scott aufstöhnte und ihr das Haar aus dem Gesicht strich.

»Ich will dich sehen. Schaffst du alles von mir?«, fragte er, seine Stimme tief und rau.

Dina antwortete nicht, stattdessen nahm sie sein hartes Geschlecht in den Mund und saugte es immer tiefer und tiefer hinein. Dabei spürte sie, wie er pulsierte und anschwoll.

»Gutes Mädchen, nimm alles davon«, zischte er und kam ihr mit den Hüften entgegen.

Scott packte ihr Haar mit der Faust, als ihre Zunge über seine Spitze glitt.

»Wo soll ich kommen, Baby?«, presste er hervor. »Sag es mir.«

Dina blickte zu ihm auf, und Verlangen brannte in ihr.

»Ich will dich schmecken.«

Sie legte beide Hände um Scotts Schwanz, während ihre Lippen sich fest um ihn schlossen und die Venen unter seiner Haut hervortraten.

»Dina. Dina. Verdammt …« Mit einem harten Stoß, bei dem Dina Sterne sah, kam Scott. Seine Wärme breitete sich in ihrem Mund aus. Aber sie hörte nicht auf. Sie packte ihn, saugte mit ihrer Zunge, trank ihn, bis nichts mehr übrig war.

Scott zog sie nach oben in seinen Schoß, und obwohl er bereits gekommen war, war er immer noch hart für sie.

Scott feuchtete einen Finger mit seinem Speichel an und reinigte Dinas Mundwinkel mit einer Zärtlichkeit, die sie nicht erwartet hatte. Tief in ihrer Brust schwoll etwas an.

»Ich habe deine Haare ruiniert«, sagte er, obwohl es nicht entschuldigend klang.

»Ich habe deinen Bart ruiniert«, antwortete sie und freute sich über sein Grinsen.

Würde sie je genug von diesem Mann bekommen?

Scott ließ seine rauen Fingerspitzen über ihre Schultern gleiten und verursachte ihr eine Gänsehaut. Sie war sich überaus bewusst darüber, dass sie nackt war, ihre Schenkel zu beiden Seiten seines Körpers, ihre Pussy nur wenige Zentimeter vor seinem Schwanz. Sie würde lediglich die Hüften heben und leicht nach vorne kippen müssen, um ihn tief in sich zu spüren.

Sie hatte immer gewusst, dass sie eher zu einer devoten Rolle neigte, doch sie hatte sich noch nie so in diese Rolle fallen lassen können wie heute Nacht. Es war, als hätte Scott jede einzelne ihrer Fantasien gelesen und sie Wirklichkeit werden lassen. Sie konnte ihm die Führung überlassen, ohne sich Gedanken machen zu müssen.

Und sie wollte nichts mehr, als sich von ihm hart bis zur Besinnungslosigkeit vögeln zu lassen.

»O nein, ich kenne diesen Blick.« Scott zog sie zu einem Kuss nach unten und nagte leicht an ihrer Unterlippe. »Du willst, dass ich deine hübsche Pussy ficke, nicht wahr?«

»Das stimmt.«

»Aber nicht heute Nacht. Ich werde mir Zeit mit dir lassen, Dina Whitlock. Ich werde dich so hart ficken, dass alles, was du noch herausbringst, mein Name ist.«

Vorfreude pulsierte durch sie hindurch.

»Aber … ich will …«

Er liebkoste ihre steifen Brustwarzen mit seinen Daumen.

»Ich weiß. Ich auch. Aber nicht heute. Morgen steht

eine Hochzeit an, erinnerst du dich?« Scott lächelte verschmitzt, als er sie in seine Arme hob, aufstand und ihren Hintern knetete, während er sie trug. Sie spürte, wie ihre Glieder sich lockerten. Jetzt, da sie darüber nachdachte, war es wirklich ein langer Tag gewesen, und sie war erschöpft.

Seine Brust war so warm, und sie hatte das Gefühl, dass sie das Kinn in seine Halsbeuge schmiegen und für immer Scotts Duft einatmen könnte. Er trug sie durch das Cottage zu seinem Zimmer.

»Mein Bett ist da drüben«, flüsterte Dina schläfrig, als Scott die Tür zu seinem Zimmer aufstieß und die Decke zurückschlug.

»Nicht mehr. Du schläfst bei mir, okay?«

»Ja, okay.«

Scott legte sie in sein Bett, und sie schauderte an den kühlen Laken. Aber nur für einen Moment, denn dann war Scott bei ihr, und sie spürte seine Wärme an ihrem Rücken. Sein Brusthaar strich über ihre Haut. Sie fühlte sich geborgen, sie war zu Hause. Ein einzelner Kuss in ihrem Nacken. Dina schmiegte sich an Scott und ließ sich in den Schlaf gleiten.

Kapitel 21

Dina wachte in einem Bett auf, dessen Laken nach Zedern und frischer Seife rochen. Scotts Duft. Ein sonniger Lichtschleier lag über den Bäumen vor den Fenstern und tauchte das Blattwerk der immergrünen Pflanzen in alle möglichen Smaragd-Schattierungen. All die Dinge, die er letzte Nacht zu ihr gesagt hatte. Dass er sich Zeit mit ihr lassen wollte. O Göttin, das allein löste schon ein aufgeregtes Kribbeln in ihr aus.

Nur dass sie nicht in seinen Armen lag und seine Seite des Bettes kalt war. Dina rollte sich herum. Ein dumpfes Gefühl machte sich in ihrer Magengrube breit. Das war ihr schon einmal passiert. Sie verbrachte die Nacht mit jemandem, ihre Gefühle gewannen die Oberhand, und am Morgen war die Person dann verschwunden.

Wann hatte sie das letzte Mal so für jemanden empfunden, und vor allem für einen Mann? Sie wünschte, sie könnte den ganzen Tag in diesem Bett liegen, das nach Scott roch, und nicht darüber nachdenken, warum er nicht hier bei ihr war.

Es war so friedlich, die Laken waren weich und warm, vielleicht könnte sie einfach noch ein wenig länger die Augen …

FUCK!

Die Hochzeit! Die verdammte Hochzeit! Immy würde sie umbringen! Noch schlimmer: Immy würde sie hängen, schleifen, vierteilen und sie dann auf einem Silbertablett mit der Aufschrift »Mieseste Trauzeugin der Welt« servieren. Dina schwang sich aus dem Bett, stürmte zur Tür und wäre beinahe gegen Scott geknallt, der mit freiem Oberkörper und einer dampfenden Tasse Kaffee in jeder Hand zurückkam.

»Hoppla«, lachte er. »Wo willst du denn so schnell hin?«

»Wie spät ist es?«, quiekte sie. »Wir sind erledigt.«

»Dina, alles gut. Es ist halb acht. Du hast einfach nur den Wecker verschlafen. Wir haben noch gute zwei Stunden, um uns fertig zu machen.«

»Es ist halb acht … ich habe den Wecker verschlafen? Das habe ich noch nie.« Dina erstarrte. Was hatte dieser Mann in der vergangenen Nacht mit ihr angestellt, um sie in jemanden zu verwandeln, der schlief wie ein Baby?

»Nun, es war ziemlich spät gestern«, sagte Scott, dem es kaum gelang, nicht extrem selbstzufrieden auszusehen.

Es war gut, dass er so attraktiv war, sonst hätte eine

Dina auf Kaffeeentzug möglicherweise das Bedürfnis verspürt, ihm die Arroganz aus dem Gesicht zu wischen. Warum war ihr die kleine Narbe gleich über seiner rechten Augenbraue nie aufgefallen? O verdammt, sie starrte ihn an!

»Bitte, sag, dass eine davon meine ist«, sagte sie, den Blick auf die dampfenden Tassen in seinen Händen gerichtet.

»Kurze Antwort: Ja. Aber ich war mir nicht sicher, wie du deinen Kaffee magst, und du siehst so niedlich aus, wenn du schläfst – du schnarchst, nur mal so nebenbei …«

»Ich schnarche nicht.«

»Klar. Nun, du hast geschlafen, und ich wollte dich nicht wecken, um zu fragen, also habe ich ein paar Alternativen für dich.« Scott zuckte die Achseln und reichte Dina eine Tasse. »Der hier ist einfach nur schwarz, und in der Küche warten ein Latte macchiato und ein Cappuccino auf dich.«

Sie könnte sich daran gewöhnen, so verwöhnt zu werden. Wortlos stellte Dina die Tasse mit schwarzem Kaffee – ihre bevorzugte Art, Kaffee früh am Morgen zu trinken – zur Seite und schlang die Arme um seinen Hals, wobei sie sich ihm entgegenlehnte, um ihren Mund auf seine Lippen zu drücken.

Scott gab ein überraschtes, aber durchaus erfreutes Stöhnen von sich, als sie ihn küsste, und beeilte sich, seine eigene Tasse abzustellen, damit er Dina in die Arme schließen konnte. Als gehörte sie genau dort hin.

Der Kuss war anders als all die anderen in der letzten Nacht. Er war langsamer, tiefer. Beide ließen sich Zeit, machten sich mit der Berührung der Lippen des jeweils anderen vertraut, während ihr Atem sich vermischte.

Scott löste sich und zog eine Spur aus Küssen Dinas Wange, Kiefer und Hals entlang, was ein Schaudern in ihr auslöste, das bis in ihre Zehenspitzen rann. Der Kuss war liebevoll und zärtlich, und er ließ ihr Herz in einer Geschwindigkeit schlagen, die es sonst nur bei einem besonders harten Work-out im Fitnessstudio erreichte.

»Du riechst nach Schokolade«, murmelte Scott an der Kuhle ihres Schlüsselbeins. »Ist das Magie?«

Dina stieß ein glückliches Lachen aus. Dieser Mann … dieser Mann würde sie noch umbringen, so verdammt süß war er.

»Keine Magie. Nur Kakaobutter. Aber wir sollten vermutlich über die Magie reden.« Sie lehnte sich zurück, doch Scott hielt sie weiter fest in den Armen und strich langsam über ihren Rücken.

»Okay, wir können darüber reden.« Er packte ihren Po und hob sie hoch. Ohne nachzudenken, schlang Dina die Beine um ihn.

»Scott, ich sagte, wir müssen über die Magie reden!« Sie lachte, als er sie ins Wohnzimmer trug.

»Das werden wir, ich wollte nur, dass du es bequemer hast«, antwortete Scott und platzierte Dina auf einem Haufen Kissen auf dem Sofa.

»Und dafür musstest du mich tragen?«, rief sie ihm hinterher, als er ging, um ihre Tassen zu holen.

Scott reichte ihr den Kaffee, und ihr fiel auf, dass seine Hände so groß waren, dass sie um die ganze Tasse greifen konnten. Unweigerlich musste sie daran denken, was diese Hände sonst noch alles anstellten …

»Ja«, antwortete er auf ihre Frage. »Ich … ich kann einfach nicht aufhören, dich anzufassen, Dina. Ich will auch nicht. Ich wollte dich schon berühren, seit, nun, seit wir uns das erste Mal begegnet sind.«

»Seit wir uns begegnet sind? Ich habe mich damals im Café nicht gerade von meiner besten Seite gezeigt«, sagte sie.

»Nun, ich auch nicht, und trotzdem ist mir sofort aufgefallen, wie schön du bist.«

Dina spürte, wie ihr die Hitze in die Wangen stieg. Verlegen schob sie sich eine ihrer Locken hinters Ohr.

»Die Magie«, sagte sie ganz sachlich.

»Ah genau. Kommt jetzt irgendeine großartige Enthüllung wie in *Twilight*, und ich muss raten, was du bist? Ich kann auch diese Klammeräffchen-Nummer machen, wenn du darauf stehst«, grinste Scott.

»Sorry, aber willst du damit sagen, dass du *Twilight* gesehen hast?«

»Ich habe zwei Mums, natürlich habe ich *Twilight* gesehen.«

»Ich bin beeindruckt. Aber nein, ich will dich nicht raten lassen. Ich denke, es ist auch ziemlich offensichtlich. Ich bin eine Hexe.« Dina atmete aus. Einfach nur das Wort in Scotts Gegenwart auszusprechen, fühlte sich an, als wäre ein Gewicht von ihr genommen worden.

Er wusste es jetzt, er kannte das Geheimnis, das sie nur mit ganz wenigen Auserwählten teilte. Vielleicht redete sie sich auch nur etwas ein, und er würde im nächsten Moment die Flucht ergreifen. Auf der anderen Seite hatte sie ihm bereits ihren Mondlicht-Zauber gezeigt, und er war noch da.

»Ich weiß, dass du eine Hexe bist, Dina«, sagte Scott, und seine Stimme war tief und weich. Sie sah auf und in seine Augen. Sein Blick war warm, einladend. Er stieß sie nicht von sich. »Und ich hoffe, dass du weißt, dass ich dein Geheimnis bewahren werde. Ich finde es toll, dass du magische Kräfte hast, und ich fühle mich geehrt, dass du mir genug vertraust und mir davon erzählt hast.«

Sie drückte seine Hand, und er stieß ein Zischen aus. Dina blickte hinunter und entdeckte eine feuerrote Verbrennung auf Scotts Handrücken.

»Was ist passiert?«, fragte sie.

»Nichts. Ich habe mich nur heute Morgen aus Versehen am Teekessel verbrannt.«

»Das sieht aber heftig aus. Hier, lass mich …« Sie legte beide Hände auf die Verbrennung und murmelte einen kleinen Zauberspruch in Darija. Kurz glühte ein warmes Licht auf Scotts Haut, und sie hörte ihn seufzen. Als sie die Hände hob, war die Verbrennung zu einer silbernen Narbe verheilt.

Es war nur eine Verbrennung, sagte sie sich. Das konnte nicht der Fluch sein. Noch nicht. Es war zu früh.

»Du wunderschöne Hexe«, raunte Scott und zog sie in seinen Schoß. Dina legte die Beine um seine Taille und war sich mit einem Mal sehr bewusst, dass sie nichts als ein Unterhemd und einen Slip trug.

Scotts Hände strichen ihre Arme hinunter und sandten Schauer über ihren Rücken – und noch tiefer hinab. Ihre Brustwarzen verhärteten sich zu Spitzen, Erregung loderte in ihr auf.

»*Wie* soll ich mich bitte fertig machen, wenn du hier sitzt und so aussiehst?«, sagte er mit rauer Stimme und dunklen Augen. Sein Daumen strich über ihren Nippel unter dem Top, und sie stöhnte leise.

Scott zog den Stoff nach unten, und seine Lippen fanden ihre Brust. Seine warme Zunge liebkoste ihren Nippel, ehe er ganz zart zubiss. Verlangen zuckte wie Schockwellen durch Dina hindurch, und sie wölbte sich ihm entgegen.

Er strich mit der Hand über ihren Slip.

»Wie feucht du schon für mich bist«, murmelte er.

Der Plan, sich für die Hochzeit fertig zu machen, rückte in weite Ferne, als sie sich enger an Scotts Brust presste und das schnelle Pochen seines Herzens spürte. Er war genauso verrückt nach ihr wie sie nach ihm.

Ihre Finger wanderten spielerisch seine Brust hinunter bis zu der dunklen Linie aus Haar, die in seiner Jogginghose verschwand.

Sein Schwanz war bereits hart, und ihn fest und prall unter seiner Hose zu spüren, ließ ihren Atem schwer werden.

»Dina, ich will dich wieder schmecken«, sagte Scott rau und vergrub das Gesicht zwischen ihren Brüsten, während seine Finger an ihrer Unterwäsche zupften.

»Okay«, flüsterte sie. Sie konnte den Slip gar nicht schnell genug loswerden.

Und dann, im absolut schlechtesten Moment, gerade als Scotts Finger über den Eingang ihres geschwollenen Geschlechts strichen, klopfte es dreimal an der Tür. Durch das kleine konvexe Fenster darin war ein Schatten zu sehen, aber Dina konnte nicht erkennen, wer es war.

Scott stöhnte und drückte ihr einen Kuss auf die Schulter, ehe er widerwillig die Finger zurückzog und sie auf ihrem Oberschenkel ruhen ließ. Oh, wie sehr sie ihn wollte.

»Wer ist da?«, rief Scott durch zusammengebissene Zähne.

»Martin. Ich bin hier, um, äh, eine Nachricht zu überbringen. Vom Brautpaar.« Kurz durchflutete Dina Panik, und sie warf einen Blick auf die Uhr über dem Kamin. Aber nein, es war sieben Uhr fünfundvierzig – sie hatte immer noch genug Zeit, bevor sie Immy mit ihrem Kleid helfen musste.

»Was ist die Nachricht?«, fragte Dina. Sie war froh, dass Martin nicht gefragt hatte, ob er hereinkommen durfte – noch war sie nicht bereit, Scotts Schoß zu verlassen. Und so wie er ihren Po hielt, war sie sich ziemlich sicher, dass es ihm ähnlich ging.

»Sie wollten, dass ich Folgendes sage, ich zitiere: ›Denkt dran, dass ihr nicht den ganzen Tag bumsen könnt, es steht eine Hochzeit an.‹«

Dina musste ein Lachen unterdrücken.

»Das war's?«

Martin räusperte sich verlegen. »Ja, das ist alles.«

»Nun, dann danke, dass Sie gekommen sind, Martin. Sagen Sie doch bitte dem Brautpaar, dass sie sich keine Sorgen zu machen brauchen, wir verschieben das Bumsen auf später«, sagte Scott.

»In Ordnung. Gut.« Und dann war Martins Schatten verschwunden, und sie hörten, wie seine Schritte sich entfernten.

Scott wandte sich wieder Dina zu.

»Wer sagt denn bitte ›bumsen‹?« Er lachte schnaubend.

»Immy.«

»Ah, ich hätte es wissen müssen. Sieht aus, als hätten wir unsere Befehle.« Er starrte sehnsüchtig auf ihre Brüste hinunter.

»Hast du das ernst gemeint?«, fragte Dina.

»Was?«

»Dass wir das, ähm, Bumsen auf später verschieben.«

Scott lächelte und kam Dinas Lippen entgegen. Sie genoss, wie warm sein Mund war, wie er schmeckte. Scott drehte ihren Kopf zur Seite und sagte dann dicht an ihrem Ohr: »Oh, glaub mir, verdammt ernst.«

Kapitel 22

»Gib ihn mir, Immy! Zwing mich nicht dazu, einen Schockzauber zu benutzen.«

»Das würdest du nicht wagen.«

»Fordere mich nicht heraus. Gib sofort den Eyeliner her.«

Mit einem dramatischen widerstrebenden Seufzen legte Immy den schwarzen Flüssigliner weg, den sie gerade noch gedroht hatte, an sich selbst zum Einsatz zu bringen. Dina beeilte sich, den Stift aus der Reichweite der Braut zu entfernen, und warf ihn Rosemary zu, die ihn geistesgegenwärtig in einer Schublade verschwinden ließ.

Dina sah ihre Freundin an, die sich gerade traurig in einem dieser beleuchteten Hollywood-Spiegel betrachtete.

»Du bekommst doch jetzt nicht kalte Füße, oder?«, fragte Dina.

»Nein, gar nicht. Es ist nur … das hier fühlt sich einfach nicht nach mir an«, antwortete Immy und wies auf ihr säuberlich konturiertes Make-up mit bronzefarbenen Smokey Eyes und Lippen in einem dunklen Nude-Ton, das eine von Erics Eltern gebuchte Visagistin gerade fertiggestellt hatte.

»Du siehst wunderschön aus«, meldete sich Rosemary, und Immy lächelte schwach.

»Sie hat recht«, bestätigte Dina, »aber wenn du dich nicht wohlfühlst, dann sollten wir das ändern, oder?«

»Es liegt nur so schwer auf meiner Haut, und diese Wimpern fühlen sich an, als wögen sie Tonnen.« Immy sah Dina vielsagend an. »Gibt es etwas, das *du* daran ändern könntest?«

Zauber, die sich auf Farbe und Make-up auswirkten, waren nicht gerade Dinas Stärke, Backwaren lagen ihr mehr. Zum Glück gab es jedoch jemanden ganz in der Nähe, der ein Händchen dafür hatte.

Dina tippte dreimal auf einen der Anhänger um ihren Hals. *Mama, kannst du bitte in die Hochzeitssuite kommen, wir brauchen deine Hilfe.*

Dina spürte, wie ihre Gedanken durch den Anhänger flossen, der sich jetzt warm anfühlte. Einen Augenblick später hallte der Schatten einer Stimme durch ihre Gedanken. *Bin unterwegs.*

Nour eilte mit wiegenden Hüften in die Hochzeitssuite. Sie trug eine mitternachtsblaue Takshita mit wallenden Seidenärmeln und Stickereien, die goldene Halbmonde zeigten.

»Wow, Nour, ich glaube nicht, dass du je mehr wie eine Hexe ausgesehen hast«, rief Immy.

Nour lachte. »Dann ist es ja gut, dass ich hier bin, um zu zeigen, was ich draufhabe.« Mit entschlossenen Schritten kam sie auf Immy zu.

»Oh, Habiba, was haben sie denn mit dir gemacht!«, rief sie missbilligend und quetschte Immys Gesicht zwischen ihren Händen.

»Kannst du es in Ordnung bringen, Mama?«, fragte Dina.

»Mmm. Zum Glück bin ich vorbereitet.« Nour griff in eine verborgene Tasche tief in den Falten ihrer Takshita. Sie holte ein kleines Briefchen heraus, das stark nach Safran und Muskat roch. Und Magie – ein Duft, den Dina nur schwer beschreiben konnte. Wie die Luft vor einem Sommersturm, die Gänsehaut, die einen überkommt, wenn man ein wunderschönes Musikstück hört, vermischt mit dem Gefühl, wenn man zum ersten Schnee des Winters aufwacht.

»Was ist das?«, wollte Immy wissen.

»Eine kleine Mischung, die ich selbst benutze, aber sei nicht leichtsinnig damit. Du musst dich konzentrieren, Immy. Ich zähle bis drei, und dann blase ich dir dieses Pulver ins Gesicht.«

»Okay«, sagte Immy, klang jedoch unsicher.

»Und wenn ich das tue, dann will ich, dass du dir genau vorstellst, wie du an deinem Hochzeitstag aussehen möchtest. Wie das Make-up sein soll, aber noch viel wichtiger, wie du dich innerlich fühlen willst. All die Freude, all die Aufregung. Lass die Augen zu. Verstanden?«

»Ich glaube schon«, antwortete Immy. Sie warf Dina einen hilfesuchenden Blick zu, und Dina lächelte beruhigend.

»Okay, bis drei. Dina, geh einen Schritt zurück, damit du es nicht abbekommst.«

Dina gehorchte. Der Zauber war nicht für sie bestimmt, sie wollte das Ergebnis der Magie nicht unbeabsichtigt beeinflussen, weil sie zu nah stand.

Bei drei faltete Nour das Briefchen auf und blies das goldene Pulver in Immys Gesicht. Sie war eingehüllt in eine funkelnde Wolke aus tiefem Gold und Bernstein, bis das Pulver sich in Luft auflöste, als hätte es nie existiert.

Nicht einmal ein Staubkorn auf den Möbeln.

»Immy, du siehst Wahnsinn aus!«, quiekte Dina, als Immy sich umdrehte, um sich im Spiegel anzusehen. Sauber geschwungene Eyeliner-Linien verliehen ihr den Cat-Eye-Effekt, und ihre Lippen waren leuchtend rot. Immy konnte nicht anders, sie strahlte. Sie sprang auf, warf die Arme um Nour und zog Dina gleich mit in die Umarmung.

»Was würde ich nur ohne euch beide tun?«

Nour trat einen Schritt zurück und besah sich das

Make-up anerkennend. »Sehr gut. Sehr gut. Jetzt darfst du nur nicht zu lange feiern, denn das hier wird um Punkt drei Uhr dreißig aus deinem Gesicht verschwinden.«

»Warum drei Uhr dreißig?«

»Regeln sind Regeln.« Nour nahm Immys Hand. »Immy, ich bin so stolz auf dich. Du siehst wunderschön aus.«

»Dank dir«, antwortete Immy. »Bring mich jetzt nicht zum Weinen, wo du doch gerade erst mein Make-up in Ordnung gebracht hast!«, heulte sie und tupfte sich die Augen mit einem Kosmetiktuch.

»Gut, gut. Ich bin nur eine emotionale alte Lady. Du kannst allerdings weinen, so viel du willst. Das hier hält bombenfest.« Als sie schon in der Tür stand, blickte sie sich noch einmal zu ihnen um. »Meine Mädchen«, sagte Nour und lächelte. »Alle erwachsen und bald verheiratet.«

Dina stieß ein Lachen aus. »Nur Immy heiratet, Mama.«

Nour schenkte ihrer Tochter ein wissendes Lächeln. »Zweifle nicht an der Intuition einer Hexe, Dina. Sie lügt nie.« Und mit diesen Worten schlenderte Nour aus dem Raum.

»Eine ganze Hexenfamilie«, sagte Rosemary. »Denkst du, du lässt mich je darüber schreiben?« Sie sah Dina hoffnungsvoll an.

»Tut mir leid, aber meine Lebensgeschichte habe ich bereits an Immy verkauft«, sagte sie.

»Ja, und ich habe die Exklusivrechte!«, kicherte die Braut hämisch. »Okay, ihr beide, helft mir in mein Kleid.«

Immys Kleid war atemberaubend. Dina erinnerte sich an die Beschreibung ihres Traumkleids: ein tiefer Ausschnitt und lange Ärmel, die an den Unterarmen weiter wurden. Es hätte Morticia Addams' Hochzeitskleid sein können, hätte sie je Weiß getragen.

»Ich glaube, ich fange gleich an zu weinen«, seufzte Dina, als sie Immys Schleier zurechtzupfte.

»Das lässt du mal besser sein, sonst weine ich auch. Und dann fange ich an zu schwitzen und bin völlig fertig, bevor wir überhaupt unten sind«, schniefte Immy. Dina reichte ihrer Freundin den Strauß aus Sonnenblumen.

»Eric hat so ein verdammtes Glück«, sagte Rosemary.

Immy betrachtete sich im großen Spiegel, frische Blumen steckten in ihrem blonden Haar.

»Ja, hat er.«

Dina ging das Herz auf, als sie das Selbstbewusstsein in Immys Stimme hörte. Das war nicht immer so gewesen. Sie erinnerte sich noch an spätnächtliche Telefonate voller Tränen, nachdem andere Männer ihr das Herz gebrochen hatten.

Und jedem gebrochenen Herzen hatte Dina einen klitzekleinen Fluch folgen lassen, der die betreffende Person am nächsten Tag in Hundekacke treten ließ. Wenn sie ihre Freundin wie Scheiße behandelten, dann sollten sie sie auch am Schuh kleben haben. Dina war ein großer Fan von ausgleichender – und spitzfindiger – Gerechtigkeit.

»Ich glaube, sie warten auf uns«, rief Rosemary von der Tür.

Dina hob die Augenbraue. »Bereit, zu heiraten?«

»Aber so was von!« Immy lachte und griff nach dem Arm, den Dina ihr anbot. Denn Dina würde heute nicht nur die Rolle der Trauzeugin übernehmen. Sie würde Immy auch zum Altar führen.

Kapitel 23

Der Morgen war viel zu schnell vergangen. Dina hatte ihre Tür mit einem Zauber belegt, der sie erst rausließ, wenn sie sich fertig gemacht hatte und – wie sie selbst sagte – »nicht mehr so wuschig« war. Scott hatte eine Million Fragen dazu, wie ein Zauber ihren »Wuschigkeits-Level« messen und dann logisch verarbeiten sollte, um festzulegen, wann die Tür aufgehen durfte, als wäre es so eine Art magischer Keuschheitsgürtel. Insgeheim freute er sich aber vor allem darüber, dass Dina ihn so sehr wollte, dass sie sich selbst austricksen musste, um rechtzeitig fertig werden zu können. Hoffentlich würde sie nicht für ewig da drin feststecken.

Er hatte nicht die gleichen Mittel zur Verfügung, also hatte er seine beginnende Erektion mit ein paar tiefen Atemzügen und Konzentrationsübungen loswerden müssen. Dina hatte ihm vor ihrem Aufbruch zugerufen, dass sie jetzt gehen und Immy bei ihren Vorbereitungen helfen würde – und wie vereinbart war er widerstrebend in seinem Zimmer geblieben, bis sie weg war. Mit einem Mal kam ihm dieser Türschloss-Zauber gar nicht mehr so dumm vor.

Es hatte ihn unendlich viel Willenskraft gekostet, nicht durch die Tür zu stürmen und Dina in seine Arme zu reißen, um sie über den Küchentresen zu legen und dann das Gesicht in der Hitze ihrer Schenkel zu vergraben, nur um dieses niedliche kleine Geräusch zu hören, das sie tief in ihrer Kehle machte, wenn sie kam. Anschließend hätte er sie auf jeder verfügbaren Oberfläche gevögelt und gegen jede Wand des Cottage. Heute Nacht würde er sie dazu bringen, dass sie auf Knien seinen Namen schrie.

Aber noch blieb er standhaft. Himmel, und wie standhaft er blieb.

Es war der Tag von Erics und Immys Hochzeit. Er musste für seinen besten Freund da sein und Dina für Immy.

Scott fand Eric in seiner Suite, wo er mit Stress-Push-ups beschäftigt war.

»Ich hoffe, das sind keine Kalte-Füße-Push-ups«, lachte Scott, als er die Tür hinter sich schloss.

»Nicht in einer Million Jahre – hast du Immy mal *angesehen*? Ich wäre verrückt«, schnaubte Eric und setzte sich zurück auf seine Knie. Da war immer diese Ungezwungenheit zwischen ihnen. So stellte Scott es sich vor, wie es wäre, einen Bruder zu haben.

»Ich habe hier ein kleines Hochzeitsgeschenk für dich«, sagte Scott und holte sein Handy heraus. Eric hob eine Augenbraue und rückte seine Krawatte gerade.

»Oh?«

»Hier. Schau.« Scott reichte ihm das Handy und sah voller Freude zu, wie Erics Augen beim Anblick des Fotos groß wurden.

»Ist es das, was ich denke? Alter, ist das dein Ernst?« Eric schlang einen Arm um Scott und zog ihn in eine Umarmung. »Ein Boot? Ein verdammtes Boot?«

»Das war längst überfällig. Wie viele Jahre rudern wir jetzt schon in diesem beschissenen kleinen Miet-Zweier?«

»Ah. Ich sehe schon. Eigentlich ist das Geschenk für dich.«

»Für uns beide. Aber da ist noch etwas. Zoom mal hier rein.« Scott wies auf die linke Ecke des Fotos.

»Willst du mich verarschen?«, rief Eric, als er es sah. Scott hatte das neue Boot »Immy« getauft. »Das ist so unfassbar kitschig, aber ich liebe es. Ernsthaft. Scott, vielen Dank«, sagte er.

»Was, denkst du, wird Immy davon halten?«

»Vermutlich wird sie uns als Spießer bezeichnen, weil wir ein Boot nach einer Frau benennen, als wären wir im Mittelalter stecken geblieben, aber ich bin mir sicher, dass sie sich insgeheim trotzdem geehrt fühlt.«

»Vielleicht könntest du sie ja sogar hin und wieder mitnehmen«, schlug Scott vor.

»Ha. Das haben wir einmal versucht. Sie hat mitgezählt, wie oft ich sie mit Wasser angespritzt habe, und dann hat sie sich für die entsprechende Anzahl von Stunden geweigert, mit mir zu sprechen. Meine liebreizende zukünftige Ehefrau hat es nicht so mit nass und kalt.«

»Bald nicht mehr zukünftig«, lächelte Scott. »Bist du bereit?«

Die Doppeltür zum großen Ballsaal von Honeywell House schwang einladend vor ihnen auf. Es war die Art Raum, von dem viele für ihre Hochzeit träumten: weiße Holztäfelung an den Wänden, geschmackvolle Lüster und Fenster, die vom Boden bis zur Decke reichten und den Blick auf grüne Hügel und herbstlich gefärbte Bäume freigaben.

In einer Ecke saß eine Frau an einer Harfe, und die leise Melodie von »At Last« hallte durch den Raum. Ihr Signal, dass sie jetzt damit beginnen konnten, den Gang hinunterzuschreiten.

Von der Decke hingen Laternen in Salbeigrün und zartem Türkis, sachte funkelnd wie Juwelen. Blumensträuße waren an den Stühlen direkt am Mittelgang befestigt: Iris, Glockenblume, Pfingstrose. Alles Immys Lieblingsblumen, von denen manche nicht einmal Saison hatten. Das war eine von Dinas Aufgaben gewesen, die den Einsatz ihrer magischen Expertise erforderte. Immy hatte um bunte Sommerblumen gebeten, und Dina hatte das für sie möglich gemacht.

»Das passiert jetzt wirklich«, flüsterte Immy hinter ihrem Schleier, die Hand auf Dinas Arm. Sie war so froh, dass ihre Freundin sie gebeten hatte, sie zum Altar zu führen.

Dina blickte hinüber zu Immy, doch deren Augen waren auf Eric gerichtet, der am Ende des Ganges stand und dessen rotes Haar im Sonnenlicht, das durch die Fenster in den Raum floss, feurig aufloderte.

Alle Gäste hatten den Blick auf Immy gerichtet, ein breites Lächeln auf den Lippen, Taschentücher in den Händen, mit denen sie sich beim Anblick der schönen Braut die Augen tupften.

Alle außer Scott. Er begegnete Dinas Blick mit einer Intensität, die ihr den Atem raubte. Der ganze Raum verschwand. Die ganze Welt. Da waren nur noch sie beide. Sein Blick hielt ihren, und sie spürte ein Zupfen tief in ihrer Brust. Ein Zupfen, das sie zu ihm zog. Es war nicht nur das Verlangen, ihm nahe zu sein, sondern ihn wirklich zu kennen, jede Marotte, alle Vorlieben und Gewohnheiten. Sie wollte, dass er das Erste war, was sie am Morgen, und das Letzte, was sie am Abend sah. Sie wollte genau wissen, was er im Restaurant bestellen würde, seine Lieblingsfilme, welche Songs er gerne hörte, wenn er den Rest der Welt vergessen wollte.

Dina versuchte, das bedrohliche Gefühl zu unterdrücken, das nach ihr griff. Sie hätte wissen müssen, dass es Ärger bedeutete, und sie wünschte sich so verzweifelt, dass ihm nichts passieren würde. Sie dachte an Alex, den Koch, und die Verbrennungen, die er erlitten hatte, und an Elizas Kopfverletzung. Was würde der Fluch Scott antun, wenn sie ihn jetzt nicht von sich stieß?

Sie konnte nicht leugnen, was sie in seiner Gegenwart empfand. Mit Scott fühlte sie sich vollständiger, sie fühlte sich ganz. Er weckte in ihr den Wunsch, eine bessere Version ihrer selbst zu sein.

Tränen brannten in ihren Augen, und sie wollte, dass Scott kam und sie wegküsste und ihr sagte, dass alles gut werden würde. Vielleicht würde sie dieses Mal einen Weg finden, den Fluch zu brechen. Oder Scott war womöglich doch einer dieser Typen, die sie nur in Bett bekommen wollten und sich dann davonmachten. Aber Dina ahnte, dass das nicht passieren würde.

Sie kämpfte gegen dieses Gefühl an, das so dringend die Oberhand gewinnen wollte, hielt die Tür geschlossen, während es gegen jede Kammer ihres Herzens drängte.

Jeder, der sie sah, würde denken, dass Dina nur vor Freude für ihre Freundin weinte.

Aus dem Augenwinkel erhaschte sie einen kurzen Blick auf ihre Mum und das wissende Lächeln, mit dem sie Dina musterte. Ihre Mutter wusste, dass Dina so gut wie nie weinte, und sie wollte wetten, dass die gerissene Hexe ahnte, warum sie es gerade tat.

Sie erreichten das Ende des Mittelgangs, und Eric lächelte Dina zu, als er Immys Arm von ihr übernahm und seiner Braut auf das Podest half.

Vollkommen taub trat Dina zur Seite und umklammerte den Brautstrauß. Sie wünschte, es gäbe mehr Luft in diesem Raum. Und sie wünschte sich eine Zukunft mit Scott, in der sie zusammen sein konnten, ohne dass der Fluch ihn verletzte. Dina sammelte ihre Hoffnung und presste sie zu einem Korn in ihrem Herzen. Ein kleines, aber schweres Gewicht, das bis in ihren Magen sank, zähflüssig und bitter.

Der Ballsaal war riesig, aber gleichzeitig stickig, und sie richtete ihre Aufmerksamkeit auf ein paar Staubkörner, die im Sonnenlicht schwebten. Stumm zwang sie sich zu einem tiefen Atemzug und dann zu einem weiteren, während die Harfenistin die letzten Noten des Lieds zupfte.

Wenigstens musste sie im Moment nichts anderes tun, als hier zu stehen und zu lächeln. Das würde sie schaffen. Dina setzte ein Lächeln auf und richtete den Blick stur auf Immys tränenüberströmte Wangen.

Gott, wie selbstsüchtig bist du eigentlich, dass du bei der

Hochzeit deiner besten Freundin wegen deines eigenen Liebeslebens weinst?

Der erste Teil der Zeremonie verging wie im Flug. Als Eric sein Treuegelübde sprach, lachte der ganze Raum, und Immys Reaktion bestand aus Lachen vermischt mit Schluchzen. Dann sprach Immy ihr Gelübde beinahe flüsternd, als wären ihre Worte allein für ihn bestimmt.

Der Standesbeamte führte sie dann durch den formelleren Teil der Zeremonie und den Austausch der Ringe. Jetzt war Dina an der Reihe. Sie riss sich aus ihrer Benommenheit und schritt hinüber zum Brautpaar, wo sie sich zwischen den beiden positionierte. Und dann begann sie mit dem Bandritual.

Sie holte drei Bänder hervor, die miteinander verflochten waren, jedes in einer anderen Farbe. Rot stand für Leidenschaft, Gelb für Freude und Grün für Treue. Dina konnte sich kein Paar vorstellen, das besser zusammenpasste, und sie hatte vor Glück gestrahlt, als sie sie gebeten hatten, das Bandritual zu übernehmen.

»Bitte legt eure Hände ineinander, Handfläche auf Handfläche«, verkündete sie, wobei ihre Stimme ein klein wenig zitterte. Sonst hatte sie kein Problem damit, vor Leuten zu sprechen, doch das Gefühlsdurcheinander des Tages forderte seinen Tribut. Sie riskierte einen Blick in Scotts Richtung, und als sein warmes

Lächeln sie einhüllte, fiel ihr das Atmen ein wenig leichter. Ihre Stimme wurde fester.

Dina begann, die geflochtenen Bänder zeremoniell um Immys und Erics verbundene Hände zu wickeln.

»Dies sind die Hände eures besten Freundes, eurer Liebe, eures Partners während all der Prüfungen und Turbulenzen des Lebens, und an diesem Tag habt ihr euch versprochen, euch auf ewig zu lieben und zu unterstützen. Dies sind die Hände, die selbst dann noch eure ergreifen werden, wenn ihr alt und grau seid und vom Schlafen träumt.«

Jemand im Publikum schniefte gegen die Tränen an, und Dina entspannte sich etwas. Während sie sprach, ließ Dina etwas Magie durch ihre Fingerspitzen entweichen, hauchzart wie Seide. Die Magie würde nichts an Immys und Erics Beziehung ändern, sie würde lediglich stärken, was bereits zwischen ihnen bestand. Dina erklärte es gerne so: Sollten Immy und Eric je über eine Kleinigkeit in Streit geraten, dann würden sie sich an diesen Tag, an diesen Moment erinnern. Sie würden ein kleines Zupfen an ihrem Handgelenk spüren, das sie zueinander zog, in die vertraute, tröstliche Umarmung des anderen. Leidenschaft, Freude, Treue.

Für Dinas Augen leuchtete die magische Verbindung in einem tiefen Gold. Niemand sonst, außer ihrer Mutter, konnte ihre Magie sehen. Immy sah Dina lächelnd an.

Sie trat einen Schritt zurück und sah zu, wie der Standesbeamte sie zu Mann und Frau erklärte. Eric schloss Immy in die Arme, und Dina spürte, wie Freude ihr Herz flutete.

Danach war die Zeremonie vorbei. Die Harfenistin begann wieder zu spielen, dieses Mal eine lebhaftere romantische Melodie. Immy zog Dina in eine dicke Umarmung, die angesichts ihrer kleineren Statur überraschend kraftvoll ausfiel.

»Es war perfekt, danke«, heulte Immy in ihr Haar.

»Du musst dich nicht dafür bedanken, Imms, ihr beide habt den Großteil gemacht.« Dina lehnte sich zurück und legte die Hände auf die Wangen ihrer Freundin. Immy strahlte vor Freude, und das übertrug sich auf Dina. Am heutigen Tag sollte kein Platz für Trauer sein, dafür würde es ab morgen noch genug Gelegenheit geben.

Als Dina sich löste, wurden Eric und Immy am Rand des Altars von Freunden und Familie bestürmt. Sie sah sich um, ihr Blick suchte instinktiv nach Scott. Meine Güte, eine Nacht heißer, heftiger Beinahe-Sex, und sie war dem Mann vollends verfallen.

Plötzlich spürte sie eine große, warme Hand um ihre. Eine raue, tiefe Stimme an ihrem Ohr. Warmer Atem, der ihr einen Schauer über den Nacken jagte.

»Komm mit«, sagte Scott und zog Dina aus dem vollen Raum. Seine Hand schloss sich ganz um ihre, während er sie sanft den Flur hinunterzog. Er sagte nichts, sah sie nicht einmal an, doch ein kleines Lächeln zupfte an seinen Mundwinkeln. Wo brachte er sie hin?

Scott schenkte ihr ein Grinsen, ehe er die Tür zu einem Seitenzimmer öffnete. So eine Art Vorzimmer oder Dienstbotenraum.

Um ehrlich zu sein, achtete Dina gar nicht darauf. Denn Scott war hier, seine Arme hatten sich um sie geschlossen, und als sie zu ihm aufblickte, senkte er lächelnd den Kopf zu ihr.

Der Kuss war atemlos, verzweifelt. Sie musste ihm näher sein – noch näher als ohnehin schon. Sie musste seine Haut auf ihrer spüren. Seine Lippen an ihrem Ohr, seine Zunge, die ihren Hals entlangglitt, zwischen ihren Brüsten hindurch. Er stieß ein unterdrücktes Stöhnen aus, als er Dinas Brüste aus ihrem Kleid befreite und eine davon in den Mund nahm. Hungrig griff er nach ihren Schenkeln. Es war besitzergreifend – und Dina liebte es. Sie dankte Göttin, dass sie beschlossen hatte, keine Strumpfhose unter ihrem Kleid zu tragen, was es Scott ermöglichte, mühelos die Hand unter ihre bereits feuchte Unterwäsche zu schieben.

Eine Stimme vor der Tür. Verdammt, da war jemand! Der Türgriff begann sich zu drehen, Dinas Herz setzte einen alarmierten Schlag aus.

»Fuck. Nicht schon wieder«, murmelte Scott, doch er schien sich besser unter Kontrolle zu haben als Dina. Er hob sie hoch und eilte mit ihr in eine angrenzende kleine Garderobe, die bis auf ein paar Mäntel leer war. Es gelang ihm gerade noch, die Tür zu schließen, als jemand das Zimmer betrat.

In dem winzigen Raum war es stockdunkel, und Dina war sich allzu bewusst, dass sich ihre Brüste noch immer außerhalb ihres Kleides befanden und jetzt gegen Scotts sich heftig hebende und senkende Brust gepresst wurden. Sie konnte ihn nicht sehen, doch sie spürte, wie er sich an ihr Ohr beugte, um zu flüstern: »Das war knapp.« Sein Atem jagte eine Gänsehaut über ihr Schlüsselbein.

»Ja« war alles, was sie mit wackeliger Stimme zurückflüstern konnte. Da waren zwei Stimmen in dem Raum, und keine, die sie besonders gut kannte. Moment, das war eindeutig der Standesbeamte. Und die andere Stimme … Martin, der Butler. Was war nur mit diesem Mann, dass er Scott und sie ständig störte?

Dennoch machte es Dina nichts aus, mit Scott in einem engen Raum zu sein. Sie spürte die dicke Beule seiner Erektion an ihrer Hüfte. Sie wettete, wenn sie ihn jetzt in den Mund nehmen würde, wäre die Spitze bereits feucht.

Scott schien ähnliche Gedanken zu haben, denn seine Hände waren jetzt zu Dinas Po gewandert und massierten ihn. Er stieß einen Laut aus, der irgendwo zwischen Stöhnen und Vibration lag, ehe er einen Finger und dann zwei in Dinas nasse Pussy schob. Dina biss sich auf die Lippe, doch ihr entfuhr ein kurzes Quieken. Sie würden sehr viel leiser sein müssen, wenn sie das hier wirklich tun wollten.

»So eine hübsche Pussy«, sagte Scott und ließ sich langsam nach unten sinken. Und dann war sein Gesicht zwischen ihren Beinen. Er leckte sie erst sanft und dann heftiger, ließ die Zunge auf eine Weise gegen ihre Klitoris schnellen, die Schauer durch Dinas ganzen Körper sandte.

Sonst kam sie nie so mühelos, so schnell. Und doch konnte sie spüren, wie es mit jeder Bewegung in ihr anschwoll. Scotts Finger stießen immer wieder in sie, während sein Mund saugte und küsste und die wunderbarsten Dinge tat. Er schien überall auf einmal zu sein. Dina ließ die Finger durch sein Haar gleiten und genoss, wie er sich zwischen ihren Schenkeln anfühlte. Als wäre er dazu bestimmt, dort zu sein. Immer noch waren da die Stimmen auf der anderen Seite der Tür, doch sie schienen eine ganze Welt entfernt zu sein. Nichts war jetzt wichtig.

»Komm für mich, mein Mädchen«, flüsterte Scott, sein Mund immer noch an ihr. Scott wusste, was Dina wollte. Er würde es ihr geben. Dina schlang die Beine um Scotts Rücken und ließ sie dort ruhen. Der Art, wie Scott sein Gewicht verlagerte, entnahm sie, dass es ihm gefiel. Und – o fuck – sie hielt nicht länger durch, nicht wenn er das hier tat. Der Orgasmus spülte in köstlichen Wellen über sie hinweg, leuchtende Flecken tanzten vor ihren Augen.

Aber das lag nicht daran, dass sie drohte, das Bewusstsein zu verlieren, da war wirklich Licht in der Garderobe, und es kam von ihr. Kleine, glühende Luftblasen lösten sich aus ihrer Haut und schwebten um sie herum wie die Schirmchen einer Pusteblume. Oder Glühwürmchen. Scott blickte auf, die feuchten Spuren ihres Orgasmus noch auf dem Gesicht. Seine Augen wurden groß, als er sah, was über ihm passierte.

»Nun, das ist definitiv das erste Mal.«

Wie oft hatte Dina im Laufe ihres Lebens einen Orgasmus gehabt? Nicht ein einziges Mal waren Funken magischen Lichts aus ihrem Körper gesprungen. Immy und Rosemary würden durchdrehen, wenn Dina ihnen davon erzählte. Vielleicht war es dieser Ort und seine Magie. Oder vielleicht lag es auch an Scott.

Scott sah sie in dem blassen, goldenen Schein an. Sein Gesicht war voller Staunen und noch etwas anderem, etwas, das Dinas Herz höherschlagen ließ. Ihr Puls pochte in ihren Ohren.

»Unglaublich, du bist unglaublich«, sagte er. Keine Spur von Furcht oder Sorge.

»Ich weiß nicht, wie das passiert ist«, flüsterte Dina

zurück, aber sie konnte das Lächeln in ihrem Gesicht nicht unterdrücken. Scott begann teuflisch zu grinsen.

»Oh, ich weiß wie.« Er lächelte, ehe er erneut das Gesicht zwischen ihren Beinen vergrub und Dinas Welt in eine Million leuchtender Splitter zerspringen ließ.

Kapitel 24

Scott hatte schon geahnt, dass er in ernsthaften Schwierigkeiten steckte, doch jetzt erkannte er, dass das erst der Anfang war. Er hatte sich die größte Mühe gegeben, sich nicht in Dina zu verlieben. Er hätte niemals so glücklich sein dürfen, es war unnatürlich.

Den ganzen Nachmittag über war sie immer in seinem Bewusstsein. Die Freude auf ihrem Gesicht, als sie Immy und Eric einen ganzen Berg Zimtschnecken präsentierte. Als er seine Rede hielt und den Ausschnitt aus Erics Jugend-Tagebuch las, war es ihr Lachen, das er am lautesten hörte.

Dinas beharrliche Freude nagte an dem Schutzschild, den er nach Alice um sich errichtet hatte. Als diese Funken aus Dina herausgesprüht waren, hatte es ihn seine ganze Selbstbeherrschung gekostet, ihr nicht seine wachsenden Gefühle zu gestehen. Sie hatte buchstäblich für ihn zu leuchten begonnen, und ihr verklärter Gesichtsausdruck nach dem Orgasmus sagte ihm, dass es auch für sie etwas Besonderes gewesen sein musste. Irgendwo in den Tiefen seines Geistes schrie ein logischer Teil seines Gehirns, dass so etwas überhaupt nicht möglich sein konnte. Aber es war eben Dina. Alles an ihr übertraf seine Erwartungen.

Himmel, er wollte diese Frau für den Rest ihres Lebens verwöhnen. Er konnte nicht genug bekommen von ihrem Geschmack, ihrem Geruch. Wie groß ihre Augen geworden waren, als sie ihn ganz in sich aufgenommen hatte. Wie er am Morgen aufgewacht war und sich nichts Schöneres hatte vorstellen können. Ihre Freundlichkeit, ihre Intelligenz. Mit jeder Facette, die er neu an ihr kennenlernte, empfand er tiefer für sie.

Machte er sich etwas vor? Wenn dieses Wochenende vorbei war und die romantische Stimmung dieser Hochzeit in ihren Erinnerungen verblasste, würde sie dann immer noch mit ihm zusammen sein wollen? Etwas Schmerzhaftes wuchs in seiner Brust bei der Vorstellung, Dina nicht für den Rest seines Lebens jeden Tag sehen zu dürfen.

Aber so hat es auch mit Alice angefangen, oder?, meldete sich eine fiese kleine Stimme. Damals war er auch wie besessen gewesen, und das hatte sich ihre ganze Beziehung über nicht geändert. Vielleicht war genau das sein Problem.

Er verliebte sich zu einfach, vertraute zu schnell. Bei Alice hatte er die Zeichen nicht gesehen. Der Sex war gut gewesen. Er wusste, was sie mochte, aber manchmal hatte er gespürt, dass sie nicht mit ganzem Herzen bei der Sache war.

Dass sie in ihm nur einen Körper sah, der da war, um sie zu ficken und gefickt zu werden. Aber bei Dina war es anders. Sie wollte ihn, und zwar die ganze Zeit über. Verdammt, er wurde schon wieder steif, wenn er nur daran dachte, wie sie ihn letzte Nacht in den Mund genommen hatte – so begierig.

Es störte sie nicht, wie besitzergreifend er im Bett war, wie er die Führung übernahm. Tatsächlich schien es ihr sogar zu gefallen. Als wäre sie dazu geschaffen worden, von ihm befriedigt zu werden.

Er wollte ihren schönen Mund wieder um seinen Schwanz sehen, und der rote Lippenstift, den sie trug, half gerade absolut nicht. Er ließ ihre Lippen prall wirken, unwiderstehlich. Er wollte Schlieren davon auf seinem Körper sehen.

Er würde sich ein bisschen abkühlen müssen, sonst schaffte er es niemals durch den Abend. Vorhin in der Garderobe hatten sie einen Pakt geschlossen, gleich nachdem die schwebenden Lichter verblasst waren (er konnte es gar nicht erwarten, *das* noch einmal auszulösen), dass sie sich vor Ende der Nacht nicht noch einmal in enge Räume oder das Cottage schleichen würden. Schließlich waren sie die Trauzeugen, sie hatten Pflichten.

Pflichten, die vor allem darin bestanden, Onkeln, die

eindeutig schon zu viel Prosecco getrunken hatten, Wasser und Espresso einzuflößen. Einer davon schnarchte jetzt in einem Sessel in einer Ecke des Ballsaals.

Die Angestellten von Honeywell House hatten sich mit dem Dekor nahezu selbst übertroffen. Wie bei dem Probeessen war alles von Kerzenschein erhellt. Zierliche Kristalllüster hingen von der Decke, Flammen tanzten in den Messingleuchtern an den Wänden, und es gab Säulen mit kleinen Wasserschalen, in denen winzige Teelichter in der Form von Seerosen schwammen. Es war wie das Set eines dieser Nancy-Meyers-Filme, die er sich in seiner Kindheit mit seinen Mums hatte ansehen müssen.

Etwas früher am Tag hatte Scott ernsthaft darüber nachgedacht, Immy zur Seite zu nehmen und sie zu bitten, Dina den Brautstrauß zuzuwerfen. Bis er dann einsah, dass er damit eindeutig zu weit gehen würde.

Dachte er tatsächlich schon über Heirat nach? Natürlich. Es war unmöglich, das nicht zu tun, wenn er den Blick über die Tanzfläche schweifen ließ, wo Dina mit Immy gerade ausgelassen tanzte. Irgendwie schaffte sie es, elegant zu wirken, selbst wenn sie gerade wild in die Luft boxte. Und die Art, wie der Kerzenschein ihre warme braune Haut leuchten ließ, machte sie absolut perfekt für ihn.

»Sie sind nicht sehr subtil, das ist Ihnen bewusst, ja?«, sagte jemand neben Scott. Dinas Vater stand dort, ein weises Lächeln auf den Lippen. Robert Whitlock hätte seine Größe und Statur benutzen können, um einschüchternd zu wirken. Er wusste, dass er als Buchhalter arbeitete, doch gebaut war er wie ein Gewichtheber.

»Inwiefern?«, antwortete Scott, obwohl er wusste, dass er mit seiner Unschuldsmiene niemanden täuschen konnte.

»Jeder mit zwei Augen kann sehen, dass Sie auf Dina stehen.« O nein, würde er jetzt eine »Halt dich von meiner Tochter fern«-Unterhaltung mit Robert führen müssen?

»Sir, ich …«

»Dina ist erwachsen, sie kann selbst entscheiden, mit wem sie zusammen sein will. Ich werde ihr nicht im Weg stehen.«

Puh, Gott sei Dank. Er hatte sich schon auf eine heftige Diskussion eingestellt.

»Aber meine Dina ist sehr besonders.« Robert richtete den Blick auf Scott. »Ich frage mich, ob sie Ihnen gezeigt hat, wie *besonders* sie ist?«

Scott brauchte einen Moment, bis ihm klar wurde, worauf Robert anspielte. Die Magie, er sprach von der Magie.

»Das hat sie. Ich kann nicht sagen, dass ich es bereits voll und ganz verstehe, und es ist eine Menge zu verarbeiten, aber es macht mir nichts aus, ganz und gar nicht.«

Robert Whitlocks Schultern sackten vor Erleichterung ein klein wenig nach unten, und er klopfte Scott energisch auf den Rücken. »Guter Mann. Guter Mann«, sagte er mit einem Lächeln.

Für einen Moment fragte Scott sich, ob Dina schon einmal jemandem ihre Magie gezeigt hatte, jemandem, mit dem sie in einer Beziehung war. Er fragte sich, wie diese Person es aufgenommen hatte.

»Ich hoffe, die Frage ist in Ordnung, aber wie haben Sie es bei Dinas Mutter herausgefunden?«

»Oh, Nour war einfach nur schrecklich schlecht darin, es zu verbergen. Bei unserem zweiten Date hatten wir ein Picknick, und sie hat diese fantastischen Blätterteigdreiecke gemacht, die man Briouats nennt. Sie sind mit Mandeln und Honig und solchen Dingen gefüllt. Nun, es war das Beste, was ich je gegessen habe. Als ich an diesem Abend an meinen Kühlschrank ging, lagen darin drei in Folie verpackte Briouats. Ich hatte sie definitiv nicht dort hingetan. Und noch seltsamer war, dass sie jeden Tag, nachdem ich sie am Abend zuvor aufgegessen hatte, wiederauftauchten. Wie durch, na ja, *Zauberhand*. Natürlich hat sie es nicht zugegeben. Aber von da an hatte ich eine ziemlich genaue Vorstellung, mit wem ich es zu tun habe.« Robert lachte, als seine Frau tänzelnd auf sie zukam.

»Und? Ist das Dinas neuer Freund?«, fragte Nour

ihren Mann und sah Scott mit misstrauisch zusammengekniffenen Augen an.

Robert drückte seiner Frau einen Kuss auf den Kopf und lachte gutmütig. »Ich glaube, wir verschrecken ihn noch, Cariad.«

»Also sind Sie in einer Beziehung mit unserer Dina?«

»Ich … noch nicht. Ich würde gerne, aber das muss Dina entscheiden«, antwortete Scott. Diese Unterhaltung mit Dinas Eltern zu führen, war mehr als nur ein wenig unangenehm. Wenn er ehrlich war, hatte er ein klein wenig Angst vor Nour.

»Hmpf, dieses Mädchen«, sagte sie augenrollend. Dann ergriff sie Scotts Hand und hielt sie fest in ihrer.

»Was ist …«

»Psst. Ich muss mich konzentrieren.« Nour hob einen Finger, um ihn zum Verstummen zu bringen.

»Lesen Sie in meiner Hand?«, fragte er zögerlich.

»Nein. Ich lese Ihre Aura. Das ist etwas vollkommen anderes, und jetzt hören Sie auf, Fragen zu stellen.«

Scott stand schweigend da, während Dinas Mum seine Aura las, und fühlte sich seltsam verletzlich. Er hatte das Gefühl, dass die Aura, die Nour lesen wollte, nicht die gleiche war, über die seine Mum Helene sich immer in den Stunden vor einer Migräne beklagte.

Sie drückte seine Hand und ließ los.

»Hat es funktioniert?«, fragte Scott unsicher.

Nour sah ihn abschätzend an und lächelte.

»Ich wusste es. Ihr beide passt gut zusammen«, stellte sie nüchtern fest. »Aber verpetzen Sie mich nicht bei ihr.«

Scott lächelte. »Versprochen.«

Bevor Nour noch irgendetwas sonst an Scott lesen konnte, zerrte Robert sie zurück auf die Tanzfläche, wo sie sich in der Menge verloren.

Scott lachte leise, während er beobachtete, wie Eric Immy in die Luft schleuderte und sie herumwirbelte. Er sah sich um. Dort war Dina. Sie tanzte im Kerzenschein, ihre braunen und violetten Locken wippten hin und her, und sie sah aus wie eine verdammte Göttin. Und da war ... wie hieß er noch mal? Jemand aus Erics erweiterter Familie, irgendein Cousin, der im Finanzsektor arbeitete und Dina jetzt eingehend musterte, während er sich ihr näherte.

Nein, er musterte sie nicht nur eingehend, er zog sie förmlich mit Blicken aus. Ein unangenehmes Schaudern kroch Scotts Arme hinauf. Zur Hölle, nein, auf gar keinen Fall!

Bevor er wusste, was er tat, marschierte er durch die Menge der ausgelassen feiernden Gäste und steuerte direkt auf Dina zu.

Trotz seiner langen Schritte erreichte er sie nicht, bevor Kyle – was für ein Name war denn bitte Kyle? – schon begonnen hatte, ihr regelrecht sabbernd ein Ohr abzukauen. Dinas Miene nach zu urteilen war sie wenig beeindruckt.

»… Na egal, kann ich dir einen Drink ausgeben? Du siehst aus, als würdest du auf Cosmos stehen«, säuselte Kyle, der Schleimbeutel auf zwei Beinen, und strich sich über sein übertrieben zurückgegeltes Haar. Der Geruch nach Rasierwasser, der ihn umgab, war vor allem sauer.

Dina wollte gerade den Mund öffnen, um ihm zu antworten, als Scott schon dazwischenging.

»Da bist du ja«, sagte er, schlang einen Arm um Dinas Taille und zog sie an sich. Sie passte perfekt an seinen Körper, ihr Hintern an seinen Schenkeln.

Dina blickte zu ihm auf, und es war klar, dass sie genau wusste, dass Scott sich gerade wie ein besitzergreifendes Arschloch verhielt, denn jetzt zupfte ein Lächeln an den Winkeln ihres vollen Munds.

»Na, du«, antwortete sie und schmiegte sich noch enger an ihn.

Fuck, diese Frau!

»Oh, hey, Kumpel«, lallte Kyle, »hab dich gar nicht gesehen.« Sein Blick wanderte misstrauisch zwischen den beiden hin und her. »Also läuft da was?«

Scott spürte, wie Dina vor Zorn vibrierte. Wenn es nach ihm ging, dann würde er dieses Ekelpaket Kyle hier und jetzt rauswerfen.

»Da läuft definitiv was, Kyle«, sagte Dina mit seidenweicher Stimme, als wäre sie ein Raubtier, das zum Sprung ansetzte. »Bei dir allerdings wird eine ganze Weile nichts mehr laufen.«

Sie ließ es klingen wie eine Beleidigung, doch Scott fiel der kleine Funke Magie auf, der von ihrem Finger in Kyles Drink übersprang.

Ehe er antworten konnte, umfasste Scott Dinas Hüften und wirbelte sie in die Mitte der Tanzfläche.

»Was hast du gemacht?«, fragte er und lächelte angesichts des selbstzufriedenen Ausdrucks auf Dinas Gesicht.

»Sagen wir es mal so. Kyle wird für ein paar Tage Probleme haben, einen hochzukriegen.« Sie kicherte.

»Du warst netter, als ich es gewesen wäre. Er sah aus wie einer dieser Typen, die dir etwas in den Drink mischen, nachdem sie dich so lange beschwatzt haben, dass du dir einen ausgeben lässt«, sagte er. Die Sache mit Kyle hatte ihn wirklich aufgewühlt.

»Nun, dann ist es ja gut, dass du da warst, um mich zu retten.« Dina lachte, schlang die Arme um seinen Hals und spielte mit den Locken in seinem Nacken. »Das war eine sehr überzeugende Neandertaler-Nummer. Ich Scott. Dina meine Frau. Kyle nicht anfassen«, grunzte sie, schmiegte sich jedoch gleichzeitig an ihn.

»Mir hat es nicht gefallen, wie er dich angesehen hat«, sagte Scott und beugte sich vor, um den Duft ihrer Haut einzuatmen. Er sehnte sich danach, eine

Spur aus Küssen über ihren Hals zu ziehen und ein herrliches Schaudern ihr Rückgrat hinauflaufen zu lassen.

»Und wie hat er mich angesehen?« Dina hob eine geschwungene Augenbraue.

»Als wärst du … nun, nicht so wie ein Mann eine Frau ansehen sollte.«

»Ich wusste gar nicht, dass ich heute Abend eine Zeitreise in die Regency-Ära angetreten habe. Was kommt als Nächstes? Ein Duell im Morgengrauen?«

»Haha. Aber es scheint dich nicht zu stören, dass er sich anderweitig orientiert hat?«, überlegte Scott, beugte sich zu Dina und streifte ihr Ohr mit den Lippen.

»Nein, es gibt niemanden, mit dem ich gerade lieber tanzen würde«, sagte sie und blickte mit ihren unergründlichen schwarzen Augen zu ihm auf.

Sie kam näher, ihre Brüste drückten sich gegen seinen Oberkörper, die harten Spitzen ihrer Brustwarzen waren durch den Samt ihres Kleides zu sehen. Alles wegen ihm. Er war jetzt schon steif und drängte gegen den Stoff seiner Hose.

»Lass mich dich küssen«, flüsterte Scott. Und das tat sie. Ihre Lippen trafen sich, verschmolzen miteinander. Es gab kein Universum, in dem er es je über sein könnte, sie in den Armen zu halten.

Als sie sich voneinander lösten, küsste Scott die

Sommersprosse über ihrer Braue, und sie wich nicht zurück. Eine Weile blieben sie so, Dinas Wange unter Scotts Kinn geschmiegt, sich im Kerzenschein wiegend.

Andere tanzten um sie herum, die Lieder wechselten sich ab, aber sie tanzten immer weiter. Lösten sich nie auch nur einen Zentimeter voneinander. Scott hätte ewig dort bleiben und das sanfte Heben von Dinas Brust an seiner spüren können.

In seinem ganzen Körper breitete sich ein Frieden aus, den er lange nicht mehr gespürt hatte. Zu Hause. Bei Dina fühlte er sich zu Hause. War es je so mit Alice gewesen? Scott zermarterte sich das Gehirn, konnte jedoch keine annähernd so eindeutige Erinnerung finden.

Tatsächlich begannen sich die Erinnerungen an Alice an den Rändern grau zu färben. Als hätten sie sich in einem vergangenen Leben abgespielt, mit einer anderen Version seiner selbst. Einem ganz anderen Mann als dem, der sich jetzt mit dieser magischen Göttin von Frau im Takt der Musik wiegte.

Dina hob den Kopf und sah ihn an.

»Willst du zurück ins Cottage?«, fragte sie leise, doch die Frage wog schwer. Sein Körper reagierte augenblicklich auf ihre Worte, und seine Sinne waren mit einem Mal hochaktiv. Er spürte ihren Atem an seinem Hals, die üppige Rundung ihres Bauchs und ihrer Hüften, wie prall ihr Hintern war. Er wollte es, er brauchte es.

»Ja«, antwortete Scott und freute sich über die unverblümte Leidenschaft, die in Dinas Augen aufblitzte.

»Wir sollten Immy und Eric Gute Nacht sagen.«

»Wir könnten es zusammen tun?«

Dina lächelte. »Sehr gern.«

Kapitel 25

Dinas Herz war kurz davor, ihr aus der Brust zu springen. Gleich würde Scott hier sein.

Eigentlich hatten sie zusammen zurück zum Cottage – ihrem Cottage – gehen wollen, doch als sie gerade im Aufbruch waren, hatte Erics stark angeheiterter Vater Scott in eine Unterhaltung über seine Reisen verwickelt. Scott hatte mehrmals versucht, sich zu entschuldigen, doch dann waren auch noch ihre Eltern dazugestoßen, und damit war ausgeschlossen, dass sie die Party zusammen verließen.

Dina hatte so getan, als wäre sie müde, und hatte allen eine gute Nacht gewünscht. Scotts hungriger Blick war ihr über die anderen hinweg gefolgt.

Ich warte auf dich, hatte sie mit den Lippen geformt. Aber wie lange würde sie das Warten ertragen können? Sie war jetzt schon feucht und geschwollen zwischen den Schenkeln, verzehrte sich danach, von ihm berührt zu werden.

Dina stand in ihrem Schlafzimmer im Cottage,

das lediglich vom Mondlicht erhellt wurde. *Natürlich* musste der Mond heute Nacht voll sein. Sie war so voller Magie, dass sie gleich platzen würde. Nach der Sache in der Garderobe machte sie sich etwas Sorgen, wie sie sich ihren Weg nach draußen bahnen würde. Diese funkelnden Lichter, die sich gezeigt hatten, nachdem Scott sie zum Höhepunkt gebracht hatte – das war neu.

Aber noch viel wichtiger war, dass Scott nicht mit der Wimper gezuckt hatte. Er war nicht weggerannt, es schien ihn nicht einmal erschreckt zu haben. Wenn überhaupt, dachte Dina, dann gefiel ihm, was er in ihr auslöste, wie sehr sie sich mit ihm verlieren konnte.

Sie ertrug das Gefühl des Kleides auf ihrer Haut nicht länger. Das Einzige, was sie jetzt spüren wollte, waren Scotts Hände. Sie öffnete den Verschluss und begann, die Träger von ihren Schultern zu schieben.

»Dich ausziehen ist mein Job«, grollte eine tiefe Stimme hinter ihr.

Ihr Körper reagierte auf Scotts Gegenwart. Selbst beim Klang seiner Worte wurde sie feucht.

»Dann komm her und mach«, flüsterte sie mit bebender Stimme.

Sie hörte, wie er zu ihr kam, war sich seiner Gegenwart empfindlich bewusst. Der Raum pulsierte von einer unsichtbaren Energie, wie ein Gewitter, das darauf wartete, sich Bahn zu brechen. Sein Atem in ihrem Nacken, erwartungsvolle Schauer auf ihrer Haut.

Scott fuhr mit den Fingern den Schwung ihrer Taille entlang und packte dann ihren Hintern. Sie stieß ein Wimmern aus, als er sie berührte, die Hitze seiner Hände ließ sie schwindelig werden.

»Ich will dich ohne dieses Kleid sehen«, stieß er atemlos hervor. Seine Finger lösten die übrigen Verschlüsse, und der Stoff fiel zu Boden.

Er legte eine Hand um ihre Brust, während die andere an ihrem Bauch nach unten fuhr und über den Saum zwischen ihren Schenkeln strich, ehe er ihren Slip zur Seite schob. Er berührte sie noch nicht, seine Finger verweilten gefährlich nahe bei ihrer Hitze und schienen sich im letzten Moment wieder zu entfernen. Dina stieß bei diesen Beinahe-Berührungen ein frustriertes Stöhnen aus, drückte den Rücken durch und presste den Hintern gegen Scotts harte Erektion.

»Bitte«, flüsterte sie. Scott hatte etwas in ihr gelöst. Sie wusste instinktiv, dass sie ihm die Kontrolle überlassen konnte. Dina war es immer wichtig gewesen, eine starke unabhängige Frau zu sein. Aber hier, mit Scott, konnte sie loslassen. Er durfte die Führung übernehmen. Und verdammt, sie konnte sich nichts Heißeres vorstellen.

»Ich brauche dich«, flüsterte sie.

Scott strich mit dem Daumen über ihren verhärteten Nippel, bis Lust durch Dinas gesamtes Nervensystem zuckte. Es war, als wüsste er jede Art, wie er sie in den Wahnsinn treiben konnte.

»Wirst du betteln, wenn ich dir nicht gebe, was du willst, Dina?«, flüsterte er an ihrem Ohr, und ein Beben ging durch ihre Mitte. Das würde sie. Sie würde betteln. Mit einem groben Ruck entfernte er ihre Unterwäsche.

»Ja«, zischte er, als er über ihre Pussy strich, seine Finger mit genau der richtigen Reibung ihre Klitoris stimulierten. Sie wusste nicht, wie lange sie durchhalten würde.

Als er die Finger tief in sie stieß, schrie Dina auf. Wie konnte es sich so gut anfühlen. Hatte es sich je mit irgendjemand so gut angefühlt?

»Sag, Dina, ist das alles für mich?«, grollte Scott an ihrer Kehle.

»Ja, nimm es. Nimm mich.« Sie schauderte, als seine Finger tiefer vordrangen, als sie seine Handfläche ritt.

»So verdammt nass«, stöhnte er. Die Härte seines Schwanzes an ihren Pobacken trieb sie beinahe in den Wahnsinn, während er sie weiterhin mit den Fingern vögelte.

»Beug dich nach vorne, damit ich dich sehen kann«, sagte er, und Dina gehorchte und stützte die Arme auf das Bett.

Für einen kurzen Moment verschwand Scott, und

sobald seine Finger sie nicht mehr berührten, vermisste sie ihn.

»Bitte, bitte«, stöhnte sie noch einmal, jetzt auf allen vieren.

»So eine hübsche Pussy«, sagte Scott, und seine Stimme brach hinter ihr.

Und dann war die Leere plötzlich vorbei, und Scott Mund war da und leckte und saugte überall an ihr. Dina schrie auf, als sie das Kitzeln von Scotts Bart spürte.

Er vergrub das Gesicht in ihrer Pussy, seine Zunge stieß in sie, bewegte sich hin und her. Und dann wurde sie von seinen Fingern ersetzt, während sein Mund ihre Klitoris fand und auch dort saugte und küsste, bis der Orgasmus Dina erschütterte und sie vor Lust den Rücken durchdrückte und die Fäuste in das Laken grub. Scott hörte nicht auf, er hielt sie fest und vergrub das Gesicht tiefer an ihr.

»Gutes Mädchen«, sagte er und hob Dina wieder an, als wöge sie nichts. Sie war froh, seine Hände zu haben. Sie war sich nicht sicher, ob ihre Beine im Moment funktionstüchtig waren.

Sie drehte sich zu Scott um und sah ihn aus halb geschlossenen Augen an. Das Nachbeben des Orgasmus zuckte immer noch durch sie hindurch. Aber sie wollte mehr, brauchte mehr.

Sie wollte voll von ihm sein.

»Fick mich, bitte«, flüsterte sie, als sie seinen feucht glänzenden Bart sah. Scott reckte den Hals, sein Mund schloss sich über ihrem. Sie konnte sich selbst auf seiner Zunge schmecken. Dies war kein zarter Kuss.

Er war Lust, hart und verlangend und verrückt vor Begehren. Ihre Körper waren miteinander verschlungen, neckende Finger, eine Umarmung, als wären sie die letzten Menschen auf Erden.

»Warum bist du immer noch angezogen?«, sagte Dina, während ihr Atem sich mit Scotts vermischte. Einem Drang folgend sank sie vor ihm auf die Knie.

»Zieh das Hemd aus«, verlangte sie. Scott starrte mit dunklen Augen auf sie hinunter. Er zog sich das Hemd über den Kopf, ohne sich um die Knöpfe zu kümmern.

Himmel, aus diesem Blickwinkel sah er aus, als hätten die Götter ihn gemeißelt. Mächtige, pralle Muskeln. Schwarzes Haar, das sich von seiner Brust nach unten in den Bund seiner Hose zog.

Dina konnte den Blick nicht lösen, als sie seinen Reißverschluss öffnete. Sein Schwanz sprang ihr förmlich entgegen, die pralle, rosige Spitze drängte sich aus seinen Boxershorts. Sie zog auch dieses Kleidungsstück nach unten.

Und da war er. Massiv, muskulös, dichtes dunkles Haar. Die Spitze war bereits feucht. Ein Stöhnen löste sich tief aus Scotts Kehle, als sie ihn in den Mund nahm.

Dina wollte langsam machen, wollte ihn reizen. Aber sobald sie ihn im Mund hatte, fielen all ihre Pläne in sich zusammen. Sie sehnte sich nach ihm, wollte ihm Befriedigung verschaffen. Wollte, dass er sich so gut fühlte, wie sie sich mit ihm fühlte. Scott vergrub die Hand in ihrem Haar und zog ihr die Locken aus dem Gesicht.

»Du siehst aus wie eine Göttin, wenn du für mich kniest.« Die Art, wie er das sagte, mit seiner tiefen, rauen Stimme, trieb sie in den Wahnsinn. Sie saugte, bewegte ihre Hand hin und her und nahm ihn so tief in ihre Kehle auf, wie sie nur konnte.

»Dina, *fuck*, Dina«, sagte Scott. Sie spürte, wie seine Hemmungen von ihm abfielen, als er in ihren Mund stieß. Sie hatte nicht gewusst, dass ihr das gefiel, Scott, der ihren Mund vögelte, aber sie liebte es.

Und plötzlich spürte sie Scotts Arme um ihre Taille. Er zog sie nach oben, setzte sie auf dem Bett ab, nicht gerade sanft. Er streifte sich die Hose von den Beinen und beugte sich hinunter, während er nach etwas in seinen Taschen suchte.

»Ich brauche dich jetzt«, raunte er. »Kann ich, Dina?«

»Ja«, sagte sie, lehnte sich auf dem Bett zurück und verlagerte ihre Hüften so, dass sie offen war für ihn.

»Mist! Sie sind in meinem Zimmer«, sagte Scott und wollte sich gerade umdrehen.

»Bist du getestet?«, fragte Dina.

»Das bin ich, ich kann dir das Ergebnis zeigen – auf meinem Handy«, antwortete er.

Dina schüttelte den Kopf. »Ich vertraue dir, Scott.« Sie winkte ihn zu sich. »Ich habe die Spirale. Wir brauchen kein Kondom.«

Scott griff nach ihr und zog sie mit seinen starken Armen auf seinen Schoß, sodass sie die Muskeln seiner Schenkel unter sich spüren konnte.

»Fuck, Dina«, stöhnte er, als sie seinen Schwanz wieder in beide Hände nahm. Verdammt, wie würde dieses Ding in sie hineinpassen? »Wenn du so weitermachst, weiß ich nicht, wie lange ich durchhalte«, zischte er.

»Ich brauche dich in mir«, sagte sie, und bei diesen Worten verlor Scott den letzten Anschein von Kontrolle.

Er ließ Dina nach hinten gleiten, bis sie mit dem Rücken flach auf dem Bett lag, ihre Beine hob sie an seine Brust.

Seine Spitze streifte ihre Öffnung.

»Du willst mich spüren, Süße? Alles von mir?«, fragte Scott rau und rieb ihre Klitoris mit der samtigen Spitze seines Schwanzes.

»*Scott, ja*«, zischte Dina, als er in sie stieß, und der Schock seiner Größe war elektrisierend. Die schiere Macht ließ sie beinahe sofort kommen. Er füllte sie vollständig aus, und mehr. Scott hüllte sie in seinen heißen, harten Körper, ihre Glieder wurden zu Wackelpudding.

Jeder Stoß ließ sie mehr und mehr die Kontrolle verlieren, ihre Gedanken zerstoben. Da war nur noch Scotts Körper und ihr eigener. Ihre Münder begegneten sich, und als er schließlich noch tiefer in sie drang, hatte Dina das Gefühl, dass es das war, näher würde sie ihm nicht sein können.

Und doch war es noch immer nicht genug. Sie brauchte ihn, näher, näher. Mehr. Sie spürte Scotts Hand an ihrer Klitoris, während er fortfuhr, in sie zu stoßen, jedes Mal tiefer, härter als zuvor, und sie verlor sich erneut.

Dina konnte nicht sagen, wo sie endete und wo Scott begann. Es war heiß und wild, und jede Millisekunde davon fühlte sich entsetzlich gut an.

»Ich will dich sehen«, sagte er, umfasste sie und drehte sie herum, bis sie auf ihm saß. »Reite diesen Schwanz«, wies er sie an.

Bei dem Befehl durchlief sie ein himmlischer Schauer. Dina saß auf ihm, und als er sich zurück auf den Rücken sinken ließ, stützte sie die Hände auf seine Brust, spürte seinen wilden Herzschlag und grub die Finger in die Locken seines Brusthaars.

Das war neu für sie. Sie war noch nie oben gewesen, wenn sie Sex mit einem Mann hatte. Irgendwie schien nie die Zeit dafür da gewesen zu sein, als hätten die

Typen alle ihren Orgasmus gejagt, und da wären Dinge wie das hier Zeitverschwendung gewesen.

Aber nicht für Scott. Er zischte vor Lust, als Dina wieder und wieder mit den Hüften zustieß, und jede Bewegung sandte eine Welle herrlichen Pulsierens durch sie hindurch.

Es war beinahe zu viel für sie, ihn so ganz in sich aufzunehmen. Scott packte ihren Hintern, sorgte dafür, dass sie sich weiter mit ihm bewegte, als die Welle der Leidenschaft über sie hinwegjagte und sie in einen rauen, puren Orgasmus riss.

»Scott, Scott«, flüsterte sie, und er war da. Seine riesigen Arme hielten sie, seine Brust war an ihrer, und er wiegte sie sanft, während die Lust durch sie hindurchpulsierte.

»Ich kann spüren, dass du kommst. Komm für mich, Liebling, komm auf diesem Schwanz«, murmelte er an ihrem Hals und leckte die Schweißperlen auf, die sich dort gesammelt hatten.

Dinas Körper fühlte sich an wie Wackelpudding – war sie je so oft beim Sex gekommen? Sie überlegte kurz, ob das überhaupt möglich war, aber andererseits hatte sie auch nicht erwartet, dass ihre Magie sich auf so eine besondere Weise zeigen konnte wie heute Abend.

Es war nicht nur, dass Scott sie in seinen Armen hielt, sie fühlte sich auch sicher dort.

»Ich bin noch nicht fertig mit dir, Dina, noch nicht«, sagte Scott entschlossen und rollte Dina auf Hände und Knie. Seine rauen, schwieligen Hände fuhren über ihren Rücken und rieben und massierten ihren Po.

»Gott, du bist so schön, wie kannst du nur so schön sein«, flüsterte er voller Bewunderung. Und dann stieß er in sie. Er passte perfekt, und Dina verlor einmal mehr die Kontrolle.

Jeder Stoß schien Dina tiefer und tiefer an einen Ort zu bringen, der warm und behaglich war und von einem Licht erhellt wurde. Sie hatte keine Worte dafür. Es gab keinen Namen. Scott schlang einen Arm um sie, erdete sie, während seine andere Hand sich zwischen ihre Beine schob und ihre geschwollene Klitoris reizte.

Dina stieß einen dumpfen Laut aus. Sie hatte gedacht, ihr Körper wäre am Ende seiner Kräfte, aber bislang zeigte er keine Zeichen, aufhören zu wollen.

»Himmel, Dina, ich weiß nicht, wie lange ich noch durchhalte«, keuchte er und wurde schneller. »Kann ich in dir kommen? Ich will in deiner schönen Pussy kommen.« Er beugte sich über sie, damit er in ihr Ohr flüstern konnte, und knabberte mit den Zähnen an ihrem Ohrläppchen.

»Ja«, bat sie, »in mir drin«, und das war alles, was Scott hören musste.

Er stieß ein lautes lustvolles Zischen aus, während

er gleichzeitig Dinas Klitoris rieb, und der Orgasmus brach über sie herein wie das Grollen von Donner. Ein Blitz.

Im Cottage wurde es dunkel. Sie lagen dort, keuchend und eng umschlungen, während draußen schwere Regentropfen zu fallen begannen.

Kapitel 26

Manchmal hatte Scott sich vorgestellt, wie es wäre, keine Knochen zu haben. Näher als jetzt würde er diesem Zustand vermutlich nicht mehr kommen. Befriedigung drückte es nicht einmal annähernd aus. Alles an ihm roch nach Dina.

Hinterher hatten sie einfach mit ineinander verschlungenen verschwitzten Gliedern auf dem Bett gelegen. Irgendwann war Dina eingeschlafen, und Scott hatte sie aufgeweckt, indem er sich an ihrem Schlüsselbein entlangküsste. Dann hatte er diese Linie von Küssen ihren Körper hinunter fortgesetzt, vorbei an ihrem Nabel bis zu der Hitze zwischen ihren Schenkeln. Danach hatten sie sich erneut für eine Weile ineinander verloren.

Dina war ins Bad gegangen, um sich zu waschen, und während sie weg war, hatte Scott die verknitterten Laken geglättet. Nun lag er auf dem Bett, starrte an die Decke, genoss die kühle Brise der Herbstnacht und das Prasseln des Regens auf dem Dach des Cottage. Er war sich nicht sicher, wie es jetzt weiterging. Würde sie zurück in seine Arme kommen? Das war zweifellos die Option, die er bevorzugte.

Oder würde sie wieder ihre Schutzschilde aufbauen? Die Fassade, die sagte: *Ich bin nicht bereit für das hier, bleib auf Abstand.* Er wusste es nicht. Manchmal war es, als steckten zwei verschiedene Menschen in ihr. Es war eindeutig, dass sie sich nicht gestattete, sich in seiner Gegenwart voll zu entspannen, da war immer ein Sicherheitsgurt vor ihren Gefühlen.

Er verstand nicht, warum das so war, aber wenn er etwas daran ändern konnte, dann würde er es verdammt noch mal tun.

Es war ihm völlig klar, dass er gefährlich nah dran war, sich in Dina zu verlieben. Wenn überhaupt, dann hatte der Sex das Gefühl nur noch verstärkt. Wie ihr Körper ihn aufgenommen hatte, sicher und warm, als wäre sie für ihn gemacht.

Scott fragte sich, ob er ihr anbieten sollte, in sein eigenes Bett zurückzukehren, für den Fall, dass Dina das wollte. Er reckte sich und wollte die Nachttischlampe anmachen, doch die Glühbirne schien durchgebrannt zu sein. Es war nicht nur die Lampe, er versuchte es mit allen Lichtschaltern im Raum. Keiner funktionierte.

»Versprich mir, dass du nicht lachen wirst, wenn ich dir gleich etwas erzähle«, sagte Dina, die im Türrahmen stand, während ihre Haut noch von der Dusche glänzte.

»Hand aufs Herz«, sagte er. Er war froh, dass sie wieder da war, aber wie sollte er sich bitte auf irgendetwas konzentrieren, nachdem er jetzt wusste, wie sie nass aussah?

Allein beim Anblick ihrer üppigen Kurven und ihres weichen Bauchs begann sein Schwanz bereits wieder anzuschwellen.

»Möglicherweise habe ich einen Stromausfall verursacht.«

»Was? Wie?«

»Als wir, äh, zusammen gekommen sind. Ich glaube, meine Magie ist einfach nur – *pfff*.« Dina ließ Luft durch ihre Lippen entweichen. »Und dann war da ein Blitz und Bumm.«

»Ah, verdammt, ich glaube, das ist zu viel. O nein.« Scott ließ sich rückwärts aufs Bett fallen. »Ich kann nicht mehr, es ist zu schwer«, stöhnte er.

»Was ist schwer?«, fragte Dina und kam zu ihm.

»Mein Ego, es ist einfach zu groß. Wie soll ich es jetzt mit mir herumschleppen, da ich weiß, dass ich dich mit einem Orgasmus in eine EMP-Bombe auf zwei Beinen verwandeln kann?« Er lachte schnaubend, als Dina sich auf ihn fallen ließ, und schloss sie in die Arme.

»Ich wusste, dass du unerträglich sein würdest, sobald du es weißt«, sagte sie, aber sie grinste von einem Ohr zum anderen.

»Kann ich heute Nacht bei dir bleiben?«, fragte Scott und schob ihr eine verirrte Locke hinters Ohr. Das Lächeln wich von ihren Lippen, und Unsicherheit blieb zurück. »Nur wenn du das willst«, fügte er hinzu. Dina durfte auf keinen Fall das Gefühl haben, dass alles zu schnell ging.

»Ich will, aber …« Sie runzelte die Stirn.

»Was aber?«

»Ich glaube, wir könnten verletzt werden«, sagte sie sehr leise.

Sein Herz setzte einen Schlag aus. »Ich werde dir nicht wehtun, Dina. Das könnte ich niemals.«

»Menschen um mich herum. Menschen, für die ich etwas empfinde, sie werden verletzt.« Sie atmete an seiner Haut.

Scott streckte die Hand aus und hob Dinas Kinn an, damit sie sich in die Augen schauen konnten. »Dina, ich weiß, es gibt Dinge, die du mir noch nicht erzählen willst. Und ich werde dich nicht unter Druck setzen. Aber ich werde nirgendwohin gehen. Du wirst nicht eines Morgens aufwachen und feststellen, dass ich nicht mehr da bin. Nichts in der Art. Ich weiß, dass es noch früh und das viel verlangt ist, aber du kannst mir vertrauen.«

Dina blickte ihm forschend in die Augen, als hoffte

sie, ihre Antwort dort zu finden, obwohl Scott sich nicht sicher war, wonach sie suchte. Alles, was er tun konnte, war, sie in den Armen zu halten und für sie da zu sein. Und sie zu lieben, wenn sie es zuließ.

Schließlich schloss Dina die Augen und schmiegte den Kopf an seine Brust. »Ist es das, was dir passiert ist? Ist sie einfach gegangen?«, flüsterte Dina, und ihre Hand strich geistesabwesend über das dunkle Haar, das sich Scotts Bauch hinunterzog.

»Ich wünschte, so wäre es gewesen. Es wäre so viel einfacher gewesen als das, was wirklich passiert ist. Weniger schmutzig vielleicht. Nein, ich war unterwegs und habe mir Artefakte in Schottland angesehen. Ich war schneller fertig als erwartet und habe einen früheren Zug nach Hause genommen, um sie zu überraschen.«

Scott spürte, wie er in die Erinnerung tauchte, der bittere Geschmack jenes Tages klebte ihm am Gaumen. Die freudige Erwartung auf dem Nachhauseweg, wie er sich vorgestellt hatte, Alice zu überraschen und sie zu einem schicken Essen auszuführen.

»Als ich zurück in die Wohnung kam, hörte ich zuerst das Knarren des Bodens. Es ist wirklich so ein Klischee. Ich habe sie in flagranti mit einem ihrer Freunde, einem Typen namens Marc, erwischt.«

»Marc mit einem C?«, fragte Dina.

»Ja.«

»Oh, dann ist er definitiv ein Loser.«

»Haha. Ja, das ist er.« Irgendwie verblasste der bittere Geschmack, wenn er mit Dina darüber sprach. Natürlich war es während der Therapie ausführlich zur Sprache gekommen, aber es war anders, es sich hier mit Dina von der Seele zu reden. Er betrieb einen regelrechten Seelenstriptease, doch sie ergriff weder die Flucht, noch bezeichnete sie ihn als verrückt.

»Was hast du gefühlt, als du sie gesehen hast?«, fragte Dina.

»Ich war wütend, aber nicht so sehr, wie ich erwartet hätte. Da war einfach nur dieser tiefe Schmerz und ein Gefühl von: *Okay, jetzt ergibt alles einen Sinn.* Aber statt mich mit meinen Gefühlen auseinanderzusetzen, bin ich zwei Jahre ins Ausland geflohen.«

»Du hast dich davon befreit.«

»Ja, vermutlich. Aber ich wünschte, ich wäre nicht gegangen. Ich habe so viel verpasst. Zu sehen, wie mein bester Freund sich verliebt, für meine Mums da sein. Findest du es nicht merkwürdig, von meinem ganzen emotionalen Ballast zu hören?«, fragte er und fuhr mit den Fingern durch ihr Haar. Er wusste nicht genau, wann es passiert war, aber irgendwann waren sie beide unter die Decke geschlüpft, und Dinas Eiszapfen-Beine hatten sich um seine Waden geschlungen.

»Gar nicht«, antwortete sie müde. »Ich will dich kennenlernen.« Sie gähnte, und ihr Kopf wurde schwer an seiner Brust. Schon kurz darauf hörte Scott, wie ihr Atem in einen langsameren Rhythmus mit absolut niedlichen kleinen Schnarchern verfiel.

Er strich weiterhin mit den Fingern durch ihr Haar, bis der Schlaf auch ihn einholte.

Kapitel 27

Dina konnte nicht im Bett bleiben, obwohl Scott neben ihr tief schlief. Irgendwann während der Nacht hatte er sich an sie geschmiegt und sie in seinen warmen, männlichen Duft gehüllt. Sein Brusthaar kitzelte ihren Rücken, seine Hand lag auf ihrem Bauch. Besser hatte sie vielleicht nie geschlafen. Die Wälder flüsterten um sie herum, draußen war es kalt, aber die Decken hielten sie mollig warm. Wenigstens ein paar Stunden lang hatte sie Ruhe finden können.

Bis die Albträume kamen. Bilder von Scott voller Verbrennungen, Scott, der in einem Krankenhausbett lag und sich nicht mehr an ihren Namen erinnern konnte. Scott mit Verbänden an Armen und Beinen, Scott mit Blutergüssen und vor Schmerz stöhnend. Ihre Sorgen durchdrangen ihren Traum, machten sie bewegungsunfähig, zwangen sie, all die entsetzlichen Dinge mitanzusehen. All den Schmerz, den er wegen ihr würde ertragen müssen. Scott, der sie vorwurfsvoll anstarrte, wissend, dass sie verantwortlich war für sein

Leid, dass es allein ihre Schuld war. *Jeder, der dich liebt, wird verletzt werden.*

Es war zu viel. Und als das erste Licht des Morgengrauens durch die Vorhänge drang, schlüpfte Dina aus dem Bett, wobei sie darauf achtete, Scott nicht zu wecken.

Sachte bewegte sie sich durchs Haus, zog sich an, schlüpfte in ihre Stiefel. Mit einem kurzen Zauber, der den Laut des Schlüssels im Schloss der alten Tür unterdrücken würde, verließ Dina das Cottage.

Überall in den Bäumen um sie herum sangen Drosseln, und obwohl es beinahe Winter war, lebte der Wald wie am ersten Frühlingstag. Sonnenlicht funkelte golden zwischen den Bäumen, und sie hörte Hasen durchs Gebüsch huschen. Dina wandelte zwischen den Bäumen, ohne ein bestimmtes Ziel zu haben, einfach nur, um den Kopf freizubekommen. In der Ferne sah sie das Feuer, um das sie vor zwei Tagen getanzt hatten. Sie würde so lange laufen, wie es nötig war, um dieses Gefühl abklingen zu lassen.

Der Fluch wusste, wie sie für Scott empfand. Aber was fühlte er für sie? All die Dinge, die er sagte, wenn er sie in seinen Armen hielt … Es warf Fragen in ihr auf. Und dann waren da die Zeichen: die Verbrennung am Teekessel, der Vorfall im Labyrinth. War das einfach nur Pech, oder hatte der Fluch bereits seine Finger im Spiel?

Furcht saugte an ihr wie ein hungriger Blutegel.

Wenn sie klug wäre, würde sie jetzt ihre Sachen packen und gehen. Sie würde Immy sagen, dass sie Scott nicht wiedersehen wollte, und irgendeinen Zauber sprechen, der ihn daran hinderte, je wieder einen Fuß in ihr Café zu setzen. Er würde nicht verstehen, warum, und vielleicht war es so am besten.

Dina wanderte einen Pfad entlang, den schon lange niemand mehr betreten hatte, und sie war sich vage bewusst, dass es die Magie dieser Wälder war, die sie leitete. Es war eine schüchterne Art von Magie. Eine, die verschwinden konnte, wenn man ihr zu viel Aufmerksamkeit schenkte. Also tat sie das nicht und setzte einfach immer weiter einen Fuß vor den anderen, um zu sehen, wo sie enden würde.

Dina wusste, dass sie sich etwas vorgemacht hatte, als sie dachte, dass sie sich Scott aus dem Kopf schlagen könnte, wenn sie erst einmal mit ihm geschlafen hatte. Das Gegenteil war der Fall. Sie konnte nicht aufhören, an ihn zu denken, davon zu träumen, was sein könnte, wenn sie in die wirkliche Welt zurückkehrten, die Welt jenseits ihres Cottage und der Hochzeit, eine Welt, in der sie immer noch … zusammen wären. Würde er jeden Morgen auf dem Weg ins Museum ihr Café besuchen? Nein, er würde von ihrem (oder seinem) Apartment aus dorthin gehen, und er würde dort sitzen und seinen Kaffee trinken, während sie die erste Runde Kuchen in den Ofen schob. Nachmittags würde sie ihn dann im Büro besuchen, und er würde ihr all die wundervollen Dinge zeigen, an denen er arbeitete.

Dina war sich nicht einmal bewusst, dass sie weinte, bis die Tränen von ihrem Kinn zu tropfen begannen. Sie sollte sich diese Zukunft nicht ausmalen, sie war zu gefährlich. Aber vielleicht, vielleicht gab es einen Weg. Wenn das Universum ihr nur ein Zeichen senden würde, dass sie die richtige Entscheidung traf.

Dina blickte auf und fand sich auf einer stillen Lichtung wieder, und plötzlich ergab es Sinn. Sonnenstrahlen, die viel heller waren als das schwache Morgenlicht, schienen aus dem Kreis eines sommerblauen Himmels auf sie herab. Ihre Haut prickelte in dem Bewusstsein, dass hier Magie am Werk war, obwohl sie sich nicht sicher war, ob es sich um die einer Hexe oder des Waldes selbst handelte. Auf der ganzen Lichtung wuchsen unmöglich viele Glockenblumen. Es war November, sie hätten niemals blühen dürfen. Aber hier waren sie, eine dichte Wiese aus blauvioletten Blumen, die sich vor ihren Augen im Wind wiegten. Unmöglich. Magisch.

Dina spürte ein Lächeln an ihren Mundwinkeln kitzeln. Vielleicht war dies das Zeichen, auf das sie wartete. Wenn Glockenblumen im November blühen konnten, dann war auch für sie und Scott das Unmögliche möglich. Wenn sie nicht die Macht hatte, den Fluch zu brechen, dann würde sie das Nächstbeste tun: Sie würde einen Weg finden, ihn zu beschützen.

»War ich so schlecht im Bett, dass du jetzt schon versuchst, mich umzubringen?«, ächzte Scott, als er an die Kissen gelehnt einen Schluck von dem Kaffee nahm, den Dina ihm gemacht hatte.

»Beweg dich nicht, ich bin dabei, den Verschluss zuzumachen. Du bekommst eine längere Kette, wenn wir zurück in London sind«, sagte sie.

Sie hatte den ganzen Rückweg zum Cottage damit verbracht, ihre Möglichkeiten durchzugehen. Salbei und Rosmarin waren die einfachsten Kräuter mit Schutzwirkung, an die sie hier problemlos kommen konnte, und wenn sie Scott dazu brachte, einen Tee davon zu trinken, würde das sicherlich helfen. Aber der beste Schutz, den sie ihm anbieten konnte, war ihr Nazar-Amulett. Die Kette war etwas kurz für ihn, aber sie befestigte es dennoch um seinen Hals.

Dina wünschte, es gäbe einen Weg, sicher zu wissen, dass es funktionierte, aber jetzt konnte sie nur darauf hoffen, dass Scott nichts Schlimmes passierte. Und wenn sie jeden Abend sorgsam seine Teeblätter las, dann konnte sie ihn vielleicht daran hindern, etwas zu tun, das ihm schaden könnte. Es wäre mühsam, Scott vor dem Fluch zu beschützen, aber sie war bereit, zu tun, was immer es erforderte. Zum ersten Mal seit sehr langer Zeit hatte Dina das Gefühl, sich wehren zu können. Der Spaziergang im Wald, und vermutlich auch die multiplen Orgasmen letzte Nacht, hatte ihre Geister belebt.

Scott zog sie in seinen Schoß, und sie schlang die Beine um ihn.

»Warum trage ich deine Kette?«, fragte er.

»Ich will, dass du sicher bist.«

»Warum sollte ich nicht sicher sein?« Während er sprach, drückte er beinahe geistesabwesend Küsse ihr Schlüsselbein entlang. Sein Mund war warm an ihrer Haut.

Für den Bruchteil einer Sekunde war Dina versucht, Scott die Wahrheit über den Fluch und all das zu erzählen, was den Menschen passiert war, mit denen sie eine romantische Beziehung eingegangen war. Aber Scotts Augen leuchteten so glücklich, dass sie es nicht über sich brachte. Das hier war noch neu, ihre Beziehung blühte auf, doch sie befand sich noch in einem fragilen Frühstadium. Sie wollte nichts tun, das ihn wegstoßen würde, jetzt, da sie erkannt hatte, wie wichtig er ihr war. War das eine selbstsüchtige Entscheidung? Zweifellos. Aber sie war überzeugt, ihn mit ausreichend Schutzzaubern vor dem Schlimmsten bewahren zu können.

»Kein besonderer Grund. Behalt es bitte an. Für mich, ja?«

Scott runzelte die Stirn und nickte dann, während er auf den Anhänger um seinen Hals klopfte.

»Es fühlt sich komisch an, das zu fragen, aber: Wann kann ich dich wiedersehen?«, sagte er.

Dina stimmte ihm zu, es war komisch. Es fühlte sich an, als wären sie von Unbekannten zu etwas übergegangen, das … nun, sich verdammt nach Liebe anfühlte. Dina wusste nur, dass sie sich in Scotts Gegenwart zu Hause fühlte, und das machte sie geradezu lächerlich glücklich.

»Ich werde noch bis morgen in Little Hathering bleiben.«

»Ich auch«, grinste er. »Ist es sehr seltsam, wenn ich dich meinen Eltern vorstelle? Schließlich habe ich deine schon kennengelernt. Und sie …«

Er unterbrach sich.

Dina runzelte die Stirn. »Sie was?«

»Sagen wir es so, sie haben mir ihre Zustimmung erteilt.«

Sie stöhnte und rieb sich das Gesicht. Das war so peinlich.

Scott küsste sie, bis die Scham verflog.

»Ich würde deine Eltern sehr gerne kennenlernen«, sagte sie. »Vermutlich schulde ich ihnen was, weil ich dich das ganze Wochenende für mich beansprucht habe.«

Der Abschied vom Cottage hinterließ ein bittersüßes Gefühl in ihr. So viel war passiert, seit sie nur vor ein paar Tagen hier angekommen waren. Dina flüsterte den Wäldern um sie herum ein stummes Danke zu, während sie Hand in Hand mit Scott zurück zum Haupthaus ging.

Das Erste, was ihr im Frühstückszimmer auffiel, war ihre Mutter, die heimlich einen Zauber gegen Kater in den frisch gepressten Orangensaft mogelte. Ein Blick auf den Tisch, an dem Immy, Eric und Rosemary saßen, reichte aus, um sie von seiner Notwendigkeit zu überzeugen.

»Warum seht ihr so munter aus?«, stöhnte Rosemary, die mit beiden Händen eine Riesentasse Kaffee umklammerte. Ihr Blick huschte nach unten, wo Scotts und Dinas Finger miteinander verschlungen waren.

»Oh, ich sehe schon«, sagte sie, hob eine Augenbraue und lächelte wissend.

Immy und Eric mussten es auch bemerkt haben, denn sie stießen beide ein Johlen aus.

»Wurde verdammt noch mal auch Zeit, Kumpel«, sagte Eric und klopfte Scott auf den Rücken, als sie sich setzten.

Immy beugte sich an Rosemary vorbei und flüsterte: »War es so gut, wie du es dir vorgestellt hast?«

»Besser.« Dina grinste.

»Dann seid ihr jetzt zusammen?«, fragte Rosemary.

Dina warf einen Blick zu Scott, der ziemlich erfolgreich versuchte, so zu tun, als würde er nicht auf ihre Antwort warten.

»Wir sind zusammen«, sagte sie, laut genug, dass er es hören konnte. »Was ist mit euch? Wie war der Rest der Nacht?«

»Wir waren so müde, dass ich fast in meinem Hochzeitskleid eingeschlafen wäre«, sagte Immy. »Zum Glück hat Eric am Morgen alles nachgeholt.«

Sie sahen beide Rosemary an.

»Hier gibt es nichts zu berichten«, antwortete sie. »Allerdings hat meine Agentin mir geschrieben, dass sie jemanden für die Rolle des Alfred in der Verfilmung meines Buchs gefunden haben.«

»Wer ist es?«

Rosemary zog ihr Handy aus der Tasche.

»Der hier.« Sie zeigte ihnen ein Bild eines zweifellos umwerfenden Mannes. Schwarzes Haar, durchdringende blaugraue Augen. Er hatte diesen klassischen Old-Hollywood-Vibe, der Dina an Gregory Peck und Gene Kelly erinnerte.

»Heilige Göttin, ist das etwa Ellis Finch? Er ist unfassbar heiß«, rief Immy.

»Kaum einen Tag verheiratet, und schon sieht sie sich anderweitig um. Was soll Mann da machen?«, sagte Eric lachend und küsste die Fingerknöchel seiner Frau.

»Er ist nicht der Richtige«, sagte Rosemary. »Er ist zu …«

»Muskulös? Charismatisch?«, unterbrach sie Immy.

»Ja. Genau das.« Rosemary sah sich noch einmal das Foto des Schauspielers auf ihrem Handy an, und Dina fiel auf, dass ihre Wangen sich gerötet hatten. Was für eine interessante Entwicklung.

Nach dem Frühstück traten die Gäste nach und nach die Heimreise an. Scott und Dina blieben noch etwas, um Eric und Immy zu helfen, alle Hochzeitsgeschenke in den Kofferraum ihres Wagens zu verfrachten.

»Ihr seid so verliebt«, sagte Immy, als sie Dina beobachtete, während sie Scott zusah, wie er ein Stöckchen für Juniper über eine Wiese warf.

»Rettungslos«, antwortete Dina. Sie betete, dass die Schutzzauber funktionieren würden.

Kapitel 28

Scott war gleichzeitig der glücklichste und der unglücklichste Mann der Welt. Der unglücklichste, weil er an diesem Morgen auf seinem Weg ins Museum in ein offenes Kanalgitter getreten war und sich ernsthaft hätte verletzen können. Dann hätte ihm nahe der Russell Square Station beinahe eine herabfallende Dachschindel den Kopf eingeschlagen. Er war der glücklichste, weil er gerade Dina entdeckt hatte, die sich ihm über die Treppe des Museums näherte. Und sie trug enge schwarze Leggings.

Scott dachte nach. Hatte er ihr in der Woche seit ihrer Rückkehr nach London etwas über diese ganz spezielle Fantasie erzählt? Er glaubte nicht. Aber andererseits war er nach dem Sex in einem Zustand, in dem er Dina alles Mögliche anvertrauen würde. In den meisten Nächten blieben sie lange auf, redeten und liebten sich. Im wahrsten Sinne des Wortes.

Er konnte den Blick nicht von ihren vollen Schenkeln lösen, als sie sich ihm näherte. Er richtete seinen bereits anschwellenden Schwanz so, dass man ihn hoffentlich nicht allzu sehr in seinem eng geschnittenen Anzug sehen konnte.

Dina musste die Bewegung aufgefallen sein, denn ein wissendes Grinsen schlich sich jetzt auf ihre Züge.

»Hallo, du«, sagte sie und schmiegte sich in seine Umarmung. »Wie ich sehe, hast du mich vermisst.«

Es war erst einen halben Tag her, seit er sie im Café besucht hatte, um Gebäck zu kaufen und sich einen Kuss oder zwei abzuholen, aber sie irrte sich nicht. Sie fuhr mit dem Finger an seinem Hals entlang, offenbar um nachzusehen, ob er das Hamsa-Amulett, das sie ihm gegeben hatte, noch trug. Und das tat er.

Scott küsste sie zur Begrüßung und flüsterte heiser in ihr Ohr: »Waren diese Leggings teuer?«

»Sie sind ersetzbar.«

Scott packte eine Handvoll ihres Hinterns, ohne sich darum zu kümmern, dass Hunderte Touristen um sie herum auf der Treppe unterwegs waren. Zum Glück würden sie nicht mehr lange mit ihnen zu tun haben, denn das Museum schloss gerade.

»Gut«, raunte er. »Weil ich sie nämlich später aufreißen werde.« Er genoss das Schaudern, das sie durchlief.

Scott hatte sich schon die ganze Woche auf diesen Tag gefreut. Die Ausstellung war fast bereit für ihre Eröffnung am kommenden Dienstag, weshalb Dr. MacDougall es ihm auch erlaubt hatte, sie Dina zu zeigen.

Sie schlenderten durch das große Atrium, wobei Scotts Hand an ihrem unteren Rücken ruhte, vielleicht ein wenig tiefer, als nötig war, um sie durch die Menschenmengen zu führen, die aus dem Museumsshop strömten.

»Ich dachte, du solltest wissen, dass ich unter diesen Leggings nichts anhabe.«

Scott stöhnte und überlegte ernsthaft, sie einfach in sein Büro zu zerren und die Tür abzusperren.

»Himmel, Dina«, presste er hervor. »Wie soll ich denn jetzt zwei vernünftige Sätze aneinanderreihen, wo ich weiß, dass nur ein dünner Streifen Stoff zwischen meinem Mund und deiner Pussy liegt?«

Jetzt war es Dina, die leise stöhnte.

Scott zog sie durch eine unscheinbare Glastür. Nächste Woche würden sich hier Besuchermassen anstellen, um die *Schutzsymbole*-Ausstellung zu besuchen. Aber im Moment waren sie noch allein in der großen Halle. Nicht einmal die Handwerker waren da, weil sie die letzten Details wie Sound und Beleuchtung erst morgen Nachmittag finalisieren würden.

»Das ist es«, verkündete er. Das offizielle Plakat der Ausstellung hing über ihnen und zeigte eine goldene Eichel aus dem 16. Jahrhundert, die vermutlich von der Gattin eines Kaufmanns getragen wurde, während ihr Ehemann auf Reisen war.

»Wow!«, stieß Dina neben ihm aus. Scott wurde bewusst, wie wichtig es ihm war, sie zu beeindrucken. Wie dringend er sich wünschte, dass Dina stolz auf ihn war.

Das erste Ausstellungsstück war die Messingstatue eines Hundes, der auf Hüfthöhe auf einem Podium stand. Der Hund hatte sich zusammengerollt, seine eingeprägten Augen geschlossen, als würde er fest schlafen. Der Großteil der Figur war braun gesprenkelt, bis auf die Schnauze, die in einem blassen Gold schimmerte.

»Warum steht auf dem Schild, dass man ihn berühren darf?«, fragte Dina. »Ich dachte, Anfassen ist im Museum streng verboten?«

»Sonst ja, und bei ihm machen wir eine Ausnahme. Das hier«, Scott streckte die Hand aus und tätschelte die kalte Hundenase, »ist Frank. Seit 1874 saß er auf dem Grab seines Besitzers, James Smythe, der oben in Inverness lebte. James' Familie ließ dieses Abbild Franks nach dem Tod des Hundes anfertigen. Er war nämlich nach dem Tod seines Herrchens immer wieder weggerannt und schlafend an dessen Grab gefunden worden.«

»Das ist so traurig und gleichzeitig so rührend.«

»Nicht wahr? Aber dann begannen die Besucher des Friedhofs, Franks Nase zu tätscheln, wann immer sie die Gräber ihrer Lieben besuchten, und schon bald wurde Franks Schnauze zu einer urbanen Legende. Man sagt, dass es Glück bringt, seine Nase zu reiben.«

Dina streckte die Hand aus und strich über die Messingnase des Hundes.

»Danke für das Glück, Frank«, sagte sie leise.

Sie setzten ihre Tour durch die Ausstellung fort. Scott überließ Dina weitgehend die Führung, und wenn sie Interesse an einem bestimmten Stück zeigte, hielten sie an, und er erzählte ihr ein wenig darüber, wie es seinen Weg ins Museum gefunden hatte.

»Ich habe mich etwas gefragt«, sagte er, als sie sich gerade einen aus Jade geschnitzten Drachen in einer Vitrine ansahen. »Kannst du sehen, ob einige dieser Artefakte tatsächlich magisch sind? Seit ich ein Kind war, habe ich mich immer gefragt … habe ich immer gehofft, dass manche Glückstalismane wirklich funktionieren.«

Dina runzelte die Stirn und sah den Jadedrachen an. »Schwer zu sagen. Es gibt so viele verschiedene Arten von Magie, über die ich kaum etwas weiß. Zum Beispiel Frank. Er war vielleicht nicht von Anfang an ein magisches Objekt, aber über die Jahre, mit jedem hoffnungsvollen Menschen, der seine Schnauze rieb und um Glück bat – wer kann schon sagen, ob all das Wünschen und Hoffen am Ende nicht sogar was gebracht hat? Aber einige Objekte, wie das hier«, sagte Dina und wies auf einen von nordamerikanischen Ureinwohnern gefertigten Zuni-Bären (den irgendwelche Kolonialsiedler dem British Museum um 1800 verkauft hatten, dubiose Geschichte), »beherbergen starke Magie. Ich spüre sie selbst durch das Glas.«

Sie standen vor der beleuchteten Vitrine und blickten hinunter auf den Bären aus blauem Stein.

»Wie fühlt sich das an?«

»Als ob jemand eine Möglichkeit gefunden hätte, all diese Wildheit und Kraft in einen Stein zu bannen. Und irgendwie kann ich Tannen und Schnee riechen.«

Scott schnüffelte, doch welche Magie auch immer Dina wahrnahm, sie entzog sich ihm.

»Wir glauben, dass einer ihrer spirituellen Führer diesen Bären geschaffen hat. Die Zuni glaubten, dass der Geist des Tieres in dem Stein weiterlebt und demjenigen hilft, der ihn besitzt. Falls die Ausstellung es bis in die USA schafft, würden wir den Stein gerne zurück in seine rechtmäßige Heimat bringen und ihn dem Museum of Indian Arts and Culture in Santa Fe übergeben.«

Dina blickte zu ihm auf und ergriff seine Hand.

»Es ist unglaublich toll, was du machst. Diese ganze Ausstellung ist überwältigend.«

Sein Herz schwoll an. Aber da war noch ein Gegenstand, den er ihr zeigen wollte.

»Hier lang«, sagte er. In einer Ecke der Galerie stand eine unauffällige Vitrine. Darin lag ein silbernes Amazigh-Amulett, das aus einem Dorf im Atlasgebirge stammte.

»Ist das …?«

»Ja. Es ist ein Amazigh-Artefakt. Erkennst du die Symbole wieder?«

Dina beugte sich näher heran. Sie schüttelte den Kopf. »Ich wünschte, ich täte es.«

»Oben befindet sich das Symbol für einen Fisch und ein Netz. Es ist ein Schutztalisman. Das Symbol darunter ist ein Webkamm. Es soll Fruchtbarkeit und Kreativität, aber auch Balance repräsentieren. Wir glauben – obwohl viele Details verloren gegangen sind –, dass es Teil einer Mitgift gewesen sein könnte oder ein Geschenk, das Teil eines Heiratsantrags war.«

»Es ist wunderschön«, sagte sie, doch Scott sah die Spiegelung ihrer traurigen Miene im Glas der Vitrine. Er zog sie zu sich, damit sie sich an seine Brust lehnen konnte.

»Was ist los?«, murmelte er in ihr Haar.

»Es ist nur, dass du mehr über mein eigenes kulturelles Erbe weißt als ich. Ich kenne nicht einmal den Namen des Amazigh-Stamms, in dem wir unsere Wurzeln haben, obwohl ich mir nicht sicher bin, ob meine Mum das überhaupt weiß. Manchmal frage ich mich, wie es wäre, mehr über meine Vergangenheit zu erfahren. Gibt es noch andere Formen von Magie in meiner Geschichte? Waren ihre Hexen vor langer Zeit Teil meiner Blutlinie? Wurden sie als Heilerinnen verehrt, oder waren sie Ausgestoßene? Ich … es macht mich einfach traurig, wenn ich daran denke.«

»Es tut mir leid, Dina. Weißt du, ich frage mich …«

»Was?«

»Nun, im Archiv gibt es eine Karte, auf der alle Amazigh-Stämme in Marokko verzeichnet sind. Sie stammt aus dem 19. Jahrhundert und ist möglicherweise unvollständig, aber wir könnten sie benutzen, um herauszufinden, welchem Stamm du angehörst.«

»Wirklich?« Sie drehte sich aufgeregt in seinen Armen um. »Das wäre wunderbar.«

»Dann machen wir das. Ich beantrage einen Scan der Karte im Archiv, und wir zeigen ihn deiner Mum, wenn wir das nächste Mal dort sind.«

Es war so mühelos, eine Zukunft mit Dina zu planen. Sie machte es einem so einfach.

Scott strich über ihre Wange und küsste sie lange.

Dann machten sie sich auf den Weg zurück zum Eingang, und die Aussicht, sich mit Dina in sein Büro zu verziehen, war so verlockend, dass Scott das herunterfallende Plakat nicht einmal bemerkte.

Mit einem lauten Krachen landete es auf dem Marmorboden. Ein paar Zentimeter näher, und es hätte ihn getroffen.

»Verdammt«, rief er und sprang instinktiv zurück, wobei er Dina hinter sich stieß. »Das war knapp.«

Überraschenderweise wirkte sie erschütterter, als er sich fühlte.

»Zu knapp«, murmelte sie und blickte stirnrunzelnd

hinunter auf das gestürzte Poster. »Ich habe ein Beutelchen mit Kräutern, die du in deiner Tasche mit dir herumtragen könntest, wenn das okay ist?«

Was auch immer seine kleine Hexe glücklich machte.

»Natürlich«, sagte Scott und schickte den Handwerkern eine Nachricht, dass sie das Poster in Ordnung bringen sollten, bevor er Dina in sein Büro zog.

»Es ist so gemütlich hier«, sagte Dina und fuhr mit der Hand über Scotts Mahagonischreibtisch. Hungrig folgte er ihren Fingern mit den Augen.

»Was hast du denn erwartet, so eine Art Männerhöhle?«, neckte er sie. Er wandte sich ab, um zuzuschließen, und dankte dem Himmel, dass sein Büro nur über ein winziges Fenster verfügte. Das Gebäude war jetzt verlassen, aber Dina musste trotzdem leise sein.

Als er sich wieder umdrehte, saß sie auf der Kante seines Schreibtischs.

»Danke, dass du mir deine Ausstellung gezeigt hast«, sagte sie und schlüpfte aus ihrem kuscheligen roten Pulli. Darunter trug sie nur ein dünnes T-Shirt, und er konnte die steifen Spitzen ihrer Brustwarzen durch den Stoff erkennen. Sie wusste ganz genau, was sie mit ihm anstellte, wenn sie so auf seinem Schreibtisch saß, die Beine gerade weit genug geöffnet, dass er den Saum zwischen ihren Schenkeln sehen konnte. Keine Unterwäsche.

Als sie begann, selbst ihre Brüste zu streicheln, war all seine Zurückhaltung dahin. Mit großen Schritten kam er zu ihr und fing ihre Lippen in einen langen, tiefen Kuss ein. Scott zerrte hastig an ihrem Top, bis sein Mund endlich die Hitze ihrer Brüste fand. Der kleine Seufzer, den Dina ausstieß, war genug, dass erneut seine Hose zu spannen begann.

»Ich habe davon geträumt, dich hier auf diesem Schreibtisch zu nehmen«, flüsterte er, als Dina sich an seiner Gürtelschnalle zu schaffen machte und seinen Schwanz befreite. Sie nahm ihn in die Hand, rieb mit dem Daumen über die empfindliche Spitze. Himmel, sie brachte ihn noch um den Verstand.

»Ich hoffe, du hast nicht vergessen, was du mir wegen dieser Leggings versprochen hast«, flüsterte sie und knabberte an seinem Ohr.

O nein, das hatte er nicht vergessen.

Scott drehte Dina herum und presste sie gegen den Schreibtisch. Er begann damit, sanfte Küsse in ihren Nacken zu hauchen, dann auf die weiche Wölbung ihrer Schulter, und genoss es, die Gänsehaut zu sehen, die er zurückließ.

Seine schwieligen Hände fühlten sich rau an im Vergleich zu der weichen Fülle von Dinas Brüsten, doch sie drückte den Rücken durch, als er sie dort streichelte und über die steifen Spitzen ihrer Nippel strich.

»Auf den Schreibtisch«, befahl er. »Gutes Mädchen.«

Dina gehorchte, und Scott leckte über die warme Haut ihres Rückgrats, bis er bei dem Bund ihrer Leggings angekommen war.

Scott ging auf die Knie und fuhr mit den Händen über ihre vollen Pobacken. Vor Dina hatte er gedacht, einer der Männer zu sein, die Brüste bevorzugten. Ihr Hintern würde ihn den Rest seines Lebens verfolgen, wenn er das jetzt nicht tat. Allein ihn durch die Leggings zu spüren, ließ seine Erektion schmerzen.

»Sicher?«, fragte Scott. »Ich kaufe dir neue.«

»Ich werde dich daran erinnern«, flüsterte sie und stieß ein lustvolles Zischen aus, als Scott mit einer knappen Bewegung den Saum der Hose aufriss.

Sie sah himmlisch aus, wenn sie nackt war.

»Willst du mich umbringen, mein Herz?«

Die letzten seiner Worte waren gedämpft, als er das Gesicht in die herrliche Hitze von Dinas Hintern presste und mit der Zunge nach unten fuhr, bis er sie fand. Tropfnass und angeschwollen, bereit für ihn.

»Sieh dich an, schon so verdammt feucht.« Erneut leckte er ihre süße Pussy mit festen Strichen, und Dina stieß ein gebrochenes Stöhnen aus, das nach seinem Namen klang.

Er schwelgte in ihr, genoss jedes Lecken, Saugen und Küssen. Ließ die Zunge über ihre Klitoris schnellen, während er die Finger in ihre warmen Tiefen stieß, wieder und wieder, bis sie sich um ihn herum verengte und einen Schrei ausstieß.

»Sag mir, was du willst, Dina.«

»Ich brauche deinen Schwanz, ich will, dass du in mir kommst«, flüsterte Dina und drehte den Kopf, um Scott mit einem Ausdruck purer Lust anzusehen. Sie musste ihn nicht zweimal bitten.

Scott zog den Riss in ihren Leggings weiter auseinander und schob seine Hose nach unten. Etwas daran, Dina beinahe nackt hier auf seinem Schreibtisch zu nehmen, während er voll bekleidet war, brachte ihn beinahe um den Verstand.

»Verdammt, du bist perfekt, Dina, einfach perfekt«, zischte Scott, als er seinen Schwanz zwischen ihren Pobacken ruhen ließ und für einen Moment den Anblick genoss. Sie war schon jetzt so feucht für ihn.

Er reizte ihre Öffnung mit seiner Spitze, sehnte sich danach, ihre glatte Hitze um sich herum zu spüren. Dina zischte und bewegte sich so, dass sie mehr aufnehmen konnte als nur die Spitze.

»Soll ich dich betteln lassen, Dina?« Er griff um sie herum und rieb mit dem Daumen über ihre Klitoris.

»Bitte«, stöhnte sie, und mehr brauchte es nicht. Scott stieß zu, und Lust breitete sich von der Spitze seines Schwanzes durch seinen ganzen bebenden Körper aus.

Alles an Dina war perfekt, und sie gehörte ihm, ihm allein.

Scott grub die Faust in Dinas Haar, jeder Zentimeter von ihm versank in ihrer Wärme, während sie sich vor Lust wand.

»Komm noch einmal für mich, mein Herz, komm auf diesem Schwanz.«

Schon bald erschauderte sie an ihm und stieß ein herrliches Stöhnen aus.

Scott rollte sie herum und schloss sie in die Arme. Ihr Hintern ruhte auf dem Schreibtisch. Auf Knien schmeckte er sie erneut, süß und salzig und etwas, das einfach unbeschreiblich Dina war.

»Ich bin dran«, wimmerte sie und zog ihn hoch, bis er am Schreibtisch lehnte, und dann war sie auf den Knien und nahm seinen Schwanz in den Mund. Sie war jede einzelne seiner Fantasien zum Leben erwacht.

Scott stöhnte und hielt ihre Locken zurück, während sie von seinen Hoden bis zur Spitze leckte. Sie blickte zu ihm auf, vollkommenes Vertrauen in den Augen.

»Ich will, dass du meinen Mund fickst.«

Scott war verloren. Die Art, wie Dina ihn ansah, ihr schöner Mund um seinen Schwanz – mehr brauchte es nicht.

Sein ganzer Körper bebte, während er wieder und wieder in die Hitze ihrer Kehle stieß, bis er kurz vor dem Orgasmus stand.

»Kann ich?«, flüsterte er, und Dina nickte. Er ließ sich gehen, Dina schluckte sein heißes Sperma und leckte den Rest auf. Ihre zerfetzten Leggings lagen als Haufen zu ihren Füßen. Sie würde sie mittels Magie flicken müssen. Scott zog sie in seine Arme und rieb ihren Mund mit dem Daumen sauber. Sie waren beide verschwitzt, müde und unendlich glücklich.

Kapitel 29

Dina war nicht zum ersten Mal in Scotts Wohnung, aber heute fühlte es sich wichtiger an als zuvor. Denn sie würde mit ihrem *eigenen Schlüssel* kommen. Als Scott ihn ihr überreicht hatte, einschließlich eines kleinen Schlüsselanhängers, auf dem stand »Talk to the Hamsa«, hatte sie vor Freude gequietscht und war ihm in die Arme gefallen.

Und jetzt war sie hier und schloss seine Haustür auf. Scott würde erst in einer Stunde kommen – er hatte noch ein Meeting mit der Chefkuratorin –, aber er hatte ihr gesagt, sie solle sich wie zu Hause fühlen.

In Scotts Wohnung war es ohne Scott nicht gerade gemütlich. Alles war glänzend und neu, und die deckenhohen Fenster boten zwar einen wunderschönen Blick auf den Fluss, gaben Dina aber auch ein wenig das Gefühl, auf dem Präsentierteller zu sitzen. Das hatte ihr allerdings nichts ausgemacht, als sie und Scott Sex hatten, während ihre Brüste gegen das kalte Glas gepresst waren.

Er hatte sein Möglichstes getan, um es etwas wohnlicher zu gestalten, mit Kissen und Teppichen und ein paar Topfpflanzen. Trotzdem waren sie meistens bei ihr zu Hause, auch weil Heebie von Scott mindestens so besessen war wie Dina.

Heute hatte sie einen Orangen-Persimonen-Kuchen aus dem Café dabei und begann, sich eine Tasse Tee aus den Blättern zu brauen, die sie das letzte Mal mitgebracht hatte. Sie würde heute Abend auf jeden Fall versuchen müssen, Scotts Teeblätter zu lesen, wenn er nicht hinsah, um zu prüfen, ob der Fluch schon Wirkung zeigte. Bislang schien es, als würden das Hamsa, die Teeblätter und der Mitternachtssegen, den sie für ihn gesprochen hatte, ihn abwehren.

Allerdings war er neulich dem herabfallenden Poster im Museum nur gerade so entgangen. Das war ein wenig zu knapp gewesen für ihren Geschmack, sie musste sich mehr anstrengen.

Dina schlüpfte aus den Schuhen und wechselte in bequeme Kleidung, während sie darauf wartete, dass das Wasser kochte. Nach der Sache mit den Leggings neulich hatte sie es sich zur Gewohnheit gemacht, sie an ihren Abenden mit Scott zu tragen. Sie behielt sie nie lange an.

Sie machte sich Tee und stand dann dort und blickte hinaus auf den Fluss, wo die Lichter der Restaurants eine funkelnde gepunktete Linie am Ufer entlangzogen.

Sie hörte das Klicken der Tür hinter sich. Scott stand dort mit einer Schramme auf der Wange, seine ganze Seite mit Schlamm bespritzt.

»Bleib ruhig«, sagte er mit einem Lächeln. »Mir fehlt nichts.«

Dina rannte zu ihm, als er seine Tasche ablegte, und tastete ihn nach Verletzungen ab.

»Was ist passiert?«

»Ein Radfahrer ist mit mir zusammengestoßen, als ich die Straße überquert habe. Ich glaube, er hat das Stoppschild nicht gesehen. Ich bin gefallen, deshalb der Schlamm, aber es geht mir gut, Dina, ehrlich. Es sieht schlimmer aus, als es ist.«

Ihre Hände zitterten, während sie ihm aus dem Mantel half. Nein, das konnte nicht sein. Bitte nicht. Tränen stiegen ihr in die Augen, es war unmöglich, sie zurückzuhalten.

»Hey, hey, mir geht es gut. Mir geht es gut, mein Herz«, sagte Scott und zog sie in die Arme.

»Es ist nur … ich will nicht, dass dir etwas passiert«, sagte sie weinend und vergrub das Gesicht in seiner Halsbeuge.

»Es ist nur der Schock. Ich weiß, es tut mir leid«, sagte Scott und strich über Dinas Rücken. »Komm, ich habe eine Idee.« Er hob ihre Beine an, sodass sie sie um seinen Brustkorb legen konnte.

Er trug sie hinüber in sein Schlafzimmer und dann

in die angrenzende Dusche, wo er Dina nur von sich löste, um ihr die Kleider auszuziehen.

»Die werden wir nicht brauchen«, sagte er.

Sie sah ihn trübe aus verweinten Augen an. Was, wenn sie ihn verlor, diesen Mann, für den sie so viel empfand? Diesen Mann, der sie glücklicher machte als irgendjemand sonst, der jeden Zentimeter ihres Körpers kannte und so gut darin war, ihn zu lieben.

Das Prasseln der Dusche riss sie aus ihrer Angstspirale, und sie sah mit wachsendem Begehren zu, wie Scott sich auszog. Würde sie es je müde werden, die festen Muskeln seiner Brust oder die dunkle Haarlinie zu betrachten, die hinunter zu seinem, offen gesagt, verdammt großartigen Schwanz führte? Unwahrscheinlich.

»Komm mit mir rein«, bat Scott, und sie stieg zu ihm in die Dusche.

Scott legte den Kopf in den Nacken und fuhr sich mit den Händen durchs Haar, bis es glatt an seinem Kopf und Nacken klebte. Etwas regte sich in Dinas Brust. All das fühlte sich zu echt an.

Sie vergrub das Gesicht am nassen Haar seiner Brust und kümmerte sich weder um ihr Haar noch um ihr Make-up. Sie war zu Hause in seinen Armen.

Nichts konnte diesen Moment ruinieren.

»Dina.« Scott küsste sie auf den Kopf, die Stimme gedämpft vom Prasseln des Wassers.

»Mmm?«

»Schau mich an.« Da war etwas so Aufrichtiges, Verletzliches in seiner Stimme, dass sie nicht anders konnte, als aufzublicken. Scott strich ihr das Haar aus dem Gesicht, und Dina blinzelte gegen das Wasser an. Er war hier, und er war alles.

»Ich muss dir etwas sagen«, begann er und schloss dann den Mund.

»Sollte ich mir Sorgen machen?«

Scott lächelte. »Nein, das musst du nicht. Ich weiß nur nicht, wie ich es sagen soll, ohne dir Angst zu machen, weil es mir selbst Angst macht. Ich weiß, es sind nur ein paar Wochen, aber bei Gott, es waren die besten Wochen meines Lebens.«

Dina wollte etwas Lockeres antworten wie: *Ich fühle mich geschmeichelt* oder *Das ist lieb von dir*, aber diese Worte fühlten sich zu leer an. Das Herz donnerte ihr in den Ohren, sie konnte nicht sprechen.

»Und ich will, dass es weitergeht. Dass es mit uns weitergeht. Weil ich mich in dich verliebe, Dina. Manchmal fühlt es sich nicht einmal echt an. Als hätte ich dich aus meinen Träumen heraufbeschworen.«

Sie dachte, ihr müsste der Kopf schwirren, doch alles war still. Da war nur ein Gedanke in Dauerschleife: *Er liebt mich, er liebt mich, er liebt mich.*

Tränen rannen über ihre Wangen, die Scott sanft wegwischte.

Er konnte sie nicht lieben. Er sollte es nicht. Plötzlich wurde ihr klar, wie sie aussehen musste. Make-up rann ihr über das Gesicht, ihr Haar war vollkommen zerzaust. Sie war zu laut, zu ungeschickt, ihre Magie zu seltsam. Sie verdiente diese Liebe nicht. Die Gedanken drangen auf sie ein, sie schienen immer mehr zu werden und ihren Geist mit wilder Heftigkeit zu attackieren.

Aber dann war da eine kleine, leise Stimme in ihr: *Du liebst ihn auch. Du liebst Scott, und du kannst es schaffen, dass das hier funktioniert. Du wirst dafür sorgen, dass der Fluch ihm nichts anhaben kann. Du wirst um ihn kämpfen. Er ist es wert.*

»Ich liebe dich, Scott. Ich habe Angst, ich habe so schreckliche Angst, aber ich liebe dich.« Die Worte purzelten ihr über die Lippen, doch sie fühlten sich wahr und richtig an. Sie hielten sich in den Armen, und jeder Kuss sagte *Ich liebe dich*, jede Berührung ihrer Lippen sagte *Du gehörst mir*.

Sie liebten sich noch einmal in der Dusche, mit dampfenden Körpern und dem Verlangen, sich nahe und näher zu sein. Dina schlang die Arme um Scott, ließ ihn nie auch nur eine Sekunde los. Er hielt sie, als würde er sie nie wieder gehen lassen.

»Ich liebe dich, ich liebe dich«, flüsterte er, als die Welt um sie herum zerfiel.

Kapitel 30

Die Textnachricht kam genau in dem Moment, als Scott den Lesesaal betrat, und obwohl er sein Handy auf Vibration gestellt hatte, warf ihm der Bibliothekar einen strengen Blick zu.

Ein Arbeitskollege von mir hat einen Wurf Kätzchen, willst du eine? Immy zwingt mich, zwei zu nehmen. Kann es nicht ertragen, die Geschwister zu trennen. Mit der Nachricht kam ein Bild von sechs niedlichen Kätzchen.

Lass mich Dina fragen, ich bin mir nicht sicher, wie IKHH darauf reagieren würde. IKHH stand in diesem Fall selbstverständlich für Ihre Königliche Hoheit Heebie.

Das wäre wohl nicht verkehrt, kam als Antwort.

Scott stellte sich vor, wie sehr Dina sich freuen würde, wenn sie das zappelnde kleine Ding hielt. Vor einigen Nächten war das Thema Kinder aufgekommen. Er spürte immer noch die greifbare Erleichterung, als Dina ihm anvertraut hatte, dass sie bereits wusste, keine Mutter sein zu wollen. Dass sie glücklich und zufrieden damit war, die lustige Tante für die Kinder zu sein, die Eric und Immy vermutlich bekommen würden. Er hätte mitgezogen, wenn sie es gewollt hätte, aber er empfand ähnlich. Wann immer er sich sein Leben ausmalte, waren Kinder nicht Teil dieses Traums. Aber ein Haus voller Haustiere und mit Dina Hand in Hand auf Reisen gehen – das konnte er sich nur zu gut vorstellen. Und wenn er Glück hatte, dann würde es tatsächlich so werden.

Er versuchte, sich zurück in die Realität zu reißen und sich auf die anstehende Aufgabe zu konzentrieren. Er hatte nur noch zehn Minuten, bis der Lesesaal über Mittag geschlossen war. Kaltes Winterlicht drang durch die Fenster, draußen roch es nach dem bevorstehenden Schneesturm, und im Raum war es still, bis auf die scharrenden Schritte der Bibliothekare und Archivare, die Bücher zurück in die Regale stellten.

Er hatte Dina versprochen, mehr über ihre Amazigh-Wurzeln herauszufinden. Obwohl sie sich immer noch nicht sicher waren, welcher Stamm ihrer war, hatte er ein Buch mit marokkanischen Volksmärchen aus der Region östlich Rabats gefunden, wo ihre Familie ansässig war. Und als Mitarbeiter konnte Scott sich das Buch vorübergehend ausleihen.

Wenn er sich nicht irrte, dann musste er nur noch diese Holzleiter hinaufsteigen und würde das Buch auf halber Höhe des Regals finden. Scott kontrollierte, ob die Räder, mit denen man die Leiter hin- und herschieben konnte, gesperrt waren. Sie sah ein bisschen altersschwach aus, und er hoffte, sie würde sein Gewicht tragen. Als er die erste Stufe betrat, ächzte die Leiter unheilverkündend. Trotzdem kletterte er immer höher, bis er das Buch entdeckte. Jetzt musste er sich nur noch ein klein wenig recken, um es greifen zu können. Dann hörte er ein Knacken. Der Boden kam ihm entgegen, und alles wurde dunkel.

Kapitel 31

Heebie stieß ein jämmerliches Jaulen aus, das nur eines bedeuten konnte: Dina war eine fiese, fiese Mutter, die man einsperren sollte, weil sie sich weigerte, ihre arme, entzückende Katze ausreichend zu füttern.

»Ja, ich weiß. Gefängnis für deine Mutter. Am besten für immer«, murmelte Dina in ihrer besten Heebie-Stimme, die an eine reiche alte Dame des Landadels erinnerte.

Als Dina sich an diesem Morgen für die Arbeit fertig machte und in einen warmen, cremefarbenen Rollkragenpulli schlüpfte, war Heebie außergewöhnlich unruhig. Sie schob das Fenster einen Spalt auf, und die kalte Novemberluft veranlasste Heebie, zurück zu der noch warmen Bettdecke zu fliehen. Es gab nichts Besseres als die frische Luft am Morgen.

Sie schlief besser, wenn Scott bei ihr war, aber die letzte Nacht hatten sie getrennt verbracht, weil sie bis spät im Café gewesen war, um das Gebäck für heute vorzubereiten. Dina hatte an einem Rezept für Madeleines gearbeitet, die einen an den ersten Kuss erinnern sollten, aber dann war Scott die ganze Zeit in ihrem Kopf aufgetaucht. Die Madeleines wurden viel zu schlüpfrig, um sie ihren Gästen zu servieren.

Wie schnell ihr Leben sich Scott angepasst hatte, und wie natürlich es sich anfühlte. Mit jedem Tag, der verstrich, verwoben sich ihre Leben auf immer mehr Arten, und sie dachte zunehmend weniger an den Fluch. Sie prüfte immer noch seine Teeblätter, und Scott trug weiterhin die Kette mit dem Auge, und es schien alles zu funktionieren. Vielleicht war der Fluch ja doch nicht so mächtig, wie sie geglaubt hatte. Vielleicht hatte er sich über die Jahre abgeschwächt.

Dina sog die kalte Luft ein und spürte, wie ihre Magie sich erwartungsvoll regte. Vielleicht war Heebie deshalb so ruhelos und miaute ständig. Es lag ein Schneesturm in der Luft. Das scharfe, eisige Stechen in ihrer Nase und der Geruch nach Ozon verrieten es.

Als Familiar hatte Heebie die unheimliche Fähigkeit, Dinge zu spüren, ehe es Dinas Hexensinne taten. Dina drehte sich zu der Katze um, die jetzt bei ihrer Futterschüssel saß und ihre Besitzerin mit einem äußerst unbeeindruckten finsteren Blick bedachte. Oder vielleicht hatte sie einfach nur Hunger.

Sie genehmigte sich ein kurzes Frühstück, das aus einer Schale Porridge mit karamellisierten Bananen und Äpfeln bestand und in das sie genug Zimt gab, um ihre Wangen zu wärmen und ihren Blutkreislauf in Schwung zu bringen. Auf dem Nachttisch vibrierte ihr Handy.

»Hi, Mama, was gibt's?«, meldete sich Dina.

»Dina, hier ist deine Mutter.«

»Ja, ich weiß, Mama. Ist alles okay?« Da war eine nervöse Energie im Ton ihrer Mutter, die sie nichts Gutes ahnen ließ.

»Nein, Habiba. Ich hatte letzte Nacht einen Traum von dir.« Nours Stimme war ernst. Dina konnte es ihr nicht verdenken – Nours Träume waren immer mehr Visionen gewesen, selbst die seltsamsten surrealistischen Träume bewahrheiteten sich auf die eine oder andere Art.

»Was ist in dem Traum geschehen?«

»Du hast diese Mauer gebaut, und sie war riesig. Und ich stand mit deinem Vater auf der anderen Seite, und Scott war da, und wir haben dir die ganze Zeit zugerufen, dass du aufhören sollst zu bauen. Aber du hast nicht zugehört. Die Mauer wurde immer höher und höher, und ich konnte nicht zu dir, um dich zu trösten. Und dann bin ich aufgewacht.« Nour stieß einen langen Seufzer aus. »Kannst du damit etwas anfangen?«, fragte sie.

Dina starrte stumm vor sich hin, die Augen stur auf den Küchentresen gerichtet.

Ihr Körper wurde zunehmend taub. Ja, sie konnte etwas damit anfangen. Es bedeutete, dass ihre schlimmsten Befürchtungen sich bewahrheiteten. Die Magie ihrer Mutter log nie. Zwischen ihnen befand sich tatsächlich eine Mauer in Form des Fluchs. Aber wenn Scott auf der anderen Seite der Mauer war – nun, das bedeutete, er befand sich in Sicherheit. Sie öffnete den Mund, um etwas zu sagen, um ihrer Mutter von dem Fluch zu erzählen, doch dann packte die Scham sie bei der Kehle und würgte sie.

Also sagte Dina: »Nein, Mama. Ich weiß nicht, was das bedeuten könnte. Ich sollte mich aber wohl auf schlechte Nachrichten einstellen.« Vermutlich klang sie viel zu gelassen, und sie fragte sich, wie offensichtlich es war, dass sie ihre Ruhe nur spielte.

»Sicher, dass du nicht weißt, worum es geht? Könnte es etwas mit Scott zu tun haben?«, bohrte ihre Mutter nach.

»Natürlich nicht!«, antwortete Dina etwas zu energisch. Zum Glück war das hier kein Videoanruf. Sie bezweifelte, dass sie hätte verbergen können, wie ihr alles Blut aus den Wangen gewichen war, das schwere Gefühl in ihren Gliedern.

»Also gut. Aber halt die Augen offen, und zwar alle drei!«, mahnte Nour, und ein gedämpftes Geräusch kam vom anderen Ende.

»Das werde ich – was ist das?« Dina hörte ein schwaches Knacken.

»Ich räuchere nur mit etwas Salbei neben dem Telefon. Vielleicht bringt es etwas«, sagte ihre Mutter todernst.

»Ich passe auf mich auf, Mama. Du musst dir keine Sorgen um mich machen.«

»O Dina, ich tue nichts anderes, als mir Sorgen zu machen. Als Mutter ist das mein Job.«

Als Dina an diesem Morgen im Café ankam, warteten bereits ein paar ihrer Stammgäste vor der Tür. Neben den Pendlern gab es auch einige Rentner, die es sich mit einer Zeitung gemütlich machten oder ihr Kreuzworträtsel bei einem Muffin lösten.

»Du bist heute so früh da, George!«, zwinkerte Dina einem ihrer Stammgäste zu, als sie die Rollläden öffnete und die Schutzzauber löste, die das Café vor Einbrechern und anderen Vandalen schützten.

»Es ist die Kälte, Dina, ich spüre sie heute bis in die Knochen. Ich brauche etwas von diesem Kurkuma-Getränk, das du mir letzte Woche gemacht hast.«

»Dann lass uns rein ins Warme gehen.«

Beim Betreten des Cafés murmelte Dina einen leisen Zauberspruch, die Beleuchtung ging daraufhin an, und der Boiler erwachte zum Leben und sandte Hitze in die alten eisernen Heizkörper hinter den Sofas. In zehn Minuten würde es im ganzen Café mollig warm sein und nach frisch gemahlenem Kaffee riechen. Es gab keinen anderen Ort, an dem Dina in diesem Moment hätte sein wollen.

George ließ sich an seinem üblichen Tisch nieder, vom dem aus er nach draußen blicken konnte.

»Mach es dir gemütlich, bin gleich bei dir!«, rief sie, während sie aus dem Mantel schlüpfte und ihre Serendipity-Café-Schürze umband.

Dina verbrachte die nächsten dreißig Minuten damit, eine Reihe von frühmorgendlichen Kunden zu bedienen, obwohl das Café eigentlich noch gar nicht geöffnet war. Sie vertrieb sich die Zeit damit, ihre Latte Art zu perfektionieren. Als Robin zehn Minuten später um sieben Uhr fünfundvierzig anrückte, wirkte ihre Aushilfe entsetzt angesichts all der besetzten Plätze.

»Haben wir die Öffnungszeiten geändert?«, fragte Robin, schlüpfte in die Schürze und wischte sich das Haar aus den Augen.

»Nein, aber bald gibt es einen Schneesturm«, antwortete Dina abwesend, weil sie sich gerade ganz auf ein besonders extravagantes Milchschaum-Kunstwerk konzentrierte. Es sollte aussehen wie eine Schneeflocke, erinnerte aber eher an ein windschiefes Spinnennetz. Sie runzelte die Stirn, und mit einer knappen Geste verformte sich die aufgeschäumte Milch, bis sie eine perfekt symmetrische Flocke bildete.

»Ein Schneesturm? Ja nun, das erklärt es«, antwortete Robin trocken.

»Die Menschen spüren diese Dinge, obwohl sie sich dessen oft nicht bewusst sind. Außerdem ist es arschkalt«, antwortete Dina.

Gemeinsam bewältigten sie die Rushhour-Kundschaft, die jetzt ins Café drängte.

Dina fand Befriedigung darin, dass selbst die gestressten Pendler ein wenig entspannter wurden, wenn sie das Café betraten. Wie die Falten in ihrer Stirn sich glätteten und ihre Schultern erleichtert nach unten sackten.

Sicher, eine Tasse Kaffee konnte nicht einen ganzen Tag retten, aber ein guter, ein wirklich toller Kaffee konnte einen enormen Unterschied machen, wenn es darum ging, wie die jeweilige Person dem Rest ihres Tages entgegenblickte.

Und Dinas Erfahrung nach war die Einstellung viel wichtiger als das, was wirklich passierte.

Kurz nach neun wurde es langsam ruhiger. Die meisten der morgendlichen Kaffeetrinker saßen jetzt an ihrem Schreibtisch, nippten an ihren Getränken, aßen eine von Dinas leckeren Zimtschnecken und fühlten sich etwas beschwingter, während sie ihre E-Mails durchsahen. Gut gelaunt und doch gemütlich. Als wären sie gerade in ein warmes Paar Socken geschlüpft.

Dina machte die Tische sauber und entzündete mit einem kleinen Wink ihres Fingers an jedem eine gelbe

Kerze. Jetzt saßen nur noch wenige Gäste im Café, und sie waren zu sehr in ihre Bücher und Zeitungen vertieft, um zu bemerken, wie sie im Vorbeigehen etwas Putzmagie über die Tische schickte.

Sonst vermochte das beruhigende Summen der Kaffeemaschine es, Dinas inneren Monolog zu dämpfen, doch nicht heute. Der Anruf ihrer Mutter ging ihr nicht aus dem Kopf. Dina gefiel nicht, wie sehr sich das Bild der Traum-Mauer bis in ihre Knochen gegraben hatte, und auch nicht, wie es sich surreal und vertraut zugleich anfühlte. Als hätte sie selbst einmal davon geträumt, es aber nach dem Aufwachen vergessen.

Sie versuchte, es abzuschütteln, indem sie das Geschirr extra sauber schrubbte, aber das funktionierte nicht. Sie wünschte, Scott wäre schon da, damit sie mit ihm darüber reden könnte. Vielleicht würde er es verstehen. Er interessierte sich für ihre Magie, das hatte er in den vergangenen Wochen deutlich gezeigt. Und in diesem Moment kam ihr eine Idee: Sie würde ihm seine eigene Teemischung zubereiten. Das fühlte sich nach einem akzeptablen Geschenk an, um sich bei ihm auszujammern, ihm aber gleichzeitig zu zeigen, dass sie sich Gedanken machte und ihn liebte.

»Robin, kannst du kurz übernehmen?«, rief Dina.

Ein paar Minuten später verstummte die Kaffeemühle zu einem leisen Summen, und Robin kam mit zwei vollen Tüten wundervoll aromatischem gemahlenem Kaffee aus der Küche, den sie an manche Kunden verkauften.

»Ich weiß, ich brauche nicht einmal mehr Parfum, die Leute sagen mir immer, dass ich toll rieche.« Robin lachte und stellte die Beutel auf dem Tresen ab. »Willst du wieder nach hinten zum Backen?«

»Nein, ich denke, ich mache ein paar Teemischungen.« Dina lächelte und machte sich auf den Weg in die Küche.

Im Ofen lag ein Brot, und auf der Arbeitsplatte kühlte eine Reihe Cupcakes ab, die sie in etwa einer Stunde mit Frosting versehen würde. Der ganze Raum roch wie eine Umarmung.

Dina spürte ihr Handy vibrieren und öffnete den Gruppenchat mit Immy und Rosemary, den sie »The Weird Sisters« genannt hatten. Darin befand sich eine ganze Reihe von Fotos, die Rosemary auf einem Weihnachtsmarkt mit Gruselvilla-Motto geschossen hatte.

Immy hatte geantwortet: Hatten sie einen Motorsägen-Raum mit einem mordlustigen Nikolaus wie letztes Jahr?

Dina antwortete: Hübsch, lass mich dir mein Glühweinrezept schicken, worauf Rosemary antwortete: Ja, bitte! Und leider kein gruseliger Nikolaus, aber sie hatten axtschwingende Elfen. Ich hatte so viel Spaß.

Ihre Freundinnen waren verrückt – und sie liebte sie.

Dina summte in sich hinein, während sie ein leeres Marmeladenglas aus einem vollgestopften Regal zog. Es klebte immer noch ein Etikett mit »Aprikosenmarmelade« daran. Ihre Mutter hatte ihr das volle Glas im letzten Jahr geschenkt – Marmelade, die schmeckte wie in Flaschen abgefüllter Sonnenschein.

Dina hatte festgestellt, dass die besten Teemischungen die waren, die sie in alte Gläser gab, die einmal mit leckeren, wundervollen Dingen gefüllt gewesen waren.

Sie steckte sich das Haar zurück und betrat die Speisekammer. Die Wände waren vom Boden bis zur Decke mit diversen Gläsern und Kisten vollgestopft, die alle mit Dinas unordentlicher Handschrift versehen waren. Sie sah zu, dass ihre Gewürze an einem Ort blieben, zusammen mit anderen Backzutaten wie frischer Vanille, Mehl und einem Döschen, auf dem »Molchsaugen« stand, in dem sich aber tatsächlich Muskat befand.

Ihre Teesammlung spannte sich über mehrere Regalbretter. Abgesehen von den Spezialmischungen, die Dina für den Laden herstellte, hatte sie auch einen Vorrat von Zutaten, die sie ohne viel Aufwand zu persönlicheren Mischungen verarbeiten konnte. Dina fühlte sich nie mehr in ihrem Element als Küchenhexe als hier in ihrer Speisekammer.

Scotts Teemischung brauchte etwas, das seine Energien repräsentierte, ihm aber auch in gewisser Weise half. Ein Tee, den er während eines langen Arbeitstags trinken konnte.

Sie konzentrierte sich und wickelte dabei eine ihrer Locken um den Finger. Sie hatte noch keinen von den anderen Kuratoren kennengelernt, aber aus Scotts Erzählungen wusste sie, dass sie etwas anstrengend sein konnten. Also brauchte sie einen Tee, der ihm durch ein langes Meeting helfen würde. Und sie wusste auch schon genau, wie sie das anstellen konnte.

Sie schnappte sich mehrere Behälter und stellte sie auf der Arbeitsplatte vor sich ab. Schwarzer Tee – vollmundiger Assam, Kakaosplitter, getrockneter Ingwer und … etwas fehlte. Dina ging zurück in die Speisekammer, stemmte die Hände in die Hüften und ließ den Blick über die Regale schweifen.

Sie wusste, dass die Mischung noch eine Zutat brauchte, um perfekt für Scott zu sein. Affenkopfpilz? Vielleicht etwas zu erdig. Nelken? Zu schwer. Sie würden über den anderen Aromen dominieren. Während ihr Blick die Reihe der Behälter entlangglitt, entdeckte sie es plötzlich. Ein kleines Glas mit einem dunkelroten Pulver darin. Getrocknete Rote Bete. Perfekt! Belebend, aber dennoch leicht süß und samtig. Es würde aussehen, als wäre Scotts Getränk einem Red-Velvet-Kuchen nachempfunden. Was nebenbei auch noch sein Lieblingskuchen war. Dina lächelte, alles fügte sich perfekt.

Sie wollte sich Zeit lassen. Schließlich stellte man nicht jeden Tag seine erste magische Teemischung für den Mann, den man liebte, zusammen.

Dina machte zwei Gläser mit Scotts Mischung – eines für sein Büro und eines für zu Hause. Sie kritzelte seinen Namen auf zwei Etiketten und klebte sie auf die Gläser. Und dann konnte sie nicht anders und ergänzte sie noch um ein Herzchen. Sie hob eines der Gläser an die Nase und nahm einen tiefen Atemzug. Warm, würzig und scharf – genau wie Scott.

Plötzlich vibrierte das Handy in ihrer Tasche.

»Hallo, ist da Dina Whitlock?«, meldete sich eine Frauenstimme, die sie nicht kannte.

»Ja, das bin ich.«

»Mein Name ist Claire, ich bin Sanitäterin, und Scott hat Sie als seinen Notfallkontakt eingetragen. Ich will Ihnen keine Angst machen, aber wir haben gerade Scott hier im Wagen und bringen ihn jetzt ins Krankenhaus.«

Ihr Blut erstarrte zu Eis.

»Was ist passiert?«

»Er ist im British Museum gestürzt. Es ist wohl eine Leiter unter ihm zusammengebrochen, und er ist mit dem Kopf aufgekommen.«

O Gott, nein.

»Kann ich mit ihm reden?«, fragte sie. Ihr Körper fühlte sich taub an, ihre Stimme schien jemand anderem zu gehören.

»Im Moment nicht, es tut mir leid. Wir warten immer noch darauf, dass er das Bewusstsein wiedererlangt. Weil es eine Kopfverletzung ist, müssen wir ein paar Scans machen, sobald wir im Krankenhaus sind, um sicherzugehen, dass es keine inneren Blutungen gibt.«

Dina hörte das Piepen im Hintergrund und stellte sich Scott bewusstlos im Krankenwagen vor, wie Blut zwischen seinen Haaren hervorsickerte.

Das ist alles deine Schuld. Du hast das zu verantworten.

»Ich komme. Sagen Sie mir wohin«, hörte sie die Worte aus ihrem Mund kommen. Dann packte sie ihren Mantel und stürmte aus dem Café.

Wach auf! Bitte, Scott, wach auf!

Kapitel 32

Das Erste, was Dina auf dem Weg zum Krankenhaus tat, war, Scotts Mums anzurufen. Und dann Eric. Sie waren alle auf dem Weg, würden aber mindestens noch eine Stunde brauchen. Sie lief im Wartezimmer auf und ab und murmelte jeden Zauber und Segen, an den sie denken konnte.

Schuldgefühle fraßen sich durch ihren Körper. Das hier hatte sie ganz allein zu verantworten. Sie hatte gewusst, dass der Fluch noch immer wirksam war, sie hatte die Zeichen gesehen und sie ignoriert. Wenn Scott etwas passierte, dann war es ihre Schuld.

Er musste aufwachen. Musste okay sein.

»Dina?« Eine Krankenpflegerin steckte den Kopf ins Wartezimmer. »Er ist wach.«

Sie eilte zu ihm.

»Hallo, mein Schatz«, sagte Scott, der mit blassen Wangen und einem Verband um die rechte Seite seines Kopfes im Bett lag. »Mir geht es gut.«

»Verdammt, Scott, ich habe mir solche Sorgen gemacht.« Sie küsste ihn und vergrub das Gesicht an seinem Hals.

»Ich auch. In der Notaufnahme bin ich kurz aufgewacht, aber sie wollten nicht, dass du zu mir kommst, bis sie alle Scans gemacht hatten. Alles ist gut, keine inneren Blutungen. Offenbar bluten schon leichte Kopfverletzungen stark, sodass sie schlimmer aussehen, als sie sind. Ich schätze, das hat der Bibliothekarin, die mich gefunden hat, einen ganz schönen Schrecken eingejagt.«

Sie schauderte, wenn sie nur daran dachte.

»Tut es weh?«, fragte sie.

»Es sticht ein wenig. Sie mussten mich nähen. Denkst du, es bleibt eine coole Narbe zurück?«

Sie schlug ihm leicht gegen die Brust. »Wage es nicht, mich jetzt zum Lachen zu bringen.«

»Die Sanitäter meinten, ich hätte Glück gehabt, mit dem Kopf genau an dieser Stelle aufzukommen. Ein paar Zentimeter weiter, und ich hätte mir ernsthafte Verletzungen zuziehen können.«

Was, wenn er beim nächsten Mal kein solches Glück hat?, dachte Dina. Der Fluch eskalierte, gab sich alle Mühe, Scott etwas anzutun. Wenn sie jetzt nicht ging, dann würde er ihn mit Sicherheit umbringen. Damit könnte sie nicht leben.

Dina umschloss sein Gesicht mit beiden Händen und tat ihr Bestes, sich jeden seiner Züge einzuprägen.

Sie küsste seine Wangen, seine Augen, seine Lippen. Sie fuhr mit den Fingern durch seinen Bart. Tränen rannen ihr ungehindert über die Wangen.

»Schatz, was ist los?«

Sie liebte ihn so sehr – wie sollte sie das nur schaffen?

»Es ist alles meine Schuld«, sagte sie, die Stimme gedämpft an seinem Krankenhausnachthemd.

»Was?«

»Dass dir ständig schlimme Dinge passieren. Warum du dich immer wieder verletzt.«

»Dina, es war eine altersschwache Leiter, die längst hätte repariert werden müssen. Dafür kannst du nichts.«

Sie blickte zu ihm auf, und Scott strich mit dem Daumen ihre Tränen weg.

»Bitte, hör mir einfach zu«, flüsterte sie. Weil sie ihn nicht einmal für eine Sekunde loslassen wollte, kroch Dina an seine Seite und legte die Arme um seinen Nacken.

Sie atmete tief ein und begann zu sprechen.

»Vor ein paar Jahren hat mich jemand verhext. Es war nicht ihre Absicht, aber sie hat es getan. Der Fluch bewirkt, dass jeder, der sich in mich verliebt, verletzt wird. Verstehst du? Das alles ist nur wegen dem Fluch passiert. All die Unfälle, die du hast, seit du mich kennst. Seit du dich in mich verliebt hast«, ihre Stimme brach mit einem Schluchzen, »und es wird niemals aufhören. Ab hier wird es nur noch schlimmer.«

Scott schüttelte den Kopf. Er sah aus, als wollte er ihr nicht glauben. Sie ließ ihm einen Moment Zeit und sah zu, wie ihre Worte langsam bis in seine Knochen sickerten und seine Lippen dünn wurden.

»Kannst du den Fluch umkehren? Oder brechen?«

»Ich habe so viel versucht. Nichts hat funktioniert.«

Er atmete tief durch. »Himmel, Dina. Warum hast du denn nichts gesagt? Bist du sicher, dass es nicht besser wird? Vielleicht schwächt der Fluch sich ja irgendwann ab. Sind andere lange genug geblieben, um es herauszufinden?«

Er war wütend. Er war wütend, weil sie es ihm nicht gesagt hatte. Und er hatte ja recht damit.

Sie war noch nie auf den Gedanken gekommen, dass der Fluch über begrenzte Energiereserven verfügen könnte. Aber nein, es war zu gefährlich, dieses Risiko einzugehen. Außerdem, wenn er sich all diese Jahre gehalten hatte, dann war es zu bezweifeln, dass er genau dann verschwinden würde, wenn er endlich Gelegenheit hatte, Wirkung zu zeigen.

»Ich glaube nicht«, antwortete sie.

»Kann man irgendwas dagegen tun?«

»Das habe ich mit den Schutzamuletten versucht. Und ich habe in deinen Teeblättern gelesen. Aber er wird stärker.«

Scotts Blick wurde weicher, und er zog sie zu einem Kuss heran. »Wir finden einen Weg, Dina, bitte gib nicht auf. Uns fällt etwas ein. Was, wenn …«

»Es gibt nichts, was wir tun können«, unterbrach sie ihn. Sie wollte sich aufrichten und löste sich von ihm.

»Nein. Komm her«, sagte Scott und öffnete seine Arme. Sie schüttelte den Kopf. »Willst du nach Hause? Du könntest auch für eine Weile in meiner Wohnung bleiben und Heebie mitnehmen?«

»Ich muss gehen, Scott. Wenn ich hier … bei dir bleibe, dann wirst du verletzt.« Dina würgte ein Schluchzen hervor. »Und ich will nicht, dass du je wieder meinetwegen verletzt wirst.«

»Dina, mein Schatz, was sagst du da?«

»Wir können so nicht weitermachen. Mit uns.«

»Was meinst du damit? Mir ist es scheißegal, was irgendein Fluch mir antun will. Ich kämpfe dagegen an, Dina. Du bist das Beste, was mir je passiert ist, und ich werde dich nicht gehen lassen.«

»Das ist nicht deine Entscheidung, Scott. Es ist mein Fluch. Meine Last, die ich selbst tragen muss.«

Scott zog sie zu einem Kuss heran. Sie öffnete bereitwillig den Mund, ihre Lippen kollidierten, ihre Körper verschmolzen. Für eine Weile stand die Zeit still, doch als Dina sich löste, hatte sie noch immer Tränen in den Augen.

»Ich will, dass du weißt, dass ich das nur tue, weil ich dich liebe«, sagte sie leise.

»Dina …«

»Bitte mach es nicht noch schwerer für mich, Scott!«, rief sie. Sie konnte nicht noch einmal zurück in seine Arme. »Wenn du willst«, sagte sie mit bebender Stimme, »kann ich dafür sorgen, dass du mich vergisst.«

»Wehe«, sagte er.

»Ich liebe dich«, flüsterte Dina und floh dann aus dem Raum.

Schnee drang von allen Seiten auf ihn ein, doch Scott bemerkte es nicht einmal. Er hatte sich selbst aus dem Krankenhaus entlassen, sobald der Arzt ihm grünes Licht gegeben hatte, und alle Anrufe von Eric und seinen Mums ignoriert. Er nahm weder die beißende Kälte wahr noch das heftige Zittern, das seinen Körper durchschüttelte. Sein Kopf tat weh, aber er musste weiterlaufen, musste das Dröhnen in seinem Kopf übertönen. Jeder Schritt schmerzte. Nichts ergab Sinn. Sein Kopf und sein Herz waren durcheinander, verdreht und gebrochen. Er liebte sie mit allem, was er hatte. Wie sollte er damit leben können?

Scott setzte einen Fuß vor den anderen, kümmerte sich nicht, wohin er ging, er musste einfach nur weg von … wo auch immer er war. Doch es gab keinen Ort, an den er flüchten konnte. Diese Gefühle würden ihn überallhin verfolgen.

Sie hatte ihm sogar angeboten, sie aus seinem Gedächtnis zu löschen, und das hatte ihn fuchsteufelswild gemacht. Wie konnte sie es wagen, auch nur daran zu denken, sich aus seinen Erinnerungen zu stehlen? Sie war seine große Liebe – er wollte niemanden sonst und würde auch niemals jemand anderen haben wollen. Es war, als wäre er wieder dort im Labyrinth, nur dass er dieses Mal nicht herausfinden würde.

Scott rieb sich über die Wangen, wollte, dass die Tränen dort verschwanden.

Er war sich vage bewusst, dass die Leute ihn anstarrten – einen erwachsenen Mann, der durch die Straßen lief und sich Tränen aus den Augen wischte. Doch er hatte nicht die Kraft, sich darum zu kümmern.

Er hatte Dina verloren – verdammt, er hatte sie verloren. Der Ausdruck in ihren Augen, als sie versucht hatte … was? Zu erklären, warum sie ihn verlassen musste? Nun, er wäre beinahe zusammengebrochen. Hätte beinahe gesagt: *Dann soll er mich eben umbringen, das ist mir egal. Die letzten Wochen waren die besten meines Lebens, und selbst wenn ich nur noch wenige Tage mit dir habe, ist das besser, als ohne dich zu leben.*

Etwas Kaltes und Hartes rammte Scott und presste ihm den Atem aus den Lungen. Er blinzelte, blickte nach unten und entdeckte ein Metallgeländer, das ihm etwas über die Hüfte reichte. Vor ihm floss die Themse, deren Wogen miteinander kämpften wie Messer aus Stahl.

Scott bemerkte, dass es schneite. Die zarten Flocken schmolzen auf seiner Haut und verfingen sich in seinem Haar. Offenbar befand er sich nahe Battersea. Er blickte hinunter auf seine Uhr. Es war beinahe sieben Uhr abends. Er lief bereits seit Stunden, der Himmel hatte sich zu einem abendlichen Grau gefärbt, und die Schneewolken zeigten keine Anzeichen, abziehen zu wollen.

Das alles fühlte sich noch nicht echt an. Wie sollte er ohne Dina in seinen Armen aufwachen? Morgen oder an irgendeinem anderen Tag danach? Alles war bodenlose Dunkelheit. Nachdem er gefühlte Stunden in die immer dunkler werdenden Wellen gestarrt hatte, während sein Herz wie betäubt in seiner Brust schlug und jeder Gedanke Dinas Gesicht galt, drehte Scott sich um und machte sich auf den langen Heimweg.

Kapitel 33

Dina war ein Gewitter auf zwei Beinen, und jeder, der sich in ihren Zerstörungsradius wagte, würde ihren Zorn zu spüren bekommen. Er entsprang einer tiefen, glühenden Trauer, den Passanten zeigte sie sich in Form von Hundehäufchen unter ihren Füßen, kaputten Regenschirmen und Windstößen, die ihr Haar an ihrem Lipgloss kleben ließen. Dina machte das nicht mit Absicht, ihre Magie strahlte in schmerzerfüllten Wellen von ihr aus.

Sie hatte nicht genug Vertrauen in ihre Magie, um sicher sein zu können, dass sie nicht ernste Signalstörungen auslösen und das ganze U-Bahn-Netz lahmlegen würde, also lief sie den ganzen Weg nach Hause. Ihre Beine schmerzten, als sie die letzten Schritte zu ihrer Haustür zurücklegte.

In ihrer Wohnung angekommen warf Dina sich auf das Sofa und vergrub das Gesicht in den Kissen. Sie würgte Schluchzer hervor und kümmerte sich gar nicht darum, dass ihre Mascara Schlieren auf dem

Stoff hinterließ. Nach einer Weile spürte sie Heebie, die sie vorsichtig mit dem Schwanz streifte und an ihren Wangen schnüffelte. Dina drehte sich zur Seite, sodass Heebie in ihren Schoß klettern und mit ihren scharfen kleinen Krallen ihren Bauch bearbeiten konnte.

»Was backen wir heute, Madame Heebie?«, schniefte Dina und kraulte die Katze unterm Kinn. Sie stellte sich Heebie gerne mit einer kleinen Bäckermütze vor und hatte ihr sogar einmal eine gestrickt – doch Heebie hatte gefaucht, als Dina versucht hatte, sie ihr aufzusetzen.

Sie war sich nicht sicher, wie lange sie dort saß und Heebies weiches schwarzes Fell streichelte, aber langsam ließ der Schmerz in ihrer Brust nach, als ob sanfte Finger einen steifen Knoten Faden um Faden lösten. Er war nicht weg, aber es war etwas ruhiger in ihrem Kopf.

Stunden später weckte Heebie Dina, und das Licht der abendlichen Straßenbeleuchtung flutete ihr Wohnzimmer. Die Katze miaute, stieß mit dem Kopf gegen Dinas Arm und stellte sich dann neben ihrer Futterschüssel auf.

»Wie unaufmerksam von mir. Ich habe deine Essenszeit verschlafen.« Als Dina sich erhob, schmerzte ihr ganzer Körper, doch sie schleppte sich in die Küche und servierte Heebie ihr Essen.

All die Magie, die auf dem Nachhauseweg aus ihr hinausgedrängt war, hatte sie ausgelaugt. Obwohl das auch der Liebeskummer sein konnte.

Ihr Handy vibrierte, und ohne auf den Namen zu achten, ging sie ran.

Immys und Rosemarys Gesichter erschienen auf dem Display.

»Dina, o Dina, Liebes, bis du okay?«, rief Immy. Dina sah ihr eigenes Gesicht klein in der Ecke ihres Handys: aufgequollene, fleckige, rote Haut.

»Ich habe Mist gebaut«, krächzte sie. Eric musste ihnen erzählt haben, was passiert war.

»Alles gut, wir sind für dich da. Erzähl uns, was los ist«, sagte Rosemary, deren Video etwas langsamer war, weil sie aus den Staaten anrief.

Dina nahm einen tiefen Atemzug und erzählte ihnen von den Schutzzaubern und dem Unfall und dass sie Scott so sehr liebte, dass sie das Gefühl hatte, ihr Herz müsste auseinanderbrechen.

Später in der Nacht wälzte Dina sich in ihrem Bett herum, versuchte erfolglos, in den Schlaf zu finden.

»Du musst mit deiner Mum reden, Dina, ich meine es ernst«, hatte Immy während ihres Telefonats gesagt. »Sie wird wissen, was zu tun ist.«

»Aber was, wenn sie mich hasst, wenn ich ihr gestehe, dass ich bi bin?«

»Dina, das wird sie nicht. Aber hör auf uns«, sagte Rosemary. »Du musst es ihr trotzdem sagen. Und wenn es schlecht endet … Nun. Wir lieben dich, und wir sind für dich da, bis deine Mutter ebenfalls im 21. Jahrhundert angekommen ist.«

Sie hatten sich noch eine ganze Weile unterhalten, bis die Erschöpfung Dina einholte.

Ihre Magie war im Moment zu unberechenbar, sonst hätte sie sich in den Schlaf gezaubert. Stattdessen taumelte sie mit trüben Augen in die Küche und machte sich eine Tasse Kamillentee, den sie mit ins Bett nehmen würde. Diese Blumen stammten von einer Ernte, die sie im letzten Jahr auf dem Fensterbrett gezogen und dann getrocknet hatte. Sie hatten nicht die gleiche Intensität wie wilde Kamille, aber wo sollte Dina in London wilde Kamille ernten?

Der Tee war herrlich süß, und nach ein paar langen Schlucken spürte sie, wie ihr die Lider schwer wurden. Der Schlaf überkam sie schnell, und als sie das nächste Mal die Augen öffnete, drang pfirsichgelbes Sonnenlicht zwischen ihren Vorhängen hindurch.

Auf ihrem Bauch lastete ein Gewicht – Heebie saß dort und putzte sich mit ausgestreckter Pfote.

»Du solltest für eine Weile nach Hause fahren, Dina«, sagte Heebie mit der Stimme eines klassischen Hollywoodstars. Aber das war absurd, Heebie konnte nicht sprechen.

»Du bist eine Katze«, murmelte Dina.

»In der Tat«, antwortete Heebie trocken, »aber ich bin deine Katze, also kann ich dir sagen, was du tun sollst. Du musst nach Hause fahren. Um dein Herz zu heilen. Um den Fluch zu brechen.«

»Ich kann ihn nicht brechen. Ich habe alles versucht. Ich habe Scott Schutztalismane gegeben, habe ständig sein Schicksal überwacht, und er hat ihm trotzdem geschadet. Ich sage dir, ich habe alles versucht.«

Heebie sah sie mit weisen, wissenden Augen an.

»Nicht *alles.*«

Dina war mit einem Mal hellwach. Das Licht in ihrem Schlafzimmer war fahl und grau wie Wolken voller Regen. Heebie saß auf ihr und putzte ihr Bauchfell.

»Sehr witzig, Heebie«, sagte Dina. »Du konntest die ganze Zeit schon sprechen und hast es mir nie gesagt?«

Die Katze sah sie an und blinzelte einmal.

»*Miauuu*«, machte Heebie, als Dina sie unter dem Kinn kraulte.

»Oh, also plötzlich hast du dein Sprechvermögen verloren?«

»*Miau.*«

»Also das kaufe ich dir nicht ab.«

Traum-Heebie hatte allerdings recht: Sie sollte nach Hause fahren. Der Schlaf, so unruhig er auch gewesen war, hatte ihr den Kopf ein wenig freigepustet. So etwas wie Hoffnung regte sich in ihrer Brust. Ihre Freundinnen, und jetzt auch ihre Katze, hatten ihr gesagt, was sie tun musste. Und sie musste ihnen widerstrebend recht geben. Es war an der Zeit, ihrer Mutter die Sache mit dem Fluch zu gestehen.

Kapitel 34

»Okay, nur damit ich dich richtig verstehe: Während deiner Bäckerausbildung hast du deinen Freund mit einem Schicksalszauber belegt, aber das ging nach hinten los, und dann hat er ihn versehentlich gegen dich gerichtet und dich verflucht, sodass jetzt jeder, der sich in dich verliebt, verletzt wird. Und du und Scott, ihr habt Schluss gemacht, weil der Fluch versucht hat, ihn umzubringen. Und deine Mutter weint im Schlafzimmer und lässt es im ganzen Haus schneien, weil du ihr nie davon erzählt hast. Fasst es das zusammen?«

Robert Whitlock lehnte mit einer Tasse kalt werdendem Kaffee am Küchentresen.

Wenn man weglässt, dass ich außerdem noch queer bin, dann ja, dachte Dina.

»So ungefähr«, sagte sie stattdessen.

Ihr Vater stieß ein langes Seufzen aus und kam dann zu ihr, um ihre Schulter zu drücken.

»Du weißt, dass du uns alles sagen kannst und wir dich nie dafür verurteilen würden.«

Dina lehnte den Kopf gegen den Arm ihres Vaters, während er ihr die Locken tätschelte. Sie fragte sich, ob er recht hatte. Bei ihrer Ankunft im Haus ihrer Eltern war sie entschlossen gewesen, ihnen alles zu gestehen, doch die Reaktion ihrer Mutter, als sie ihr von dem Fluch erzählte, ohne überhaupt zu erwähnen, dass Rory eine Frau war, ließ Zweifel in ihr aufkommen, wie sie den Rest aufnehmen würde. Nour hatte die Geheimhaltung ihrer Tochter als persönliche Kränkung aufgefasst.

Robert seufzte und stellte seinen Kaffee ab.

»Ich gehe mal besser und sehe nach Nour. Ich bin mir sicher, in ein oder zwei Stunden ist sie wieder in Ordnung.«

Dina blickte ihrem Vater hinterher, wie er den Raum verließ und die Treppe hinaufstieg. Sie bezweifelte das.

Sie ging hinaus in den Hof und sah zu, wie Schnee auf die bunten Fliesen fiel. Das Haus hatte sich so sehr gefreut, Dina zu sehen, dass der Wasserkessel aufgeregt pfiff, als sie die Tür entriegelte, aber nach dem Geständnis mit dem Fluch war ihre Mutter aufgebracht und das Haus verwirrt. Es schneite, und es war bitterkalt. Gleichzeitig knisterte ein fröhliches Feuer im Kamin, das nach Tannen und Zimt roch.

Dina war sich sicher, wenn sie jetzt hinauf in ihr altes Kinderzimmer gehen würde, fände sie das Bett mollig warm vor – mit einer Wärmflasche und dem Prasseln von Regen an den Fensterscheiben. Nur so hatte sie in ihren Teenagerjahren einschlafen können. Heebie strich ihr um die Beine und stieß sanft gegen ihre Waden. Dina hob die Katze hoch und hielt sie wie ein Baby, was Heebie ertrug, als wäre es eine Strafe.

Nach einer Weile hörte der Schnee auf zu fallen, und der magische Himmel über dem Innenhof, der in Wirklichkeit einfach nur ein Dach war, färbte sich tiefviolett mit Sternensprenkeln darin. Die schlurfenden Schritte, die sie jetzt auf der Treppe hörte, waren die ihres Vaters.

»Sie will dich sehen«, sagte er mit einem schwachen Lächeln.

Dina hätte lügen müssen, um zu behaupten, dass sie sich nicht ein wenig fürchtete, ihrer Mutter gegenüberzutreten. Starke Gefühle machten Hexen unberechenbar, und Nour war schon von Natur aus nicht die Gelassenheit in Person. Als sie jedoch das Zimmer ihrer Eltern betrat, saß ihre Mutter im Schneidersitz auf dem Bett und blätterte in einem alten Buch.

»Aji hdaya«, sagte Nour. Komm her.

Dina gehorchte, und sobald sie sich neben ihre Mutter gesetzt hatte, wurde sie in eine Umarmung gezogen.

»Benti, es tut mir leid«, sagte ihre Mutter. »Es tut mir leid, dass es mir nie aufgefallen ist. Ich verstehe nicht, meine Magie …« Nour blickte hilflos auf ihre Hände hinunter. »Ich hätte den Fluch in deiner Aura sehen müssen.«

»Es ist okay, Mama. Ich habe auch darüber nachgedacht. Ich frage mich, ob ich ihn nicht mit meiner Magie vor dir verborgen habe.«

Nour nickte langsam, während sie sich diese Möglichkeit durch den Kopf gehen ließ.

»Ich habe etwas gefunden, das interessant für dich sein könnte«, sagte sie.

Eine Schublade öffnete sich, und ein Paar Socken segelte gegen Nours Kopf.

»Tut mir leid, ja. Das *Haus* hat etwas gefunden«, berichtigte sie sich.

Sie neigte das Buch in Dinas Richtung. *Mutter Agathas Zauberkompendium* stand dort. Die Ecken waren abgestoßen, der Rücken gebrochen, es sah aus, als ob es viel in Gebrauch gewesen wäre.

»Wer ist Mutter Agatha?«, fragte Dina.

»Weißt du was, da bin ich mir nicht sicher. Es lag auf dem Dachboden, als wir eingezogen sind, und ich habe es einige Male durchgeblättert. Ihre Zauber sind nicht ganz mein Stil. Allerdings gibt es eine Seite, die wir uns ansehen sollten, schätze ich.«

Mit einer knappen Handbewegung ließ Nour die Seiten blättern, bis sie bei einer haltmachten. Dina atmete scharf ein.

Ein Zauber, um sein Schicksal zu verändern stand dort, vermutlich in Mutter Agathas Handschrift. Darunter entdeckte Dina viele der Komponenten, die sie vor all den Jahren verwendet hatte, um Rory zu sich zu holen.

»Es ist so ähnlich …«, sagte sie und ließ den Finger über die Seite gleiten.

»Schau, hier«, sagte Nour und wies auf eine Anmerkung zwischen den Zeilen.

»Nur Hexen aus einer starken Blutlinie sind in der Lage, einen wirksamen Schicksalszauber zu sprechen oder abzuwenden«, las Dina laut vor. »Sollte die Person, für die der Zauber bestimmt war, während des ersten Monats das Bewusstsein verlieren, verfliegt der Effekt.«

Aber das hieße ja …?

Dina sah ihre Mutter an, die lächelte.

»Aber Rory hat das Bewusstsein verloren. Und … Rory stammte nicht aus einer starken Blutlinie von Hexen, da bin ich mir ziemlich sicher.«

All diese Jahre hatte sie komplett falschgelegen. Sie war davon ausgegangen, dass Rory den Schicksalszauber genommen, ihn in einen Fluch verwandelt und auf Dina zurückgeschleudert hatte. Aber wenn der Schicksalszauber verflogen war, bevor Rory im Krankenhaus aufwachte, dann gab es überhaupt keine Magie, die Rory sich hätte zunutze machen können. Dann war es gar nicht möglich, dass sie Dina verhext hatte.

Nour nickte. »Der Zauber konnte nicht als Fluch zu

dir zurückkehren, weil er bereits in dem Moment gebrochen war, als Rory den Unfall hatte.«

»Aber ich *bin* verflucht, Mama. Selbst wenn es nicht der Schicksalszauber war, selbst wenn es nicht Rory war, es liegt definitiv ein Fluch auf mir.«

Aber wenn Rory sie nicht verflucht hatte, wer dann?

Kapitel 35

Gemeinsam streuten Dina und Nour einen Kreis aus Salz auf den Boden von Dinas Schlafzimmer und stellten eine Kerze in die Mitte. Nour hatte Robert gebeten, sie nicht zu stören, da es sich hierbei um Hexenangelegenheiten von höchster Wichtigkeit handelte. Immerhin hatte er sie überreden können, vorher noch etwas zu essen.

»Wir müssen der Sache auf den Grund gehen, Habiba«, hatte ihre Mutter gesagt. »Und wenn wir uns dafür die ganze Nacht um die Ohren schlagen. Wir werden herausfinden, wer dich mit dem Fluch belegt hat und wie wir ihn brechen können.«

Zunächst wuschen sie sich beide die Arme bis hinauf zu den Ellenbogen mit Rosenwasser, das den ganzen Raum mit seinem floralen Aroma erfüllte. Es reinigte die Magie und würde verhindern, dass ihre Arbeit von etwas verfälscht wurde.

»Setz dich bitte in die Mitte, Benti«, bat Nour Dina. Sie folgte den Anweisungen ihrer Mutter, weil sie ihrem Wissen vertraute.

Ihre Mutter reichte ihr eine brennende Stumpenkerze und setzte sich dann ihr gegenüber in den Kreis.

»Wie funktioniert das?«, fragte Dina.

»Wenn wir bereit sind, blasen wir die Kerze aus, und im Rauch darüber werden wir den Namen der Person sehen, die dich verflucht hat. Und jetzt sei still und lass mich zaubern.«

Sie saßen stumm da, während der Regen schwer gegen die verdunkelten Fenster prasselte und der Raum lediglich in den warmen Schein der Kerze getaucht war. Nour runzelte die Stirn und murmelte mit nach oben gerichteten Handflächen einen Zauber, der zu leise war, als dass Dina ihn hätte verstehen können.

Sie beobachtete das Gesicht ihrer Mutter, ein Spiegel dessen, wie sie in dreißig Jahren aussehen würde. Lachfalten um die braunen Augen, die ersten Altersflecken auf den Wangen. Nour könnte sie natürlich mithilfe ihrer Kräfte verschwinden lassen, wenn sie wollte. Aber Dinas Mutter hatte es immer vorgezogen, in Würde zu altern. Sie stand sogar zu den weißen Haaren, die mittlerweile an ihren Schläfen erblühten, und meinte nur, sie würden sie vornehm und elegant aussehen lassen.

Nour öffnete die Augen, und für einen Moment glühten sie bernsteinfarben.

»Blas die Kerze aus«, flüsterte sie.

Dina gehorchte, und eine dünne Rauchfahne wand

sich in die Luft. Eine Sekunde lang passierte nichts, und dann begannen sich Buchstaben vor ihren Augen zu formen.

»Ah, genau wie ich vermutet habe«, sagte Nour düster.

Die Buchstaben schwebten glasklar vor ihr, ehe sie verflogen. Es war lediglich ein Name.

Dina Whitlock.

Kapitel 36

»Wie zur Hölle habe ich es geschafft, mich selbst mit einem Fluch zu belegen? Und wie zum Teufel soll ich ihn wieder brechen?«, fluchte Dina und fegte mit einem Putzzauber den Salzkreis in ein Glas. Sie brauchten seinen Schutz nicht mehr, denn wie es schien, war die Ursache aller ihrer Probleme sie selbst.

»Es kommt nicht oft vor, dass eine Hexe sich selbst verflucht. Aber wenn es passiert, kann dieser Fluch sehr mächtig sein«, sagte Nour, die mittlerweile mit der eingeringelten Heebie im Schoß auf Dinas Bett saß.

»Und was nun? Können wir es mit irgendeiner Art Zauber rückgängig machen?«

Nour hob eine Augenbraue. »Ich dachte, du hättest es bereits mit Reinigungszaubern auf dich selbst versucht?«

»Das habe ich.«

Nour zuckte die Achseln. »Das hätte es eigentlich beenden sollen.«

Dina war überrascht, wie gelassen ihre Mutter blieb.

Nour hob die Hand, legte sie an Dinas Wange und ließ sie dort.

»All diese Jahre warst du abgeschnitten von der Liebe. Und Scott … Ich dachte wirklich …«

»Ich auch, Mama«, sagte Dina, und ihre Brust zog sich zusammen.

»Es liegt jetzt an dir, es in Ordnung zu bringen.«

»Wie?«

»Denk genau nach, Dina. Überleg dir, was dieser Fluch wirklich tut. Jeder, der sich in dich verliebt, wird verletzt. Und das zwingt dich, sie zu ihrem eigenen Schutz von dir zu stoßen. Es ist genau wie in meinem Traum. Du baust diese Mauer um dich herum, damit niemand dir zu nahe kommt, und jeder, der es versucht, wird verletzt. Aber was passiert, wenn jemand es hindurchschafft und dich liebt? Sie sehen hinein. Sie sehen das Innere der Festung, die du um dich herum errichtet hast, sie *sehen dich.* Was könnten sie sehen, das dir solche Angst macht?«

Dina war sich nicht sicher, wann sie zu weinen begonnen hatte.

»Hast du Angst, dass sie herausfinden, dass du eine Hexe bist, und entsetzt weglaufen? Sag mir, Benti, ist Scott weggelaufen?«

Dina schüttelte den Kopf. »Er liebt meine Magie.«

»Genau. Und warst du in seiner Gegenwart du selbst?«

»Ja.«

»Und trotzdem hat er sich in dich verliebt. Er hat sich in *dich* verliebt, Dina, weil du es wert bist, geliebt zu werden, und weil du Liebe verdienst.«

Dina lehnte den Kopf an die Brust ihrer Mutter, und Nour streichelte die Locken ihrer Tochter. Sie fühlte sich so klein und so jung.

Da war noch ein geheimer Teil ihrer selbst. Ein Teil, der immer da gewesen war und den sie schon so lange mit ihrer Mutter teilen wollte.

Sie hatte solche Angst. *Bitte hör nicht auf, mich zu lieben, wenn ich es dir erzähle, Mama.*

»Da ist noch etwas, Mama. Etwas, das ich dir verschwiegen habe.«

»Ach?«

»Ich habe es dir nicht gesagt, weil ich Angst vor deiner Reaktion hatte. Angst, dass du und Dad mich weniger lieben könntet, wenn ihr es herausfindet.« Dina nahm einen zittrigen Atemzug. »Ich bin bi, Mama. Ich mag Männer und Frauen. Meine erste Liebe, Rory, sie war kein Mann. Und ich hatte Beziehungen mit Frauen, also bitte sag nicht, dass es nur eine Phase …«

Ihre Mutter umfasste Dinas Gesicht mit den Händen. »Mein liebes Mädchen, meine Habiba. Das ist es, was du mir all die Jahre verheimlicht hast?« Nour begann zu weinen. »Es tut mir unendlich leid, dass ich dir das Gefühl gegeben habe, dass du es uns nicht erzählen kannst, dass ich dir das Gefühl gegeben habe, wir könnten dich weniger lieben. Du bist meine Tochter, es gibt nichts an dir, was ich nicht liebe.«

Die Mauern, die Dina um ihr Herz errichtet hatte, begannen zu bröckeln, während ihre Mutter sie in den Armen hielt. Und Dina war endlich in der Lage, ihr zu glauben. Nach einer Weile hörte sie auf zu weinen und setzte sich auf, um ihre Mutter anzusehen.

»Was machen wir jetzt?«

Nour dachte einen Moment nach. »Es gibt da etwas. Es könnte helfen. Mit der Magie einer Mutter ist nicht zu spaßen.«

Dina dachte an Scott, dachte daran, dass sie jetzt eine Chance hatte, mit ihm zusammen zu sein, wenn es ihr gelingen würde, ihren eigenen Fluch zu brechen.

»Lass es uns versuchen«, sagte sie. »Was soll ich tun?«

Dina wartete auf ihre Mutter, die in das angrenzende Bad gegangen war, bis sie mit einer Schale zurückkam, die nach Weihrauch roch und mit bereits angerührter Henna gefüllt war (das Haus musste von den Plänen ihrer Mutter gewusst haben).

Zusammen löffelten sie die Henna in einen Plastikbeutel und schnitten ein kleines Loch in eine der unteren Ecken.

»Wir bringen das wieder in Ordnung, Habiba.«

Bei der Entschlossenheit in der Stimme ihrer Mutter blitzte Hoffnung in Dina auf. Sie merkte erst jetzt, dass ihre Mutter ganz leise sang. Schon seit sie ein Baby war, hatte ihre Mutter so gesungen. Manchmal in Darija, manchmal in Englisch, niemals auf Französisch. Nour nahm die rechte Hand ihrer Tochter und begann, Henna in einem wunderschönen Muster aufzutragen.

Ihre Stimme kippte zu einem Flüstern und glitt dann zurück in das Lied, die Töne kehlig und warm. Wie gewisperte Gebete.

Ihre Mutter drehte Dinas Hand mit der Handfläche nach oben und zeichnete einen Kreis mit der mit Weihrauch versetzten Henna. Dina spürte eine kribbelnde Wärme, wo die Henna aufgetragen würde, jeder Strich brachte etwas tief in ihr, in ihrem Geist, zum Schwingen.

Magie pulsierte durch sie hindurch, geschmolzenes Licht floss durch ihre Adern.

Sie blickte nach unten und stellte überrascht fest, dass ein elegantes Muster aus Blumen und Ranken sich um ihre Finger wand, während das Zentrum ihrer Handflächen ein offenes Auge zeigte.

»Damit du dich selbst so sehen kannst, wie ich dich sehe«, sagte Nour, in deren Augen Tränen standen.

Dina erhob sich und wandte sich dem Spiegel zu. Einen Moment lang erkannte sie das Abbild dort nicht wieder. Die Frau im Spiegel war schön, sie leuchtete von innen heraus, und ein breites Lächeln lag auf ihren

Lippen. Sie strahlte Freundlichkeit und Freude aus. Diese Frau war Dina. *Das bin ich.*

Der Fluch hatte sich unumkehrbar angefühlt, unmöglich zu brechen, selbst dann noch, als sie den Grund dafür kannte. Es war eine Sache, gesagt zu bekommen, dass sie sich selbst lieben musste, um den Fluch zu brechen, aber eine ganz andere, es auch wirklich zu tun. Aber als Dina sich jetzt ansah, ergab sich alles wie von selbst. Ihre Familie akzeptierte sie so, wie sie war. Und wenn sie sich sagte, dass sie Liebe verdiente, dann war das die Wahrheit. Und wenn das die Wahrheit war, dann gab es keinen Grund für den Fluch mehr. Keinen Grund für die Mauer, die sie zwischen sich und anderen errichtet hatte, um sie daran zu hindern, sie so zu sehen, wie sie wirklich war. Scott liebte sie, und sie liebte ihn. Und zwischen ihnen würde alles gut werden.

Sie nahm einen zittrigen Atemzug, als die heimtückische Magie des Fluchs sich aufzulösen begann wie Asche, die nach dem Verlöschen eines Feuers vom Wind verweht wird. Dann ploppte es in ihren Ohren, und der Fluch war verschwunden.

Dina sah ihre Mutter an, die durch ihre Tränen hindurch lächelte.

»Er ist weg«, rief sie. »Mama, ich bin frei.«

Sie fielen sich lachend und weinend in die Arme, und in diesem Moment kam auch Dinas Vater herein und schlang seine langen Arme um beide, seine Frau und seine Tochter, auch wenn er nicht wusste, warum sie vor Glück weinten, einfach nur froh, dass sie es taten.

Nach einer Weile nahm Nour Dinas Gesicht zwischen ihre Hände.

»Wir haben die Dinge jetzt in Ordnung gebracht, aber ich habe ernst gemeint, was ich gesagt habe. Ein Fluch, mit dem eine Hexe sich selbst belegt, ist mächtige Magie, Absicht oder nicht. An manchen Tagen wird es einfach sein, dich selbst zu lieben, und an anderen wird es ein Berg sein, den du nicht erklimmen kannst, Dina, Habiba. Ich will, dass du mir versprichst, dass du dir Hilfe damit suchst.« Sie drückte ihrer Tochter einen Kuss auf die Wange. »Du weißt, dass du dich mir – uns – immer anvertrauen kannst. Aber es gibt Dinge, bei denen selbst die Magie nicht dazu in der Lage ist, sie vollständig zu heilen. Du musst dir jemanden suchen, mit dem du reden kannst, der dir dabei hilft, diese Mauer nicht wieder neu zu errichten.«

Dina nickte. »Ich werde mit jemandem reden, versprochen.« Sie lächelte.

»Nun, worauf wartest du dann, Benti? Du musst zu Scott gehen und ihm sagen, was du für ihn empfindest!«

Kaum dass ihre Mutter diese Worte ausgesprochen hatte, erschienen Dinas fertig gepackte Taschen an der

Tür. Heebie schlief friedlich in ihrer Tragebox. Sogar ein Zugticket lag obenauf.

Sie lachte. »Danke, Haus.«

Ohne sich die Mühe zu machen, sich umzuziehen oder zu duschen, packte Dina ihre Sachen. Sie hatte keine Zeit zu verlieren. Sie musste dringend zu einer Eröffnungsgala im British Museum.

Kapitel 37

Zum vierten Mal an diesem Tag versuchte Scott, seine Fliege zu richten. Sie saß immer noch ein wenig schief, aber mittlerweile scherte er sich nicht mehr genug darum, um sie noch einmal neu zu binden. Er starrte sich in dem kleinen Spiegel in seinem Büro an und strich sich das Haar aus den Augen. Er hatte nicht gut geschlafen, und dank der dunklen Ränder unter seinen Augen würden es auch alle anderen wissen.

»Danke, dass Sie heute Abend hier sind, um mit uns die Eröffnung von *Schutzsymbole: Die mystische Kunst von Talismanen aus der ganzen Welt* zu feiern. Besonderer Dank gilt … Wem zum Teufel wollte ich noch mal danken?« Scott drehte sich um und prüfte seine Notizen.

Er hatte den Großteil des Nachmittags gebraucht, um die Namen der Sponsoren, Gönner und vielen Museen auf der ganzen Welt, die Artefakte – als Leihgaben – gespendet hatten, auswendig zu lernen. Es war eine große Ausstellung, und er wollte niemanden vergessen oder seine Rede vermasseln.

Dr. MacDougall baute darauf, dass seine Ausstellung ein Erfolg wurde. Es würde sie in ihrer Entscheidung, Scott trotz seines jungen Alters als Kurator einzustellen, bestätigen.

Und im Falle eines Erfolgs wäre es für ihn in Zukunft viel einfacher, ungewöhnliche Ideen umzusetzen.

Die Nerven machten ihm zu schaffen, er hatte ein hohles, flaues Gefühl im Magen. Scott war einigermaßen selbstbewusst, aber er hatte bislang nicht viele Reden gehalten, und schon gar nicht bei der Eröffnungsgala seiner ersten Ausstellung. Seine Mums würden dort sein, genau wie Eric und Immy. Natürlich würde eine Person fehlen – diejenige, die er am dringendsten dort haben wollte.

Dina hätte die richtigen Worte gefunden, um ihm seine Nervosität zu nehmen. Sie hätte die Lippen auf die Falte zwischen seinen Augenbrauen gepresst, bis sein Stirnrunzeln sich zu einem Lächeln geglättet hätte. Er vermisste ihr lebhaftes Lachen und wie sie die Nase rümpfte, wenn sie etwas Schlechtes roch – was in London regelmäßig der Fall war.

Die Leere in seinem Inneren dehnte sich aus, bis ein dumpfer Schmerz seinen Körper erfüllte. So war es jetzt nun einmal. Eric hatte gesagt, der Schmerz würde mit der Zeit weniger werden, aber noch merkte er davon nichts.

Je länger Dina nicht Teil seines Lebens war, desto

weniger zweifelte er daran, dass das zwischen ihnen die Art Liebe war, die einem nur einmal im Leben begegnete. Die Art, die sagte: »Ich will mit dir alt werden.«

»Du musst nur den heutigen Abend durchstehen«, sagte Scott zu seinem Spiegelbild und steckte dann seine Notizen in die Tasche seines dunkelblauen Jacketts.

Er konnte Champagnergläser gegeneinander klirren hören, als er die Treppe hinunter ins Hauptatrium stieg. Draußen war es bereits dunkel, nicht ungewöhnlich für November, doch der Schein der Lampen und das leise Klirren der Lüster – die früher am Tag eilig für die Gala installiert worden waren – verliehen dem Raum eine funkelnde Aura.

Alle Gäste waren in Abendgarderobe, einige trugen beeindruckende bodenlange Kleider in tiefem Smaragdgrün und Zinnoberrot. Er schüttelte die Hände einiger Sponsoren und Gönner des Museums, alles wichtige Menschen, die eine hohe Meinung von sich selbst und ihren Zuwendungen hatten. Natürlich würde Scott sie niemals wissen lassen, wie er darüber dachte.

Stattdessen würde er weiterhin Ausstellungen in die Wege leiten, die Artefakte zurück in ihre Heimatländer brachten und die Besucher über die seltsamen und wundervollen Aspekte ihrer Geschichte informierten.

Aber es gab noch so einige brennende Reifen, durch die er springen musste, bis er das tun konnte – und der heutige Abend war einer davon.

»Und dieser junge Mann ist das Mastermind hinter *Schutzsymbole*«, sagte Dr. MacDougall, die jetzt mit einem unauffälligen, ordentlich gekleideten Mann im Schlepptau auf ihn zukam. »Scott, das hier ist Dr. Benhassi aus dem Musée d'Orsay.«

Scott schüttelte dem Mann die Hand und konnte nicht ganz glauben, dass er gerade mit dem Chefkurator eines der größten Kunstmuseen von Paris sprach.

»Es ist mir eine Ehre, Sie kennenzulernen, Dr. Benhassi«, sagte Scott lächelnd. Dr. Benhassi hatte ein freundliches, offenes Gesicht.

»Ich bin es, der Ihnen danken sollte«, sagte er. »Wir haben gerade beschlossen, dass Ihre Ausstellung zu Beginn ihrer Welttournee im d'Orsay zu Gast sein wird.«

Scott konnte es nicht glauben. Er warf einen Blick hinüber zu Dr. MacDougall, die ihm verschwörerisch zuzwinkerte.

»Ist das wahr?«

»Das ist es in der Tat«, antwortete sie. »Selten habe ich so schnell eine Einigung erzielt.«

Dr. MacDougall nahm Dr. Benhassi mit sich, damit er noch mehr der Kuratoren des Museums kennenlernen konnte, und das war gut, denn in Scotts Kopf ging alles durcheinander. Seine Ausstellung – seine *erste* Ausstellung – würde auf Tour gehen.

Und auch noch ins Musée d'Orsay in Paris. Davon konnten viele Kuratoren nur träumen. Er lehnte sich gegen die kühle Steinwand des Atriums und nahm einen tiefen Atemzug.

Als es Zeit war für seine Rede, stellte Scott überrascht fest, dass er nicht mehr nervös war. Er hatte Eric und Immy in der Menge entdeckt. Da sie ein wenig spät in den Raum geschlüpft waren, hatten sie keine Zeit mehr gehabt, sich vorher noch zu unterhalten. Aber ihre vertrauten Gesichter zu sehen, gab ihm Halt, obwohl es ihm auch noch einmal besonders bewusst machte, dass Dina an diesem Abend fehlte.

Er betrat die Bühne, die man vor dem Lesesaal aufgebaut hatte. Ein riesiges Poster der Ausstellung hing hinter ihm. Der Applaus verstummte, als Scott nach dem Mikrofon griff, und sein Herz begann verräterisch zu pochen.

»Danke, dass Sie alle heute Abend hier sind, um die Eröffnung von *Schutzsymbole* zu feiern.« Es waren nicht ganz die Worte, die er sich notiert hatte, aber er hatte ohnehin nicht vorgehabt, wortwörtlich abzulesen. Er fuhr damit fort, allen Spendern zu danken, und pausierte hier und da für den Applaus.

»Natürlich wäre unsere Forschung niemals möglich gewesen ohne die Hilfe von Historikern vor Ort, den

Bewahrern der mündlichen Traditionen ihrer Heimat. Überall in der Ausstellung werden Sie Ausschnitte von Aufnahmen dieser Interviews finden, sodass Sie sich selbst ein Bild machen können.«

Und dann sah er sie. In der Menge, zwischen so vielen anderen. Sein Herz. Sie strahlte, und Tränen glänzten in ihren Augen. Jede Sekunde, die sie nicht in seinen Armen lag, schmerzte, aber irgendwie brachte er seine Rede zu Ende. Er hörte den Applaus gar nicht, registrierte all die Menschen, die ihm auf seinem Weg von der Bühne die Hand schüttelten und gratulierten, kaum.

Dina, Dina, Dina, hämmerte sein Herz. Aber als er schließlich in der Menge stand, konnte er sie nicht sehen.

Jemand griff nach seinem Arm.

»Da drüben«, sagte Immy und wies auf die Galerie mit den ägyptischen Statuen.

Scott betrat die Galerie, und die Geräusche der Gala wurden leiser hinter ihm. Alles, was er hörten konnte, waren seine Schritte auf Mosaikfliesen.

Er bog um eine Ecke, und da war sie, unter einer Statue von Hathor, und wartete auf ihn.

Scott wollte nichts mehr, als Dina in seinen Armen zu halten und nie wieder loszulassen. In dem dunkelblauen Kleid, das aus irgendeinem glatten Satin-ähnlichen Material bestand und sich an genau die richtigen Stellen schmiegte, sah sie umwerfend aus. Wenn er auf Hände und Knie gehen und sie anflehen müsste, zu ihm zurückzukommen, würde er es tun.

»Ich …«

Dina hob eine Hand. »Bitte, lass mich zuerst«, sagte sie.

Sie kam auf ihn zu, und als Scott der Duft nach Orangenblüten und Zimt in die Nase stieg, stolperte sein Herz über sich selbst.

»Es tut mir leid, dass ich dich in Gefahr gebracht habe. Wenn du mich deshalb hasst, dann gehe ich sofort. Aber wenn … wenn du das hier immer noch willst, dann solltest du wissen, dass ich den Fluch gebrochen habe.«

Sein Herz füllte sich mit Hoffnung.

»Ich hatte mich selbst verflucht, ohne es zu merken. All die Angst und Unsicherheit, die ich über die Jahre empfunden habe, haben sich in diesem Fluch manifestiert. Aber ich bin dabei, mich selbst lieben zu lernen. Es wird etwas dauern, und es wird nicht einfach, aber wenn du auf mich wartest …«

»Ich brauche nicht zu warten.« Scott zog sie in seine Arme und ließ die Finger ihren Rücken entlanggleiten. »Dina, ich liebe dich. Ich bin verrückt nach dir, das weißt du doch sicher.«

Dina blickte auf, und Tränen glänzten in ihren schönen braunen Augen.

»Das zwischen uns war alles echt, oder? Du willst … du willst immer noch mit mir zusammen sein?«

»Dina, ich könnte eine Million Jahre leben, und das wäre immer noch nicht genug Zeit mit dir. Verdammt, selbst als das Universum mich noch umbringen wollte, hätte ich das Risiko für nur ein paar Tage mit dir in Kauf genommen.«

Er lachte und kam ihr entgegen. Ihre Lippen trafen sich, sie schlangen die Arme fest um den jeweils anderen, als wären sie ein Körper.

Er würde sie so in den Armen halten, jeden Tag, für den Rest seines Lebens. In diesem Moment wusste er das mit absoluter Sicherheit, während seine Lippen wieder und wieder Dinas fanden.

»Ich hätte niemals anbieten sollen, dass ich deine Erinnerungen an mich löschen könnte. Ich verspreche, dass ich nie Magie an dir anwenden werde, es sei denn, du bittest mich darum.« Aus der Sicherheit seiner Arme blickte Dina zu ihm auf. Ihre Locken flogen in alle Richtungen, und ihre Wangen zeigten die Spuren trocknender Tränen.

»Nein, sag das nicht. Ich liebe alles an dir, Dina. Und deine Magie gehört dazu. Erinnerst du dich, wie du mir im Labyrinth geholfen hast? Wer weiß, vielleicht liegen noch ein paar Labyrinthe vor mir.«

Sie musste in seinem Gesicht gesehen haben, wie ernst er es meinte, denn sie grinste, machte einen Satz und schlang die Beine um ihn. Scotts Hände fanden augenblicklich ihren Po, und er packte sie fest, ein Vorgeschmack auf das, was später an diesem Abend passieren würde.

Er küsste sich an Dinas Hals entlang, bis an ihr Ohr.

»Ich habe vergessen zu fragen, wie du ohne Ticket reingekommen bist. Nicht dass es mir etwas ausmacht«, lachte er und genoss es, ihren Körper wieder an seinem zu spüren.

»Oh, ich habe ein altes Kinoticket verhext, damit die Security es für eine gültige Eintrittskarte hält.«

Sie umarmten sich noch eine Weile, bis Eric den Kopf um die Ecke steckte, um ihnen Bescheid zu sagen, dass es Zeit war, die Ausstellung zu eröffnen. Das Grinsen auf seinem Gesicht verriet ihnen, dass er genau wusste, was gerade passiert war.

»Ihr beide seid so verdammt süß«, sagte er, als sie Hand in Hand ins Atrium zurückkehrten.

Immy klatschte mit Eric ab. Die beiden waren zweifellos extrem stolz auf ihre erfolgreiche Verkuppelungsaktion.

Dr. MacDougall lächelte sie ebenfalls wissend an, als sie die Ausstellungshalle betraten, und senkte dann den Blick auf ihre verschlungenen Hände.

»Sie müssen sie bald mal zum Essen mitbringen, damit ich sie richtig kennenlernen kann«, sagte sie zu Scott und winkte sie hinein.

Die Nacht war perfekt und die Ausstellung ein voller Erfolg. Als sie sich zum Gehen fertig machten, wurden sie von einem Reporter des *Guardian* aufgehalten, der Scott noch einmal gratulierte und ihm versicherte, dass er sich auf einen begeisterten Bericht in seiner Zeitung freuen konnte.

Kurz bevor sie in ein Taxi stiegen, drehte Dina sich zu ihm um. »Willst du nach Hause?«, fragte sie. Er nickte und gab dem Fahrer die Adresse von Dinas Wohnung.

Als er sich zurücklehnte, starrte sie ihn verblüfft an.

»Was?«, fragte Scott.

»Ich dachte, du willst zurück in deine Wohnung«, antwortete sie.

»Mein Zuhause ist dort, wo du bist, Dina, und deine übellaunige kleine Katze.«

Sie schmiegte sich an seine Seite, und sein Arm schützte sie vor der Kälte der Nachtluft.

»Heebie ist nicht übellaunig. Sie weiß nur, was sie will«, murmelte Dina.

Als Scott ein paar Minuten später den Blick senkte, war sie eingeschlafen, einen ernsten Ausdruck auf dem Gesicht. Ein wilder Beschützerinstinkt brach über seine Sinne herein, und er zog sie dichter an sich und legte seinen Schal über ihren Schoß, damit sie es so warm wie nur möglich hatte. Lichter funkelten jenseits des Taxifensters, und ganz London verfiel in ein sanftes Schweigen, als die ersten Schneeflocken vom Himmel fielen.

Epilog

Die Einweihung der Weihnachtsbeleuchtung von Little Hathering war ein Ereignis, das sich niemand entgehen lassen wollte. Die Bewohner der umliegenden Städte und Dörfer scharten sich für den Laternenumzug an der geschäftigen Hauptstraße und warteten auf den Moment, wenn die Lichter des Weihnachtsbaums und danach auch die Straßenbeleuchtung zum ersten Mal in diesem Jahr aufleuchten würden.

Es war eine von Dinas Lieblingsnächten im Jahr. Der würzige Duft von Glühwein und Mince Pies in der Luft, der leicht schiefe Gesang des Chors und die Freude der kleinen Kinder, wenn sie die Laternen präsentierten, die sie in der Schule gebastelt hatten. England war so dunkel im Winter, es brauchte die funkelnden Lichter, um nicht in die Tristesse der kalten Monate und kürzeren Tage zu verfallen. Um sie herum schlenderten Menschen die Straße hinauf und hinunter, machten bei der Bäckerei halt, um frisch gebackenen Lebkuchen zu kaufen, und stießen ein Jubeln aus, wenn sie am »Fang einen Goldfisch«-Stand einen Teddybären gewannen.

Aber Dina war eine Frau mit einer Mission. In jeder Hand balancierte sie zwei Pappbecher mit heißer Schokolade von Mrs. Baileys Stand. Es war die beste in der ganzen Stadt – voll mit dem guten Zeug: Raspeln echter dunkler Schokolade und eine tüchtige Portion Zucker.

Sie hatte Mrs. Bailey einmal empfohlen, eine Prise Zimt und einen Spritzer Orangenöl in ihre Weihnachtsmischung zu geben, und jetzt erhielt sie jedes Mal Gratisschokolade, als Dank für den Umsatzzuwachs, den Mrs. Bailey verzeichnet hatte.

Dina fand nicht, dass sie genug getan hatte, um heiße Gratisschokolade für den Rest ihres Lebens zu verdienen, aber beschweren wollte sie sich auch nicht darüber.

Als Dina beinahe einen der Becher über einem Kind verschüttete, das mit einem Sternwerfer vor ihrem Gesicht herumwedelte, war sie froh, dass sie sich zuvor mit einem Balancezauber belegt hatte. Scott hatte ihr seine Hilfe angeboten, doch sie hatte ihn angewiesen, dort zu bleiben, wo er war, um ihnen einen guten Platz beim Weihnachtsbaum zu sichern.

Ihr Handy meldete sich in ihrer Tasche, und sie fragte sich, ob das Immy und Eric waren, die ihr mitteilten, dass sie angekommen waren. Umständlich fischte sie ihr Handy aus der Tasche, nachdem sie zwei der Becher auf einer Bank abgestellt hatte, und sah, dass es eine Nachricht von Rosemary in ihrem Gruppenchat mit Immy und Dina war.

Aufregende Neuigkeiten! Es gibt einen Termin für den Drehbeginn. Bald bin ich wieder in London!

Dina antwortete mit so vielen aufgeregten Emojis, wie sie mit einem freien Finger konnte. In dem Jahr seit Immys und Erics Hochzeit hatte Rosemary sie ein paarmal besucht, aber wegen der Dreharbeiten würde sie mehrere Monate hier im UK verbringen. Dina konnte es gar nicht erwarten, ihre Freundin wiederzusehen.

Sie beeilte sich auf dem Rückweg, weil sie wusste, dass Immy und Eric nach ihrer Ankunft nicht lange bleiben würden: Immys Geburtstermin war in sechs Wochen, und selbst mit allen Zaubern der Welt konnte sie nicht lange stehen. Aber das war auch nicht überraschend, wenn man bedachte, dass sie Zwillinge erwartete.

Dina lächelte, als sie sich erinnerte, wie Eric und Immy es ihr erzählt hatten. Sie freute sich so für die beiden und würde es lieben, in der Rolle der lustigen, exzentrischen Tante aufzugehen. Kinder waren etwas, das Scott und sie beide nicht für sich wollten, dafür überlegten sie, einen Hund aus dem Tierheim zu adoptieren. Letztlich hing das aber alles von Ihrer Königlichen Hoheit Heebie ab, und ob sie bereit war, ihre

Liebe und Zuneigung zu teilen. Auf ihre alten Tage wurde sie allerdings zunehmend gelassener, was das anging.

Dina lief die Hauptstraße entlang und betrat dann den Dorfplatz, wo der bislang noch unbeleuchtete Baum drei Meter in die Höhe ragte. Sie fand Scott dort, wo sie ihn zurückgelassen hatte, mittlerweile im Gespräch mit Eric und einer sehr runden Immy. Dina glaubte nicht, dass sie sich je an das Gefühl gewöhnen würde, das sie überkam, sobald Scott sie anlächelte. Es war, als würde ihr Herz jedes Mal etwas mehr anschwellen. Das letzte Jahr war das beste ihres Lebens gewesen, und sie war gespannt, was die Zukunft noch für sie bereithielt.

»Viermal heiße Schokolade!«, verkündete sie und verteilte die Becher.

»Ich kann nicht glauben, dass das unsere letzte kinderlose Lichternacht ist«, sagte Immy und zog Dina in eine Umarmung. »Denkst du, es wird sich komisch anfühlen?«

»Nicht komisch – nur vielleicht anders, auf eine gute Art.«

»Meine Kinder werden die besten Laternen machen, die dieses Dorf je gesehen hat«, verkündete Immy.

»Und so wie es klingt, werden sie auch die ehrgeizigste Mutter im ganzen Dorf haben«, grinste Dina und nippte an ihrer heißen Schokolade. Scott legte die

Arme um sie, und sie ließ den Kopf an seiner Brust ruhen und genoss seine Wärme.

»Ich habe eine Überraschung für dich«, flüsterte er ihr ins Ohr, so leise, dass niemand sonst es hören konnte.

»Ach ja?«, sagte sie wissend. Sie hatte früher am Abend die Schatulle gesehen und vermutete, dass Scott sie absichtlich so schlecht versteckt hatte. Er wusste, dass sie keine Überraschungen mochte, und auf diese Weise konnte sie es selbst herausfinden. In der Schatulle befand sich ein Ring mit einem perfekten blauen Saphir in der Mitte. Sie hätte diesen Ring überall erkannt, denn es war der ihrer Mutter.

»Also gut, lasst uns von drei runterzählen!«, rief der Bürgermeister von Little Hathering. Die ganze Menge machte mit, bis schließlich die Lichter ansprangen. Ein warmes, buntes Leuchten raste den Baum hinauf und tauchte den Platz in ein buttriges Glühen. Dina hörte das bewundernde Luftholen um sie herum und fühlte, wie die Freude der Menge sie erfüllte wie Magie.

»Hättest du die Überraschung gerne jetzt oder später?«, flüsterte Scott. Sein Bart streifte ihr Ohr und ließ ein erwartungsvolles Kribbeln ihr Rückgrat hinunterlaufen.

»Später, wenn wir allein sind«, sagte sie, und dann küsste sie ihn, als wären sie die einzigen beiden Menschen auf dieser Welt.

Danksagung

Seid gewarnt: Das hier wird sich lesen wie eine dieser fürchterlichen überlangen Dankesreden bei den Oscars, aber wie man so schön sagt: Es braucht ein ganzes Dorf, um ein Kind großzuziehen. Und deshalb habe ich vor, jedem zu danken, der dazu beigetragen hat, dass dieses Buch Realität wurde. Selbst wenn ich gerade ruhig und gefasst klinge, solltet ihr wissen, dass ich beim Schreiben dieser Worte dreimal geweint habe.

Zunächst möchte ich meiner unglaublichen Agentin Maddy Belton danken, die meine katastrophale erste Version gelesen und beschlossen hat: »Damit kann ich arbeiten.« Du machst Träume wahr, und ich bin unendlich dankbar, dich an meiner Seite zu haben.

An alle bei Del Rey und Ballantine, die das Potenzial in diesem Buch gesehen haben, vor allem Mae und Sam für eure klugen Anmerkungen, eure unendliche Geduld und eure Begeisterung, wenn ich euch E-Mails mit Fotos von heißen Schauspielern schicke, die ich für meine Figuren casten würde.

Auf der US-Seite geht ein riesiger Dank an Meghan O'Leary, Ada Yonenaka, Taylor Noel, Emma Thomasch, Pam Alders, Anjali Mehta, Saige Francis und Rachel Ake. Und auf der UK-Seite an: Issie Levin, Feranmi Ojutiku, Coco Hagi, Rachel Kennedy, Kirsten Greenwood, Rose Waddilove, Evie Kettlewell, Linda Viberg, Amy Musgrave, Rebecca Hydon, Lizzy Moyes, Meredith Benson und, für die großartige Redaktion, Gemma Wain. Dieses Buch würde es ohne eure harte Arbeit nicht geben. An Valentina Paulmichl in der Agentur Madeleine Milburn, die großartigen Einsatz bei dem Verkauf meiner internationalen Rechte geleistet hat. Georgina Simmonds, Hannah Ladds und wirklich jedem in der Agentur, dafür, dass ihr so begeisterte Unterstützer meiner schmutzigen kleinen Bücher seid.

Ohne meine Beta-Leser Aamna Qureshi, Antoinëtte Van Sluytman und Frankie Banks wäre dieses Buch ganz großer Müll geworden. Aamna, du warst die Erste, die meinen zweiten Entwurf lesen durfte, und in deiner E-Mail waren so viele begeisterte Ausrufezeichen, dass ich dachte: *Vielleicht kann ich das schaffen.* Dein Enthusiasmus war mein Antrieb. Und Frankie, ich weiß nicht, ob du dir bewusst bist, was für ein großes Kompliment es für mich war, als du dieses Buch mit einem Song von Taylor Swift verglichen hast. An meine Kollegen bei Orbit Books: Ihr habt mich bei meinen Schreibversuchen so sehr unterstützt, und ich könnte mir kein besseres Team wünschen – Team Orbit for life.

Georgia Summers, kannst du glauben, dass wir es geschafft haben? Es fühlt sich an, als wäre es erst gestern gewesen, als wir während unserer Mittagspause bei Waterstones überlegt haben, an welchen Agenten wir unsere Manuskripte schicken wollen, und jetzt haben wir unser Debüt im gleichen Jahr. Ein Hoch auf uns! Eine Million und einen Dank an Gyamfia Osei und an die Person, die uns damals bei Waterstones in die gleiche Schicht eingeteilt hat. Deine Arbeitsmoral und dein Talent begeistern mich immer wieder, und ich schätze mich glücklich, dich als Freundin zu haben. An Lucie und Annie, meine Wahlfamilie. Ich hätte diese schwierigen Jahre nicht ohne eure Freundschaft durchgestanden. Und an Rose, die versteht, dass ich meine Liebe zeige, indem ich ihr noch vor dem Aufstehen zwanzig Memes schicke. Bei Orbit mit dir zu lachen, war mir eine tägliche Freude, und ich fühle mich geehrt, dich als Freundin zu haben (mit wem sonst soll ich bitte über Ork-Romance sprechen?!).

An meine ganze Familie: Ich liebe euch, aber lest bitte nicht Kapitel 19 und 20 und … Wisst ihr was, ich schicke euch einfach eine überarbeitete Version. Ich hoffe, ich werde noch in der Lage sein, euch in die Augen zu blicken, wenn wir uns das nächste Mal sehen. An meinen Dad: Du bist der Beste. Danke für all die Ausflüge zu Waterstones und dass du mir immer gesagt hast, dass ich so viele Bücher haben kann, wie ich will, und dass du so getan hast, als würdest du nicht sehen, wie ich Liebesromane in den Stapel schmuggelte. Ich liebe dich. Ich glaube nicht, dass ich dir das oft genug sage. Oh, und ich werde dich schlagen, wenn wir das nächste Mal Scrabble spielen. An Fitz, der nicht lesen kann, weil er eine Katze ist, also spreche ich eine Sprache, die du verstehen kannst: Pspspsps. An meine wunderschöne Mama, obwohl du das nicht lesen können wirst: Ich habe lange davon geträumt, dir ein Buch zu widmen, und jetzt, da es so weit ist, habe ich das Gefühl, dass es keine Worte gibt, die groß genug sind. Ich vermisse dich jeden Tag. Ich hoffe, ich mache dich stolz.

Und schließlich und vor allem an Chris. Mein bester Freund, meine Liebe. Du machst mich zu einem besseren Menschen und einer besseren Autorin (und du bist verdammt heiß). Dank dir glaube ich an Happy Ends.